Cole Brannighan

Botschaft in Stücken

Norwegen-Thriller

edition krimi

Norwegen-Thriller

Kacar, Ali: Botschaft in Stücken. Norwegen-Thriller. Hamburg, edition krimi 2021

1. Auflage 2021
ISBN: 978-3-948972-24-0
Dieses Buch ist auch als eBook erhältlich und kann über den Handel oder den Verlag bezogen werden.
ePub-eBook: ISBN 978-3-948972-25-7

Lektorat: Robien Schmidt-Jansen, Bergheim
Korrektorat: Lilly Pia Seidel, Hamburg
Umschlaggestaltung: © Annelie Lamers, Hamburg
Umschlagmotiv: Wald © francesco paggiaro/pexels.com; Struktur & Karton © pixabay.com

Mehr zum Autor auf Instagram unter »cole_brannighan« und auf seiner Webseite unter »www.cole-brannighan.de«.

Bibliografische Information der Deutschen Nationalbibliothek: Die Deutsche Nationalbibliothek verzeichnet diese Publikation in der Deutschen Nationalbibliografie; detaillierte bibliografische Daten sind im Internet über https://dnb.d-nb.de abrufbar.

Die edition krimi ist ein Imprint der Bedey & Thoms Media GmbH, Hermannstal 119k, 22119 Hamburg.

---

https://www.edition-krimi.de
Gedruckt in Deutschland

»Die fassbaren Dinge in dieser Welt sind stets begrenzt. Bedenke daher, was immer du auch bist, sei stets unfassbar.«

Prolog

Der Lauf der Pistole schmeckt seltsam, dachte Magnus und versuchte, seinen Würgereiz zu überlisten. Bitteres Waffenöl, die Kälte des Metalls und eine Spur Ruß waren nichts, was man leicht ignorieren konnte. Er bemühte sich, seine Konzentration aufrechtzuerhalten, doch sein Körper ließ sich nicht so leicht beherrschen, wie es tibetanische Mönche suggerierten.

Die Waffe schabte unangenehm über seine Schneidezähne, während er sie so positionierte, dass die Kugel sein Gehirn und nicht bloß seine Wange durchschlagen würde.

Sein Herz raste und das Blut rauschte ihm in den Ohren. Seine Tränen waren getrocknet und hatten einen Film hinterlassen, der sich wie Klebestreifen anfühlte, die unter der Bewegung seiner Mimik rissen.

Im Fernseher, dessen Bildschirm einen Sprung hatte, flimmerte eine Dokumentation über die Wanderung von Forellen in kanadischen Flüssen. Der Erzähler sprach mit sanfter Stimme und berichtete vom Leben und Sterben der Fische. So sehr sich die Schwimmer auch abmühten, war ihr Tod unausweichlich. So wie seiner.

Magnus saß im Wohnzimmer seiner Villa. Stellenweise löste sich das hellbraune Papiervlies von der Glasfront und entblößte kleine Durchgucke auf den Wald dahinter. Das Kreppband hielt nicht gut auf den glatten Flächen.

Alles war kaputt und zerschlagen. Die Gemälde waren von den Wänden gerissen und lagen in Fetzen auf dem Boden. Bücher, Regalböden und Glasscherben kaputter Skulpturen bildeten ein Chaos auf dem teuren Perserteppich. Magnus hasste Unordnung, dennoch war es nicht das, was ihn störte.

Vor ihm stand ein Laptop.

Er hatte das unfassbare Video gesehen. Es war der Höhepunkt eines perversen Spiels, das der Sadist mit ihm gespielt hatte. Ein Teil von Magnus wollte das alles nicht wahrhaben, doch das kleine, blutige Bündel neben dem Laptop sprach eine unumstößliche Wahrheit. Schon vor dem Auspacken war ihm klar gewesen, dass dieses Päckchen sich von all den anderen Päckchen unterschied, die er bisher erhalten hatte. Es war auf eine Art anders, die ihm wie Eis unter die Haut gekrochen war. In seiner Erinnerung packte er es noch immer aus. Das Brotpapier, in dem das Grauen eingewickelt gewesen war, hatte unter seinen Händen geknistert. Schicht um Schicht hatte er das Paket wie an einem unendlich grausamen Weihnachtsabend ausgewickelt. Nun lag es vor ihm, als würde es auf ihn zeigen.

Ein abgetrennter Finger. Blutig. Fahl.

Die letzte halbe Stunde seines Lebens hatte sich in sein Gehirn eingebrannt wie ein Bild auf Polaroidpapier. Vor dem heutigen Tag hatte er über Wörter wie Herzschmerz gelacht. Ein Organ konnte nicht vor Trauer schmerzen, denn es war nur ein Muskel und nicht der Sitz der Gefühle. Doch der Finger und das Video stachen wie ein Messerstich in seine Mitte, eine Gräueltat, die ihn wie ein kleines Mädchen hatte heulen lassen.

Nach einer Weile war seinem Körper die Kraft ausgegangen und er erbebte nur noch sachte unter den letzten Nachwehen einer Reihe von tiefen Schluchzern. Seine Reserven waren verbraucht. Eine tiefe Resignation hatte sich seinen Willen und seinen Leib einverleibt. Er hatte keine andere Wahl, dies war sein Ende.

Sein Zeigefinger krümmte sich um den Abzug. Ein letztes Mal streiften die Erinnerungen an die Ereignisse der letzten zwei Wochen seine Gedanken. Es hatte ihn Jahre gekostet, sein Leben aufzubauen und nur wenige Tage gebraucht, um alles zu vernichten.

»Ich werde oft gefragt, was einem Menschen, der sich selbst das Leben nimmt, so durch den Kopf geht. Darauf antworte ich – an meinen zynischen Tagen – mit zwei Worten: Eine Kugel.«

Dr. Eric Mørkved, aus der Reihe: Psychologie der Polizei, Band 1, Die Macht der Entscheidung

1 Alltagsgeschäft

Mit einem leichten Summen fuhren die automatischen Jalousien hoch und rasteten ein. Regentropfen liefen die Scheibe herunter, vereinten sich mit anderen und flossen wie durch Adern über das Glas. Vor der Villa wippten die jungen Kiefern des Waldes im Wind sachte in der Morgendämmerung hin und her.

Magnus rieb sich den Schlaf aus den Augenwinkeln und richtete sich im Bett auf. Seine Glieder fühlten sich steif an. *Wo bin ich,* dachte er. *Odda, Norwegen, zu Hause,* antwortete der Teil seines Verstandes, der weniger wehtat.

»Aufwachen, Schlafmütze!«, rief Medina aus dem Erdgeschoss.

Magnus erinnerte sich, dass er mit ihr Wein getrunken und sie mit nach Hause genommen hatte. »Verdammt«, murmelte er und wuchtete sich aus dem Bett. Ein Pochen in den Schläfen verriet ihm, dass er mit neununddreißig Jahren nicht mehr so trinken konnte wie während seiner Ausbildung zum Bankkaufmann.

Er stand auf, zog sich seine Boxershorts an und ging zum Badezimmer. Vor dem Spiegel stellte er sich der Bestandsaufnahme: Seine schwarzen Haare standen in alle Richtungen ab, das Lindgrün seiner Augen wirkte matt über den Ringen unter seinen Lidern. Sie waren fein und dezent und doch zeugten sie von einem Leben, das sich langsam in die andere Richtung neigte.

Wann zum Teufel hatte er den Scheitelpunkt überschritten?

Er fuhr sich mit der Hand über das stoppelige Kinn mit dem Grübchen. Die vereinzelten weißen Barthaare passten zu den grauen Haaren an seinen Schläfen. Beides störte ihn, störte seine Eitelkeit. Vielleicht war es an der Zeit, mit dem Haarfärben zu beginnen.

»Du hast es immer noch drauf«, sagte er zu sich selbst. »Du bist dynamisch, siehst gut aus und kannst junge Frauen klarmachen.« Während die Worte seine Lippen verließen, fehlte seinen Augen der Glanz des unerschütterlichen Selbstbewusstseins, das vor zehn Jahren noch ein anderes gewesen war. Er nahm sich den Trockenrasierer aus der Schublade unter dem Waschbecken und begann, sich fertig zu machen.

*

Medina stand in der Wohnküche und drückte eine Taste auf der Kaffeemaschine. Mit einem Brummen startete der Apparat, mahlte die Bohnen und schäumte dann die Milch für den Caffè Latte auf.

Während Magnus sich im Stehen abmühte, seine Krawatte zu binden, genoss er Medinas Anblick.

Sie war zweiundzwanzig und eine wahre Schönheit. Ihr langes, glattes, braunes Haar fiel ihr über die Schultern. Es strahlte im Licht der Deckenleuchten. Um ihre schmale Hüfte trug sie einen senfgelben Gürtel, der einen Kontrast zu ihrem blauen Hosenanzug bildete. Sie nahm sich ihre Ohrringe von der Küchenanrichte und steckte sie an.

Auf der Kochinsel mit den Barhockern standen Knäckebrot, brauner Käse und Erdbeermarmelade bereit.

»Wie siehst du denn aus?«, fragte Medina und sah Magnus an, der sich mit seiner Krawatte abmühte. Sie lief zu ihm und unterstützte ihn beim Knoten. »Hast du gestern einen Albtraum gehabt? Du hast gezuckt und gestöhnt, voll spooky.«

»Weiß nicht, kann mich nicht erinnern.« Magnus ließ sie gewähren, da sich sein Kopf anfühlte, als wolle er bersten. Im Gegensatz zu ihm sah sie fit und wach aus.

»Ich habe im Internet gelesen, dass Leute, die am Anfang des vierzigsten Lebensjahres stehen, nicht so heftig feiern sollten. Der Stoffwechsel sei nicht mehr derselbe.«

»Nicht mehr derselbe? Quatsch! Ich muss nur mehr Sport machen, das ist alles«, log Magnus. Alter passte nicht zu dem Bild, das er von sich selbst hatte. Doch bevor er weiter darüber nachdenken konnte, schoss ihm ein Gedanke durch den Kopf. »Sag mal, was ist mit deinem Freund?«

»Mit Murat?«, fragte Medina, band die Krawatte etwas zu fest, setzte sich an den Küchentisch und kramte einen Schminkspiegel aus ihrer Handtasche. »Was soll mit dem sein?« Sie klang gereizt.

Magnus lockerte den Knoten und klappte den weißen Kragen herunter. »Du bist noch nie über Nacht geblieben. Wird er sich keine Gedanken machen?«

»Nee, der ist dumm wie Brot. Hat beim Boxen den Gong nicht gehört. Ich habe ihm gestern eine Message geschickt, dass ich bei meiner Tante Leyla übernachte.«

»Und was, wenn er diese Tante fragt?«

»Er hasst *diese* Tante. Auch wenn er eifersüchtig ist, würde er sie nie anrufen.«

»Sicher?«

»Ganz sicher, sie hat ihn mal verprügelt.«

»Was? Murat ist 1,90 m groß!«

»Tante Leyla ist 1,60 m. Also keine Angst, wenn sie ihn schon vermöbeln kann, tut er dir nix.«

»Ich habe keine Angst vor ihm«, stellte Magnus klar und setzte sich an den Tisch. Er nahm sich ein Knäckebrot und bestrich es mit Butter. Insgeheim hatte er Respekt vor dem Erwischtwerden, da das eine Menge Ärger nach sich ziehen würde. Doch das war ja das Gute an einer Affäre. Das Spiel mit der Gefahr, die verbotene Frucht und vor allem der knackige Hintern von Medina waren es wert, diese Affäre zu unterhalten, auch wenn es ihn ein Vermögen kostete.

Medina trug Eyeliner auf, klappte den Spiegel zusammen und zückte ihr Handy. Ihre Finger mit den langen Nägeln klackten wie Trommelfeuer über das Display. »Beeil dich, du musst die Bankfiliale aufschließen, Chef.«

»Ja, keine Sorge, wir schaffen es rechtzeitig. Ach, übrigens, wir verkaufen diese Woche Bausparverträge.«

»Wird denn in Odda so viel gebaut? Wir haben ja nicht mal 8.000 Einwohner.«

»Ist doch egal. Das bringt Kohle. Die Direktion gibt eine gute Provision für jeden Abschluss. Hast du Verwandte, die einen Bausparvertrag haben wollen?«

»Vergiss es. Ich trenne Berufliches von Privatem.«

»Und du sitzt bei deinem Chef zu Hause am Tisch?«, bemerkte Magnus und zog die linke Braue hoch.

»Das ist was anderes und hör auf, mich auszufragen, iss lieber etwas.«

Magnus wollte in sein Knäckebrot beißen, doch er entschied sich dagegen. Allein beim Gedanken an feste Nahrung rebellierte sein Magen. Stattdessen griff er nach dem Caffè Latte und gönnte sich einen Schluck. »Das Frühstück werde ich auslassen. Wieso isst du denn nichts?«

Medina wandte die Augen nicht vom Bildschirm ab. »Neue Diät, morgens nix, mittags Nudeln und abends Salat.«

»Ist das wieder aus einem dieser Frauenblogs?«

»Ja.«

»Du weißt, dass das Müll ist, oder?«

»Sagt der Silberrücken«, erwiderte sie und hielt ihr Handy so, dass sie ein Selfie von sich schießen konnte.

Magnus grinste schief. Er liebte ihre kecke Art. »Sag mal, diese Ohrringe sehen teuer aus. Hab ich dir wieder ein Geschenk gemacht, von dem ich nichts weiß?«

»Ja, danke übrigens. Hab dir die Kreditkarte wieder in den Geldbeutel gesteckt. Schön, dass du mich hin und wieder mit Kleinigkeiten verwöhnst, du bist sehr aufmerksam.«

»Gern geschehen, ich wusste nicht, dass ich so ein guter Lover bin. Da wir beide nichts vom Frühstück haben, sollte ich mal wieder ans Geldverdienen denken, damit ich mir weiterhin diese Geschenke leisten kann. Ich würde sagen, ich fahre vor und du kommst nach. So bekommt Grethe nichts mit.«

»Echt jetzt?«, fragte Medina, legte den Kopf schräg und machte ein Duckface, nur um ein weiteres Selfie zu schießen. »Sie mag in den Fünfzigern sein, doch das heißt nicht, dass sie nicht checkt, was abgeht. Bei nur zwei Angestellten in deiner kleinen Bankfiliale ist es gar nicht möglich, dass sie das nicht mitkriegt.«

Magnus biss sich auf die Unterlippe. Ihm schmeckte der Gedanke nicht, dass seine wertvollste Angestellte wusste, was er privat so trieb und mit wem. Hoffentlich würde das Arbeitsklima nicht leiden. »Okay, dann fahren wir gemeinsam los«, sagte er resigniert.

Sie räumten noch schnell das Frühstück ab, bevor sie sich auf den Weg machten.

Während Medina schon das Haus verließ, nahm sich Magnus den Schlüsselbund von der Anrichte und blieb an der Haustür stehen. Auf der Eingangsstufe lag ein kleines, braunes Päckchen. Durch den Regen, der mittlerweile abgeebbt war, hatte sich die Oberfläche gewellt und die Tinte war verlaufen. Der Empfänger war nicht zu erkennen. Nicht selten landete ein Paket für den Nachbarn bei ihm vor dem Haus, doch er hatte im Moment weder die Zeit noch den Kopf, um sich mit solchen Belanglosigkeiten herumzuschlagen. Er legte es auf dem Schuhschrank ab, schloss die Tür und warf Medina den Schlüssel zum SUV zu.

Magnus war kalt und er überlegte, eine Jacke mitzunehmen, doch er entschied sich dagegen. »Fahr du heute, ich brauche noch eine Weile, bis ich auf dem Damm bin.«

Medina ließ den BMW an, rollte mit dem Wagen vom Hof auf die Straße und gab Gas.

Magnus bereute, dass er die 211-PS-Version gewählt hatte, da ihm die Beschleunigung den Kopf entschieden zu stark in die Kopfstütze drückte. »Muss das sein? Wir fahren doch kein Rennen!«

»Hab dich nicht so, wozu hast du so ein Auto, wenn du damit nicht Gas gibst?«, tat sie seine Beschwerde ab und fuhr schwungvoll die kurvige Straße, vorbei an den anderen Villen, hinab nach Odda.

Die roten und senfgelben Häuser schmiegten sich in das Tal zwischen zwei schroffen Bergen, deren Spitzen mit Schnee bedeckt waren und sich auf dem Wasser des Sørfjords spiegelten. Magnus blinzelte, als das Licht der aufgehenden Sonne golden auf dem Schnee glänzte und das Tal langsam mit Licht flutete. Damit ihm bei den Serpentinen nicht schlecht wurde, fixierte Magnus den Holzturm der alabasterfarbenen Kirche, der sich von den Gebäuden am Ufer abhob. Er hoffte, dass Medina zumindest in den verkehrsberuhigten Zonen innerhalb der schmalen Gassen und Straßen das Tempo verlangsamen würde. Doch bis dahin hielt er sich am Haltegriff fest und versuchte, die abrupten Bewegungen auszupendeln.

Nach jeder Kurve betete er, dass er sich nicht in sein neues Auto übergab.

Medina parkte das Fahrzeug im Hinterhof der Bank und schnallte sich los. »Siehst du, war doch gar nicht so schlimm«, sagte sie und überprüfte ihr Make-up, bevor sie ausstieg.

Magnus machte die Tür auf und hatte das Gefühl, als würde er ein Boot verlassen, das ihn durchgeschaukelt hatte. Der feste Boden beruhigte seinen Magen und half ihm, seine Gedanken zu klären. Danach folgte er Medina über einen schmalen Gang zwischen Büschen und niedrigen Lampen zum Personaleingang auf der Rückseite des Gebäudes. Das Piepen des Chipscanners schrillte laut in seinen Ohren, während er eintrat.

Grelle Deckenlampen spiegelten sich auf dem kiesgrauen, polierten Fliesenboden zwischen Beratungsbüro und dem doppelten Kundenschalter, der schräg zum Eingangsbereich stand.

Grethe rückte die mannsgroßen Pappaufsteller im Türkisblau der Bank zurecht und inspizierte kurz die Auszahlungs- und Kontoauszugautomaten.

Medina verschwand hinter einer Sicherheitstür in Holzoptik in den Bereich, der mit Panzerglas geschützt war.

Magnus lief zu Grethe und sah, dass schon Kunden vor der gläsernen Tür draußen warteten. Einer von ihnen, ein alter Mann mit breitkrempigem Hut, zeigte mit verkniffenem Gesichtsausdruck mit dem Zeigefinger auf die Uhr an seinem Handgelenk.

Magnus nickte ihm zu und wandte sich an seine Mitarbeiterin. »Guten Morgen, Grethe.« Ab einem Meter Abstand erfasste jeden, der sich ihr näherte, ihr Duft der Marke *Kettenraucher-Nummer-Fünf*.

Sie ließ von den Automaten ab und bedachte ihn von oben bis unten mit einem Blick, der nichts Gutes verhieß. Sie stemmte die Hände in die breiten Hüften ihres grauen Hosenanzugs und blickte hoch zu Magnus. Als sie ihren Kopf sachte schüttelte, bewegte sich ihr Pferdeschwanz, mit dem sie ihre weißblonden Haare zusammengefasst hatte. »Du bist zehn Minuten zu spät, wo warst du so lange? Die Kunden warten bereits«, zischte sie. Wie üblich hatte sie diesen konzentrierten Gesichtsausdruck, der einen Waldbrand zu Eis erstarren ließ. Mit dem Zeigefinger schob sie sich die rote Brille hoch und ging zu Medina hinter den Schalter.

Magnus ließ die Bemerkung unkommentiert. Stattdessen kramte er seinen Schlüsselbund aus der Hosentasche und schloss die Eingangstür auf. Zwei Frauen, drei Kleinkinder und der alte Mann, der ihn böse anblickte, traten ein und gingen zu seinen Mitarbeiterinnen.

Magnus lief zu seinem Büro, das sich schräg gegenüber der Schalter befand, machte die Tür zu und stellte die Jalousien so ein, dass sie nur wenig Tageslicht einfallen ließen. Trotzdem konnte er die unzähligen Fotos an der Wand, die ihn bei den Einweihungsfeiern des Schwimmbads, des Bürgersaals, eines Kinderspielplatzes und bei der Neueröffnung der restaurierten Kirche zeigten, noch gut erkennen.

Danach setzte er sich hinter seinen Schreibtisch. Das Leder furzte Luft unter seinem Gewicht.

Auf dem Telefon blinkten zehn rote Tasten – was einen harten Arbeitstag versprach. Er leitete mit wenigen Eingaben alle Anrufe an Grethe weiter und fuhr seinen Computer hoch. Nachdem er seinen Usernamen »Winnertakesitall« eingegeben hatte, öffnete sich ein Fenster mit seinem Terminkalender. Heute standen zwei Beratungen an:

Herr Ruud, 14:00 Uhr, Girokontoeröffnung

Frau Kristiansen, 15:00 Uhr, Auflösung Sparkonto

Magnus bereute, dass er für heute Termine ausgemacht hatte. Vielleicht würde sein dicker Schädel in ein paar Stunden besser werden. Doch zumindest konnte er heute früher Schluss machen als sonst. Nach dem zweiten Termin würde er nach Hause gehen und sich auf die Couch legen.

*

»Nein, Frau Kristiansen, das mache ich gerne für Sie«, sagte Magnus und tippte auf seiner Tastatur herum. Er bestätigte den Endsaldo und gab in der Maske den Befehl zur Löschung des Sparkontos. »Ich hoffe, die zweitausend Euro reichen für das Auto ihres Enkelsohns, die Preise von heute sind nicht wie damals.«

Frau Kristiansen lehnte ihren Gehstock an die Schreibtischplatte und schob sich eine weiße Haarsträhne unter ihren fliederfarbenen Hut. Danach tippte sie kurz an ihr Hörgerät und machte ein Gesicht, als könne sie dem Gespräch nicht folgen. »Reicht das nicht, Herr Farson?«

»Nein, Farstad«, berichtigte Magnus.

»Sag ich doch, Farson. Sind Autos heute teurer?«

»Ja, der Unterhalt, die Versicherung und die Wartung sind nicht billig.«

»Die Versicherung läuft über mich. Der Junge muss doch zu seiner Arbeit fahren, meine Tochter kann ihn nicht ewig kutschieren.«

»Na ja, vielleicht reicht ja auch ein kleines Auto«, sagte Magnus mit erhobener Stimme, damit sie ihn verstehen konnte. »Nur an der Sicherheit mangelt es«, warf er beiläufig ein. »Ich habe vor Kurzem so einen Kleinwagen auf der Autobahn gesehen, Unfall, der Fahrer war total eingequetscht wie in einer Sardinenbüchse. Die Feuerwehr war gerade dabei, ihn herauszuschneiden.« Magnus füllte noch die leeren Kästchen in der Maske mit dem Sparkonto aus.

»Was, eingequetscht?«

»Ist nicht schlimm, man kann einfach das Dach abschneiden, um jemanden da herauszuholen.«

»Um Himmels willen, Herr Farson! Ich will kein kleines Auto für meinen Enkel. Groß soll es sein und sicher.«

»Also doch kein Kleinwagen?«

»Nein, der Junge soll gesund bleiben. Was kostet so ein sicheres Auto?«

»Na ja, rechnen Sie mal mit zehntausend Euro.«

Frau Kristiansen kratzte sich an der Wange. »So viel habe ich nicht.«

Magnus schwieg und tippte weiter.

»Herr Farson, können Sie mir helfen?«

»In Ihrem Alter ...«

»Bitte, Herr Farson.«

Er drehte den Kopf zu ihr, kniff die Augen zusammen und lächelte sie an. »Eigentlich ist es schwierig, einer Kundin in Ihrem Alter einen Kredit zu organisieren. Doch für Sie mache ich eine Ausnahme. Wenn Sie eine Restschuldversicherung abschließen, können wir auf einen zweiten Kreditnehmer verzichten, dann bleibt das unter uns.«

»Sie sind ein Schatz«, sagte sie, kramte aus ihrer Tasche einen Zehneuroschein und schob ihn über den Tisch.

»Nein, Frau Kristiansen, so etwas machen die Schweden und die Dänen, wir müssen hier doch besser als die sein, oder?«

»Da können unsere Nachbarn noch von uns lernen, junger Mann.«

Magnus gab den Schein zurück und öffnete ein weiteres Fenster auf seinem PC. »Hat Ihr Enkel eine Freundin?«

»Was?«

»Ob Ihr Enkel eine Freundin hat.«

»Ja, sie ist so hübsch wie eine Puppe, diese russischen, wissen Sie, und sie ist so lieb. Sie sagt immer Großmama zu mir.«

»Gut, dann scheint das Zukunft zu haben. Ihr Enkel sollte sie heiraten und ein Heim für den Nachwuchs bauen. Sie wissen ja, ein Haus, ein Kind, ein Baum. Allerdings ist der Unterhalt des Autos teuer. Die Benzinpreise steigen.«

»Der Junge soll heiraten, das Leben ist so kurz. Können wir da nicht etwas machen?«

Magnus legte den Kopf schräg und biss sich auf die Unterlippe. »Ich denke, was Sie brauchen, ist ein Bausparvertrag. Den können Sie später dem Enkel überschreiben und ihm jetzt schon die Zinsen sichern. Und zu Ihrem Glück bekommen Sie Prozente für den Abschluss der zweiten Versicherung.«

Frau Kristiansen fasste sich an die Brust und strahlte übers ganze Gesicht. »Gott hab Sie selig, Herr Farson. Danke, dass Sie einer alten Frau wie mir helfen.«

»Nicht der Rede wert, Frau Kristiansen.« Magnus machte eine wegwerfende Bewegung mit der Hand.

Vom Drucker unter dem Tisch kamen zehn Seiten Papier mit Kleingedrucktem heraus. Währenddessen füllte Magnus seinen Beratungsbogen aus, fasste alle Papiere zusammen, machte jeweils ein X an die Stellen, die zu unterschreiben waren, und legte der Dame alles vor.

Ohne sie sich durchzulesen, unterzeichnete Frau Kristiansen die Dokumente.

»Gut, Frau Kristiansen«, begann Magnus, stand auf und gab der Dame die Hand. Seine Stimme war noch immer laut genug, dass sie ihn nicht überhören konnte. »Dann haben wir die Kuh vom Eis geholt und der Zukunft des Enkels steht nichts mehr im Weg.«

»Danke, Herr Farson, Sie sind ein guter Mensch.« Frau Kristiansen verließ das Büro.

Magnus griff sich in den Nacken und massierte sich die Muskulatur. Die Kopfschmerzen waren besser geworden und da er heute neben einer Girokontoeröffnung und einer Sparkontenauflösung jeweils einen Bausparvertrag und eine weitere Versicherung verkauft hatte, fühlte er sich gut.

Es klopfte an der Tür.

»Herein.«

Grethe betrat das Büro. Sie hatte einen Stapel rosafarbener Mappen in der Hand. »Ich habe die Vorgänge überarbeitet, dies sind die Rückläufer von der Zentrale. Du musst nur noch unterzeichnen.«

»Was würde ich nur ohne dich machen, Grethe?«, sagte Magnus und legte sein charmantestes Lächeln auf.

»Bei mir zieht das nicht. Und ja, ohne mich wärst du aufgeschmissen. Wollten wir nicht über die Gehaltserhöhung sprechen?«

»Was? Äh, ja, natürlich. Trage mir einen Termin für nächste Woche in meinen Kalender ein.« Magnus nahm die Mappen entgegen und stellte sie neben die Tastatur.

»Da steht schon ein Termin für Donnerstag, dreizehn Uhr.«

»Diese Woche ist schlecht. Die Zentrale sitzt mir im Nacken, wir müssen Bausparverträge verkaufen.«

»Ich wusste nicht, dass die Menschen in Odda so viel bauen.«

»Ja, ich bin auch ganz überrascht. Die Nachfrage ist groß, erst vorhin habe ich zwei Stück verkauft. Die Leute betteln mich praktisch an.«

Grethe wurde schmallippig. »Dann eben nächste Woche.« Sie verließ das Büro und machte die Tür gerade so fest zu, dass man merkte, dass mehr Kraft als nötig in dem Schwung steckte. Unter der leichten Erschütterung wackelten die Bilderrahmen an der Wand.

Nicht, dass er sie nicht verstehen würde. Bei der Annahme der Direktion der kleinen Filiale hatte er sie zusammen mit dem Inventar vom vorherigen Leiter übernommen. Obwohl sie praktisch alles über das Bankgeschäft wusste, hatte sie bislang keine Gehaltserhöhung erhalten. Was nicht schlimm war, doch als er Medina eine Erhöhung gewährt hatte, obwohl sie erst ein halbes Jahr am Schalter arbeitete, fühlte sie sich übergangen.

Magnus klappte die Mappen auf und unterzeichnete jeweils die Papiere, die darin lagen. Danach meldete er sich an seinem PC ab und verließ das Büro.

»Hallo Frau Gunerson, stellen Sie Ihren Gehstock ruhig am Tisch ab. Und, sind Sie zufrieden mit der Unfallversicherung, die Sie gestern abgeschlossen haben?«

»War ich denn gestern hier, junger Mann? Mein Kopf ist mit knapp neunzig nicht mehr derselbe wie in meiner Jugend.«

»Kein Problem, meine Dame. Sie sehen mir aus, als würde Ihnen eine Unfallversicherung gut stehen.«

Magnus Farstad, Halter des Verkaufsrekords der Bergener Nordbank im Jahr 2019

2 Müsliriegel

Magnus fuhr die Auffahrt hoch, ließ den Motor aufheulen und stellte das Auto ab. In einem Punkt hatte Medina mit ihrem shoppingverseuchten Verstand recht: Wozu hatte er so ein Auto, wenn er es nicht entsprechend fuhr?

Er blickte in den Rückspiegel und betrachtete seine grauen Schläfen. Neben ihm – auf dem Beifahrersitz – lag eine Packung Haartönung, die er noch schnell im Supermarkt gekauft hatte. Schon morgen würde er unverkatert und in voller schwarzer Haarfarbe in seiner Bank erscheinen.

Als er aus dem Auto stieg, entfernte er ein paar orangefarbene Laubblätter aus dem Scheibenwischerfang, dann blickte er hinab ins Tal. Die letzten lachsfarbenen Strahlen der Sonne küssten das Wasser des Sørfjord, das wie Tausend durchscheinende Bernsteine glitzerte.

Magnus überlegte, ob er die Winterreifen aufziehen lassen sollte, da es langsam Herbst wurde. Außerdem machte das Auto, seit er Medina ab und an mal fahren ließ, Geräusche auf der rechten Fahrwerksseite. Was es auch sein mochte, heute musste es warten.

Magnus verriegelte über die Funkfernbedienung den Wagen und ging zur Haustür. Er schloss auf und warf seine Schlüssel in die Silberschale auf der Schuhkommode. Dabei fiel ihm das Päckchen von heute Morgen auf. Bei einem genaueren Blick entzifferte er in der verschwommenen Druckertinte auf dem Empfängerfeld seinen Namen. »Habe ich was bestellt?«, murmelte er und nahm es mit in die offene Wohnküche. Er warf es auf die Couch, schob sich eine Tiefkühlpizza in den

Backofen und schaltete den Fernseher ein. Danach nahm er sich eine Handvoll Gummibärchen aus der Schale vom Glastisch und rückte eine der Segelbootskulpturen aus Glas gerade, die in einem der Bücherregale als Deko saß. Er mochte die See nicht, nicht einmal das Nasswerden, doch er liebte elegante Formen, die ein Gefühl für Agilität vermittelten. Auf den Gemälden setzte sich dieses Thema fort; stilisierte Bootskörper schnitten wie glänzende Messer durch indigofarbenes Wasser, während sich die Gischt wie Watte an ihnen aufbauschte. Die Bücher in den Regalen, die mit ihren Blautönen farblich zu den Gemälden passten, waren mehr dem dekorativen Element geschuldet als seinem Leseinteresse, das irgendwo im Graubereich zwischen Analphabet und Toilettenleser vor sich hin dümpelte.

Nachdem er sich vergewissert hatte, dass alles perfekt angeordnet war, setzte er sich auf die rote Ledercouch.

Im Fernsehen lief der Wetterbericht und versprach eine regnerische Woche.

Magnus kaute auf den Gummibärchen herum und nahm sich das Paket vor. Es war nicht größer als eine Schachtel Margarine und wog kaum ein halbes Kilo. Er nahm sich ein Tapetenmesser aus der Küchenschublade und setzte sich wieder an den Wohnzimmertisch. Nachdem er die Klebestreifen aufgeschnitten hatte, nahm er das Innere heraus, das nicht mehr als ein Bündel aus Papier war. Als er es halb ausgewickelt hatte, stieß er auf rote Farbe, die das umliegende Papier durchdrungen hatte. Er tippte darauf, dass er Medina wohl schon wieder ein Geschenk gemacht hatte, wahrscheinlich einen irrsinnig teuren Nagellack oder etwas Ähnliches, das den Transport nicht überstanden hatte.

Am Kern angelangt, war er einen Moment irritiert über das, was er sah. Die Erkenntnis traf ihn wie ein Blitz.

Er ließ den Inhalt des Päckchens auf den Tisch fallen und zuckte mit den Händen zurück.

»Was zum …!?« Magnus atmete angestrengt und rang um Fassung. Er musste ein zweites Mal hinsehen, da er nicht wahrhaben wollte, was da vor ihm lag. Es war eine menschliche Nase. Die winzigen Poren, das Blut, die Schnittkanten und die Art, wie die Nasenflügel ohne Oberlippe ins Leere griffen, sprangen ihn förmlich an.

Ihm wurde übel und sein Magen gab endgültig den Dienst auf. Kaum hatte er die Küchenspüle erreicht, schoss es ihm sauer aus dem Mund. Mit den Unterarmen an den Rändern des quadratischen Edelstahlbeckens kotzte er sich das halbe Wurstbrötchen vom Mittag aus dem Leib, bevor er den Wasserhahn aufdrehte und sich mit kaltem Wasser wieder und wieder das Gesicht wusch. Doch das Grauen konnte er nicht entfernen.

Seine Hände zitterten, als er sein Handy aus der Hosentasche zog und den Notruf wählte. Es klingelte zweimal.

»Polizeinotruf der Provinz Hardanger, Larson, was kann ich für Sie tun?« Die Stimme klang männlich.

Magnus wollte sich mit der freien Hand durch die Haare fahren, bis er merkte, dass er noch immer das Teppichmesser hielt. Er ließ es in die Spüle fallen.

»Ich, äh, eine Nase …«

»Hat Sie jemand ins Gesicht geschlagen, sind Sie verletzt?«

»Nein, mit mir ist nichts. Denke ich. Die Nase, sie liegt auf meinem Tisch.«

»Eine Nase liegt auf Ihrem Tisch? Haben Sie Schwindel oder Kopfschmerz, nehmen Sie Drogen, sehen Sie Doppelbilder?«

»Nein, verdammt!«, schrie Magnus. »Mit mir ist nichts. Auf meinem Tisch liegt eine Nase.«

»Und wie kommt die dahin?«

»Mit dem Lieferanten, nein, also denke ich.«

»Ist gut, bleiben Sie ruhig. Sagen Sie mir erst einmal Ihren Namen und die Adresse, sind noch andere Personen bei Ihnen?«

»Nein, ich bin allein und wohne in der Eidesåsen 14, Magnus Farstad.«

»Ich schicke Ihnen eine Streife.«

Magnus legte auf und steckte das Telefon wieder ein. Er fühlte sich wie benommen und taumelte zum Wohnzimmertisch, um sich noch einmal zu vergewissern, dass er nicht träumte.

Das Organ lag auf seiner Papierverpackung auf dem Glastisch, echt und real.

Während er die Lieferung betrachtete, fiel ihm ein gefaltetes Blatt in der Kartonschachtel auf. Er schluckte, nahm es vorsichtig heraus und klappte es auf.

Audiomitschnitt – Verschriftlichung für Magnus Farstad

Mit dem Kinn an der Brust schläft Freyja noch auf dem elektrischen Stuhl. Keine Sorge, Magnus, es wird kein Strom fließen, wir sind hier nicht in Texas, doch dieses Möbelstück bietet alle Vorteile, die ich für mein Vorhaben brauche. Seine Ledergurte riechen nach Gerbstoff und sind im Laufe seiner Lebensjahre geschmeidig geworden wie ein Sattel, der mit dem Einreiten weicher wird, sich Ross und Reiter anpasst.

Ich habe Freyja auf dem Stuhl fixiert. Eigentlich wollte ich sie auf einer Trage festbinden, doch ich will nicht riskieren, dass sie bei eintretender Bewusstlosigkeit ihren Zungengrund verschluckt und daran erstickt. Sie wäre tot und all meine Vorbereitungen wären umsonst gewesen. Wach muss sie sein, leiden und egal, wie laut sie schreien mag, niemand wird sie durch den schalldichten Raum hören.

Ich habe einen Infusionsständer mit Kochsalzlösung bereitgestellt und das Gemisch fließt bereits über Schläuche in Freyjas

Armbeuge in ihren Blutkreislauf. Diese Frau wird Kraft und Flüssigkeit brauchen, weil sie von beidem viel verlieren wird.

An der Wand steht ein alter Krankenhauswagen mit hellblauen Blechen und einigen Roststellen, wo der Lack abgeplatzt ist. Ich habe ihn auf einem Flohmarkt erstanden und musste nur die Rollen darunter auswechseln. Ich mag die Patina des Alters, wenn man das Gelebte aus einem Gegenstand herauslesen kann. Ob das, was ich tun will, auch ein Teil seiner Geschichte wird?

Auf dem Wagen liegen eine Knochensäge, ein Skalpell, eine Zange und ein elektrischer Brennstempel bereit. Alles ist sauber und steril, obwohl es keinen Unterschied machen würde, wenn es schmutzig wäre.

Eben merke ich, wie Freyja aufwacht. Die Augenlider flattern hoch und entblößen sehr viel Weiß. Dies ist der Moment, da der Nebel der Bewusstlosigkeit langsam weicht und der Verstand aufklart. Wie lange Freyja wohl brauchen wird, um zu realisieren, was ich vorhabe?

Ich lege mir eine Metzgerschürze aus Kunststoff an. Auch wenn ich mich freiwillig dieser Sauerei stelle, ist mir Sauberkeit wichtig. Für später habe ich auch bereits einen Schlauch vorbereitet, um das Gröbste vom Fliesenboden in den Abfluss zu waschen. Ich werde mir die Arbeit einteilen müssen, Stück für Stück, sonst macht es keinen Sinn. Was für ein seltsamer Gedanke – muss denn etwas »Sinn ergeben«? Was soll das überhaupt bedeuten?

Ich schalte den Stempel ein. Eigentlich ist er für Holzarbeiten gedacht, man kann sein eigenes Signum damit in eine Holzoberfläche brennen. Früher habe ich es oft benutzt, als ich in meinem Keller Möbel zusammengebaut habe, ein Hobby, das einem viel gibt. Das Beste kam immer zum Schluss, meine Prägung, als wäre es die Unterschrift in der Ecke eines Gemäldes. Nur funktioniert der Stempel anders als ein Stift oder Pinsel. Das Metall muss sich langsam aufheizen, auch bei 200 Watt kann das schon eine Weile dauern. Keine Sorge, das alles habe ich schon bei Hunden ausprobiert – bei Menschen dürfte es kaum einen Unterschied geben.

Freyja ist nun wach, schreit um Hilfe und zappelt in ihrer Fixierung.

Während ich mir Handschuhe anziehe, wechselt Freyja die Taktik und bettelt um Gnade, bietet mir Geld und sexuelle Gefälligkeiten an. Ihre Stimme klingt panisch und atemlos.

Ich nehme Zange und Skalpell, packe ihre Nase mit den Metallbacken und beginne zu schneiden. Freyjas Schreie verändern sich, rutschen in ein wildes Kreischen ab. Zwischendurch gibt sie auch gurgelnde Laute von sich, da wahrscheinlich Blut in den Rachenraum eindringt.

Freyja kann sich nicht abwenden, sich nicht wegdrehen, dieser Lage nicht entkommen, da es einfach unausweichlich ist. Ihr Schritt verfärbt sich, es riecht nach Urin.

Die Klinge gleitet sauber an den Nasenflügeln entlang. Freyja verliert das Bewusstsein, die Schreie enden abrupt. Ich gelange nun zum Knorpel, schneide ihn vom Knochen ab und entferne die Nase. Überall ist Blut, nichts, womit ich nicht gerechnet hätte. Der Stempel ist bereits heiß, jetzt muss ich schnell sein. Ich lege das Organ und das Werkzeug beiseite und kauterisiere die Schnittstellen. Das heiße Metall zischt dort, wo ich Haut und Fleisch versenge und miteinander verschmelzen lasse. Der aufsteigende Qualm riecht nach Rauch und Speck. Das erinnert mich an mein Frühstück, vielleicht esse ich morgen wieder Räucherspeck?

Etwas in mir sollte Mitgefühl und Gnade empfinden. Doch so, wie ich die Nervenenden meines Opfers versenge, sind auch meine Rezeptoren für Empfindlichkeiten zerstört. Mit dem Unterschied, dass es bei mir kein elektrischer Stempel, sondern weißglühende Wut war. Hast du gewusst, Magnus, dass sich Pein so intensiv in eine menschliche Seele brennen kann, dass man das Gefühl hat, ein Flammeninferno einzuatmen? Mein

Innerstes sieht so aus wie Freyjas Gesicht – eine grausame Ruine, der die Gnade der Heilung verwehrt bleibt.

Bis bald, dein X«

Auch wenn Magnus in einem Winkel seines Verstandes gehofft hatte, dass dies nur ein Versehen, ein Streich oder Ähnliches sein mochte, war seine Hoffnung damit zerschlagen. Sein Geist war noch wie betäubt von dem Wahnsinn, der in so sachlicher Form geschrieben stand, als seziere jemand einen Frosch. Der Geruch von Verbranntem lag in seiner Nase, so, als könne er ihn tatsächlich riechen. Blühte auch ihm dieses Schicksal? Jemand hatte ihn auf dem Kieker, ganz bestimmt. Doch wer?

Magnus überlegte angestrengt, doch er hatte keine Ahnung, wer etwas Derartiges tun sollte, vor allem, weil er selbst ein Wohltäter war. Die Gelder, die er der Gemeinde zuschoss, für den Kinderspielplatz, den Bürgersaal und auch die Ehrenmitgliedschaften, verschafften ihm in der Stadt großes Ansehen. Dennoch keimte in ihm die Saat des Zweifels auf, ein Unmut, den er sich nicht erklären konnte.

Hatte ihn Murat vielleicht ertappt?

Das Läuten der Türklingel riss ihn aus den Gedanken. Hastig zerknüllte er das Schreiben und steckte es sich in die Hosentasche.

»Oberkommissar Eirik Solberg«, sagte der Mann, der mit etwa 1,90 m Magnus um zehn Zentimeter überragte. Der Mann stopfte sich das weiße Hemd in die Jeanshose und richtete sich das schwarze Sakko. »Dies ist Kommissarin Björnsdottir.« Er hielt inne und deutete auf die uniformierte blonde Frau, deren rechte Hand auf dem Knauf ihrer Pistole am Waffengürtel ruhte. Im Gegensatz zu ihm, der mit seinem Vollbart und seiner entspannten Haltung eher gelassen wirkte, hatte sie einen wachsamen Blick.

Magnus schätzte den Mann auf Anfang vierzig.

»Meine Kollegin und ich haben den Notruf von der Zentrale erhalten. Also, Herr …«

»Farstad, Magnus Farstad.«

»Also, Herr Farstad. Was finden wir, wenn wir Ihr Haus betreten?«

»Sehen Sie es sich selbst an«, antwortete Magnus und ließ die beiden eintreten.

»Was riecht hier so verbrannt?«, wollte Solberg wissen.

»Was? Oh verdammt, meine Pizza!« Magnus rannte zum Ofen, riss die Klappe auf und hustete, als ihm der Qualm und die Hitze entgegenschlugen. Mit tränenden Augen riss er ein Fenster auf und stellte den Ofen ab. »Da, auf dem Tisch«, sagte er und blieb hinter der Kochinsel.

Solberg ging auf den Tisch zu und legte den Kopf schräg, als würde er ein Bild betrachten.

Seine Kollegin lugte an ihm vorbei, erhaschte einen Blick auf den Tisch und zog die Waffe. Auch wenn sie die Pistole nach unten hielt, ließ ihre Miene erkennen, dass sie Magnus als potentiellen Mörder und Sadisten betrachtete.

Das passte ihm gar nicht. Statt sich beeindrucken zu lassen, schaltete er auf stur. »Ich bin ein angesehener Bürger von Odda, Sie sollten lieber erst einmal Ermittlungen anstellen, bevor Sie die Waffe auf Leute richten, deren Monatsgehalt höher ist als das, was kleine Beamtinnen im Jahr verdienen!«

»Sie nehmen jetzt die Hände hoch …«

»Alles gut, Frau Björnsdottir. Ich denke nicht, dass Herr Farstad etwas damit zu tun hat«, unterbrach der Oberkommissar das Geschehen.

Die Polizistin senkte die Waffe und steckte sie wieder ins Holster, wobei sie einen unglücklichen Eindruck machte.

»Frau Björnsdottir, holen Sie die Kollegen von der Spurensicherung. Ich werde inzwischen Herrn Farstad befragen.«

Für einen Moment warf sie Magnus noch einen zweifelnden Blick zu, dann ging sie hinaus zum Polizeiwagen.

Solberg nahm einen Kugelschreiber aus seiner Sakkoinnentasche und stupste damit gegen die Nase auf dem Tisch. Danach zückte er einen Notizblock und schlenderte zu Magnus. »Also, Sie sind Magnus Farstad, ja?«

»Ja.«

»Geben Sie mir bitte Ihren Ausweis.«

Magnus fischte sein Portemonnaie aus der Gesäßtasche und gab ihm das Dokument.

Solberg begann zu notieren, nahm die Rückseite des Kugelschreibers in den Mund, kaute darauf und schrieb weiter.

Magnus war angewidert. Wie konnte er das Ding in den Mund nehmen, wenn er noch vorher das Amputat damit untersucht hatte?

»Wann und wo haben Sie die Nase gefunden?«, wollte Solberg wissen.

»Heute Morgen vor der Tür.«

»Dann rufen Sie erst jetzt die Polizei?«

Magnus schnaufte frustriert. »Nein, natürlich nicht. Ich habe das Paket hereingeholt, bin zur Arbeit und habe es erst vorhin geöffnet.« Gab es denn bei der Polizei niemanden, der zu logischem Denken fähig war?

»Droht Ihnen jemand, haben Sie Feinde?«

Magnus schluckte. Für einen Moment dachte er an Murat, den Mann, mit dessen Freundin er schlief. War er doch nicht so dumm, wie Medina ihn glauben machen wollte? Vielleicht war es besser, diese Sache für sich zu behalten, denn es würde seinem Ruf schaden, wenn ganz Odda wusste, dass der Chef es mit seiner Angestellten trieb, die auch noch viel jünger als er war. »Nein, nicht dass ich wüsste.«

»Vielleicht will Sie jemand erpressen? Sie scheinen nicht unvermögend zu sein als Chef der örtlichen Nordbank. Man kennt Sie hier.«

»Keine Ahnung. Und wenn schon, ich lasse mich nicht einschüchtern!« Magnus hatte seinen Mut wiedergefunden.

»Vielleicht sollten Sie heute Abend nicht hier übernachten. Besuchen Sie einen Freund, Bekannte oder Verwandte. Und bleiben Sie in Odda, falls wir noch Fragen haben.«

»Bin ich jetzt verdächtig? Ich wurde hier zum ... Opfer!«

Solberg steckte das Schreibmaterial weg. Danach kramte er einen Müsliriegel aus seiner Tasche und pickte die Stoffflusen davon herunter. Als die Zwischenmahlzeit einigermaßen sauber war, biss er ab.

Magnus runzelte die Stirn. Der Mann war widerlich.

»Nein, Herr Farstad, Sie sind nicht verdächtig. Ich denke nicht, dass Sie ein Mensch sind, der zu so etwas fähig ist. Allerdings müssen Sie dennoch für unsere Ermittlungen zur Verfügung stehen, es geht letztlich um Ihre Sache. Außerdem würde ich Sie bitten, dass Sie diesen Vorfall erst einmal für sich behalten, aus ermittlungstaktischen Gründen.«

»Na gut, machen Sie Ihre Arbeit. Ich kenne den Polizeidirektor, ich werde ihn nach den Fortschritten fragen, aus ermittlungstaktischen Gründen, versteht sich. Ziehen Sie einfach die Tür zu, wenn die Spurensicherung durch ist, ich gehe jetzt etwas trinken.«

*

Magnus saß an der Theke seiner Stammkneipe *Zum Löwen*. Aus den Lautsprechern dröhnte irgendein Popsong, den man durch den Lärm der anderen Gäste kaum wahrnehmen konnte. Ein besoffener Fischer, der einen langen Ölmantel trug, hatte sich eine Krawatte um die Stirn gebunden und taumelte wie ein Tanzbär vor einer Meute grölender Männer herum. Er stolperte kurz, krachte in ein Fischernetz, das als Deko in einer Nische hing, und machte weiter.

Magnus drehte sich auf dem Hocker nach hinten und suchte zwischen den Tischen und stehenden Gruppen nach Håkon Svendsen, seinem alten Schulkameraden. Noch war er nicht zu sehen.

»Hier Bro, dein Bier«, sagte der Barbesitzer hinter ihm.

Magnus drehte sich zur Theke und nahm sein Glas von Murat entgegen.

Murat wischte sich die Hände an einem Lappen ab, den er um den Hals trug und wickelte seinen Hemdsärmel hoch. Er legte seinen Unterarm auf dem Tresen ab und präsentierte sein neuestes Tattoo. »Siehst du diesen Drachen, der die Welt in seinen Pranken hält? So ein Motiv findest du nirgendwo ein zweites Mal zwischen hier und Oslo.«

Magnus schaute auf die transparente Plastikfolie, die das frische Tattoo abdeckte. Die Haut war noch rosa und die Farben strahlten in Efeugrün und Teerschwarz. Während Murat den Arm bewegte, spielten dicke Muskelstränge unter seiner Haut und ließen den Drachen lebendig wirken.

»Sieht gut aus«, meinte Magnus. »Sag mal, ist das bei Muslimen nicht verboten?«

»Ich bin meine eigene Religion und nur weil ich Türke bin, muss ich nicht gleich religiös sein. Ich finde, dass das cool aussieht. Da stehen die Mädels drauf«, erwiderte

Murat und fuhr sich mit der freien Hand über seine schwarzen Haarstoppel auf dem Kopf. »Und die Leute haben Respekt vor mir, wenn sie das sehen.«

Magnus wusste nicht, was er von Murats Gebaren halten sollte. War es nur Begeisterung oder ein Einschüchterungsversuch? Stammte das Paket von ihm oder nicht?

»Also einer wie ich lässt sich nicht von so etwas einschüchtern«, stellte Magnus klar.

Murat zog seine Brauen zusammen und brachte seinen Kopf auf Höhe von Magnus' Gesicht.

Magnus versuchte, keine Miene zu verziehen und hielt stand.

Murat zog sich zurück und grinste. »Keine Angst, das ist mein Gangsterface. Mein Boxtrainer sagt, dass ich es täglich üben muss, um meine Feinde nieder zu starren. Ist alles Psychologie.«

Ein Gast am anderen Ende des Tresens hob die Hand und Murat wandte sich von Magnus ab.

Magnus war nicht schlauer als vorher und blickte hoch zu den präparierten Fischköpfen über der Bar, die ihn mit ihren Glasaugen anstarrten, als wollten sie ihn verhöhnen.

»Hey.« Jemand fasste Magnus an die Schulter.

Magnus zuckte zusammen und hätte fast sein Bier umgekippt. »Håkon, schleich dich nicht so an!«

»Was ist denn mit dir los, sonst bist du nicht so schreckhaft«, sagte Håkon und setzte sich auf den freien Nachbarhocker. Eine Elektrikerzange und ein Zollstock lugten aus den Taschen seiner blauen Handwerkerhose, auf der getrocknete Farb- und Putzreste klebten, heraus. Er legte seine schwarze Hornbrille ab und band sich die graubraunen Locken zum Pferdeschwanz. Danach setzte er sich die Sehhilfe wieder auf und zog sich die Kapuze seines Hoodies über den Kopf.

»Was soll das, Håkon? Hast du Angst, dass dich jemand entdeckt?«

»Du weißt doch, Hedda will nicht, dass ich nach der Baustelle trinken gehe. Seit ich mir den teuren Dieselgenerator geleistet habe, kontrolliert sie sogar meine Kreditkartenabrechnungen.«

»Und, war es das Teil wert?«

»Das wird sich herausstellen. Hast du gewusst, dass die Regierung uns für dumm hält? Auf bestimmten Webseiten gibt es Dokumente, die belegen, dass beim Bau des Folgefonntunnels Giftmüllfässer aus den Zeiten des Schmelzwerks einbetoniert wurden.«

»Das passt doch zeitlich gar nicht zusammen. Da liegen Jahrzehnte zwischen.«

»Das Zeug wurde eingelagert und dann hat man es später wieder herausgeholt.«

»Also das machst du, wenn du stundenlang vor dem PC hängst. Verschwörungstheorien und Hacken.«

»Ich verstehe mich als Verschwörungspraktiker. Dass wir am Telefon abgehört werden, war auch nur eine Theorie, so wie die unerlaubte Sammlung unserer Daten und viele andere Dinge, die vom Hirngespinst zum Fakt wurden. Die da oben wollen uns dumm halten, doch Informationen sickern durch und dann ist es eh zu spät. Stell dir vor, es gibt eine Krise und man sagt dir, dass es keine Nahrungsmittelknappheit geben wird. Doch wenn du täglich vor den leeren Regalen stehst, merkst du, dass dich dein Verstand in den Hintern beißt. Was mich angeht, ich will bereit sein, wenn die Krise kommt.«

»Welche Krise denn?«

»Na ja, die Krise, Apokalypse, Weltuntergang, du weißt, also das, was kommen wird.«

»Manchmal wundert es mich, dass du überhaupt noch vor die Tür gehst.«

»Hedda zieht mir gerne mal den Stecker, wenn ich zu lange vor dem PC sitze. Sie hat Angst, dass ich als Hacker Probleme ins Haus hole.«

»Deine Frau ist ja ein echter Spaßkiller. Wieso musstest du sie unbedingt heiraten?«

»Du warst doch in derselben Schulklasse mit uns. Sie war schwanger, was hätte ich sonst tun sollen?«

»Abschießen, das Land verlassen, auf See hinausfahren, Fährmann auf einer Eisscholle in Alaska werden. Alles, nur nicht Hedda heiraten.«

»Du und ich, wir haben damals so viel Mist gebaut, dass mein Vater kurz davorstand, mich in ein Internat zu stecken. Als das mit der Schwangerschaft kam, wollte mein Vater, dass ich wie ein Erwachsener zu meinen Taten stehe. Außerdem wollte er seine Elektrofirma nur an mich weitergeben, wenn ich mich erwachsen verhalte.«

»Und du hast das Unternehmen erwachsen gegen die Wand gefahren.«

»Nicht jeder kann so ein guter Unternehmer wie du sein, Magnus. Eine zu frühe Hochzeit, ein kleines Kind und eine Menge Probleme drücken dich wie Blei ins Wasser. Dein Leben hätte ich auch gerne, ohne Probleme und in Freiheit«, erwiderte Håkon und klopfte sich Baustaub von seiner Schulter. »Als Angestellter geht es mir besser, kein Papierkram, keine komplizierte Steuer und keine Kundensuche. Auch wenn ich damit nicht reich werde.«

Magnus blickte Murat missmutig an, als er Håkon sein übliches Feierabendbier hinstellte und wieder die anderen Gäste bediente.

»Was ist los, Magnus, habt ihr beiden Probleme?«, wollte Håkon wissen.

Magnus wartete, bis Murat von einem Gast zum anderen Ende des Tresens gerufen wurde, bevor er den Kopf schief legte und ihn angrinste.

»So schaust du doch nur, wenn du mich in irgendeine Scheiße reinziehst?«, flüsterte Håkon.

»Keine Sorge, hat nichts mit dir zu tun. Nur mit Medina, seiner Freundin.«

»Was? Das meinst du nicht ernst, oder?«

»Doch, schon seit einiger Zeit. Ich weiß nicht, ob er etwas gemerkt hat.«

»Dein Leben würde ich gerne haben, du Casanova! Die ist echt heiß. Allerdings bist du tot, wenn Murat es erfährt. Er ist Boxer.«

»Ich lasse mich von niemandem einschüchtern«, erwiderte Magnus und blickte kurz zu Murat, der gerade zwei Metallbecher mit Eis füllte, ineinandersteckte und zu schütteln begann. Dabei lächelte er Magnus an und zwinkerte.

Magnus wandte sich wieder Håkon zu. »Ich weiß nicht, was ich von diesem Typ halten soll. Entweder weiß er es und hält mich zum Narren oder er ist tatsächlich so dumm, wie ihn Medina beschreibt und ich bilde mir das nur ein.«

»Das ist eine schwierige Lage, denn wenn du ihn darauf ansprichst, verrätst du es ihm, wenn er es doch nicht weiß. Manchmal bringen dich deine Affären in Schwierigkeiten, vielleicht solltest du mal darüber nachdenken, ob du nicht vorsichtiger sein solltest. Gerade du müsstest das wissen. Denkst du noch an …«

»Nein, denke ich nicht, das ist Vergangenheit.« Magnus kippte sein Bier in einem Zug hinunter und wischte sich mit dem Handrücken den Schaum vom Mund.

*

Magnus schloss die Tür der Kneipe und lief zu seinem Auto. Es war bereits dunkel und das Licht der Laternen spiegelte sich in den Pfützen, die auf dem unebenen

Pflaster den Gehweg wie ein Giraffenmuster marmorierten. Nieselregen fiel auf die Wasseroberflächen und wurde vom auffrischenden Wind für einen Moment zur Seite gedrückt.

Als Magnus aufstieß, bereute er, dass er schon wieder mehr getrunken hatte, als er wollte. Erst der Wein mit Medina und dann die drei Bier mit Håkon. Zumindest verursachten drei Bier keine Kopfschmerzen am nächsten Tag.

Er ging um die Ecke in den Hinterhof und entriegelte sein Auto. Dabei sah er den Wagen von Murat, einen älteren Mercedes, in den er sehr viel Geld gesteckt hatte. Die Aluminiumfelgen waren so groß, dass mehr Metall als Gummi auf den Rädern war. Und das Auto lag so tief, dass der Frontspoiler fast auf der Straße klebte.

Magnus fiel auf, dass der Kofferraumdeckel nicht komplett geschlossen war, weil etwas im Spalt klemmte. Als er den Deckel öffnete, sah er Tapetenrollen, einen Eimer Kleister und Tapezierwerkzeug. Ein langes Messer, das im Rahmen lag, hatte das Schließen der Klappe verhindert. Auf dem rostbraunen Holzgriff prangte ein großes *MS,* das wohl für den Namen Murat Sertkaya stand.

Wenn Murat tatsächlich versuchte, ihn einzuschüchtern, wollte Magnus ihm etwas entgegensetzen. Er nahm das Messer und lief zum vorderen Reifen. Nachdem er das Messer mit beiden Händen gepackt hatte, stieß er es in den Reifen. Doch die Sache lief anders als geplant. Zwar drang die Klinge durch den Widerstand des Gummis, doch Magnus rutschte ab und ein Stück des Messers blieb stecken.

Magnus nahm Abstand und betrachtete sein Werk voller Genugtuung. Dieser Anabolika schluckende Prolet würde sich wundern, was mit seinem teuren Reifen geschehen war.

Danach stieg Magnus in sein Auto und warf das halbe Messer auf den Rücksitz.

Sein Handy klingelte. Das Display zeigte keine Rufnummer an. »Ja, hallo?«

»Oberkommissar Solberg. Sind Sie es, Herr Farstad?«

Natürlich, wer denn sonst, du Blechkopf, dachte Magnus. »Ja, ich bin es.«

»Gut. Wir haben die Spurensuche abgeschlossen.«

»Und, gibt es etwas Neues?«

»Es ist tatsächlich eine menschliche Nase.«

Magnus seufzte. »Braucht man dazu eine Spurensicherung, ernsthaft?«

»Das ist nicht wie im Film, Herr Farstad«, sagte Solberg. »Wir müssen klarstellen, ob es sich um einen Scherz oder ein Verbrechen handelt und dazu müssen wir alles untersuchen. Am Paket konnten wir nichts finden, keine Fingerabdrücke, da muss jemand mit Handschuhen gearbeitet haben. Wir jagen noch eine Blutanalyse durch den Computer und vergleichen die Sache mit anderen Fällen in Norwegen. Gab es sonst noch etwas, das Ihnen aufgefallen ist?«

Magnus hörte in der nachfolgenden Stille die Schmatzgeräusche, die Solberg am anderen Ende der Leitung machte. Wahrscheinlich aß er wieder einen Müsliriegel, während er vor eine Leiche stand. »Nein, das ist alles.«

»Keine Forderungen?«

»Nein, ich denke, dass mir nur jemand Angst machen wollte. Nichts, was ich nicht schon erlebt hätte.«

»Okay. Dann können Sie wieder in Ihr Haus. Geben Sie mir Bescheid, wenn noch etwas sein sollte. Und übrigens, wir ermitteln in Richtung Mord, bevor wir Näheres wissen. Also verreisen Sie vorerst nicht.« Solberg legte auf.

Hatte ihm dieser Mann gedroht? Ahnte er, dass Magnus ihm etwas vorenthalten hatte? Egal was hier vor sich ging, morgen würde es ein Gespräch mit dem Chef der Polizei geben. Schließlich hatte die Nordbank der Tochter vom Leiter der Dienstelle einen Autokredit vermittelt. Was konnte ein dahergelaufener Bulle schon ausrichten, wenn Magnus seine Kontakte spielen lassen würde?

»Mittlerweile reihen sich Behörden in den Bewertungswahn des aktuellen Zeitgeists ein. Dazu stellen sie tolle Fragen, zum Beispiel: WIE ZUFRIEDEN SIND SIE?
Merken die doofen Beamten denn gar nicht, dass bereits das zweite Wort der Frage eine Farce ist?«

Magnus Farstad

3 Entführt

Das Licht der Glühbirne, dessen Glas orangebraun angelaufen war, schaffte es nur schwerlich, den heruntergekommenen Raum auszuleuchten. Sie war schwach und flackerte von Zeit zu Zeit. An ihrer Spitze bildete sich ein Wassertropfen, der aus den verkalkten Rissen, die über die ganze Decke wie Spinnweben verteilt waren, sickerte. Auch an der Stromleitung, die sich quer über die Decke bis zur Glühbirne zog, hatte sich Feuchtigkeit gesammelt und ließ das schwarze Kabel ölig wirken.

Marit blinzelte. Als sie die Decke über sich als *oben* begriffen hatte, kehrte ihr Geruchssinn zurück. Die Luft barg eine starke Note nach verrottender, modriger Matratze. Auch ihr Körpergefühl meldete sich wieder. Sie bewegte ihre Finger, schmeckte die Trockenheit in ihrem Mund und winkelte die Beine an. Sie lag auf dem Rücken und wollte sich zur Seite drehen, doch ihr Kopf schmerzte. Es war ein dumpfer Schmerz, der tief in ihrem Kopf zu sitzen schien. Er wummerte hinter ihren Augen.

Marit fasste sich an den Hinterkopf und spürte etwas Feuchtes. Als sie sich ihre Hand ansah, war darauf eine dunkle, klebrige Flüssigkeit. Das Denken tat ihr weh, trat gegen ihr Stammhirn, als würde ein Bär in einem zu engen Käfig wüten. Dunkel meinte sie, sich erinnern zu können, dass sie eben noch auf einer Straße unterwegs gewesen war, der Rest war wie ausgelöscht.

Nach einiger Zeit erwachte sie erneut und merkte, dass sie das Bewusstsein verloren hatte. Vorsichtig verlagerte sie das Gewicht auf ihre Ellenbogen und richtete sich ein wenig auf. Sie lag auf einer Matratze ohne Bezug.

Sie war so zerschlissen, dass die Spitze einer Metallfeder durch den dünnen Stoff in ihren Unterarm drückte. Marit wuchtete sich ins Sitzen und berührte mit ihren Stiefeln den Boden. Instinktiv griff sie in die Innentasche ihrer Jacke und wollte ihr Handy herausnehmen. Doch sie war leer. Die Suche in den anderen Jacken- und Hosentaschen ergab dasselbe Ergebnis.

Aus einem entfernten Winkel des Raums drang das Fiepen einer Maus zu ihr.

Eiswürfelweise kroch Marit der Ekel über den Nacken, doch sie war so schwach, dass sie zu keiner körperlichen Reaktion fähig war. Außerdem schien sich der gesamte Raum wie in einem Kaleidoskop zu drehen.

Sie saß da und wartete, bis sich alles um sie herum setzte und nicht mehr bewegte. Auch der Kopfschmerz ließ langsam nach, sodass sie sich umsehen konnte.

Es war ein gewölbter Backsteinraum, an dessen fensterlosen Wänden links und rechts mehrere ineinander gestapelte, verschiedenartige Holzstühle standen. Neben der Metalltür, die der einzige Ausgang war, stand ein schwerer Schreibtisch aus dunkel gebeiztem Holz. Efeuranken waren in seine Seiten und in die Kante der Schreibtischplatte, auf der ein Eimer stand, geschnitzt.

Marit holte ein paarmal Luft und kämpfte sich in den Stand. Für einen Moment trübte Schwindel ihre Sinne, dann hatte sie sich im Griff. Mit kleinen Schritten ging sie zur Tür und wollte sie öffnen. Doch statt eines Griffs hatte sie nur einen Knauf. Sie zog daran und bekam sie nicht auf. Marit lehnte sich mit der Stirn an die Tür, das Metall war kühl, was ihrem Kopf guttat.

»Hallo?« Für einen Moment fragte sie sich, ob das ihre eigene Stimme war, die so kratzig und rau klang.

»Hallo, ist da jemand?«

Stille.

»Ich ... wo bin ich, ist da jemand?«

Stille.

So langsam und unumkehrbar wie ein fallender Baum schmetterte eine Erkenntnis in ihren Verstand: »Ich kann hier nicht raus«, sagte sie zu sich selbst. Erst als sie die Worte ausgesprochen hatte, wurde es Wirklichkeit. Sie trat einen Schritt zurück, sah sich panisch um und trommelte dann mit ihren Fäusten gegen die Tür. »Hilfe! Bitte helft mir, ich will hier raus!«

Stille.

Sie brach in Tränen aus und trommelte immer heftiger.

Niemand öffnete ihr. Niemand antwortete ihr.

Marit sank mit dem Rücken an die Tür gelehnt zusammen und vergrub ihr Gesicht in den Händen. »Ich will hier raus«, jammerte sie und ergab sich ihrer Verzweiflung.

Nach einer Weile versiegten ihre Tränen. Die Panik zog langsam ihre eisigen Tentakel aus ihrem Bewusstsein zurück und schuf Raum für logisches Denken. Sie starrte zwischen ihren Beinen hinab auf den blanken Betonboden. Sie wusste nicht, wo sie war. Wusste nicht, wieso sie hier war. Wusste nicht, was genau passiert war. Sie wusste nur, dass sie eine Scheißangst hatte. Für einen Moment wallte wieder Panik auf und ebbte ab. Sie betastete jeden Körperteil, bewegte Arme und Beine und prüfte, ob sie noch andere Verletzungen hatte. Zu ihrem Glück hatte sie nur die Platzwunde am Kopf, die nicht mehr blutete.

Sie stand auf und sah sich um. Es gab ein klappriges Bett aus Metallstangen, einen Schreibtisch und größere Gegenstände, gestapelte Stühle und ... sie konnte es nicht fassen.

Eine Seite des Raums bestand aus einer Glasscheibe. Sie war ringsherum fugenlos in Boden, Wände und Decke eingearbeitet, als sei das Drumherum nur für das Glas geschaffen worden. Wieso hatte sie das nicht vorher schon gesehen?

Marit ging dicht an die Scheibe heran und legte ihre Hände um ihre Augen, um hinter die Scheibe blicken zu können. Doch sie sah nichts als Dunkelheit. Sie taumelte rückwärts zurück zum Bett und ließ sich mit dem Hintern auf die Matratze fallen.

Das Gestell quietschte unter der Belastung.

Marits Verstand rang mit einem Gedanken, den ihre Emotionen nicht zulassen wollten. Ihr Glaube an das Gute im Menschen wollte es nicht wahrhaben, stemmte sich dagegen und wehrte sich. Doch zu schwach, denn im Angesicht der Realität bröckelte er wie trockenes Herbstlaub.

Man hatte sie entführt.

4 Armut stinkt

Magnus lehnte mit dem Hintern an der Werkbank von Jakob Grimson, seinem Mechaniker, und wartete. Die zwei Tore der kleinen Halle waren geschlossen und über den Hebebühnen und Werkzeugschränken lag der Duft von Motorenöl und Reifengummi. Ein Lehrjunge liftete einen alten Käfer mit der Hebebühne in die Luft und schob danach ein rotes Wägelchen mit einem Trichter dicht unter das Fahrzeug. Er schraubte am Unterboden und ließ kohlschwarzes Öl ab.

Magnus ging zu seinem Auto und blickte in seinen Außenspiegel. Mit der Tönung hatte er seine grauen Stellen beseitigt und sah nun wieder jünger aus. Auch wenn der Begriff *Silberrücken* eine gewisse Erhabenheit ausstrahlte, wollte er lieber aussehen wie in seiner Jugend.

»Die Reifen sin' auf Lager, soll ich sie montieren?« Jakobs Stimme klang genauso bärbeißig und rau, wie er aussah. Ein Knüppel, zusammengezimmert aus einer Holzlatte mit rostigen Nägeln darin, versprühte mehr Charme als er.

Jakobs blaue Latzhose spannte über dem dicken Bauch, während er sich mit der ölverschmierten Hand am Hintern kratzte. Danach schob er sich die Lesebrille von der krummen Nase hoch auf den kahlen Kopf und deutete auf ein Blatt Papier. »Passt's mit dem Preis?«

»Das ist gut. Diese Woche soll es regnerisch bleiben, daher ist es besser, wenn mein Auto jetzt schon für die dunkle Jahreszeit fit ist. Und schau dir auch mal das Fahrwerk an, vorne klappert etwas beim Fahren.«

»Ist doch 'n Neuwagen, wieso klappert's denn?«, wollte Jakob wissen und fuhr sich über den langen, feuerroten Vollbart.

»Ich bin nicht der Einzige, der es fährt. Geht das über Garantie?«

»Kann ich machen«, antwortete Jakob und winkte den Lehrjungen herbei. Er gab ihm das Papier und schickte ihn weg, bevor er den BMW per Knopfdruck nach oben fuhr.

Magnus liebte diesen Mann, der sich für Schummeleien gegenüber der Versicherung nicht zu schade war. »Der Wagen war teuer genug, da soll der Hersteller ruhig mal was zurückerstatten.«

Jakob griff mit seinen klobigen Händen an verschiedene Stellen im Unterboden, bewegte das Lenkgestänge und zog an einem bestimmten Teil. »Das ist der Querlenker, der Kopf ist ausgeschlagen, ich muss ihn wechseln. Ich bestelle das Ersatzteil, könnte etwa eine Woche dauern.«

»Passiert so etwas öfter bei diesem Modell?«

»Nein, das Fahrwerk ist gut. Doch wenn's jemand darauf anlegt, dann kriegt er's kaputt. Ein Schlagloch, ein Bordstein oder eine andere Kante, über die man mit der falschen Geschwindigkeit fährt, können das verursachen.«

Magnus schüttelte den Kopf. Die zierliche Medina hatte es doch tatsächlich geschafft, das große Fahrzeug ernsthaft zu beschädigen. Sie nahm keinerlei Rücksicht, weder auf sein Eigentum noch auf seine Geldbörse. Und dennoch war ihr Hintern jeden Cent wert.

Der Junge kam mit einer Sackkarre zurück, auf der vier Kompletträder gestapelt waren. Er stellte sie ab und gab seinem Meister einen Apparat von der Werkbank, der mit einem Schlauch am Ventil neben der Steckdose verbunden war.

Jakob setzte das Gerät an und demontierte mit Luftdruck alle vier Reifen. Während er die neuen an den jeweiligen Platz wuchtete, zog er immer wieder die Nase hoch.

»Bist du krank, Jakob?«

»Nein, nur zu wenig Vodka. Hast du über meinen Kredit nachgedacht? Ich brauch 's Geld, sonst verliere ich mein Boot.«

Magnus überlegte kurz, dann erinnerte er sich an die Anfrage des Werkstattmeisters. »Ich habe den Antrag zur Prüfung in die Zentrale nach Bergen geschickt. Für mich geht das klar, doch das letzte Wort liegt bei denen«, log Magnus. Natürlich hatte er nichts weitergeleitet. Bei einem Mann, der mal im Knast gesessen hatte, ließen sich keine Prämien für Vermittlungen verdienen, da er die Kreditwürdigkeit einer Schildkröte hatte, die auf dem Rücken lag. »Ich bin auf deiner Seite, wenn ich könnte, würde ich dir sofort das Geld geben, damit du dein Boot retten kannst. Doch 20.000 Euro sind viel Geld, da müssen ganz andere Leute entscheiden.«

Jakob drehte kurz den Kopf zu Magnus. Seine Miene war unergründlich. »Sag mir, wem von den Entscheidern ich 's Knie brechen soll, das ist kein Problem für mich«, meinte er und montierte die neuen Reifen weiter.

Magnus hob die Brauen. Bevor er etwas sagen konnte, klingelte sein Handy. Auf dem Display stand *Anonymer Anrufer*, was ihm missfiel, dennoch ging er dran. »Hallo?« Er ging zum Telefonieren durch das Tor nach draußen.

»Polizeidirektion der Provinz Hardanger, Direktor Utgård, Sie hatten heute Morgen bei meiner Kollegin um Rückruf gebeten?«

»Ja, guten Tag Herr Utgård, hier ist Farstad. Wie geht es Ihnen?«

»Ach, Sie sind es. Gut, gut, im Moment ist viel los.«

»Was macht der Geländewagen Ihrer Tochter?«

»Ist schon Schrott, sie hat ihren Freund fahren lassen, der wohl mit ein paar seiner Kumpels durch den Wald gefahren ist. Dem Baum geht es gut, das Auto ist hin. Jetzt kann sie weiter den Kredit abzahlen, damit sie endlich mal lernt, dass alles, was wir tun, Konsequenzen hat.«

»Das tut mir leid, hoffentlich ist ihr nichts dabei passiert?«

»Nein, außer einem gebrochenen Herzen und drei Tagen Schweigen zu Hause ist alles im Lot.«

»Ganz typisch für das Alter. Herr Utgård, Sie wissen, was bei mir passiert ist?«

»Ja, Frau Björnsdottir hat mich informiert. Keine Sorge, das wird schon.«

»Danke, ich wollte nur fragen, ob man die Sache nicht einstellen kann. Ich bin es gewohnt, dass man versucht, mich einzuschüchtern. Wissen Sie noch meine Anzeige wegen des Erpresserbriefs vor zwei Jahren?«

»Ja, ich kann mich erinnern. Wir haben den Täter gefasst, der hatte parallel zu Ihrer Bank einen Juwelier aus Tyssedal mit demselben Brief erpresst.«

»Sehen Sie, das kommt nicht zum ersten Mal vor. Also würde ich meine Anzeige gerne zurückziehen.«

»Das geht nicht, Herr Farstad. Ihnen wurde eine menschliche Nase zugeschickt, daher müssen wir auch in Richtung Mord ermitteln. Dies ist kein Bagatelldelikt.«

»Und was ist mit diesem Oberkommissar Solberg? Wie lange ist der schon bei der Polizei, ich denke nicht, dass er kompetent genug ist, um den Fall zu leiten.«

»Keine Sorge, er ist einer der Besten, außerdem habe ich seine Arbeit im Blick. Machen Sie sich keine Sorgen, wir haben das im Griff«, erwiderte Utgård und legte auf.

Magnus war unzufrieden. Dieser müsliriegelvernichtende Polizist würde weitere Fragen stellen und in seiner Vergangenheit herumwühlen. Doch was konnte ein einfacher Polizist schon ausrichten? Er war Magnus Farstad und würde auch diesen Sturm überstehen – solange der Sturm nicht den Keller seiner Seele freilegte.

*

»Magnus, der Mieter im dritten Stock lässt uns herein!«, rief Grethe durchs Treppenhaus.

Magnus blickte über das Geländer nach oben, sah kurz das Gesicht seiner Mitarbeiterin und stieg die Treppe hinauf.

Das Holz der Stufen wies jeweils in der Mitte eine abgerundete Trittkante auf, wo schon lange kein brauner Lack mehr haftete. Sie knarzten bei jedem Schritt und an einigen Stellen klebten Putzreste wie Kuchenteigkleckse auf dem Boden. An den Wänden waren Schlitze angebracht, in denen Elektroleitungen verliefen.

Ein Bauarbeiter lehnte aus einem Fenster und seilte einen Eimer mit Ziegelsteinen ab, während unten auf dem Hof eine Kreissäge lärmte.

»Du bist spät«, beschwerte sich Grethe mit einer Akte in der Hand. Sie hatte sie aufgeschlagen und tippte mit einem Kugelschreiber auf ihr Papier. »Steht alles in deinem Terminplan.«

»Ich hatte noch zu tun«, antwortete er und nahm die letzte Stufe.

Neben der Bankangestellten stand ein kleiner Mann mit Jogginghose und hielt ein Kleinkind im Arm.

»Wo ist Lukas Rygg, der Eigentümer?«, wollte Magnus wissen.

»Er lässt sich entschuldigen. Wir sollen uns das Objekt selbst anschauen. Der Mann hier neben mir lässt uns in seine Wohnung, dann haben wir ein Beispiel für die anderen sechs Einheiten im Haus.«

Als Magnus die Wohnung betrat, rümpfte er die Nase. Obwohl die Laminatböden und Möbel gepflegt waren, lag über allem der Gestank von Windeln und Armut. »Wie viele Zimmer sind das?«

»Drei«, antwortete der Mieter und führte ihn herum. »Das ist die Küche, dort das Kinderzimmer und hier über den Flur kommen wir ins Wohnzimmer.«

Magnus warf einen Blick ins Wohnzimmer, lief kurz ins Elternschlafzimmer und inspizierte das Bad, in dem die Mieterin stand und sich am Spiegel schminkte. Zwar fand er die Wohnung insgesamt klein, doch sie hatte Potential für Umbauten.

»Wird Herr Rygg neben der Fassade und dem Treppenhaus endlich auch die Wohnungen renovieren? Wir haben Schimmel im Bad«, sagte die Dame des Hauses und zeigte an eine dunkle Stelle an der Decke.

»Das weiß ich nicht, ich kann nicht für Herrn Rygg sprechen«, sagte Magnus und überschlug kurz im Kopf den Marktpreis der Gesamtimmobilie. Danach ließ er sich von Grethe die Akte geben und überblickte die Grunddaten des Hauses. Darin lagen bereits Fotos von der Außenansicht, vom Keller, der Heizungsanlage, vom Dach und anderen Stellen, die es einzuschätzen galt. »In Ordnung, wir sind hier fertig. Danke, dass Sie uns in Ihre Wohnung gelassen haben.«

»Setzen Sie sich doch, wollen Sie Kaffee oder Tee?«

»Nein, ich trinke zu viel Kaffee, danke. Ich muss jetzt los.«

Grethe lehnte sich gegen den BMW und zündete sich eine Zigarette an. Sie nahm die Akte von Magnus entgegen und nickte zu den Bauarbeitern im Hof, die gerade ein Gerüst an der Fassade errichteten. »Und, wird die Nordbank den Kredit bewilligen?«

»Ich denke schon, vor allem bei dieser Lage. Wir sind hier an der Ringstraße des Sørfjords, außerdem hat das Haus seinen eigenen Anlegesteg. Das ist für die wohlhabenden Interessenten sehr wichtig. Der Zustand des Hauses ist dem Alter entsprechend in Ordnung. Wenn die Erneuerung der Fassade und des Treppenhauses fertig ist, wird das eine hochwertige Immobilie. Zusammen mit den Versicherungen und dem Zins bedeutet das ein gutes Geschäft für uns. Dennoch wundert es mich, dass Lukas Rygg nicht erschienen ist.«

»Der ist hier nicht gern gesehen. Seit einem halben Jahr beschweren sich die Mieter über den Baulärm. Die zwei im Erdgeschoss sind sogar schon ausgezogen. Es geht das Gerücht um, dass er die Bewohner loswerden und Luxusappartements schaffen wolle. Daher herrscht im Haus eine miese Stimmung. Der Mieter im ersten Stock hat mir die Nase vor der Tür zugeschlagen, als ich ihn gefragt habe, ob die Bank seine Wohnung besichtigen darf. Es wäre mir eine Hilfe gewesen, wenn du pünktlich da gewesen wärst«, sagte sie und blies genervt den Zigarettenqualm zur Seite.

»Letztlich hast du das gut gelöst. Dir nimmt keiner die Butter vom Brot.«

»Dann behalte das mal im Kopf, wenn wir über meine überfällige Gehaltserhöhung nachdenken.«

»Steig ein, wir sollten langsam wieder los.« Magnus setzte sich ins Auto, ließ den Motor an und fuhr los.

Grethe sortierte die Papiere und Fotos in der Akte. »Ich habe dir bereits alle Unterlagen auf den Schreibtisch gelegt. Die Zentrale wartet nur noch auf deinen Kurzbericht über das Objekt und deine Unterschrift unter der Bewilligung.« Sie sah sich noch ein paar der Fotos an. »Ich hoffe, du denkst noch an das Ehrenfest.« Ihr Tonfall ließ schon erkennen, dass sie keine Hoffnung hatte.

»Welches … ach ja, das hatte ich ganz vergessen. War das morgen?«

»Nein, heute. Schaust du denn gar nicht in deinen Terminkalender? Ich markiere dir sogar schon die einzelnen Veranstaltungen mit Rot.«

»Heute? Verdammt, jetzt fällt es mir wieder ein. Der Bürgermeister wollte die Menschen ehren, die für Oddas Entwicklung Großes geleistet haben.«

»Richtig, und er hat die gesamte örtliche Nordbank eingeladen. Medina dürfte schon in der Filiale bereitstehen und auf uns warten.«

Magnus fühlte sich nicht gut bei dem Gedanken, sich mit Medina auf einem Fest blicken zu lassen. Es bestand die Gefahr, dass Murat auch da war. Und wenn schon? Er war ihr Chef, solange er die Finger von ihr ließ, würde niemand merken, dass er etwas mit ihr hatte.

*

Blaue Banner mit einer weißen Pfeilspitze darauf, das Wappen Oddas, waren mit gewölbten Bäuchen an der Decke befestigt. Eines von ihnen hatte sich zur Hälfte gelöst und hing knapp über dem Blasorchester, das auf der Bühne stand und einen Walzer für die Tanzenden spielte. Die Frauen trugen elegante Abendkleider in Schwarz und Ultramarinblau mit züchtigem Ausschnitt. Ihre Männer waren eher schlicht gekleidet, in ihren meist dunklen Sakkos, die sie mit einer Jeans oder Cordhose kombiniert hatten.

Magnus richtete sich den Krawattenknoten, während er sich auf seinem Stuhl zum Büfett drehte, das an der Seite des Bürgersaals stand. Darauf waren Lachsbrötchen, Käsespieße, Gebäckstangen und eine große Auswahl an Rot- und Weißweinen angerichtet. Eine Reihe von hungrigen Gästen hatte sich angestellt, sodass sich jeder ein wenig gedulden musste, wenn er etwas haben wollte.

Magnus' Magen knurrte. Er sah Grethe in der Mitte der Schlange stehen und hoffte, dass sie bald zurückkam.

»Du kannst ja schon einmal Wein trinken, die braucht wohl noch länger«, sagte Medina.

Magnus drehte sich zu ihr. Sie saß am runden Tisch gegenüber von ihm, während sie ein Selfie von sich schoss.

»Nein, danke. Ich habe mir vorgenommen, nichts auf leeren Magen zu trinken.« Er blickte auf die zwei Flaschen Spätburgunder, die neben einem Arrangement aus Gläsern auf der weißen Tischdecke standen und musste all seine Willenskraft aufwenden, der Versuchung zu widerstehen.

Medina tippte kurz auf ihrem Handy herum und blickte danach zu ihm auf. Sie machte große Augen und lächelte ihn an. »Auf dieser Webseite gibt es eine Reise, eine Woche Frankreich für Romantiker, sehr günstig. Lass uns verreisen.«

»Wie soll das gehen, ohne dass jemand merkt, dass du weg bist?«

»Ich kann ja wieder bei Tante Leyla sein.«

»Eine Woche?«

»Klar. Im Moment ist Murat sowieso unausstehlich. Jemand hat ihm den Reifen kaputtgemacht und jetzt ist er stinksauer. Er hat mich angeschrien, als sei ich dafür verantwortlich. Manchmal habe ich das Gefühl, dass sein Auto das Einzige ist, das er wirklich liebt.«

Magnus schluckte. »Wer macht denn so etwas?« Er nahm sich eine Weinflasche, in der der Korken nur locker oben aufsaß und schenkte sich ein Glas ein. »Skål«, prostete er kurz und schon nach dem ersten Schluck fühlte sich sein Hals nicht mehr so trocken an.

»Vielleicht sein Bruder, mit dem hat er schon länger Krach. Auch meine Tante steht im Kreis seiner Verdächtigen.« Sie warf ihr schwarzes Haar zurück über die Schulter und himmelte ihn an. »Heirate mich, dann verlasse ich ihn.«

Magnus hätte sich fast verschluckt. »Heiraten?«

»Ja. Ich kann nicht länger mit Murat zusammen sein, denn seit er wieder trainiert, denkt er, jeder müsse machen, was er will. Außerdem ist er oft pleite, Armut stinkt.«

»Du willst mich wegen meines Geldes?«

»Nein, das ist es nicht. Ich will einen Mann, der fest im Leben steht, der etwas geschafft hat. So eine Bar macht nicht reich und bringt einen auch nicht weiter.«

Heiraten passte so gar nicht in sein Konzept. »Sieh mal, ich … habe das schon hinter mir. Ich bin kein Mann zum Heiraten.«

»Du meinst wegen deiner ersten Liebe, Emilie?«

»Woher weißt du …?«

»Wir schlafen miteinander, ich war oft genug in deinem Haus. Ich habe die Bilder gesehen und die Briefe gelesen«, erwiderte sie und tat mit einer Handbewegung die Sache ab, als wäre das nichts Ungewöhnliches.

»Du schnüffelst mir hinterher?«

»Das machen Frauen so, also gewöhne dich dran. Sag mal, was ist passiert, wieso ging das in die Brüche?«

Magnus fühlte sich, als hätte ihn ein Bus angefahren. Das Ganze kam viel zu abrupt. »Ähh …«

»So, Magnus, ich habe zwei Teller mitgebracht, von allem ein bisschen was.«

Magnus brauchte einen Moment, bis er begriff, dass Grethe sich an den Tisch gesetzt hatte. Sie nahm einen Gurkenstift, tunkte ihn in ein Schälchen mit Käsedip und schob ihn sich in den Mund.

Magnus kippte seinen Wein mit einem langen Schluck hinunter.

Medina stand auf und reichte ihm die Hand. »Komm, ich will tanzen.«

Magnus blickte sich nach allen Seiten um. »Das geht jetzt nicht.«

»Klar geht das. Eine Angestellte möchte mit ihrem Chef tanzen, da ist nichts Ungewöhnliches dran.«

Magnus suchte mit seinem Blick Hilfe bei Grethe, die jedoch weiterhin auf ihrer Gurke kaute und schlicht mit den Brauen zuckte, als wolle sie klarmachen, dass er sich das selbst eingebrockt hatte.

Magnus stand auf und folgte Medina zur Tanzfläche. Als sie stehen blieb, fasste er sie so weit oben am Rücken, dass seine Rechte zwischen ihren Schulterblättern ruhte und mit der Linken nahm er ihre Hand. Zwischen ihnen beiden hätte noch ein weiterer Mensch hineingepasst, so viel Abstand hielt er von ihr. Unter keinen Umständen sollten sich ihre beiden Hüften berühren. Medina grinste ihn an, als koste sie sein Ungemach in vollen Zügen aus.

Magnus fand das dreist, doch was erwartete er? Ihre Beziehung war nichts Tiefes, es ging um Lust und Heimlichkeit. Meinte sie das mit dem Heiraten wirklich ernst?

Die Melodie endete und die Musiker räumten die Bühne. Der Bürgermeister betrat über ein Treppchen an der Seite die Bühne und ließ ein paar Jungen einen Tisch mit Körben, Blumensträußen und Medaillen aufbauen.

Die Tänzer räumten derweil die Tanzfläche und setzten sich zurück auf ihre Stühle.

Magnus fiel ein Stein vom Herzen, dass er nicht noch länger vor aller Leute Augen mit Medina tanzen musste. Er nahm wieder gegenüber von ihr Platz und wartete, bis der Bürgermeister, ein kleiner Mann mit schütterem Haar, sein Mikrofon hatte aufbauen lassen.

Der Bürgermeister trug seine Amtskette über der Krawatte und scheuchte alle Helfer von der Bühne. »Meine lieben Bürgerinnen und Bürger von Odda«, begann er und breitete die Arme aus. Er wartete, bis auch die Einzelgespräche in den hinteren Ecken des Saals eingestellt waren und sprach weiter. »Wie Sie wissen, habe ich seit meinem

Amtsantritt viel für unsere Gemeinde erreicht. Nach eineinhalbjähriger Bauphase ist der neue Kreisverkehr auf der Ringstraße fertiggestellt, sodass der Hauptverkehr nicht mehr über unsere kleinen Gassen fließen muss. Außerdem haben wir vor dem Rathaus eine Reihe neuer Parkplätze geschaffen, natürlich ohne Parkuhr. Sie sehen, dass Ihre Gelder sinnvoll eingesetzt wurden. Doch kann eine Gemeinde nicht alles selbst finanzieren, daher habe ich Sponsoren für weitere Bauprojekte gesucht. Zum Glück fand ich Leute mit offenem Herzen, die sich gerne für ihre Mitmenschen engagieren. Ich nenne sie Wohltäter und möchte heute jeden Einzelnen von ihnen ehren. Anfangen werde ich mit dem Mann, der den finanziellen Rahmen für unseren nun nicht mehr ganz so neuen Bürgersaal auf die Beine gestellt hat. Herr Magnus Farstad, unser Wohltäter von der örtlichen Nordbank, bitte kommen Sie auf die Bühne.«

Unter Beifall stand Magnus auf und stieg über das Treppchen auf die Empore.

Der Bürgermeister streckte ihm die Hand entgegen, gab ihm einen feuchten Händedruck und nahm eine Medaille von seinem Helfer an, die er Magnus um den Hals legte.

Magnus bückte sich, damit der Mann die Schleife über seinen Kopf streifen konnte und richtete sich danach das Schmuckstück über der Brust aus. Es war eine Bronzemedaille in Form eines Lorbeerkranzes mit einer Pfeilspitze darauf.

Der Bürgermeister ging danach zum Tisch und nahm sich einen der Präsentkörbe. Er war gefüllt mit abgepacktem Käse, Dosenwurst, einer Weinflasche, Marmeladengläsern und anderen Leckereien. »Ich bedanke mich im Namen der Gemeinde bei Ihnen und Ihren Mitarbeiterinnen, die hier so hervorragende Arbeit leisten und wünsche Ihnen noch ein schönes Ehrenfest.« Er gab Magnus die Hand und nickte ihm anerkennend zu, während er ihn zum Mikrofon bugsierte.

Magnus war das unangenehm, da er nicht erwartet hatte, eine Rede halten zu müssen. »Ähm. Liebe Bürgerinnen und Bürger von Odda«, begann er und räusperte sich, »wie Sie wissen, kümmere ich mit seit zehn Jahren um Ihr Geld und Ihr Kapital. Für das Vertrauen, dass Sie in mich setzen, bin ich froh, mich mit meiner bescheidenen Hilfe bei Ihnen bedanken zu dürfen. Ich wünsche Ihnen allen ein gutes Fest und eine schöne Woche.« Nach seiner kurzen Ansprache bekam Magnus verhaltenen Applaus und verließ zusammen mit dem Korb die Bühne.

Als er zu seinem Platz zurückging, sah er Murat, wie er an Medinas Arm zog.

»Ich will jetzt nicht gehen«, sagte Medina und schüttelte ihn ab. »Ich treffe mich später noch mit den Mädels. Außerdem bist du besoffen.«

Murat stellte eine Weinflasche auf den Tisch, sie war fast leer. »Ich vertrag' was, das Zeug haut mich nicht um. Also kommst du jetzt nach Hause?« Er sprach betont, als wolle er verhindern, dass er lallte.

»Tante Leyla hat recht, du bist ein unterbelichteter Proll, sonst nichts!«, erwiderte Medina und zeigte mit dem Finger auf ihn.

Die Menschen an den umliegenden Tischen wandten langsam die Köpfe zu ihnen um.

Magnus sah, wie Murat mit den Kiefern mahlte. Scheinbar hatte Medina ein Reizthema angesprochen.

Magnus stellte den Präsentkorb auf den Tisch und nickte ihm zu. »Ich fahr dich nach Hause, außerdem kannst du mir helfen, den Korb zu schleppen, mein Auto steht leider am Ende vom Parkplatz, da fallen mir bis dahin die Arme ab.«

Murat trank die Flasche aus, wischte sich den Mund ab und griff sich den Korb. Ohne ein weiteres Wort stapfte er los.

Magnus richtete sich die Krawatte, lächelte die Tischnachbarn an und formte eine Schluckgeste mit der Hand, um klarzumachen, dass hier nur jemand zu viel getrunken hatte.

*

Nieselregen benetzte die Windschutzscheibe. Das Orange der Straßenlaternen bildete vierzackige Sterne auf dem Glas, bis die Wischer es wieder klar putzten. Von unten war die Scheibe beschlagen, was die Sicht auf die nächtliche Straße reduzierte. Die Heizlüftung arbeitete auf Hochtouren und ließ allmählich das Sichtfeld aufklaren. Ihr sanftes Summen war das einzige Geräusch im Auto.

Magnus fuhr durch eine Kurve und richtete seinen Rückspiegel so aus, dass er Murat sehen konnte. Murat hatte sich die Flasche Wein aus dem Korb genommen, der neben ihm auf der Rückbank stand und gönnte sich einen Schluck.

»Gut, dass du deinen Wagen stehen gelassen hast, Murat. Ganz nüchtern bist du nicht mehr, was?«

»Ich bin nur angetrunken, sonst nichts. Kennst du das, wenn dir jemand so auf die Eier geht, dass du ihn abknallen willst?«

Magnus' Nacken verkrampfte sich und sein Mund wurde trocken. »Was? Wie meinst du das?«

»Wenn ich eine Waffe hätte, dann … Medina lügt mich an, das weiß ich. Ich weiß, was abgeht.«

Magnus schaute kurz in den Rückspiegel, direkt in die Augen von Murat. Zorn und Hass lagen in seinem Blick.

»Weißt du, Magnus, alle denken, ich wäre dumm, weil ich die Schule nicht beendet habe. Ich kann spüren, wie sie mich ansehen und über mich lachen. Doch ich kapiere, was läuft. Tante Leyla ist gegen mich, das war sie schon immer. Ich bin mir sicher, dass sie versucht, Medina und mich auseinanderzubringen. Manchmal will ich sie abknallen, verstehst du das? Einfach nur abknallen.«

Magnus fühlte sich um eine Tonne leichter. Seine Hände waren schweißnass, sodass er sie nacheinander an seiner Hose trockenrieb. Danach drehte er die Heizung wieder herunter und lockerte sich den Kragen. »Vielleicht solltest du den Rest in der Flasche lassen. Besser, du bleibst nur angetrunken. Und vielleicht schläfst du einfach mal drüber, so schlimm kann diese Tante ja nicht sein.«

»Oh doch, sie ist der Teufel und sie hasst mich! Ich hätte keinen Ehrgeiz und man könne die Armut an mir riechen. Sie vergleicht mich mit meinen Brüdern, die alle mehr Geld als ich verdienen. Dabei ist Geld nicht alles! Ich liebe Medina, echt, und ich will sie heiraten. Doch Leyla ist die Schlange, die ihrem Vater zuflüstert, dass ich nicht gut für sie sei.«

»Wieso machst du dir denn Sorgen um so etwas? Seit wann braucht man das Einverständnis der Eltern, um heiraten zu können? Wir sind nicht im Mittelalter.« Magnus erkannte eine Chance, wie er den Heiratswunsch von Medina von sich selbst ablenken und auf Murat schieben konnte. So würde sich das Problem von selbst lösen. »Wieso geht ihr nicht einfach ins Standesamt?«

»Das ist nicht so einfach.«

»Wieso denn?«

»Blut ist Blut. Und Eltern sind Eltern. Auch wenn wir Türken mittlerweile eure Pässe besitzen, können wir unsere Familie nicht gegen Fredrik und Ingrid tauschen. Unsere Eltern sind alte Köpfe mit Ansprüchen, die kein

Mensch erfüllen kann. Was du auch tust, die Leute aus Odda betrachten mich als Türken. Und in meiner Heimat, da bin ich ebenfalls Ausländer. Es ist zum Kotzen.«

»Alles ist eine Sache der Haltung«, beschwichtigte Magnus und fuhr rechts ran. »War das hier? Es ist so lange her, dass ich dich angetrunken nach Hause gefahren habe.«

Murat schwieg.

Magnus brachte das Auto zum Stehen und blickte in den Rückspiegel. »Stimmt etwas nicht?«

Murat hielt den Kopf für einen Moment gesenkt, bevor er aus der Scheibe nach draußen blickte. »Ja, hier ist es, danke für die Fahrt«, meinte er mit belegter Stimme und verließ das Auto.

Magnus sah ihm nach, wie er zu seiner Haustür ging. Obwohl Murat leicht schwankte, gelang es ihm, die Tür aufzuschließen.

Magnus wendete den Wagen und fuhr nach Hause.

*

Das Wasser aus dem Duschkopf fiel wie Regen auf Magnus' Gesicht. Es war warm, prickelte wie Nadelstiche auf seiner Haut und fühlte sich wie eine Reizmassage an. Noch einen Moment lang genoss er die Dusche, dann drehte er das Wasser ab, schob die Tür auf und schnappte sich einen Bademantel. Er wischte über den beschlagenen Spiegel und betrachtete sein Gesicht. Ohne die grauen Schläfen sah er tatsächlich jünger aus. »Das mit Murat war knapp«, sagte er zu sich selbst. Medinas Freund tappte im Dunkeln und wusste von nichts. Außerdem beschuldigte er Tante Leyla, was Magnus ganz gelegen kam. Doch wenn es nicht Murat war, der ihm den Körperteil geschickt hatte, wer dann? Egal wer, heute wollte er sich entspannen. Magnus schnappte sich ein Handtuch und trocknete seine Haare ab.

Er ging die Treppe hinunter in die Küche und öffnete den Kühlschrank. Im ersten Fach lagen noch Lachs und Trauben. Ihm kam die Idee, dass es mal wieder Zeit für einen gemütlichen Abend war. Im Präsentkorb hatte er schon verschiedene Käsesorten und eine Baguettestange gesehen. Bei dem Gedanken fiel ihm ein, dass er sein Geschenk draußen vor der Haustür vergessen hatte. Er ging zum Eingang und holte den Korb aus der Kälte. Der Wind fuhr ins Haus und ließ ihn an den nackten Füßen frösteln. Der Nieselregen hatte einen feuchten Film auf den Verpackungen gebildet.

Er zog sich Pantoffeln mit Lammfellfutter an und räumte die einzelnen Lebensmittel in den Kühlschrank. Käse, Baguette und Lachs stellte er neben einen Teller auf die Kücheninsel und sah im Korb nach, ob vielleicht auch ein Gläschen Feigenmarmelade zwischen dem Naschwerk lag, das unten auf dem Boden verteilt war. Dabei fiel ihm ein Einmachglas auf, ohne Beschriftung, das rundherum mit Erdbeeren bedruckt war. Es war leicht, als wäre es leer. Der Deckel war so fest verschraubt, dass Magnus sich anstrengen musste, um ihn zu lösen. Es öffnete sich mit einem dumpfen *Plopp*. Als er hineinblickte, ließ er vor Schreck das Glas fallen, das auf den schwarzen Schieferfliesen in Tausend Stücke barst.

Zwischen den Glasscherben lag, umgeben von Küchenpapier, ein Stück blutiges, fahles Fleisch.

Magnus' Atmung beschleunigte sich und sein Herz raste. Es dauerte zwar einen Moment, doch dann erkannte er, was sein Verstand zunächst nicht begreifen wollte.

Es war eine Zunge.

Er taumelte gegen die Rückenlehne der Ledercouch, nicht imstande, einen klaren Gedanken zu fassen. Schlimmer noch als die Zunge war das gefaltete Papier, das daneben lag. Er wusste, dass es eine weitere Botschaft war. Ohne es kontrollieren zu können, bückte er sich und griff nach dem Schreiben. Magnus entfaltete es wie in Trance, während seine Hände zitterten. Er weigerte sich, es zu lesen, doch etwas in ihm wollte sich den Tatsachen stellen.

Audiomitschnitt – Verschriftlichung für Magnus Farstad

»Ich habe Freyja vorhin Procain um die Nase herum gespritzt, das ist ein Lokalanästhetikum, das auch Zahnärzte verwenden. Hast du gewusst, dass man eine psychopathische Ader haben muss, wenn man Arzt werden will? Kein normaler Mensch würde einen anderen aufschlitzen, seine Knochen aufbohren, Organe zerschneiden und all das tun, was Ärzte invasive Therapie nennen, ohne dass wir uns näher mit der wahren Natur ihrer Behandlung befassen. In dieser Hinsicht bin ich anders, ich habe beobachtet, gelernt und alles in mich aufgesogen.

Freyja wird das wahrscheinlich nicht interessieren. Sie blickt mich mit großen Augen an, die Lider zittern leicht, so wie die mit Blut verklebten Haarspitzen, die über ihre Schläfen herunterhängen. Sie schnauft wild durch die ruinierte Nase. Schleim und Blut spritzen ihr bei einem wilden Huster aus dem offenen Mund. Sie hat Zähne, so gerade wie in einer Perlenkette aufgereiht, wahrscheinlich hat sie früher mal eine Zahnspange getragen. Daher wird ihr das Gefühl von Metall im Mund nicht fremd vorkommen, weil ich ihr zwei Kieferspreizer eingesetzt habe, die mir einen Blick bis hinein zum Gaumenzäpfchen ermöglichen, das an der linken Mandel klebt.

Aus ihrem Rachen entwindet sich ein gutturales Stöhnen, das entweder »Hilfe« oder »Bitte« sein soll.

Auf meinem Hocker rücke ich näher an Freyja heran und führe meinen Sechskantstift in ihren Mund.

Ihr ganzer Körper zittert.

»Psst«, flüstere ich ihr zu, lege ihr tröstend meine Hand an die Schläfe und streichle sie. Danach stecke ich die Werkzeugspitze in eine kleine Schraube neben dem Gewindebolzen, der an einem Ring um ihren Backenzahn angebracht ist. Ich muss vorsichtig sein, da ich nicht mehr kaputtmachen will als nötig. Doch ich brauche Platz für unser Vorhaben, Magnus.

Ich drehe den Stift Millimeter für Millimeter, gerade so lange, bis ich ein leises Knacken der Kiefergelenke höre. Wenn ich über diesen Punkt hinaus gehe, würde ich ihren Mund zerstören.

Da ich jetzt genug Raum habe, überprüfe ich kurz meine Utensilien auf dem Wagen. Der Stempel glüht bereits und steht auf seiner Station neben einer gebogenen Chirurgenschere, einer Zange, einem Tubus und einem Beatmungsschlauch. Die beiden letzten Dinge habe ich mir ebenfalls von einem Arzt abgeschaut. Der Tubus – zu deiner Information – ist eine gebogene Röhre aus Hartplastik, man kann sie nicht durchbeißen, auch wenn man krampft. Er wird in den Mundrachenraum geschoben, um darin einen Schlauch zum Beatmen zu legen. Wir werden diese Dinge brauchen, Magnus, denn sie muss das hier überleben.

Ich schalte den Mundsauger ein, den ich günstig einem Zahnarzt abkaufen konnte und hänge ihn an einer Klemme am Spreizer ein. Leider fehlt mir die Gehilfin, die das Blut absaugen könnte, daher muss ich alles so einrichten, dass ich es auch alleine schaffe. Freyja darf sich nicht verschlucken, sonst erstickt sie. Und auch dafür habe ich vorgesorgt.

Ihr Stöhnen nimmt zu, sie zuckt wieder mit dem ganzen Körper, doch die Gurte sitzen fest um den Kopf und ihre Gliedmaßen. Tränen, so dick wie Kieselsteine, kullern über ihre Wangen, während sich ein Faden aus Rotz aus dem Loch, wo vorher die Nase saß, abseilt.

Ich mache ihre Oberlippe mit einem Taschentuch sauber und schalte den Sauger ein. Das Geräusch hört sich an, als söge man mit einem Strohhalm am Grund eines Bechers die letzten Reste Cola heraus.

Ein Zucken jagt durch ihren Körper und sie reißt ihre Augen auf, als schreie sie mir damit ihr Entsetzen ins Gesicht. Es ist das letzte Aufbäumen.

Ich packe ihre Zunge mit der Zange, ziehe sie gegen Freyjas Widerstand heraus und setze die Schere an. Als ich mit dem Schneiden beginne, rammen sich die feinen Sägespitzen an den Schneiden ins Fleisch, was verhindert, dass sie mir entgleiten kann. Der Widerstand des Muskels ist härter, als ich dachte, daher muss ich mehr Kraft aufwenden.

Schon nach dem ersten Schnitt ist ein Drittel abgetrennt, der Sauger arbeitet auf Hochtouren und absorbiert das Blut.

Freyjas Augen verdrehen sich und ihre Lider fallen zu. Sie verliert das Bewusstsein.

Ich schneide weiter, bis nur noch ein Fetzen übrig ist und durchtrenne auch diesen. Ich lege alles weg, versenge den Zungenstummel mit dem Stempel und führe den Tubus ein. Danach ziehe ich den Beatmungsschlauch durch, was nicht einfach ist, da ich nicht in der Speiseröhre statt in der Luftröhre landen darf und entferne den Tubus wieder.

Ihr Mund ist eine Ruine und ihre wunderschönen Zähne sind mit Blut und Speichel überzogen. Sie hat wieder viel Blut verloren, daher lasse ich den Tropf etwas schneller laufen, wir wollen sie ja nicht verlieren, noch nicht.

Mit einem weiteren Taschentuch tupfe ich ihr den Schweiß von der Stirn; sie war tapfer und muss es noch sein, da ich mit ihr noch nicht fertig bin.

Bis bald, X«

Mit dem Papier in der Hand nahm Magnus sein Handy von der Anrichte und rief die Polizei. Für einen Moment kämpfte er gegen eine Schwindelattacke an, fing sich wieder und hielt sich vor Übelkeit den Bauch.

»Polizeinotruf Hardanger, Larson, wie kann ich Ihnen helfen?«

»Ich … ich habe eine Zunge.«

»Ja, das kann ich hören. Sind Sie betrunken?«

»Nein, nüchtern. Hier liegt eine Zunge auf meinem Küchenboden.«

»Eine menschliche Zunge?«

»Nein, die von einer Kuh. Verdammt, natürlich ist es eine menschliche Zunge!«

»Beruhigen Sie sich. Hatten Sie gestern wegen der Nase angerufen?«

»Ja, ich bin der Gleiche. Mein Name ist Magnus Farstad.«

»Ist jemand verletzt, sind Sie alleine?«

»Nein, keine Verletzten. Ich bin alleine zu Hause.«

»Ich habe Ihre Adresse noch, ich schicke Ihnen eine Streife. Bleiben Sie, wo Sie sind, fassen Sie am besten nichts an, Hilfe ist unterwegs.«

Magnus legte auf. Nach dem Telefonat klärten sich langsam seine Gedanken. Der Einzige, der Zugang zum Korb hatte, war Murat gewesen, der daneben auf dem Rücksitz gesessen hatte. Oder doch nicht? Das Geschenk hatte er vom Bürgermeister erhalten … und nach der Fahrt nach Hause hatte es lange draußen gestanden. Magnus rannte zur Fensterfront und versuchte, in der Dunkelheit zwischen den Bäumen etwas zu erkennen. Die Spiegelung des Lichts auf der Scheibe ließ jedoch keine gute Sicht nach draußen zu. Er fühlte sich beobachtet, ausgeliefert, wie auf dem Präsentierteller. Wer war diese Person und was zur Hölle wollte sie von ihm?

Ihm tat der Kopf weh. Er setzte sich auf die Couch und massierte sich die Schläfen. Nach einer Weile hatten sich seine Sinne wieder beruhigt.

Jemand klingelte.

Hastig steckte er den Brief in die Tasche seines Bademantels, ging an die Tür und warf einen Blick durch den

Spion. Draußen stand ein Einsatzwagen ohne Blaulicht. Davor standen der Kommissar und seine Kollegin.

Magnus atmete durch und öffnete die Tür.

»Guten Abend, Herr Farstad, Sie scheinen ein Problem mit Körperteilen zu haben, wie mir scheint?«, sagte Herr Solberg und kratzte sich am Vollbart, in dem bereits zahlreiche graue Haare neben den braunen sprossen.

»Ich hoffe, dass dieses Problem schnell endet«, erwiderte Magnus trocken. Ihm blieb nicht verborgen, dass Frau Björnsdottirs rechte Hand auf dem Knauf ihrer Waffe ruhte. Sie hatte die Augen zusammengekniffen – ihr Blick war feindselig.

»Frau Björnsdottir«, begann Solberg und drehte sich zu ihr, »bitte suchen Sie das umliegende Gelände ab.«

Als die Kollegin sich abwandte und sich umsah, ging Solberg ins Haus.

»Sie ist jung und etwas nervös«, sagte Solberg beiläufig, als er sich zu der Zunge herunterbeugte. »Hat noch kein Gefühl für Menschen.«

»Hmm, ich hoffe, sie erschießt mich nicht.«

Solberg nahm einen Kugelschreiber aus seiner Sakkotasche und ging in die Hocke. Er wendete die Zunge wie ein Steak in der Pfanne und betrachtete die Unterseite. »Was haben diese Glasscherben zu bedeuten?«

»Sie kam in einem Marmeladenglas, ich habe es vor Schreck fallen lassen.«

»In einem Paket?«

»Nein, in einem Präsentkorb.«

»Wollen Sie mich auf den Arm nehmen?«

»Nein, es ist wirklich so.«

»Wer hat den geliefert?«

»Ich habe ihn vom Bürgermeister erhalten, heute, bei der Bürgerehrung in der Versammlungshalle.«

»Wer hatte noch Zugang dazu?«

»Na ja, ich habe keine Ahnung, woher der Korb stammt und wo er überall Zwischenstation gemacht hat. Außerdem hat er ein paar Stunden vor dem Haus gestanden.«

»Wieso denn das?«

»Weil ich ihn vergessen habe, deswegen!«, konterte Magnus bissig. »Haben Sie eine Spur, ergeben die Ermittlungen etwas? Schließlich müssen diese Körperteile ja irgendwo herkommen.«

Solberg stand wieder auf und steckte sich den Kugelschreiber in die Westentasche. Sein Blick wanderte auf die Naschsachen im Korb. »Und da war das Glas drinnen?«

»Ja, unter dem ganzen Naschkram.«

»Hmm, der Schokoriegel sieht gut aus, mit ganzen Nüssen. Stört es Sie, wenn ich …«

»Nein, bedienen Sie sich. Ich will ohnehin nichts mehr davon essen. Muss das nicht alles nach Fingerabdrücken und DNA untersucht werden?«

Solberg nahm sich einen Riegel, packte ihn aus und biss ein Stück ab. Als er antwortete, waren seine Worte kaum zu verstehen. »Das ist nur im Film so.«

Magnus mahlte mit den Zähnen.

»Also, Herr Farstad, ich kann Ihnen nicht alles verraten, doch ein paar Dinge sind, denke ich, kein Verstoß gegen die aktuelle Ermittlung. Vor einem Monat gab es einen Einbruch in die Leichenkammer der städtischen Klinik in Bergen. Zwei Körper wurden geraubt.«

»Dann sind die Körperteile von den Toten?«

»Nicht ganz. Zudem haben wir vor einer Woche ein ausgebranntes Autowrack aus dem Eidfjord gezogen, die Zeitung von dort oben hatte sogar einen Artikel herausgebracht. Das Feuer hat den Leib der Fahrzeughalterin, wobei wir nur vermuten, dass ihr das Auto gehörte, bis ins Unkenntliche verbrannt.«

»Also sind die Teile von ihr?«

»Wir wissen nicht, welchem der beiden Vorfälle wir Ihre Sache zuordnen können. Außerdem ist unklar, ob Nase und Zunge überhaupt mit den anderen Geschehnissen zusammenhängen.«

Magnus grübelte. »Was? Dann erzählen Sie mir also, was Sie nicht wissen?«, erboste er sich.

Solberg biss gelassen ein weiteres Stück vom Riegel ab und schob sich die freie Hand in die Hosentasche. »Gibt es etwas, dass Sie mir sagen wollen?«

»Außer, dass Sie unfähig sind?«

»Nein. Ob Sie Feinde haben, denn hier scheint sich jemand sehr viel Mühe zu machen, Sie aus der Fassung zu bringen.«

»Ich bin nicht außer Fassung!«, schrie Magnus. »Ich will nur, dass man diesen Geisteskranken schnappt und die Sache endlich ein Ende hat! Ich habe einen Ruf zu verlieren, ich bin hier jemand, ich bin Magnus Farstad!«

Solberg blickte ihn an und stopfte sich den Rest vom Riegel in den Mund. Seine Miene blieb dabei so unbewegt, als stünde er am Kai und blicke den Fischerbooten auf dem Sørfjord nach. »Gibt es jemanden, dem Sie etwas schulden oder mit dem Sie Streit haben? Vielleicht wissen Sie etwas und jemand will Sie zum Schweigen bringen, die Zunge könnte dafür stehen, dass man nicht will, dass Sie reden.«

Die Gelassenheit Solbergs bereitete Magnus Unbehagen. Wusste dieser Mann etwas über seine Vergangenheit? Natürlich gab es Dinge, die niemand wissen durfte. Schließlich wurde ein Mann nicht reich, wenn er nur ein paar Groschen bei legalen Geschäften verdiente. »Nein, ich bin seriös«, flunkerte er.

»Gibt es private Angelegenheiten? Gab es ein Erpresserschreiben?«

Magnus dachte an den Brief, den er in der Tasche seines Bademantels trug. Ohne zu wissen, wieso, weigerte er sich, ihn dem Oberkommissar zu zeigen. Das Stück Papier fühlte sich so schwer an, als wöge es Tonnen und zöge am Kragen seines Mantels. »Nein, auch da gibt es nichts.«

»Irgendwelche Frauengeschichten?«

»Ein paar und eine besondere.«

»Diese Besondere, haben Sie noch Kontakt zu ihr, sind Sie im Streit auseinander?«

Es war nur eine Frage gewesen, doch für Magnus war es ein Nadelstich in eine Region seiner Seele, die noch immer verletzlich war. »Nein, es ist nicht so, wie Sie denken. Sie ist nicht so …«, sagte Magnus und dachte nach – *nicht so wie ich.*

»Dennoch werde ich das prüfen müssen. Eine Trennung geht oft mit Feindseligkeit einher. Wissen Sie, wo sie lebt?«

»Nein, zuletzt hatten wir vor fünf Jahren Kontakt. Wir sind im Guten auseinander. Damals, bei der Sache mit dem Erpresserbrief, wurde sie auch schon befragt. Ihre Daten stehen wohl in meiner Akte bei Ihrem Polizeidirektor.«

»Ich weiß, ich kenne die Akte, Herr Farstad, eine wie Ihre liest man nicht alle Tage.«

Als das Knirschen des Kieses in der Auffahrt vor der offenen Haustür durch den Flur drang, drehte Magnus sich um. Ein weiteres Auto war vorgefahren und zwei Personen mit Koffern stiegen aus.

Frau Björnsdottir ging zu ihnen und deutete mit der Hand ins Haus hinein.

»Ah, die Spurensicherung«, sagte Solberg. »Sie sehen etwas blass aus, brauchen Sie medizinische Hilfe? Wir haben für solche Fälle auch einen Psychologen.«

»Ich brauche keinen Psychologen, ich bin nicht geisteskrank. Ich muss mir nur die Beine vertreten, man bekommt ja schließlich nicht jeden Tag Körperteile zugeschickt.« Magnus wandte sich um, ging an den Beamten vorbei, die ins Haus kamen, und wollte nur noch weg von dem Päckchen, seiner Akte und der Vergangenheit.

»Da wäre noch etwas, Herr Farstad«, rief Solberg ihm nach.

»Was denn?«

»Sie sollten vielleicht etwas anders anziehen, mit dem Bademantel könnte es kalt werden.«

»Insbesondere neue Beamte haben Probleme damit, wenn sie das erste Mal eine Leiche sehen. Dazu habe ich ein Diensthandbuch geschrieben, das empfiehlt, dass man sich der Sache lieber mit nüchternem Magen stellt. Schlagt einfach die Seite mit dem Schokoladenfleck auf.«

Oberkommissar Solberg, Zitat aus seinem Seminar für Dienstanfänger

5 Angriff ist die beste Verteidigung

Medina saß auf Magnus' Schoß und küsste ihn. Er umfasste mit seinem rechten Arm ihre Taille und fummelte mit dem linken an den Stellhebeln unter seinem Bürostuhl herum. Mit einem *Klack* sackte die Lehne ein Stück nach hinten und verschaffte ihm Erleichterung in der Sitzposition.

Medina knüpfte sein Hemd auf, fuhr mit ihrer Hand über seine Brusthaare und knabberte an seiner Unterlippe.

Magnus stand auf und hob sie auf die Schreibtischplatte.

Medina zog ihn an der Krawatte zu sich hinunter, kraulte mit der freien Hand über seine Nackenhaare und manövrierte seine Hüfte zwischen ihre Beine.

Magnus' Blick fiel zum Fenster, bei dem er vor einer Minute die Jalousien geschlossen hatte. Danach schaute er hinüber zu seiner Bürotür.

»Keine Sorge, Honey, wir sind alleine«, beschwichtigte ihn Medina. Ihre Stimme war weich und klang erregt.

Magnus küsste sie, löste die Knöpfe an ihrer Bluse und legte ihren Büstenhalter frei, der mit schwarzer Spitze verziert war. Danach schaute er wieder zum Fenster.

Medina öffnete seine Gürtelschnalle und fasste ihm in den Schritt. »Was ist los?«

»Hä, was?«

Medina packte ihn mit beiden Händen an den Wangen und fixierte seine Augen. »Du bist nicht bei der Sache, was ist los?«

»Nichts, alles gut, ich bin nur … müde.«

»Ist es wegen Grethe? Die macht doch gerade Mittag beim Imbiss um die Ecke, so wie immer. Sie ist erst in einer Stunde zurück und wir haben die Bank für uns alleine. Das hat dir doch sonst nichts ausgemacht?«

»Nein, das ist es nicht.« Magnus wusste nicht, was er sagen sollte. Er fühlte sich schon seit dem Morgen aufgewühlt und nicht ganz bei sich. Der gestrige Abend bohrte sich immer wieder in seinen Verstand.

»Ich habe in einem Blog gelesen, dass so etwas ab Vierzig passieren kann, das ist nicht schlimm.«

»W-wie, was?«, stammelte er.

»Das mit der Potenz«, sagte sie und schenkte ihm ein Lächeln.

Magnus ließ von ihr ab und schüttelte energisch den Kopf. »Blödsinn, ich bin jung und sehr gut in Form. Im Fitnessstudio stemme ich achtzig Kilogramm beim Bankdrücken.«

»Die gefärbten Schläfen stehen dir gut, sie machen dich jünger.«

Das ließ ihn endgültig die Lust verlieren. »Wie gesagt, ich bin müde, sonst nichts«, erwiderte er unwirsch.

Medina stand auf und knüpfte sich die Bluse wieder zu. Sie legte den Kopf schräg und musterte ihn. »Was stimmt denn nicht? Du bist überall, nur nicht hier.«

»Dieses Regenwetter und der ständige graue Himmel gehen mir auf den Geist.«

»Dann lass uns doch verreisen, einfach weg, so ein Trip kommt voll gut.« Medina richtete ihre Kleider, zog ihr Handy aus der Handtasche, die auf dem Schreibtisch lag, und wischte ein paarmal über die Oberfläche, bevor sie es ihm zeigte. »Ägypten, zwei Wochen, all-inclusive! Stell dir vor, wie deine nackten Füße auf weißen Sand treten.« Ihre Augen strahlten, als könne sie schon den Strand sehen.

»Das muss ich mir überlegen. Die Arbeit geht vor, ich muss noch ins Archiv und die alten Dokumente sortieren.«

»Überlege nicht zu lange, sonst wirst du alt. Und bis dahin habe ich eine Idee, wo wir am Wochenende hinfahren können. Das wird echt mega gut.«

»Morgen müssen wir arbeiten, das geht nicht.«

»Morgen ist schon Wochenende, seit wann hat die Bank da offen? Ich sag ja, du stehst total neben dir.«

Bevor er etwas sagen konnte, ging sie zurück an ihren Arbeitsplatz.

Er lief in den Kundenbereich, der in der Mittagspause der Bank leer war und ging über die Treppe hinunter in den Keller. Er schloss die schwere Brandschutztür auf und betrat das Archiv.

Der Bewegungsmelder reagierte und aktivierte die Neonröhren an der Decke, von denen eine flackerte. Das Licht erhellte fünf Regale, die so dicht aneinander standen, dass gerade noch ein Mensch hindurchpasste. Sie waren schwer beladen und das Holz der Böden hatte sich im Laufe der Jahrzehnte, seit Bestehen der Filiale, durchgebogen.

Magnus blickte zur Seite auf einen Pappaufsteller, der ihn selbst in Lebensgröße darstellte. Es war ein Überrest der letzten Werbekampagne für die hauseigenen Versicherungen. Obwohl die anderen Werbemittel im Müll gelandet waren, hatte er sich heimlich eine Version von sich in zweidimensionaler Darstellung aufgehoben. Schließlich erschien es ihm ein wenig eitel, sich selbst zu schön zu finden.

Er lief zum kleinen vergitterten Fenster, da die unbewegte Luft nach Moder und altem Papier roch. Spinnenleichen, so brüchig wie Pergament, hingen an Netzfäden am Griff herunter.

Zwar hatte er keine Angst vor Spinnen, doch er wollte nicht, dass etwas an seinem Anzug hängen blieb. Daher entschied er sich, die Luft zu ertragen und das Fenster geschlossen zu lassen. Stattdessen konzentrierte er sich auf die Rücken der moosgrünen Ringmappen.

Die Unterlagen begannen mit 1975 und reichten bis ins aktuelle Jahr hinein. Bis 1990 waren die Mappen mit malerischer Handschrift beschrieben. Danach ging es mit Computerschrift weiter.

Magnus erinnerte sich daran, dass er, als er 2006 die Filiale übernommen hatte, der jüngste Filialleiter gewesen war, den die Zentrale je gesehen hatte. Doch dazu hatte er ein nicht ganz so legales Geschäft abschließen müssen, daher war es für ihn wichtig, diese Unterlagen zu vernichten, bevor die Polizei noch tiefer in seiner Vergangenheit schnüffelte.

Er schnappte sich einen Ordner aus dem Jahr 2006, legte ihn zur Hälfte auf den Regalboden und klappte ihn auf. Er blätterte bis zum Monat November durch und suchte nach dem Gutachten der Stadt Odda, das ein Grundstück am Ortsrand beschrieb. Obwohl er das Schriftstück fand, erkannte er, dass die Hälfte der Seiten herausgerissen war. Für einen Moment traute er seinen Augen nicht. Seine Finger griffen über die Innenseite des Kleberückens, in dem die letzten Reste der Seiten steckten. Es gab keinen Zweifel: Jemand hatte sich daran zu schaffen gemacht – jemand, der wusste, wo er suchen musste. Denn es waren die Seiten, die ihm seinen Reichtum beschert hatten. Auf dem Grundstück standen heute zehn Mehrfamilienhäuser, obwohl der Bericht der Bodenerschließung ergeben hatte, dass dort eine Überlaufzone für den Opo einzuhalten und ein Bau nicht möglich sei. Damals hatte Magnus den ehemaligen Bürgermeister gebeten, den Bericht im Rathaus von einer externen Kommission überprüfen zu lassen, eine, die später einen sehr guten Kredit von der Nordbank erhalten hatte. Wer auch immer diese Seiten in der Hand hielt, hatte Magnus bei den Eiern. »Verdammt!« Er schlug mit der Faust auf die

Mappe. War dies das Ziel von X, wusste er Bescheid, wollte er ihm die Polizei auf den Hals hetzen? Doch wenn er die Seiten hatte, wieso schickte er sie dann nicht zu Solberg? Vielleicht ging es dem Unbekannten darum, ihn leiden zu sehen, bis er ihm den Todesstoß verpasste? Doch wer hatte Zugang zum Keller? Außer ihm selbst hatte keiner einen Schlüssel. Magnus hasste es, die Kontrolle zu verlieren und anderen ausgeliefert zu sein. Vielleicht war es an der Zeit, zurückzuschlagen. Wenn Solberg recht hatte, dann ging es hier um jemanden, der sich von der Nordbank betrogen fühlte. Es konnte sich um einen abgelehnten Kredit oder einen Umweltaktivisten handeln.

Magnus fuhr sich durch die Haare und versuchte, die Wut zu unterdrücken, die sich in ihm aufstaute. Jetzt galt es, ein gutes Pokerface aufzusetzen und den Täter auflaufen zu lassen. X war clever, das musste er ihm lassen. Doch er legte sich mit Magnus Farstad an, einem Mann, der schon einmal am Boden gelegen hatte und wie ein Phönix aus der Asche emporgestiegen war. Das bisschen Blut und die gestohlenen Körperteile würden ihn nicht abschrecken.

Er schloss die Tür hinter sich zu und ging wieder ins Erdgeschoss.

Medina stand bereits hinter dem Panzerglas am Schalter und jagte ein Bündel Geldscheine durch die Zählmaschine.

»Medina, schick mir Grethe ins Büro, wenn sie wieder da ist.«

Er setzte sich an den Schreibtisch, öffnete seinen digitalen Terminkalender und blätterte nach hinten. Vielleicht würde es Namen geben, die ihm auffielen, die ihm etwas sagten.

»Du wolltest mich sprechen, Magnus? Ich hoffe, es geht schnell, gleich muss Medina die Filiale für den Kundenverkehr öffnen«, sagte Grethe, die mit einer gelben Mappe vor der Brust im Türrahmen stand.

»Nein, das geht schnell. Die Zentrale hängt mir im Nacken, ich soll alle abgelehnten Kreditanträge der letzten zehn Jahre durchgehen und schauen, wo eventuell noch Potential steckt«, log er.

»Wo soll denn da Potential sein?«

Magnus tippte bereits auf seiner Tastatur herum und schenkte ihr kaum einen Blick, als er antwortete. »Kontaktdaten sind Gold wert, Grethe, wir sollen jede einzelne Person durch den Computer jagen und die aktuelle Kreditwürdigkeit prüfen. Wenn es gut aussieht, schreiben wir den jeweiligen Kunden an.«

»Das ist sehr viel Arbeit«, erwiderte sie und sah ihn über den oberen Rand ihrer Brille hinweg an.

»Das ist doch nur eine einfache Systemabfrage. Anklicken, Ausdrucken, fertig, was soll da so lange dauern?«

Grethe stemmte eine Hand in die Hüfte und setzte zu einer Erwiderung an.

»Wann war unser Termin für die Gehaltserhöhung, nächste Woche?«

»Ja.«

»Gut, das wollte ich nur wissen.«

Grethe stand noch zwei Sekunden da und machte einen Gesichtsausdruck, als hätte sie noch nicht entschieden, in welche Richtung sie ihn entgleisen lassen wollte, dann dampfte sie ab.

Magnus war zufrieden. Jetzt war er selbst wieder am Drücker und es würde nicht lange dauern, bis er einen möglichen Verdächtigen ausgemacht hatte. Er zückte seinen Telefonhörer und rief Håkon an. Es klingelte dreimal, dann hob er ab. »Håkon Svendsen, guten Tag.«

»Hi, hier ist Magnus.«

»Hi Magnus, habe deine Nummer nicht erkannt, ist wohl dein Dienstapparat.« Im Hintergrund ertönte eine Bohrmaschine.

Magnus konnte ihn kaum hören. »Ja, ich bin im Büro. Kannst du mal den Ort wechseln, ich kann dich nicht verstehen.«

Es dauerte eine Weile, dann meldete sich Håkon wieder. »Okay, bin jetzt in einem anderen Raum der Baustelle. Was ist denn?«

»Sag mal, du hast doch schon öfter Überwachungsanlagen eingebaut, solche mit Kameras und Videoaufzeichnung und so?«

»Ja, wieso, soll ich deine Bank damit ausstatten?«

»Nein, mein Haus.«

»Siehst du, hab dir ja schon immer gesagt, dass eine gute Überwachung wichtig ist. Ich kann dir in einem Monat einen Termin anbieten.«

»Nein, das dauert zu lange.«

»Wie schnell soll es denn gehen?«

»Heute Nachmittag.«

»Was, spinnst du? Wie soll das gehen, ich habe hier noch eine Baustelle. Du träumst.«

»Ich zahle dir das Doppelte.«

»Das ist keine Sache des Geldes …«

»Das Dreifache.«

»Äh … ist bei dir alles in Ordnung? Dir scheint das ja sehr wichtig zu sein. Ist das wegen Murat?«

»Nein, nicht wegen Murat. Also kannst du das machen, oder nicht?«

»Hmm. Na ja, ich kann ja meinen Azubi die restlichen Arbeiten machen lassen. Dann fahre ich zum Elektronikmarkt und hole deine Anlage.«

»Gut, ich fahre gleich nach Hause. Ich will, dass das System schon heute funktioniert. Nichts mit Bohren oder so und von außen darf man nichts erkennen können.«

»Das dürfte machbar sein. Ist denn etwas passiert?«

»Ich erkläre es dir zu Hause, also bis später.«

*

Håkon standen die Schweißperlen auf der Stirn, während er mit dem Schraubendreher den großen Bildschirm im Kleiderschrank im Ankleidezimmer mit den kaffeebraunen Blenden anbrachte. Unter dem Gerät stand eine große Box, auf der mehrere grüne Lichter schnell blinkten. An der Rückseite befand sich eine kleine Antenne, die nicht größer als ein Finger war.

Magnus hielt die Leiter, auf der Håkon stand und wunderte sich, wie klein die Anlage war. Das System in der Bank war viel größer. »Sag mal, denkst du echt, dass das reicht?«

Håkon wischte sich mit dem Handrücken den Schweiß von der Stirn und schaltete den Bildschirm ein. Während er im Menü Einstellungen vornahm, zog er die Schutzfolie vom Bildschirm ab. »He, du wolltest den schnellen Einbau, also mecker nicht herum. An jedem Fenster im ganzen Haus stehen Kameras, die ihren Strom aus der Steckdose bekommen. Sie senden alle ihr Signal per Funk an die Station und du kannst hier durch die Kanäle schalten.«

»Und die Aufnahme?«

»Wird zu einer Zentrale hochgeladen, ich melde gerade deine Daten an. Du hast eine dauerhafte Aufnahme und kannst über den Bildschirm zum Beispiel sehen, wer vor der Tür steht.« Håkon wechselte vom Menü auf die Kamera, die seitlich auf den Eingangsbereich blickte. »Siehst du, hier kannst du alle deine Gäste sehen. Zusätzlich hast du eine Klingelkamera mit Bildschirm hinter der Tür. Und da das meiste in deinem Kleiderschrank verborgen bleibt, bekommt keiner mit, dass du dir in die Hosen machst.«

»Ich mache mir nicht in die Hosen. Ich will nur ein bisschen mehr Sicherheit.«

»Willst du mir endlich sagen, was los ist?«, fragte Håkon und kletterte von der Leiter. Das Metall knarzte unter seinem Gewicht. Er steckte seinen Schraubendreher in die Hosentasche und räumte seine Zangen und das Messgerät wieder zurück in seinen Werkzeugkasten.

»Komm, wir trinken was, ich erzähle dir alles. Du musst mir schwören, dass du keinem etwas verrätst, sonst bekomme ich Ärger.«

Håkon hob eine Braue. »Okay, ich packe die Leiter und mein Zeug in den Wagen. Sieht wohl so aus, als hätte ich dich mit meinem *Verschwörungswahn* angesteckt, was?«

Während Håkon die Sachen ins Erdgeschoss schleifte, schaltete Magnus durch die verschiedenen Ansichten. Obwohl es schon abends war, konnte er den Waldrand, sein Auto, den Eingangsbereich und andere Winkel um sein Haus herum erkennen. Die Anlage war es wert, dass nun ein Teil seiner teuren Hemden in Boxen auf dem Boden stand. Zu seiner Freude konnte er auch schon seinen alten Schulfreund beobachten, wie er seinen Transporter belud und sich dann am Hintern kratzte. »Beweismittel Nummer eins, gesichert«, sagte Magnus und fühlte sich, als halte er eine Waffe in der Hand. Endlich war er wieder Herr über sein eigenes Schicksal.

Er lief hinunter in die Küche und machte sich einen Caffè Latte, das Bier konnte warten, jetzt brauchte er Koffein. Die Maschine dröhnte laut, während sie die Bohnen mahlte und danach die Milch in den Becher einschoss.

Magnus holte ein Bier aus dem Kühlschrank und stellte es für Håkon auf die Kücheninsel. Als sein Kaffee fertig war, holte er ihn aus der Maschine und setzte sich auf den Barhocker.

Håkon schloss die Tür, setzte sich und ergriff das Bier. Mithilfe seines Eherings löste er den Kronkorken von der Flasche, dann trank er einen Schluck.

»Danke Håkon, du hast mir heute einen großen Gefallen erwiesen.«

»Kein Ding. Allerdings musst du mir jetzt erzählen, was dich geritten hat. Und damit meine ich nicht Medina.«

Magnus räusperte sich.

»Erinnerst du dich noch an die Sache mit dem Erpresserbrief?«

»Ja, wieso? Wurde der Täter nicht gefasst?«

»Doch, es ist nur, dass ich wieder ein ähnliches Problem habe. Diesmal bekomme ich Körperteile zugeschickt.«

Håkon schüttelte den Kopf. »Machst du dich über mich lustig?«

»Nein, im Ernst. Jemand schickt mir Leichenteile mit Botschaften.«

Håkon blinzelte, als müsse er diese Information erst verarbeiten. »In was für eine Scheiße hast du dich da geritten?«, fragte er ungläubig.

»Was kann ich denn dafür, ich bin das ...«, Magnus hielt inne, bevor er das Wort aussprach, »Opfer!«

»Das muss ein Wahnsinniger sein, ein Psychopath! Hast du die Polizei angerufen?«

»Ja, die sind an der Sache dran, doch ich bin mit der langsamen Arbeit des Ermittlers nicht einverstanden.«

»Wie heißt der Mann?«

»Eirik Solberg, er ist Oberkommissar der Provinz Hardanger.«

»Du weißt ja, dass ich den Behörden kein Vertrauen schenke. Soll ich mal schauen, was es mit dem auf sich hat?«

»Nein, du wirst erwischt. Ich will keinen zusätzlichen Ärger.«

»Ich bin Hacker und wenn Hedda mir nicht den Stecker von meinem PC zieht, kann ich alles im Netz recherchieren. Ohne Spuren zu hinterlassen, versteht sich.«

Magnus überlegte einen Moment, doch dann nickte er. »Da ist noch mehr. Hier, schau dir diese Briefe an.« Er kramte aus seiner Hosentasche die zwei zerknüllten Papiere heraus, entknitterte sie und legte sie auf die Platte.

Håkon las die Texte, ohne sie anzufassen. »Sind da Fingerabdrücke drauf?«

»Nein, also ich denke nicht. Die Polizei weiß nichts davon.«

»Was, du hast denen Beweismittel vorenthalten? Du bist ja noch besessener als ich!«

Magnus war selbst über sich verwundert. Doch etwas an diesen Briefen ließ ihn schaudern, mehr noch als die Körperteile.

»Hast du Angst?«

»Angst? So ein Blödsinn, ich bin Magnus Farstad und fürchte mich vor niemandem. Männer im Finanzsektor werden nicht selten bedroht, wer damit nicht umgehen kann, sollte Fischernetze am Hafen flicken.«

Håkon nippte an seinem Bier und wirkte nachdenklich. »Gut, jetzt verstehe ich das mit der Kamera. Gib mir mal dein Handy.«

»Wieso?«

»Frag nicht so viel.«

Magnus gab ihm sein Telefon.

Håkon nahm es entgegen. »Ich richte dir auf deinem Handy eine Live-Schaltung ein. Denk dir ein sicheres Passwort aus und rede mit niemandem darüber. Zwar kostet dich das eine monatliche Gebühr, doch ich denke, dass du das stemmen kannst, nicht wahr?«

»Das heißt, dass ich bei Murat sitzen und beobachten kann, was um mein Haus herum passiert?«

»Japp, genau das. Sag mal, hat das mit deinem Ding mit Murat zu tun, wegen seines Mädchens und so? Angeblich sollen Türken total eifersüchtig sein.«

»Nein, der hat ganz andere Probleme mit der Tante von Medina.«

»Und … äh, hast du die Leichenteile hier?«

»Mach dich nicht lächerlich, die Polizei hat sie mitgenommen. Ich hoffe, das Ganze endet so schnell wie der Erpresserbrief von damals.«

Håkon blickte auf seine Armbanduhr. »Verdammt, es wird schon spät, Hedda wird mir den Kopf abreißen. Wenn du etwas brauchst, dann …«

»Kann ich mich an dich wenden, schon klar.«

»Nein, dann sollst du dich bloß von mir fernhalten«, feixte Håkon und schmunzelte.

»He, danke.«

»Schon klar, halte durch und traue keinem, klar?« Håkon trank sein Bier aus und verabschiedete sich.

Magnus starrte auf den Bildschirm seines Handys und beobachtete darin, wie der Wind die Äste und Zweige der Bäume bewegte, die sich durch den Restlichtverstärker der Kameras kränklich grün von der Dunkelheit abhoben. Auch ein Vogel stahl sich durch das Bild, als er von oben herabstieß, etwas vom Boden aufpickte und dann wieder verschwand. Bei jeder einzelnen Bewegung suchte er nach einem Gesicht, einer Hand, einem Bein oder einem anderen Teil eines Menschen, der um sein Haus herumschlich.

»Mein Traummann sollte mich zum Lachen bringen, mir treu sein, auf meine Gefühle achten und mich verstehen, ohne dass ich mich erklären muss. Er sollte ehrlich und aufrichtig sein und mich so lieben, wie ich bin.

Ich suche nach einem Menschen mit Charakter und Bildung, jemanden, dem ich vertrauen kann und der eine goldene Kreditkarte besitzt.«

Medina Cetin, Datingprofil auf quick-klick-romance.no

6 Knochenbrecher

Seevögel kreisten über einem Fischerboot, das mit seinem morgendlichen Fang zurück zum Hafen fuhr. Dicke Rauchschwaden stiegen aus dem Auspuffrohr in die Höhe und wurden vom auffrischenden Wind verwirbelt. Bevor das Boot den Kai erreichte, kam ein Junge aus dem Führerhaus gelaufen und rückte die alten Reifen an der Bordwand zurecht, die nur knapp über der Linie mit dem moosgrünen Muschelbewuchs hingen. Danach nahm er ein Tau von Deck und warf eine Schlaufe über den schmiedeeisernen Poller in Form eines Fischkopfs, der ihm am nächsten stand.

Obwohl Magnus seine Wanderschuhe trug, achtete er darauf, nicht in die Pfützen zu treten, die das Kopfsteinpflaster wie einen Schweizer Käse löcherten. Dieselrückstände hinterließen auf der Wasseroberfläche einen speckigen Regenbogenglanz. Der Wind drehte, zerzauste ihm das Haar und trug eine salzige Geschmacksnote auf seine Lippen.

»Hier, hierher!«, rief Medina von einem alten Fischkutter und winkte ihm zu. Ihre bronzefarbene Regenjacke flatterte auf, als sie auf und ab sprang.

»Wie habe ich mich bloß zu einem *Überraschungsausflug* von dir überreden lassen können? Du weißt doch, dass das Meer und ich keine Freunde sind, oder?«, stellte er klar, während er über ein schmales Brett das Deck betrat.

»Das ist ja auch nur unser Taxi, wir fahren nach Lilletopp!«

»Das ist nichts anderes als ein kahler Fels, zu dem man hochklettern muss.«

»Du sagst es, genau das Richtige für dich, damit du abschalten kannst. Das Klettern, die Aussicht – und ich habe eine Übernachtung eingeplant.«

»In einem Hotel?«

»Ist eine Überraschung.«

»Und wenn uns jemand zusammen sieht?«

»Jetzt mach dich mal locker«, erwiderte Medina und machte ein Bild von sich und Magnus. »Grethe und ihr neuer Freund sind dabei, damit ist das hier offiziell ein Betriebsausflug. Klasse, was?«

Magnus blinzelte. So früh am Morgen mochte er weder Überraschungen noch zu viele Leute um sich herum, bevor er nicht ausreichend Caffè Latte getrunken hatte.

Grethe kam durch eine kleine Tür an Deck. Sie zog den Kragen ihrer roten Jacke über den Zopf und knüpfte sie mit der Linken zu. In der Rechten hielt sie eine Tasse mit dampfendem Kaffee. »Hallo Magnus, endlich wird doch noch ein richtiger Chef aus dir. Konnte es kaum glauben, dass wir nach über einem Jahrzehnt unseren ersten Betriebsausflug machen.« Sie wirkte sachlich, doch ihre Mundwinkel zuckten, als amüsiere sie sich darüber, dass Medina ihn ausnahm wie einen Aal.

»Ähm, ja, also … manchmal muss man ja in die Mitarbeiter investieren«, antwortete er halb überrumpelt und versuchte, gelassen zu wirken.

Die Tür der Steuerkabine wurde aufgestoßen und Jakob kam heraus. Er holte aus der Westentasche seines olivgrünen Parkas einen Flachmann hervor und hob ihn mit einem kurzen »Skål« an die Lippen.

»Wer mag schon das kalte Wetter des Sørfjords, aber Vodka vertreibt's, willst du auch?«

Magnus krauste die Brauen. »Du und Grethe …«

»Ja, sie kam vor einer Woche mit ihrem alten VW Käfer zu mir, erst hab ich ihr den Auspuff gerichtet und dann …«

Bevor er ausreden konnte, schlug ihm Grethe sanft mit der Hand auf die Schulter. »Wir haben uns kennengelernt und schauen, wohin das führt«, unterbrach sie ihn mit peinlich berührter Miene. »Außerdem wäre es besser, wenn Jakob Kaffee trinkt, damit wir heil ankommen. Medina, kannst du mir unten in der Kombüse helfen? Wir müssen noch den Proviant packen.«

»Ja, gerne.«

Grethe und Medina gingen unter Deck.

»Du und Grethe also, ja?«

»Sieht so aus.«

»Und das ist das Boot, über das wir gesprochen hatten?«

Jakob strich über den abblätternden, marineblauen Lack unterhalb der Reling. »So sieht's bei dem Teil überall aus, muss überholt werden. Aber das Schlimmste is' der Motor, der muss ausgetauscht werden.« Er ging wieder zurück in die Steuerkabine.

Als Magnus ihm folgte, rauschte neben ihm der Bordfunk aus einer Box. »Sag mal Jakob, wie wollen wir denn fahren, wenn der Motor kaputt ist?«

Jakob ließ den Motor an. Unter den Bodendielen ratterte es laut, dann ruckte das Boot einmal, zweimal und pendelte sich in ein arrhythmisches Klappern ein. Das Brett mit den nautischen Anzeigeinstrumenten hinter dem Steuerrad zitterte beständig und das Holz um die Kabine herum ächzte, während Jakob das Boot aus der Hafenanlage herausmanövrierte und auf offenem Wasser beschleunigte. »Keine Sorge, das alte Boot hier hat schon viel mitgemacht und meine Flicken halten's noch eine Weile zusammen.«

»Was habt ihr mit Medina geplant?«, fragte Magnus und sah zum Ufer des Fjords, an dem zinnoberrote Holzhäuser mit kleinen Anlegestegen standen. Die Wasseroberfläche reflektierte ihre Fassaden so verschwommen wie auf einem Gemälde von Claude Monet.

»Die Weiber ham' das ausgemacht. Soweit ich weiß, gehen wir hoch auf den Lilletopp und übernachten in meiner Jagdhütte.«

»Ich wusste gar nicht, dass du jagen gehst.«

»Hab ich von mei'm Vater, der war Selbstversorger und Schnapsbrenner. Wer seinen eigenen Alkohol herstellen kann, spart ne Menge Geld in Norwegen.«

»Was? Das ist doch illegal.«

Jakob lachte und gönnte sich noch einen Schluck aus seinem Flachmann.

*

Magnus hielt kurz an und lehnte sich an eine Tanne und bereute die Idee, einfach darauf losgelaufen zu sein. Ursprünglich hatte er mit seiner Fitness Medina imponieren wollen, doch nun lag er hinter den anderen zurück. Er wischte sich den Schweiß von der Stirn und pickte sich Brombeerzweige von der Jacke, die sich mit ihren feinen Dornen darin verhakt hatten. Dennoch fühlte er sich gut; der harzige Duft der Bäume und die Anstrengung hatten ihn für zwei Stunden vergessen lassen, dass ein Psychopath hinter ihm her war. Er schob den Gedanken beiseite und setzte seinen Aufstieg fort. Die Gurte seines Rucksacks drückten in seine Schultern, als wiege sein Gepäck eine Tonne.

»Magnus!«, rief Medina zischen zwei Lärchen von oben herab. »Nun mach schon, schlaf nicht ein, alter Mann!«

Magnus wollte ihr eine schnippische Antwort zurufen, doch ihm fehlte die Puste dazu. Stattdessen kletterte er weiter über Wurzeln, Erdlöcher und Felsstücke, die aus dem Waldboden ragten.

Nach ein paar Minuten hatte er es geschafft und ließ sich von Jakob über eine Felskante helfen. Der Mann hatte so viel Kraft, dass er Magnus schneller hochwuchtete, als diesem lieb war.

Während Magnus nach Luft japste, konnte er sich nur langsam auf die Aussicht einlassen. Auf dem platten Fels wuchsen nur vereinzelte Kiefern und Birken aus schmalen Spalten, der Rest war eine natürliche Ebene aus Gestein. Unter ihnen lag der Sørfjord, dessen Wasser wie Diamanten in der Sonne glänzte. Links und rechts davon war schroffer Fels, an einigen Stellen kahl, an anderen mit Nadelbäumen und Büschen bewachsen. Aus dem Dunkelgrün und Grau in der unteren Ebene erhoben sich Berge hoch in den Himmel, wo der Schnee wie Adern ihre majestätischen Flanken durchzog.

Magnus atmete tiefer und bewusster, sog das Gefühl der Erhabenheit des Ausblicks ein und genoss jede Sekunde. Hier war alles gut. Nichts vom Leben da unten konnte hier hoch. Bis auf den Duft von Kaffee …?

Grethe kam mit einer Thermoskanne auf ihn zu und schenkte ihm einen Becher ein. Sie sagte kein Wort, übergab ihm das Getränk und ging zur anderen Seite, wo sie Jakobs Arm um sich legte.

Der Wind frischte auf und stahl den Dampf vom Kaffee. Magnus schloss die Augen und versuchte, den Augenblick in Bernstein zu gießen. Nur langsam öffnete er wieder seine Lider.

Medina neigte den Kopf und trat langsam in sein Sichtfeld. Sie schmunzelte. »Na, ist doch super hier oben, oder?« Der Wind zerzauste ihre Haare.

»Ja, das ist herrlich. Hätte ich nicht erwartet.«

Sie packte ihn an der Hand und führte ihn an die äußerste Kante. Danach wollte sie ihr Handy zücken, doch Magnus hielt sie fest, zog sie an sich und küsste sie. Ihre Nasenspitze fühlte sich kalt an, doch ihre Lippen waren warm und weich. »Lass dein Handy aus, nur heute.«

Medina biss sich auf die Unterlippe, als könne sie ihrem Drang nach Selbstdarstellung kaum widerstehen.

»Wir gehen zu Jakobs Hütte, ich habe gehört, dass er ein sehr guter Koch sein soll.«

»Ich wusste nicht, dass Jakob auch noch andere Seiten hat, als einen Schraubenschlüssel zu schwingen.« Magnus blickte rüber zu dem großen Mann, der Grethe sanft im Arm hielt und mit ihr die Aussicht genoss. Sie wirkten auf eine Art und Weise vertraut, als würden sie sich schon viel länger kennen. Vielleicht hatte Grethe gelogen und die beiden kannten sich schon eine ganze Weile. Obwohl die Bankangestellte jetzt schon so lange in der Filiale arbeitete, hatte Magnus nie so viel über ihr Privatleben erfahren wie heute.

Eine Bö rauschte über die Felskante. Magnus zog sich die Jacke zu.

»Lasst uns gehen«, rief Jakob und packte die Thermoskanne in Grethes Rucksack.

Medina ging ein letztes Mal an den Rand des Felsens, winkelte das Knie an, drehte sich um und lächelte in die Kamera ihres Handys. Gleich danach klapperte sie mit ihren Fingern auf dem Display.

»Wollten wir das Handy nicht sein lassen?«, ermahnte sie Magnus.

»Das ist nicht deine Generation, du verstehst das nicht. Wer heute nicht mithalten kann, ist schon out. Ein Post hier und ein Post da, schon steht man im Mittelpunkt.«

Jakob schüttelte den Kopf. »In meiner Jugend gab es Telefonzellen für Anrufe, für alles andere gab es Briefe. Diese ständige Erreichbarkeit braucht doch kein Mensch!«

Magnus beobachtete Medina dabei, wie sie ihre Modelposen machte, mit Schmollmund und den Haaren über der Schulter. Ihm war klar, dass auch er mithalten musste, und zwar mit ihr. Sie war jung, hübsch und dynamisch. Hatte sie das wirklich ernst gemeint mit dem Heiraten? Sie plapperte oft spontane Ideen aus, doch haperte es in der Umsetzung und dem nötigen Willen, was auch ein Zeichen ihres Alters war.

»Also, los geht's«, sagte Jakob und half Grethe, den Rucksack zu schultern. »Wir haben nur eine kurze Gehstrecke über einen Trampelpfad vor uns.«

Medina beendete ihr Fotoshooting und kam zu ihnen herüber. Sie steckte ihr Handy ein und hob die Hände, als wolle sie sagen, dass es nur dieses eine Mal gewesen sei.

Nach einer halben Stunde Fußweg, in der sie zwei Jagdhütten passiert hatten, erreichten sie Jakobs Walddomizil. Am Rande eines freien Platzes, dessen Mitte ein Baumstumpf mit einer Axt darin bildete, standen eine Hütte, ein kleiner Räucherverschlag und ein Plumpsklo mit herzförmigem Ausschnitt auf der Tür.

Als sie sich näherten, flog ein Rabe vom bemoosten Dach, das mit Steinen beschwert war.

Jakob ging zwei Stufen hinauf zur Tür und griff in eine der Bärenfallen, die wie eine Sammlung die Front der Unterkunft verzierten. Sie hingen wie offene Mäuler an der ergrauten Bretterwand.

Jakob schrie auf und hielt sich die Hand.

Grethe riss die Augen auf und griff sich vor Schreck an den Mund. Als sie sah, wie Jakob danach mit einem schelmischen Lächeln den Schlüssel aus der Mitte der gespreizten Bärenfalle zog, schlug sie ihm auf die Schulter. »Ich habe dir schon mal gesagt, dass das nicht komisch ist!«, schimpfte sie.

Jakob zuckte mit seinen großen Schultern, zwinkerte Magnus zu und öffnete die Tür. »Geht schon mal rein, macht's euch gemütlich, Grethe kennt sich aus. Ich hol das Reh, das ich gestern geschossen hab. Schmeckt am besten, wenn das Fleisch etwas abgehangen ist.«

Magnus trat ein, während Grethe die Fensterläden öffnete und Licht hineinließ.

An den Wänden hingen präparierte Wiesel, Schneeeulen und Luchse in dynamischen Posen neben Wildschwein- und Rentierköpfen. Das Tageslicht spiegelte sich in ihren matten, glanzlosen Augen.

Grethe zog die weißen, großen Stofftücher von einer abgewetzten Ledersitzgarnitur und nahm Teller und Tassen aus dem Küchenschrank, der neben einer Hackplatte stand. Dunkelrote Spuren zogen sich wie Schrammen durch die dicke Holzoberfläche.

»Keine Sorge«, sagte Grethe, die Magnus' Blick sah, »Jakob ist ein guter Koch. Ich mache uns Feuer.« Sie ging zum offenen Kamin, legte ein paar Holzscheite vom Stapel daneben und baute sie in der Feuerstelle auf.

»Das ist ja wie ein Loft!«, rief Medina. Sie stand auf der Treppe zur halben Etage, deren Vorderkante auf dicken Baumstämmen ruhte.

»Ja, oben ist das Bett«, sagte Grethe. »Jakob hat es selbst zusammengezimmert.«

Magnus ging in die Küche des offenen Wohnbereichs und betrachtete die verschiedenen Messer, die an einer Magnetschiene über der Spüle hingen. Ihre Holzgriffe waren abgenutzt, doch die Klingen sahen alle scharf und gepflegt aus.

Jakob polterte in die Hütte, stieß die Tür mit dem Fuß zu und mühte sich, das Reh, das er jeweils an den Fersen trug, auf den Hacktisch zu wuchten. Als er es mit letzter Kraft auf das Holz hievte, zitterten die Füße des Tischs. »Ist das nich' 'n Prachtexemplar? Ich denke, dass 's nicht älter als drei Jahre is'.«

Magnus sah das Tier an. Die Innereien waren bereits über den Schnitt im Bauch entfernt und die Haut abgezogen worden.

Jakob ging an den Küchenschrank und holte einen feingliedrigen Kettenhandschuh heraus und zog ihn über.

Danach suchte er sich noch eine Schürze aus der Schublade. »Magnus, gib mir doch mal das Ausbeinmesser.«

Magnus überlegte, welches Messer das sein sollte. »Äh …«

»Das Große, leicht gebogen, schmale Klinge.«

Magnus nahm es von der Schiene und drückte es ihm in die Hand.

Ohne innezuhalten, begann Jakob zu schneiden. Seine Bewegungen wirkten flüssig.

»Machst du das schon lange, Jakob?«

»Hab's von meinem Vater gelernt, als ich klein war. Hab die erste Zeit nur zugesehen, bis ich selbst dran musste.«

»Jagst du mit den Fallen an der Fassade?«

»Nein, die sin' nur Deko. Ich hab Schusswaffen, kann ich dir später zeigen.« Er drehte kurz den hinteren Schenkel, setzte einen neuen Schnitt an, drehte wieder und löste mit zwei Stichen die Keule sauber ab.

Magnus war erstaunt, wie einfach das bei dem Mann aussah. »Jagst du oft?«

»So oft 's geht, die Werkstatt frisst viel Zeit. Außerdem haben letztes Jahr so ein paar reiche Kids, die sich *No way to Norway* nennen, den Frieden hier oben gestört. Die sin' zwei Monate lang mit ihren Geländewagen durch den Wald gefahren und ham' mit ihren Boxen so viel Lärm gemacht, dass alle Tiere geflüchtet sind.«

»Schadet es nicht dem Wald, mit dem Auto hier herumzufahren?«

»Logik brauchst du da keine suchen, denn mir sieht's Ganze eher wie Freizeitsport und weniger als Kampf gegen Umweltsünder aus. Als der Spuk vorbei war, ham' die ne Menge leerer Bierdosen hinterlassen. Auch in diesem Jahr, vor etwa zwei Wochen, ham' sie wieder zugeschlagen und diese Schilder, die sie an jede Jagdhütte genagelt ham', hinterlassen«, sagte er und zeigte unter die Spüle.

Magnus holte das neongelbe Blech heraus, das jeweils ein Loch in jeder Ecke hatte und las:

»Nur ein Monster tötet Tiere und isst ihr Fleisch. Tod den Mördern, lang lebe die Revolution.«

»Welche Revolution denn?«, murmelte Magnus.

»Wie schon gesagt, Logik gibt's da keine. Die Jugendlichen ham' heute zu viel Freizeit und wissen nichts damit anzufangen. Früher gab's das alles nicht – das waren andere Zeiten. Als ich zwölf war, hab ich mit meinen Kumpels Fische aus dem Opo herausgeholt und hab für Essen auf dem Tisch gesorgt.«

Magnus legte das Schild wieder weg. Als er sich die Arbeit von Jakob ansah, konnte er gar nicht fassen, dass bereits fertige Steaks bereitlagen, alle gleich groß und gleich dick. »Der Opo? Ich habe gehört, dass die Fische belastet sind und man sie nicht essen sollte.«

»Du meinst wegen des Schmelzwerks? Ist doch alles Unsinn, den die Presse sogar noch aufgebauscht und übertrieben hat. Ich hab schon damals die Fische gegessen und sieh mich heute an, ich bin groß und stark, so wie alle Jungen aus der Zeit, in der wir noch eine nennenswerte Schwerindustrie hier hatten. Schließlich ging 's Werk im Jahr 2003 pleite und ich hab meinen Job dort verloren.«

Magnus blickte zu den Frauen, die damit beschäftigt waren, einen Rost über dem Feuer aufzubauen und lehnte sich über das Fleisch. »Sag mal«, flüsterte er, »weiß Grethe von deiner Vergangenheit?«

»Du meinst, das mit dem Knast? Wir ham' eine Abmachung, ich bleib sauber und sie redet nicht darüber. Vielen Leuten ging's schlecht, als das Werk Konkurs angemeldet hat. Und so Leut' wie ich, die groß und breit waren, die konnten halt am besten Knochen brechen.« Jakob drehte die zweite Keule mit einem fleischigen Klack aus dem Gelenk und löste den Rest mit einem weiteren Schnitt. »Und wenn's mit dem Kredit klappt, muss ich mein Boot nicht verkaufen, also hoffen wir, dass deine Zentrale ein Herz für einen alten Bären wie mich hat. Wenn nicht, kann ich ja wieder Knochen brechen gehen«, sagte Jakob und grinste breit.

»Erzählt er dir die Geschichte von dem humpelnden Elch?«, wollte Grethe wissen, die ihren Rucksack auf die Arbeitsfläche neben der Spüle stellte und Kopfsalat, Kartoffeln und Öl herausholte.

»Nein, mein Rehlein, wie könnt' ich einem gebildeten Mann eine Geschichte erzählen, in der ein Plumpsklo der Schauplatz der Handlung ist?«, erwiderte Jakob und legte seine Metzgersachen ab. »Lassen wir die Frauen den Rest machen, komm, ich zeig dir meine Waffensammlung.« Jakob ging mit Magnus raus und lief hinter die Hütte, wo ein Metallcontainer mit Vorhängeschloss stand. Er fasste in eine Bärenfalle, die wie jene an der Front der Hütte aufgespreizt an der Wand hing, holte einen versteckten Schlüssel heraus und schloss damit den Kasten auf.

»Hast du keine Angst, die Hand zu verlieren?«

»Mit Feingefühl geht's, außerdem is' es eine gute Sicherheitseinrichtung. Wer sich an meinen Sachen vergreifen will, hat Pech gehabt.« Jakob öffnete den Deckel und präsentierte ihm die Waffen, als wolle er sie verkaufen. »Die mit dem geriffelten Holzgriff ist eine Bockflinte, Kaliber 12, damit kannst du Wildschweine erlegen. Das daneben ist eine Doppelflinte mit Kipplaufverschluss. Und hier vorne hab ich auch Faustwaffen, eine Ruger MK II für Kleinkaliber und eine 1911er, da kannst du neun Millimeter Munition einsetzen. Der Nachfolger dieses schönen Stücks wird heute sogar als Polizeiwaffe eingesetzt. Hier, nimm sie mal.«

Als Jakob ohne Weiteres Magnus die Waffe mit den elfenbeinfarbenen Griffschalen in die Hand drückte, war er überfordert. »Äh, geht die nicht los oder so?«

»Nein, hier, siehst du, da ist die Sicherung.« Er nahm die Pistole wieder an sich, schob das Magazin heraus und wieder herein, ließ den Schlitten schnalzen und zielte in den Wald. »Das war eine verrückte Zeit, Magnus, als ich noch Schutzgelder eingetrieben habe. Ich wusste manchmal nicht, ob ich abends lebend nach Hause komme. Vielleicht war's gut so, dass ich ins Loch gesteckt wurde. Es hat mich gelehrt, dass 's Leben wertvoll ist.« Er kratzte sich mit dem Lauf der Waffe an der Schläfe, was seine vorherige Aussage wie einen Witz erscheinen ließ. »Also, lass uns essen, die Waldluft macht mich immer so hungrig.«

»Ich komme gleich, ich muss mal Wasser lassen.«

Während Jakob den Deckel verschloss und den Schlüssel wieder zurücklegte, ging Magnus mit der Hoffnung aufs Plumpsklo, dass es nicht allzu schlimm werden würde.

Als er die Tür quietschend aufmachte, blickte er auf eine kreisrunde Aussparung mit einem dunklen Loch. Daneben stand eine Klopapierrolle, auf der eine glänzende Fliege saß. Magnus rümpfte die Nase und vermied es, durch den Mund zu atmen, da er fürchtete, den Geschmack der Grube auf der Zunge zu schmecken.

Er zog die Hose herunter und setzte sich. Während er sich entspannte, zückte er sein Handy und loggte sich in sein Konto bei der Überwachungsfirma ein, das Håkon für ihn eingerichtet hatte.

Magnus wechselte von Kamera eins bis acht, tippte auf die zwei Buttons mit der Aufschrift *Ereignis* und sah sich die Ausschnitte an.

Ein Fuchs schlich um sein Haus, schnupperte an den Mülltonnen am Geräteschuppen, lief von einem Kamerabereich in den nächsten und stahl sich wieder in den Wald davon. Beim nächsten Ereignis flog eine Elster auf das Balkongeländer am Schlafzimmer, schlang einen Wurm herunter, den sie erbeutet hatte und flog wieder weg.

Magnus war froh, dass es nur diese zwei Ereignisse gab. Ein letztes Mal blickte er auf die Ansicht mit dem Eingangsbereich und loggte sich aus.

*

»Und dann is' der Elch vollkommen ausgeflippt und hat mir den Donnerbalken samt Hütte in Grund und Boden gestampft!«, schrie Jakob und lachte. Er schlug sich auf den Schenkel und stellte sein Bierglas neben einen Teller mit abgenagten Knochen.

Als Magnus herzhaft mitlachte, fiel ihm die halbe Ofenkartoffel von der Gabel.

»Wie könnt ihr Männer das nur lustig finden?«, fragte Grethe und räumte den Tisch ab.

Medina lag bereits auf der Couch und schlief, während das Feuer im Kamin knackte. Eine in Aluminium verpackte Kartoffel verlor ihren Halt und rutschte von einem schwelenden Holzstück in die Asche an der Seite.

Jakob setzte sich die Hand wie ein Geweih an die Stirn und ahmte lachend den Elch nach.

»Ist gut«, sagte Magnus, »Gnade, bitte!« Er hielt sich den Bauch und ließ seinen Teller von Grethe abräumen, während er noch mit den Nachwehen seines Lachanfalls kämpfte.

»Er erzählt immer die gleichen Geschichten und alle enden entweder mit Fäkalien oder damit, dass jemand einen Tritt in den Hintern bekommt«, meckerte Grethe. »Nun komm, wir lassen die beiden jetzt alleine, Medina schläft schon.«

»Ist gut, mein Rehlein, ich komm' ja schon.« Jakob erhob sich und versuchte, sich das Grinsen aus dem Gesicht zu reiben, bevor er über die Treppe nach oben ging.

»Du solltest dich auch hinlegen«, meinte Grethe.

»Ja, das ist eine gute Idee. Ich fühlte mich so platt nach dem Aufstieg und der Höhenluft. Sag mal, du und Jakob, ihr kennt euch länger, oder?«

»Mag sein«, antwortete sie und winkte ab. »Du solltest jetzt schlafen gehen, sonst kannst du dich neben deine Pappfiguren im Archiv stellen. Ich spüle morgen nach dem Frühstück ab, dann kannst du gleich schlafen, ohne Lärm von der Küchenzeile. Wenn es kalt wird, leg einfach weitere Holzscheite ins Feuer, ansonsten sind ja noch Decken in den ausziehbaren Kästen der beiden Sofas.«

»Danke, das ist nett.« Magnus drapierte seine Jacke wie ein Kissen, richtete sich den Pullover und legte sich der Länge nach hin. Erst lag er in Richtung der Lehne, dann drehte er sich zum Kamin. Orangegelbe Flämmchen züngelten auf der Glut, über der die Hinterwand aus Backsteinen so aussah, als verschwimme sie. Es war so warm in der Hütte, dass eine Decke und sogar Kleidung schon fast zu viel waren.

Magnus war dabei, wegzudämmern, als sich ein Funke des Unbehagens in seine Gedanken bohrte. Was hatte Grethe gesagt? *»Neben deinen Pappfiguren im Archiv?«* Woher wusste sie, dass die Reklameaufsteller dort unten standen? Niemand hatte einen Schlüssel, niemand bis auf Magnus. Es sei denn, jemand hatte sich Zutritt verschafft. Es dauerte zwei Sekunden, dann schoss Magnus in eine sitzende Position und blickte sich um.

Grethe war schon fort und außer ihm schien keiner mehr wach zu sein; zumindest gab es keine anderen Geräusche als seinen Herzschlag, der gegen seine Brust pochte.

Was, wenn sie es war, die im Archiv die Unterlagen entfernt hatte? Jetzt ergab es auch Sinn, dass sie ihm nicht hatte sagen wollen, dass sie schon länger mit Jakob zusammen war, einem Mann, der wusste, wie man Knochen brach und Leute einschüchterte. Der Gelenke sauber abtrennen und Leichenteile auslösen konnte, wusste, wie man jagte und eine einsame Hütte im Wald besaß.

Alles fügte sich wie ein Puzzle zusammen, das ein Bild von Magnus' Unfähigkeit zeigte, eine vielleicht tödliche Situation zu erkennen. Er würde hier sterben, im Schlaf erdrosselt, ausgeweidet und an die Wildschweine verfüttert.

Eiskalte Furcht kroch durch seine Adern und jagte ihm einen Schauder über den Rücken, der bis hinunter in seine Poritze kroch. Alle Wärme im Raum verschwand auf einen Schlag, als habe sie ein Wind von draußen gestohlen und fortgetragen.

»Nein, Magnus, sie werden dich nicht töten, denn sie brauchen dich lebend, wegen des Geldes«, dachte Magnus. Und dennoch fühlte er sich nicht sicher. Er stand auf und schlich zur Tür, vergewisserte sich mit einem Blick zur Treppe, dass alle schliefen und öffnete, so leise er konnte, die Tür. Draußen auf der kleinen Veranda verschloss er sie wieder ebenso lautlos und ging zur Rückseite der Hütte.

In der Dunkelheit des Waldes knackten Äste und Zweige. Etwas Geflügeltes flatterte von Baum zu Baum und starrte Magnus mit nachtaktiven Augen an.

Magnus hatte das Gefühl, dass ihm alles hier oben feindselig gesonnen war. Sogar der Boden, auf dem getrocknetes Geäst lag, knisterte laut unter seinen Schuhen.

Das Licht des Halbmonds leuchtete blass auf der Wand mit der Bärenfalle.

Magnus rang einen Moment mit seiner Angst, die Hand zu verlieren, und fasste mit zittrigen Fingern hinter den Auslöser der Falle. Mit den Spitzen ertastete er den Schlüsselbart, griff danach und ließ seinen Arm zurückschnellen. Nichts war passiert, alles war gut. Alles, bis auf die Tatsache, dass er sich im Zuhause eines Sadisten aufhielt.

Er öffnete das Vorhängeschloss und griff sich die 9mm. Das Metall glänzte matt im wenigen Mondlicht und fühlte sich trotz der Griffschalen aus Kunststoff kalt an. Magnus steckte sie sich hinten am Gürtel halb in die Hose und zog seinen Pullover darüber. In seinem ganzen Leben hatte er noch nie eine Waffe abgefeuert, doch es konnte nicht so schwer sein, im richtigen Moment den Zeigefinger zu krümmen. Es gab für alles ein erstes Mal.

Er machte die Kiste wieder zu und legte die Schlüssel zurück auf den Metallblock in der Mitte der Falle. Dabei streifte sein Finger den Auslösemechanismus, ein kleines Hebelchen, das mit einem Klacken einrastete. Einen Sekundenbruchteil später schnappte die Falle zu.

Magnus zuckte zurück und fasste sich ans Handgelenk. Starr vor Schreck blickte er auf seine rechte Hand und die Finger, die noch alle da waren. »Beim Heiligen Olaf ...«, wisperte er und drückte seine Hand fest an die Brust. Die Metallkiefer der Falle waren nur bis zur Hälfte zusammengeklappt. Ein Metallstift an der Seite verhinderte, dass sie sich ganz schlossen.

»Hallo?«

Magnus hätte vor Schreck fast aufgeschrien. Im letzten Moment fasste er sich vor den Mund und rannte in den Wald hinter einen Busch.

Von dort aus sah er Jakob, der mit einer Lampe in der Hand und einem Nachthemd, unter dem seine Wampe hervorquoll, den Bereich um die Hütte absuchte.

Magnus' Mund war trocken vor Aufregung. Schlucken war kaum möglich, obwohl es sich so anfühlte, als hätte er ein Wollknäuel im Mund. Er überlegte für einen Moment, einfach in den Wald zu flüchten, doch Medina war noch da und außerdem brauchte Jakob ihn lebend. Also gab es noch eine Chance, aus der Sache wieder herauszukommen, zumindest, bis er morgen wieder zu Hause war und mit Solberg reden konnte.

Jakob lief um das Haus herum.

Magnus sah seine Chance gekommen und bewegte sich mit einem Kurzsprint zum Donnerbalken. Er riss die Tür auf und machte sie wieder zu. Das Quietschen des rostigen Scharniers war nur kurz, doch dafür laut. Er setzte sich auf das Loch und fühlte, wie ihm der Angstschweiß über die Stirn rann.

»Magnus, bist du's?«

»Äh … ja, ich musste mal austreten, was ist denn los?« Fast unbewusst zog er die Pistole und hielt sie mit beiden Händen vor die Tür. Wären die Griffschalen nicht geriffelt gewesen, wäre sie durch seine schweißnassen Hände geglitten.

Schritte ertönten bis dicht vors Plumpsklo.

Magnus schob seinen Zeigefinger auf den Abzug.

»Bist du da drin?«

»W-wo denn sonst?«

»Der Wald macht Geräusche, auch nachts.«

»Ich weiß.«

»Lass dich nicht erschrecken«, sagte Jakob.

Schritte erklangen, die wieder leiser wurden, bis eine Tür knallte.

Magnus atmete ein und aus und versuchte, seine verkrampften Finger vom Abzug zu lösen, ohne dass das Ding losging. Dabei fiel ihm auf, dass er den Sicherungsriegel noch nicht verschoben hatte. Wenn es so weit gekommen wäre, hätte Magnus vergeblich auf einen Schuss gehofft. Er kam sich unendlich dumm vor. Ein zweites Mal würde ihm das nicht passieren, daher beschloss er, die ganze Nacht wach zu bleiben und Wache zu halten. Als die Kälte allmählich seinen Schweiß auskühlte, kehrte er in die Hütte zurück. Zurück zu Medina in die Wärme, nur wenige Meter von zwei Psychopathen entfernt, die nach seinem Leben trachteten.

»Ehrenwertes Gericht, ich versteh mich als Freund des Menschen. Der Ladenbesitzer meinte, dass er sich vor niemandem beugen würde. Da hab ich's seinen Knien mit einer Brechstange erleichtert.«

Jakob Grimson, Aussage vor dem Bergener Strafgericht

7 Hunger und Verzweiflung

Marit erwachte. Für einen Moment überkam sie ein Glücksgefühl, weil sie dachte, dass alles nur ein Albtraum gewesen war. Nur eine Erinnerung an etwas Schlimmes, ein Bild aus einer Fantasie. Doch sie befand sich noch immer in ihrer eigenen kleinen Verdammnis.

Ihre Glieder waren steif, da die dünne Decke kaum mehr als ein dickeres Laken war. Sie rieb sich Wärme in die Finger und stand auf. Mit einem Griff an den Hinterkopf prüfte sie die Wunde, die mit rauem Schorf überzogen war, der ihr das Haar verklebte. Und ihre Kehle war trocken.

Sie ging zum Eimer mit Tropfwasser, der auf dem Schreibtisch stand. Sie erwog, davon zu trinken, doch der Ekel hielt sie ab. Noch war der Durst erträglich. Stattdessen machte sie sich frisch. Marit zog sich die gelbe Wanderjacke aus, schob sich die Ärmel ihres Rollkragenpullovers hoch und wusch sich das Gesicht.

Es fühlte sich gut an. Kalt und nass wusch es die gestrige Verzweiflung weg. Marit fühlte sich ruhiger und imstande, ihre Umgebung genauer zu untersuchen.

Der Hintergrund der Scheibe war nach wie vor dunkel. Marit betrachtete den Raum und sich selbst in der Spiegelung der Scheibe. Dabei fiel ihr ein quadratisches Loch in der Decke hinter ihr auf. Sie drehte sich um und blickte hinauf. Es war ein Schacht, so einer, wie man ihn vor einhundert Jahren bei Häusern für Kohlelieferungen verwendet hatte. Ab der Deckenkante, an der ein Haken hing, reichte er etwa einen Meter schräg nach oben. Er war so schmal, dass selbst ein Eimer nur knapp hindurchpassen würde. Am Ende schloss er mit einer Metallklappe mit Nietenbeschlag ab.

»Hallo?«, rief Marit, doch sie machte sich keine Hoffnungen, dass sie jemand hörte oder sich ihrer erbarmte.

Danach ging sie zum Schreibtisch, der zwei Reihen mit jeweils drei Schubladen besaß. Die Griffe waren mit stilisierten Efeublättern aus Kupfer verziert, die grün angelaufen waren. Unter ihnen befand sich jeweils ein Schloss. Die erste Schublade ließ sich mit einem grässlichen Quietschen öffnen. Marits Herz machte einen Luftsprung, als sie ein Tapetenmesser mit Kunststoffgriff sah. Es war neongrün und hatte noch drei Klingenblätter. So unscheinbar es auch schien, war es ein kostbares Kleinod, ein Werkzeug und wenn nötig, eine Waffe, um sich aus dieser Lage zu befreien. Sie steckte es ein und suchte weiter. Die zweite Schublade war verschlossen. Die dritte war leer. Sie setzte ihre Suche auf der rechten Tischseite fort. Hier war die erste Schublade leer, die zweite verschlossen und in der dritten lagen leere Blätter und ein stumpfer Bleistift. Sie legte die Schreibutensilien auf die Tischplatte und rüttelte an den verschlossenen Schubladen. Doch alle Kraft half nichts, sie ließen sich nicht ausziehen. Marit hatte die Hoffnung, dass sich dort vielleicht noch mehr Werkzeug oder gar ein Schlüssel befand, der zur Tür mit dem Knauf passte.

»Denk nach, Marit, denk nach«, sprach sie mit sich selbst und überlegte, wie sie die Schubladen aufbrechen konnte. Mit dem Messer würde das nicht gelingen, denn die Klingen waren zu schwach und würden abbrechen. Das Bettgestell bestand aus dicken Stangen, die miteinander verschraubt waren. Einen Hebel oder etwas Ähnliches daraus zu bauen, war unmöglich. Und mit den Stühlen ließ sich auch nichts anfangen, da man allerhöchstens mit ihnen zuschlagen konnte.

»Das ist es!«, rief sie und nahm sich einen Holzstuhl, der umgedreht auf einen anderen gestapelt war. Ein Flechtwerk aus Drähten verlieh seiner Unterkonstruktion Stabilität. Sie packte ihn an der Lehne, er war schwer, doch nicht zu schwer, um ihn nicht als Wuchtwaffe benutzen zu können. Sie stellte sich an die Scheibe und schlug den Stuhl dagegen. Es knallte laut, doch die Scheibe blieb unversehrt, im Gegensatz zum Möbelstück, bei dem sich zwei Nägel gelöst hatten. Sie schlug ihn erneut dagegen, wieder und wieder und erreichte nicht mehr, als den Stuhl zu zerstören.

Nachdem sie ihn vollkommen zerschlagen hatte, ließ sie das Teil der Rückenlehne fallen, das sie noch als letzten Rest in Händen hielt. Schnaufend überprüfte sie ihre Arbeit und stemmte die Hände in die Hüften.

Sie wollte es nicht glauben: Die Scheibe hatte nicht einen Kratzer. Ihr dämmerte, dass das Panzerglas sein musste. Frustriert trat sie gegen die Bruchstücke auf dem Boden. Dabei verhedderte sich ihr Schnürsenkel am Drahtgeflecht.

»Auch das noch!«, fauchte sie und ging in die Knie, um sich zu befreien, als ihr plötzlich eine neue Idee kam. Sie machte sich davon los und wickelte den Draht vom Holz ab. Mit einem gebogenen Haken am Ende des Drahts ging sie an die Schreibtischschublade und stocherte im Schloss herum. Sie hatte keine Ahnung, wie man das machte. Schließlich wurde kein Mensch als Einbrecher geboren. Doch mit genug Zeit musste ja irgendwann etwas passieren. Sie prüfte den Widerstand mehrerer Positionen und fand dann eine, die nur weichen Gegendruck bot. Mit einer vorsichtigen Drehung versuchte sie, etwas zu erreichen, doch es gab kein Klicken oder Sonstiges. Als Marit den Draht wieder herausziehen wollte, blieb er stecken.

»Das kann doch nicht sein, komm schon!«, flehte sie und zerrte am Draht. Statt sich zu lösen, brach er ab.

»Okay, Marit, alles gut, es gibt ja noch ein Zweites«, beruhigte sie sich selbst. Sie formte einen neuen Dietrich und machte sich über das andere Schloss her.

Nach fünf Minuten des Stocherns und Probierens brach auch hier der Draht ab. Vor Wut schlug sie auf die Tischplatte und versuchte, nicht an ihren trockenen Hals zu denken. An Durst, an Wasserfälle und Seen voll mit kühlem Nass. Doch ihr Körper war stärker als ihr Verstand. Mit Widerwillen starrte sie in den Eimer, in den das Wasser aus der Decke tropfte. Auf der Oberfläche spiegelten sich die Kalkadern über ihr. Es gab keine andere Wahl. Hier ging es ums Überleben, Ekel hatte da keinen Platz.

Mit ihrer Handkuhle schöpfte sie Wasser ab und führte es zum Mund. Marit schloss die Augen, dachte an einen klaren Bergbach und trank. Sie griff dreimal nach, gerade so viel, dass sie nicht mehr unter Durst litt.

Als ihre Gedanken wieder klarer wurden, schlug sie sich auf die Stirn. »Marit, du Dummchen«, flüsterte sie und nahm sich ein Stuhlbein. Es war nicht länger als ein Ellenbogen und besaß eine abgeflachte Spitze. Sie steckte ihn zwischen Wand und Holzplatte und hebelte den Tisch ein Stück von der Wand weg. Ihr Herz schlug wie ein Kolibri über den kleinen Erfolg. Danach griff sie mit ihren Fingern hinein und zog, doch der Tisch war schwer. Marit kletterte hinauf, stemmte sich mit den Füßen gegen die Wand und drückte so lange, bis Sterne vor ihrem Sichtfeld aufblitzten. Danach kletterte sie hinter das Möbelstück und presste sich mit dem Rücken dagegen.

Sie schnaufte zufrieden und blickte auf die Rückseite des Tischs, die nur mit Sperrholzplatten versehen war. Sie waren mit kleinen Klammern rundherum angetackert. Ab hier würde es leichter werden. Sie schlug mit dem Stuhlbein so lange darauf ein, bis das verleimte dünne Holz in Stücke brach und die Rückseiten der Schubladenkästen frei waren. Um sich nicht zu verletzen, griff sie vorsichtig in die mittlere Schublade der linken Seite. Der Spalt zum Hineingreifen war schmal, daher ließ sich nicht erkennen, was sich darin befand. Marit steckte ihre Hand hinein und tastete jede Kante und Ecke ab. Doch mehr als Enttäuschung ließ sich in der Leere nicht finden. Sie lehnte sich zur anderen Seite und suchte auch dort die mittlere Schublade ab. Ihre Finger ertasteten zunächst nichts, doch dann bekam sie ein dünnes Seil zu fassen. Sie zog es heraus und lehnte sich gegen die Backsteinwand.

Ein Seil. Und Leere. Das war alles. Sie hatte Hunger, war gefangen und verzweifelt.

Sie schlug die Hände vor dem Gesicht zusammen und weinte.

Nach einer Weile wischte sie sich schluchzend die Nase an ihrem Arm ab, schob die Pulloverärmel wieder hoch und versuchte sich zu erinnern, was passiert war und wie sie überhaupt hierher gelangen konnte.

Sie war bei ihrem Freund gewesen und wollte nur zum Kiosk, um Milch zu holen. Wegen der Kälte hatte sie sich die Kapuze ihrer Jacke über den Kopf gezogen. Und dann … dann war sie hier aufgewacht. Jemand musste sie von hinten auf den Kopf geschlagen haben. Wahrscheinlich suchte ihr Freund bereits nach ihr, hatte die Polizei eingeschaltet und die Beamten durchkämmten mit Hundertschaften Wälder, befragten Leute und sendeten ihr Foto im Fernsehen. Vielleicht gab es auch schon Suchaufrufe über das Radio und Internet. Man würde sie finden, bestimmt, es war nur eine Frage der Zeit und sie musste schauen, dass sie überlebte, so lange wie möglich.

Ein Quietschen erschreckte sie fast zu Tode.

Durch den Schacht in der Decke drang ein Lichtstrahl.

Sie sprang auf und stellte sich darunter. »Hallo, bitte, lassen Sie mich gehen, keiner erfährt etwas davon, ich schwöre es, das bleibt unter uns, bitte!« Statt einer Antwort seilte jemand mit dickem Nähgarn erst einen Leinenbeutel ab. Als er den Boden erreicht hatte, fiel der Rest der Schnur einfach nach. Hinterher kam noch ein grauer Kunststoffeimer mit Deckel, ebenfalls abgeseilt.

»He, Sie da oben, bitte! Was wollen Sie von mir, ich bin nicht reich, meine Eltern haben kein Geld. Ich nütze Ihnen doch gar nichts, bitte lassen Sie mich gehen, bitte«, flehte sie, als würde sie zum Schöpfer höchstpersönlich beten.

Ohne Kommentar knallte die Klappe oben wieder zu.

Marit blieb wie angewurzelt stehen. In ihr blühte noch die Hoffnung, dass die Klappe gleich wieder aufging, doch nichts geschah. Nicht nach einer Minute, auch nicht nach fünf.

Sie setzte sich auf den Boden und öffnete den Leinenbeutel. Darin befanden sich mehrere Scheiben Schwarzbrot und Hartkäse. Das Essen konnte vergiftet sein, ein Trick, mit dem man sie vielleicht erneut bewusstlos machen und dann vergewaltigen wollte. Doch ihr Hunger ließ sich auf keine weiteren Diskussionen ein. Sie aß hastig und schnell, schob sich Brot und Käse gleichzeitig in den Mund. Das Brot hatte eine harte und leicht bittere Kruste, was herrlich zum nussig-würzigen Käse passte.

Nachdem sie zur Hälfte fertig war und ihren Fressrausch wieder im Griff hatte, hob sie den Deckel vom Eimer und blickte hinein. Sie fand eine Rolle mit Toilettenpapier darin.

8 Beifang mit fadem Nachgeschmack

Das Boot knatterte lauter als das Geschnatter der Seevögel über der Bucht. Schwarze Wolken stiegen aus dem Abgasschlot des sterbenden Dieselmotors, der die Deckdielen vibrieren ließ, während der alte Kahn hin- und herschaukelte.

Magnus lehnte mit seinem Hintern an der Reling und blickte zum Hafen, der nicht mehr allzu weit entfernt war. Die Pistole drückte an seinem Rücken, ein Gefühl, das unangenehm hätte sein sollen. Doch in Anbetracht der Lage war ihm der Druck mehr als willkommen.

Durch die Scheiben an der Steuerkabine blickte er zu Jakob, der am Funkgerät stand und Medina und Grethe den Weg über das Wasser wies.

Medina machte große Augen und winkte Magnus zu. Sie fühlte sich sichtlich wohl am Steuer und genoss es, die Kapitänin zu sein.

Magnus winkte zurück und hoffte, dass sie nicht wieder ein Fahrwerk zu Schrott fahren würde, was bei einem Boot wohl eher schwerfallen dürfte.

Grethe kam heraus und stellte sich zu Magnus an die Reling. Sie zündete sich eine Zigarette an, verschränkte den linken Arm vor der Brust und stützte darauf den Ellbogen des rechten Arms, in der sie die Zigarette hielt. »Du siehst übernächtigt aus. Ich weiß, was los ist.«

»W-was denn?«, fragte er und ließ seine Hand zur Waffe wandern.

»Ihr hattet Streit, das sehe ich doch. So ein junges Ding wie Medina kann schon ganz schön fordernd sein, was? Konntest du wenigstens etwas Schlaf finden?«

Magnus entspannte sich wieder und nutzte die Ausrede, die ihm das Schicksal darbot. »Ja, ein Streit, wir hatten nur einen Streit. Neuerdings schlägt mir so etwas auf den Magen und verhagelt mir die Laune …«

Grethe blickte an Magnus vorbei und runzelte die Stirn. »Was ist da vorne los?«

Er sah zum Hafen und erspähte eine Menschentraube an einem der Fischerboote. Um mehr erkennen zu können, ging er nach vorne zum Bug und legte die Hand über die Augen. »Die Fischer sind zurück, die Menschen kaufen den Fisch direkt vom Boot.«

»Nein, das ist anders. Normalerweise stehen die Leute verteilt, also auch bei den anderen Kapitänen.«

Je näher sie kamen, desto mehr stimmte er ihrer Beobachtung zu. Mittlerweile erkannte er sogar die Miene einer alten Frau, die sich die Hand vor den Mund gelegt und die Augen weit aufgerissen hatte.

Grethe bereitete den Landesteg vor, während Medina mit Jakobs Hilfe das Boot zum Kai lenkte.

Die Autoreifen an der Außenwand schabten über den Stein des Kais.

Jakob stellte den Motor ab, bevor er herauskam und das Tau um den Poller festmachte.

Grethe und Magnus gingen an Land und näherten sich der kleinen Versammlung.

Ein Fischer mit gelbem Regenmantel stand auf dem Pflaster der Hafenanlage und hielt ein Messer in der Hand. Vor ihm lag ein Fischernetz, das wie ein verschnürter, nasser Sack auf dem Boden klebte. Fischköpfe und Flossen lugten daraus hervor … und ein Arm, so blass wie der Mond.

Der Fischer betrachtete seinen seltsamen Fang noch einen Moment, dann setzte er seine Klinge an, durchtrennte die Schlaufen und ließ das Netz auseinander gleiten. Einige der Fische zappelten noch und klatschten gegen den nackten Frauenkörper, der mit dem Gesicht nach unten lag.

Als Medina hinzukam, entfuhr ihr ein kurzer, spitzer Schrei und sie taumelte zurück.

Grethe nahm sie in den Arm und wandte ihr Gesicht von der Szene ab.

Die alte Frau, die Magnus schon vom Boot aus gesehen hatte, wandte sich ebenfalls ab und übergab sich.

Magnus konnte nicht anders, als die Tote anzustarren und zu hoffen, dass nicht sie es war, der die Nase fehlte oder die Zunge.

Zwischen den Häusern erklang eine Polizeisirene. Eine Streife bog um die Ecke und blieb auf der Hafenringstraße stehen. Solberg und Björnsdottir stiegen aus dem weißen Auto mit rot-blauen Streifen.

»Ist das die Leiche?«, wollte Solberg wissen und schob sich einen Streifen Kaugummi in den Mund.

»Ja, das is' sie«, antwortete der Fischer. »Ich hab Ihnen ja schon über Funk erzählt, dass ich 'se im Netz hatte«, fügte er hinzu, als wolle er klarmachen, dass er nichts damit zu tun hatte.

»Da haben Sie ja einen hübschen Beifang«, sagte der Oberkommissar und stakste durch die verstreuten Fische. Er ließ sich von Björnsdottir Latexhandschuhe geben, hockte sich neben die Leiche und drehte sie vorsichtig um.

Die schwarzen, lockigen Haare klebten auf ihrem fahlen Gesicht, das so wie ihr Körper aufgedunsen war. In Bauch und Brust klafften mehrere Löcher in ihrer Haut.

Während Magnus ihr Gesicht studierte, knabberte der Hauch einer Erinnerung an seinem Gedächtnis. Womöglich stammte sie nicht aus Odda, auch wenn er nicht jeden Menschen in dem kleinen Ort kannte. Doch sie hatte etwas an sich, das ihn nicht losließ, auch wenn er nicht wusste, was es war. Sie musste einen grausamen Tod gehabt haben, da sie Löcher in Brust und Bauch hatte.

»Björnsdottir, rufen Sie die Spurensicherung. Kapitän, Sie sollten zur Befragung hierbleiben. Wir müssen genau wissen, wo Sie diesen Körper aus dem Wasser gezogen haben und um wie viel Uhr das passiert ist.«

Magnus stand reglos da. Die Ereignisse überschlugen sich, so wie seine Gedanken. Am Anfang hatte sich das Grauen nur auf sein Wohnzimmer und kleine Pakete beschränkt, danach hatte es auf einen Ausflug zum Lilletopp übergegriffen und war nun mitten im Herz von Odda angelangt. Seit dem Umweltskandal des Schmelzwerks in den Siebzigern und Achtzigern hatte es keine größere Katastrophe mehr in Odda gegeben.

Grethe klopfte ihm auf die Schulter.

Als er sich umdrehte, hatte sie noch immer Medina im Arm, die am ganzen Leib zitterte. »Fahr sie nach Hause, Magnus, sie sollte nicht hier sein.«

Jakob war ebenfalls zu ihnen gestoßen und ließ in seiner Miene keinerlei Gefühl erkennen.

Magnus nahm Medina an sich, gerade so, dass es nicht zu intim wirkte. Schließlich waren sie hier vor aller Leute Augen.

Als sich sein Blick mit den gefühllosen Augen Jakobs kreuzte, beschloss er, die Sache bei der Polizei zu melden.

Doch vorerst galt es, Medina nach Hause zu bringen.

*

Die Mittagssonne drang spärlich durch den wolkenverhangenen Himmel, der sich in den vielen Fenstern der Polizeidirektion spiegelte. Neben den Streifenwagen auf dem Parkplatz vor dem Gebäude standen schwarze Minibusse mit getönten Scheiben. Eine Gruppe von Polizisten in Uniform unterhielt sich auf den Stufen vor dem Eingang. Sie hatten ihre Hände locker in die Brusttaschen ihrer schwarzen Lederjacken gesteckt und schenkten Magnus, der an ihnen vorbeilief, keinerlei Beachtung.

»Legen Sie bitte Ihre Metallgegenstände ab und gehen Sie durch den Detektor«, sagte ein Polizist, der hinter einer Panzerscheibe am Empfang saß. Der kleine Lautsprecher in der Scheibe verzerrte seine Stimme und ließ sie blechern klingen.

Magnus legte Handy, Geldbeutel und Schlüssel in die Schublade, die der Beamte dann mithilfe eines Hebels hinter das Glas zog.

Magnus war froh, dass er daran gedacht hatte, die Neunmillimeter unter seinem Beifahrersitz zu verstecken. Er trat durch den Detektor.

Es piepste.

Ein Beamter kam auf ihn zu, tastete ihn unter der Jacke ab, arbeitete sich nach unten durch und prüfte die Gürtelschnalle. »Ist in Ordnung, zu wem wollen Sie denn?«

»Zu Herrn Solberg, ist er schon wieder da?«

»Am Schreibtisch, Name steht neben der Bürotür.«

»Danke.« Magnus betrat einen Flur, der nach Lösungsmitteln und Chemie roch. Ein Maler bückte sich und löste eine Fußleiste, dabei hing seine Hose so tief, dass man die blonden Kringelhärchen über seinem Pobackenansatz sehen konnte.

Neue Farbe glänzte speckig an den Wänden. Mit Kreppband abgeklebte Löcher klafften dort, wo Steckdosen oder Namensschildchen entfernt worden waren.

Magnus betrat ein offenes Büro.

Solberg stand mit seinem grau karierten Sakko hinter einem Schreibtisch am Fenster und goss eine Yuccapalme, deren Blätter braun und kraftlos herabhingen.

Magnus wusste nicht, ob er sich vom Zustand des Büros überrascht, angewidert oder bestätigt fühlen sollte.

Auf dem Tisch türmten sich drei Aktenstapel, aus denen zerknitterte Blätterecken herauslugten. Daneben stand ein Teller mit einem halben Kuchenstück und einem angebissenen Apfel, dessen Fruchtfleisch bereits karamellfarben angelaufen war. Sogar der Computerbildschirm sah verlottert aus, da er mit etlichen gelben Haftnotizzettelchen beklebt war.

»Guten Tag, Herr Solberg«, grüßte Magnus.

Der Beamte drehte sich um. »Ah, Herr Farstad, schön, dass Sie mich besuchen. Ich habe Sie heute am Hafen gesehen. War kein guter Anblick dort, was?« Er stellte die Gießkanne ab und setzte sich.

»Nein, nicht wirklich. Odda steht unter Schock.«

»Nehmen Sie Platz«, sagte Solberg und stellte eine Holzschale mit einer Mischung aus Lakritz- und Schokoladenbonbons auf den Tisch. »Bedienen Sie sich«, sagte er und tippte auf seiner Tastatur herum. »Also, wie geht es Ihnen, haben Sie sich das mit dem Polizeipsychologen überlegt?«

»Nein, das ist wirklich nichts für mich, deswegen bin ich nicht hier.«

Solberg warf sich ein Lakritzbonbon in den Mund und kaute darauf herum. »Und, worum geht es dann? Sie wissen doch, dass ich Ihnen nicht alles erzählen darf, oder?«, sagte er schmatzend.

»Ich denke, es gibt da jemanden, der ein Motiv hat.«

»Wer denn?«

Magnus zögerte einen Moment. »Also … es geht um Jakob Grimson.«

»Dieser Typ, der die Autowerkstatt in der Nähe des Hafens betreibt?«

»Ja, er wollte einen Kredit, den die Bank ihm nicht gewährt und er war schon einmal im Knast.«

»Ist das alles? Haben Sie Beweise, hat er Sie bedroht oder Sie in Gegenwart von Zeugen geschlagen?«

»Nein, nicht direkt. Aber er hat ein Boot und eine Jagdhütte, das würde doch passen, wenn man jemanden töten und in den Tiefen des Fjords verschwinden lassen wollte, oder?«

Solberg warf sich eine weitere Süßigkeit in den Mund und tippte eine Weile auf seiner Tastatur herum. Nach einigen Minuten hörte er auf und machte große Augen. »Das nenne ich mal eine Akte!«

»Und, was steht drin?«

»Datenschutz, Herr Farstad, gerade Sie als Bankdirektor müssten das wissen. Ich gebe Ihnen den Rat, sich von Herrn Grimson fernzuhalten. Auf jeden Fall so lange, bis ich den Herren gründlich überprüft habe. Keine Sorge, ich werde ihm nicht erzählen, dass der Tipp von Ihnen kam.«

»Und diese Leiche von heute Morgen, hängt das irgendwie mit meiner Sache zusammen?«

»Sie haben sie ja selbst gesehen. Ihr fehlte weder Nase noch Zunge. Bislang wird hier auch niemand vermisst, das heißt, wir können die Frau nichts und niemanden zuordnen. Haben Sie Vertrauen, Herr Farstad, die Polizei kümmert sich darum. Gibt es noch etwas Anderes?«

Magnus beruhigte das ganz und gar nicht. Der Mann saß in seinem Sessel, schaufelte Süßigkeiten in sich hinein und bekam nicht einmal das Chaos auf seinem Schreibtisch in den Griff. Wie konnte der Polizeidirektor so viel von einem Mann halten, der eine fleischgewordene Beleidigung für das Wort Kompetenz darstellte?

»Ähm, nein, das war alles«, antwortete Magnus resigniert, nickte ihm zu und verließ das Polizeirevier.

Auf den Stufen draußen klingelte sein Handy. Im Display stand der Name *Håkon*. »Ja, hier Magnus, was ist?«

»Ich habe etwas herausgefunden.«

»Worüber?«

»Nicht am Telefon, du weißt doch, man weiß nie, wer zuhört. Komm heute Abend zum Essen, Hedda kocht Fårikål.«

Magnus war sich nicht sicher, ob er nach dem Anblick der Leiche von heute Morgen am Abend schon wieder Hunger haben würde oder je wieder etwas essen wollte. Zumindest bot Håkon ihm keinen Fisch, sondern Lamm mit Kartoffeln an.

»Ist gut, ich komme. Du glaubst nicht, was mir heute und gestern alles passiert ist. Ich habe dir viel zu erzählen.«

»Die See ist großzügig, mal schenkt sie euch Fisch, mal eine nackte, tote Frau.«

Kapitän Gundestrup, Auszug seiner Zeugenaussage bei der Polizei Hardanger

9 Verschwörung

Magnus überquerte die knarzenden Bretter der Veranda und klingelte an der Tür des ockerfarbenen Hauses. Es war schon dunkel und die Birne über der Eingangstür leuchtete nur schwach. Mit einer Rotweinflasche in der Rechten schob er sich das Hemd seines Anzugs ordentlich unter den Hosenbund.

Die Tür öffnete sich.

»Onkel Magnus!«, rief der kleine Liv mit seinen blonden Locken, der noch auf den Zehenspitzen mit der Hand am Knauf hing. Er hatte einen roten Spielzeuglaster in der anderen Hand und verschwand wieder im Haus. Drinnen war Kinderlärm zu hören.

Magnus trat ein und zog sich den Mantel aus. An den Kleiderhaken im Flur hingen bereits mehrere Kinderjacken, sodass er nach einer freien Stelle suchen musste. Als er sich die Krawatte richten wollte, kam Hedda auf ihn zu.

»Ah, Magnus, dich sieht man auch mal wieder? Wirkst irgendwie jünger, hast du dir die Schläfen seit deinem letzten Besuch gefärbt?«, fragte sie und drückte ihn. Nachdem sie ihn losgelassen hatte, band sie sich die weizenblonden Locken zu einem Zopf zusammen und richtete sich die weiße Bluse.

»Aussehen ist Kapital. Wie geht es den beiden Kindern?«

»Heute hat Liv, mein kleiner Teufel, eine Übernachtungsparty, daher ist die Hälfte seiner Kindergartengruppe bei uns im Haus. Und Arvid macht gerade eine Autotour mit seiner Freundin, der kommt erst in einer Woche wieder.

Seitdem er die Ausbildung geschmissen hat, treibt er sich oft mit seinen Freunden herum, die Drogen konsumieren. Er denkt, dass ich das nicht mitbekäme, doch ich bin mir sicher, dass ich den Geruch vom Marihuana in seinen Klamotten rieche, bevor ich sie in die Waschmaschine werfe.«

Ein lautes Poltern schallte von der Decke.

»Soll ich ein andermal kommen, ihr habt ja mit den Kindern alle Hände voll zu tun, oder?«

»Nein, passt schon, du bist immer willkommen.«

Sie führte ihn durch den Flur in die Küche.

Auf einem großen Esszimmertisch mit zerschlissenem weißen Lack standen Teller, Tassen und ein Arrangement aus dekorativen Tannenzweigen und -zapfen. Daneben stand die Küchenzeile mit hellblauen Blenden, die mit Knäufen und Griffen beschlagen waren, die wie Sonnenblumen aussahen. Aus den blubbernden Kochtöpfen, die auf dem Herd standen, strömte Fleischaroma in den Raum.

»Setz dich«, sagte Hedda und ging ans Schneidebrett auf der Anrichte. Sie hackte Tomaten klein und gab sie in eine Salatschüssel.

Magnus stellte die Weinflasche auf dem Tisch ab, setzte sich und betrachtete die Hängelampe, die aus einem Hirschgeweih mit Lampen in grünen Glasflaschen bestand. »Diese Leuchte ist neu, oder?«

»Ja, Håkon hat sie von einer seiner Baustellen mitgenommen.«

»Wo ist er eigentlich?«

»Er ist im Keller, in seinem Hobbyraum, er müsste gleich hochkommen. Wie geht es eigentlich Emilie, habt ihr wieder Kontakt?«

Magnus kratzte mit dem Fingernagel in einer Kerbe auf der Tischplatte. »Wir haben schon lange keinen Kontakt mehr … es ist schwierig.«

»Sie war damals die Jahrgangsbeste, bestimmt hat sie jetzt Karriere gemacht.«

»Kann sein, ich würde es ihr gönnen. Schließlich hatte sie lange Probleme wegen der Arbeitslosigkeit ihres Vaters.«

»Ihr hattet euch erst vor Ende der Schule kennengelernt, auf der Abschlussfahrt, richtig?«, fragte Hedda.

»Ja, sie war das Mädchen, das jeder haben wollte.«

»Wieso lässt du dich nicht auf eine neue Beziehung ein?«

Magnus hatte das Gefühl, dass er langsam die Kerbe zu einer Scharte auskratzte. »Früher war alles anders, ich war anders. Weißt du, wie das ist, wenn du jemanden siehst und das Gefühl hast, dass die Zeit stillsteht? Dein Herz setzt aus und du lebst in einer Sekunde alle Ewigkeiten der Zeit?«

»Ich erlebe mit Håkon alle Ewigkeiten der Hölle«, bemerkte Hedda.

»Hallo Magnus, du bist etwas zu früh«, sagte Håkon und kam in die Küche. Er krempelte sich die Ärmel seines Kapuzenpullovers hoch und drückte Magnus die Hand, bevor er sich setzte.

»Wenn man vom Teufel spricht«, murmelte Hedda.

Liv kam mit Tränen in den Augen zu ihm und hielte ihm ein Spielflugzeug mit ausgerissenem Flügel hin. »Havdal hat das kaputtgemacht.«

»Ist ja gut«, tröstete ihn Håkon, presste den Flügel wieder in den Rumpf und drückte es in Livs kleine Hand. Noch ehe Håkon etwas sagen konnte, verschwand der Junge wieder über die Treppe nach oben.

»Siehst du, Magnus, so läuft das mit dem Kleinen. Vor einer Sekunde ging noch die Welt unter und plötzlich scheint wieder die Sonne.«

»Sind die Kids nicht alle so?«

Håkon lachte auf. »Nein, das wäre ja zu einfach. Wenn ich an Arvids Kindheit denke, kann ich kaum glauben, dass die beiden aus demselben Mutterleib kommen. Wenn Arvid ein Problem mit dir hatte, hat er noch eine Woche lang getrotzt und dich ignoriert. Mir scheint, dass er das von seiner Mutter geerbt hat.«

»Håkon«, unterbrach ihn Hedda mit einem scharfen Unterton. »Dir ist klar, dass ich gerade ein Messer in der Hand halte? Es schneidet nicht nur Tomaten.«

Håkon hob die Hände. »Ist gut, ich ergebe mich. Ich will nur sagen, dass meine Kinder wie Tag und Nacht sind und jede Gelegenheit nutzen, um Ärger zu machen. Wenn sie schlafen, dann liebe ich sie am meisten.«

Hedda trug den Salat auf und stellte zwei Töpfe auf den Tisch. Dampf waberte unter den schräg gestellten Deckeln hervor. »Meine Mutter hat mir ein neues Rezept für Fårikål gegeben. Ich lege das Hammelfleisch erst in Buttermilch mit Kümmel ein und schmore es dann mit den Rosmarinkartoffeln. Und ich dicke das Wasser etwas an, damit es ein kräftigerer Eintopf wird. Mal sehen, ob es euch schmeckt.« Sie schob die Tischdeko leicht zur Seite, damit die Töpfe genug Platz hatten und gab jedem von ihnen eine Schöpfkelle voll auf den Teller.

Håkon entkorkte den Rotwein und füllte die Weingläser auf dem Tisch. »Hast du mal wieder von einer deiner älteren Kundinnen einen Wein geschenkt bekommen, Magnus?«

»Nein, ich schwöre, dass die Flasche kein Wanderpokal ist. Ich habe sie fair und ehrlich im Supermarkt gekauft. So viel Steuer, wie hier in Norwegen dafür verlangt wird, sollte Alkohol bei mir in der Bank im Tresor stehen.«

»Tja, siehst du, der Staat zieht uns das Geld aus der Tasche, wo er nur kann. Ich habe gelesen, dass …«

»Keine Verschwörungsgeschichten hier am Tisch!«, unterbrach ihn Hedda barsch. »Hast du vergessen, wie Liv deine Theorie mit dem Gift im Leitungswasser im Kindergarten herumerzählt hat? Ich wurde deswegen zum Elterngespräch zitiert! Wieso muss ich immer den Mist ausbaden, den du anstellst?« Über ihrer Stirn pulsierte eine dicke Ader.

Magnus sank in seinen Stuhl und wünschte sich weit weg. Hedda hatte schon immer viel Temperament gehabt. Man konnte sie gut aushalten, wenn sie am Nordpol und kein Telefon in der Nähe war. Ihm war stets ein Rätsel geblieben, wie Håkon es so lange mit ihr aushielt.

»Sieh dir Magnus an, der hat's geschafft, dabei waren wir in der gleichen Schule!«

»Lass Magnus aus dem Spiel, außerdem können wir das ein andermal klären. Jetzt lass unseren Gast in Ruhe essen.« Håkon ging zur Anrichte und holte einen Brotkorb an den Tisch. »Hier, nimm dir ein Stück. Stör dich nicht am Streit, das gehört bei uns dazu wie ein drittes Kind.«

Magnus nahm sich eine Scheibe Weißbrot und tunkte es in den Eintopf. Als er probierte, war er überrascht. »Wow, ein toller Geschmack!«

Heddas Züge entspannten sich. Sie nahm ihr Weinglas und trank es in einem Zug aus.

Håkon warf ihr einen missbilligenden Blick zu.

Sie grinste ihn süffisant an und goss sich noch ein Glas ein. »Habt ihr schon gehört, was am Hafen passiert ist? Die alte Kristiansen hat mir erzählt, dass eine Frauenleiche aus dem Sørfjord gefischt worden ist. Ganz Odda ist in Aufregung, es gibt praktisch kein anderes Thema mehr.«

Für eine Sekunde sah Håkon über seinen Löffel hinweg Magnus an, dann aß er weiter. »Aha, und?«

»Und? Hier geschieht doch sonst nichts und dann gleich so etwas. Also ich finde das beunruhigend und werde Liv nicht mehr allein auf die Straße lassen.«

»Und mich nennst du Verschwörungstheoretiker?«

»Das kannst du nicht gleichsetzen. Deine Sachen passieren in einem digitalen Kasten auf deinem Schreibtisch, doch das, was da am Hafen passiert ist, das ist die echte Welt.«

»Und wenn es morgen in einem Blog steht, ist es dann nicht mehr wahr, ist es dann eine bloße Theorie?«

»Wie kommt es, dass du mir immer die Worte verdrehst?!«

»Vielleicht solltest du noch mehr Wein trinken?!«

»Hättest du die Firma deines Vaters nicht in den Sand gesetzt, müsste ich jetzt nicht zur Flasche greifen!«

Magnus aß weiter. Ihm war gerade wieder klar geworden, warum er sich sonst nur zu Feiertagen hier blicken ließ. Die beiden stritten sich bei jeder Gelegenheit und machten keinen Hehl daraus.

Von der Decke ertönte wieder ein Poltern, gefolgt von Kindergetrappel.

»Mach doch, was du willst!«, zischte Håkon und stand auf. »Magnus, komm, ich zeige dir meinen neuen Dieselgenerator.«

»Ja, Håkon«, ätzte Hedda, »zeig ihm doch, wie sinnlos du unser Geld anlegst.«

Magnus hatte nur einen Gedanken: *Bloß nicht einmischen.* Er dackelte seinem Freund hinterher, der über die Treppe in den Keller ging.

Håkon öffnete eine Tür und schaltete das Licht ein. Als sie beide im Raum standen, verschloss er die Tür.

Magnus blickte sich um. Im fensterlosen Raum mit niedriger Decke stand eine Werkbank, auf der mehrere Lötkolben und Platinen verteilt waren. Daran grenzte ein Schreibtisch mit einer Computeranlage aus drei Rechnern und einem großen Bildschirm. An der anderen Wand stand ein Regal voller Bücher, losen Blattsammlungen, Ringordnern und Papierrollen. Die anderen Wände waren mit Landkarten und Papieren überzogen.

Håkon öffnete eine weitere Tür, machte im Nebenraum das Licht an und deutete hinein. »Hier steht mein Dieselgenerator, der uns im Notfall mit Strom versorgen kann«, sagte er mit Stolz in der Stimme.

Magnus blickte auf eine rot lackierte Maschine mit etlichen Kabeln, Messanzeigen und Stellen, an denen Schmieröl aus Dichtungen getropft und Ablagerungen gebildet hatte. Das Teil erweckte den Eindruck, als habe es bereits ein Vorleben gehabt. Interessanter waren die beiden Regale daneben, in denen etliche Dosen mit grünen Bohnen, Schweinespeck, Kartoffeln und säckeweise Mehl, Zucker und Reis lagerten. Zusätzlich steckte in jeder noch so kleinen Nische eine Packung Toilettenpapier. »Du willst wohl in deiner Apokalypse einen sauberen Hintern haben, was?«

»Vorbereitung ist alles, Magnus«, erwiderte Håkon und ging wieder in den anderen Raum.

»Sag mal, Håkon, wie hältst du das mit den Streitereien nur aus?«

»Für die Kinder, mein Lieber. Erst war es wegen Arvid, zu meinem Pech wurde sie damals schwanger. Und jetzt gibt es da noch Liv. Manchmal habe ich das Gefühl, dass sie mich betrügt, doch noch kann ich ihr nichts nachweisen. Außerdem habe ich ja das hier, meinen Keller«, sagte er und öffnete seine Arme. »Jeder Mann braucht ein Refugium, um wieder klarzukommen, und das hier ist meins.« Er setzte sich an den Computer und fuhr ihn hoch. Mehrere Lüfter starteten gleichzeitig und summten leise.

Håkon zog einen Hocker unter dem Schreibtisch hervor und bedeutete Magnus, Platz zu nehmen. Dann öffnete er ein Programm, *Total Safety 24*, und klickte auf einen Ordner. Gleich darauf ploppte ein Fenster auf, das Hedda am Küchentisch zeigte. Sie hatte sich eine Zigarette angezündet und trank Wein.

»Du filmst deine Frau? Hast du da oben eine Kamera eingebaut?«

»Na klar, ich will sie doch beim Fremdgehen erwischen«, antwortete er und klickte auf einen anderen Ordner. Im zweiten Fenster war Liv zu sehen, der sich mit drei Freunden auf seinem Bett um einen Plüschelch kabbelte.

»So habe ich auch meinen Jungen im Blick und den Großen kann ich über sein Handy orten.«

»Das ist ja die totale Überwachung. Meinst du nicht, dass du zu weit gehst?«

»Ich fange gerade erst an. Die Welt verändert sich und das sollten wir auch tun. Als Hedda die Sache mit dieser Wasserleiche erwähnt hat, war ich echt überrascht. Kann es sein, dass das mit dir zu tun hat?«

»Scheinbar nicht, zumindest hat das Oberkommissar Solberg gesagt.«

»Und das ist der Grund, weshalb ich heute mit dir sprechen will. Weißt du was? Der Typ hat keinen sauberen Kiel. Hier, ich zeige es dir.« Håkon öffnete mehrere Fenster mit Blogs, Zeitungsartikeln und Bildern. »Hier, siehst du?«

Magnus überflog den kurzen Artikel

22.01.2020 – Inkompetenz und mangelnde Sachkenntnis führen zu Ermittlungspanne bei Rufzeichen Delta. Polizei Bergen zieht personelle Konsequenzen und räumt Fehler ein.

Magnus war irritiert. »Rufzeichen Delta?«

»Das ist die Spezialeinheit bei der Polizei, ein absoluter Stressjob.«

»Und was soll das nun bedeuten? Bergen ist nicht Odda und da steht auch kein Name dabei.«

»Ja, einzeln betrachtet hast du recht. Doch wenn du Zusammenhänge herstellst, wird eine Geschichte daraus. Hier, lies mal diese Schlagzeile.«

12.02.2020 – Polizei der Provinz Hardanger erhält Verstärkung. Zwei neue Beamte treten ihren Dienst an.

»Na ja, da steht wieder kein Name. Was soll mir das sagen? Komm zum Punkt.«

Håkons Augen hatten einen leichten, glasigen Glanz, als er mit ausgestrecktem Zeigefinger zu erzählen begann. »Dein Ermittler, Eirik Solberg, ist zusammen mit einer Frau Björnsdottir die einzige Verstärkung in unserer Polizeidirektion. Solberg steht unter Druck, er muss sich rehabilitieren. Es ist doch denkbar, dass er die Sache so dreht, wie er sie braucht. Möglich, dass er dir etwas anhängen will und deswegen kreativ wird.«

Magnus' Gedanken überschlugen sich. »W-was? Das geht zu weit. Du bildest dir das alles nur ein.«

»Echt? Lass mich raten, du hast Reiseverbot bekommen, oder?«

»Ja, aber nur aus ermittlungstaktischen Gründen.«

»Blödsinn! Das ist immer der erste Schritt, den die Regierung mit allen macht, die sie abservieren will. Denk mal nach, ist dir noch etwas aufgefallen?«

»Nein, wieso sollte denn ...«, wollte er abwiegeln, bis ihm etwas einfiel. Frau Björnsdottir hatte ihn feindselig angeschaut, als habe sie ihn schon verurteilt. Und auch Solbergs Verhalten war seltsam. Gab es da wirklich einen Zusammenhang, einen roten Faden? »Ich habe das Gefühl, dass Björnsdottir mich am liebsten erschießen würde. Sie wirkt nervös. Auch dieser Solberg verhält sich seltsam, er futtert ständig Süßigkeiten, denkst du echt ...?«

»Beamte in Spezialeinheiten stehen unter hohem Druck. Vielleicht hat die Polizistin es nicht geschafft, damit klarzukommen. Und auch über Solberg müssen wir nachdenken, denn entweder war er mal Raucher oder er versucht, Stress zu kompensieren.«

»Wie kommst du darauf?«

»Denk mal nach, wenn er ständig futtert, dann kann das bedeuten, dass er seine Hände beschäftigen muss. Hedda hat vor zwei Jahren versucht, das Rauchen aufzugeben und schnell fünf Kilogramm zugenommen. Ich weiß nicht, wer von diesen beiden Beamten bei Rufzeichen Delta war, vielleicht waren es ja auch beide. Und es gibt noch eine Möglichkeit. Vielleicht dienen die Infos im Internet nur zur Irreführung. Könnte ja sein, dass Rufzeichen Delta gegen dich ermittelt und Solberg gar nicht so unfähig ist, wie du ihn erlebst?«

»Was, wieso?«, stammelte Magnus. In seinen Gedanken stand er im Archiv der Nordbank und blickte verzweifelt auf die fehlenden Seiten des ursprünglichen Gutachtens. »Das passt doch nicht mit diesen Körperteilen und den Botschaften zusammen. Wieso sollte die Polizei so vorgehen?«

»Keine Ahnung, sag du es mir?«

»Kann man denn niemandem mehr vertrauen?«

»Willkommen in meiner Welt, mein Freund, für mich ist jeder verdächtig außer Hedda, die ist nur vollkommen irre. Dieser Solberg steht unter Erfolgsdruck, denk nach, gibt es etwas, das er dir vorwerfen könnte?«

Magnus hatte ein mieses Gefühl im Magen. Die fehlenden Dokumente aus dem Archiv konnten ihn zu Fall bringen. War es möglich, dass Jakob unschuldig war? Der sanfte Druck der 9mm, die er am Rücken hinter seinen

Gürtel geklemmt hatte, sagte *Nein*. Jakob kannte keine Skrupel und hatte ein Motiv. »Ich denke, jeder hat seine Leichen im Keller. Nur, wenn ich der Polizei nicht mehr vertrauen kann, wie soll es dann weitergehen?«

»Beweise, mein Freund, Beweise. Schau mal hier«, sagte Håkon und öffnete ein neues Fenster. Darin war eine Aufnahme von Magnus' Eingangsbereich an seinem Haus zu sehen.

»Das ist ja mein Haus. Kannst du dich etwa bei mir einloggen?«

Håkon verschränkte die Arme vor seiner Brust und legte den Kopf schräg. »Echt jetzt? Ich bin ein Hacker, klar komme ich da rein. Wir beide sammeln Beweise und lassen diesen korrupten Beamten auflaufen.«

Magnus war mulmig bei dem Gedanken, dass noch jemand Zugriff auf die Kameras in seinem Haus hatte. »Gibt es denn etwas, wo du nicht reinkommst?«

»Nur in deinen Kopf kann ich nicht hinein. Du hattest mir am Telefon gesagt, dass du mir etwas erzählen wolltest?«

»Ja, genau. Nur bin ich mir nicht mehr ganz so sicher.«

»Egal, sag es einfach.«

»Ich bin mit Medina zu einem Ausflug auf den Lilletopp gefahren, mit Grethe und Jakob Grimson.«

»Dieser Mechaniker?«

»Ja.«

»Die beiden passen ganz gut zusammen, einer unleidlicher als der andere. Wenn ich zur Bank gehe, versuche ich zu vermeiden, mit ihr zu tun zu haben. Sie schaut immer so gemein, kaum zu glauben, dass die überhaupt einen Mann gefunden hat. Bestimmt ist er Alkoholiker.«

»Ja, das ist er tatsächlich. Es ist möglich, dass mir Grethe hinterher schnüffelt. Sie war in meinem Archiv, ich kann es zwar nicht beweisen, doch sie weiß Dinge, die sie nicht wissen dürfte, beispielsweise, was sich darin befindet. Und sie ist seit Längerem mit Jakob zusammen, einem Mann mit Knasterfahrung. Von der Beziehung wusste ich nichts und sie schweigt sich über die Länge ihrer intimen Bekanntschaft aus. Er hat eine Hütte am Lilletopp, die abgeschieden liegt und er sammelt Waffen und Messer.«

Håkon machte ein ernstes Gesicht. »Das klingt beunruhigend. Hast du schon etwas unternommen?«

Magnus lockerte sich den Krawattenknoten. »Ich war bei Solberg im Revier und habe ihn ausgeliefert.«

»Spinnst du, der hackt dich doch in Stücke!«

»Nein, Solberg hat mir versichert, dass er ihn überprüft und nicht sagt, dass ich ihn verpfiffen habe.«

»Magnus, hast du es denn nicht begriffen? Solberg hat sich schon in Bergen Ermittlungspannen geleistet, er ist inkompetent oder gibt zumindest vor, es zu sein. Wenn Jakob mitbekommt, dass du ihn verpfiffen hast, wird dich dein Mechaniker tieferlegen, und damit meine ich friedhofsmäßig tieferlegen!«

»Ich … das ist jetzt alles ein bisschen viel.«

»Und was ist mit Murat?«

»Der ist unverdächtig.«

»Wieso, du vögelst doch seine Freundin … Verlobte oder so?«

»Er hat mir im Suff erzählt, dass er Probleme mit Medinas Tante hat. Wenn er etwas von mir wollte, hätte er mich einfach verprügelt.«

»Sicher? Vielleicht will er dich leiden sehen?«

»Dazu ist er nicht schlau genug. Alle sagen, er sei dumm, ich habe sogar mal gehört, dass er eine Lernbehinderung hat.«

»Das hast du gehört? Ist doch praktisch, wenn die Welt einen für dumm hält, dann kann man alles tun. Was wissen wir eigentlich über Murat? Er ist erst seit einem Jahr hier, kam mit Medina im Schlepptau. Angeblich hat er schon in Bergen eine Bar betrieben. Doch wer gibt denn die große Stadt auf, um hier in der Provinz zu landen? Und rein zufällig schläfst du mit seinem Mädchen. Wie gut kennst du eigentlich Medina?«

»Hör auf, du bist ja irre!«, zischte Magnus und blickte sich um, als fürchte er Mithörer.

Ihm schwindelten die Sinne und sein Magen spielte verrückt. Mit zittriger Hand fuhr er sich durch die Haare und blickte ins Leere.

»Nein, ich habe keine Angst vor dem Weltuntergang. Nur ist es praktischer, wenn ich zum Einkaufen meiner Jahresration Toilettenpapier mit dem Autohänger fahre.«

Håkon Svendsen, Blog für Liebhaber der Wahrheit

10 Schnüffeleien

Magnus fuhr über den abgesenkten Bordstein der Ringstraße am Hafen in eine kleine Seitengasse. Er parkte um die Ecke zwischen zwei Mülltonnen am Straßenrand und schaltete die Scheinwerfer aus. Dutzende Insekten kreisten im gelben Lichtkegel einer Laterne, die Schlagseite hatte. Eine dicke Beule an ihrer Seite ließ vermuten, dass sie ein unfreiwilliges Treffen mit einem Fahrzeug gehabt hatte.

Er blickte auf sein Handy. Es war 20:10 Uhr. Aufgrund des grausigen Beifangs am gestrigen Morgen hatte er die Nordbank für einen Tag geschlossen, da seine beiden Mitarbeiterinnen nicht arbeitsfähig gewesen waren. Zu seinem Unmut hatte Medina die Nacht bei Grethe verbracht und Magnus nun zu ihrem Abholer auserkoren. Sie wollte um 20:00 Uhr abgeholt werden, stand aber noch nicht draußen an der Straße, wie es vereinbart war.

Er rief sie an. Das Telefon klingelte durch.

»Ist das wieder so ein It-Girl-Ding? Muss man jetzt auf sich warten lassen, damit man angesagt ist?«, murmelte er und stieg aus dem Wagen. Draußen knüpfte er seinen grauen Mantel zu, während er um die Ecke lief und auf ein zitronengelbes Haus mit türkisfarbenen Fensterläden blickte, das von einer Hecke umgeben war. Er hatte Grethe in der Vergangenheit schon mehrfach hier abgesetzt, aber bislang nur auf der Straße davor gehalten. Magnus ging durch das Gartentor über die Stufen zum Eingang hinauf. Auf der Klingel in Form eines Fischs stand *Sandvik*. Er drückte darauf und wartete. Dabei fiel ihm auf, dass die Tür nur angelehnt und nicht verschlossen war.

Durch das milchige Glas in der Mitte der Tür war weder eine Bewegung noch Licht zu sehen. Magnus klingelte erneut.

Ein frischer Wind zog auf und kühlte ihn aus. Magnus klopfte ungeduldig an die Tür, wodurch sich der Spalt verbreitete. »Hallo? Grethe, Medina, seid ihr da?«, rief er durch die kleine Öffnung.

Keine Antwort.

Magnus stieß die Tür langsam auf. »Es ist schon spät, Medina, wollen wir los?«

Magnus blickte in das verlassene Haus hinein. Rechts führte eine Holztreppe nach oben, links ging es über einen Flur ins Wohnzimmer. Es herrschte Finsternis und Stille.

Die Vibration seines Telefons in seiner Tasche ließ Magnus aufschrecken.

Als er es in die Hand nahm, entdeckte er die Kurznachricht von Medina:

»Sorry, Honey, habe vergessen, dir Bescheid zu geben. Ich bin mit Grethe etwas trinken, bei Murat. Fahr ruhig nach Hause, kiss and hug :-)«

Magnus war froh, dass sie bei Murat war. Zumindest war sie dort sicher.

Er wollte die Tür schließen, als er innehielt und nachdachte. Wenn sich schon die Gelegenheit bot, dann wäre es gar nicht schlecht, nach den fehlenden Dokumenten aus dem Archiv oder anderen Beweisen zu suchen?

Magnus trat ein, schloss die Tür hinter sich und rümpfte die Nase, da alles nach Zigarettenqualm stank. Ihm war es rätselhaft, wieso Menschen in ihrem eigenen Zuhause qualmten. Er schaltete die Taschenlampe an seinem Handy an und lief über die knarzenden Dielen ins Wohnzimmer.

Die Möbel waren ein Sammelsurium an Stil und Farben. Neben einer Garnitur aus zinnoberroten Ottomanen behauptete eine Bulldogge aus Blech ihren Stand auf einem urigen Holztisch. Doch das Skurrilste hing an der Wand. Es war ein schwarzweißes Aktfoto von Grethe, wie sie sich lediglich in Unterwäsche auf dem Boden rekelte und mit einer Perlenkette spielte. Magnus war überrascht, wie schlank und schön Grethe einst gewesen war und überlegte, ob sie auf dem Bild vielleicht in ihren Zwanzigern gewesen war.

Vor dem Rundfenster, das mit Buntglas verziert war, stand ein Schreibtisch aus Kirschholz. Er wirkte schwer und erdig, als sei er der Ruhepol inmitten des Einrichtungswahnsinns. Auf seiner ramponierten Platte lagen ein Notebook, mehrere aufeinandergestapelte Akten und eine Papierablage.

Magnus durchforstete sorgfältig jede Schublade, bevor er sich den Unterlagen auf der Oberfläche widmete.

Es waren Steuerbescheide, Kaufbelege und Ablehnungsbescheide für Kredite. In allen Namensfeldern stand *Jakob Grimson;* scheinbar versuchte sie, ihm zu helfen, sein Boot zu retten. Doch so sehr Magnus auch suchte, er fand nicht die gestohlenen Unterlagen. Vielleicht hatte sie diese versteckt?

Er begann, alles zu durchsuchen. Schränke, Kommoden, Truhen. Das Knattern eines alten Autos dröhnte durch die Gasse. Magnus duckte sich unter den Scheinwerfern, die durch die Fenster blendeten.

Das Geräusch verstummte, gefolgt von einem metallischen Klacken.

Magnus schlich ans Fenster und versuchte, einen Blick nach draußen zu erhaschen. Als er die graublonde Frisur von Grethe neben einem VW Käfer im Laternenlicht erkannte, presste er sich mit dem Rücken gegen die Wand.

Ein Schlüsselbund klapperte an der Tür.

Magnus' Verstand arbeitete rasend an einer Lösung, einem Versteck, einer Möglichkeit zur Flucht. Das Einzige, was ihm dabei in den Sinn kam, war ein hochlehniger Ohrensessel, der in der Ecke stand. Mit leisen Schritten eilte er darauf zu und duckte sich in den Schatten hinter dem Möbelstück, schloss die Augen und betete zum heiligen Olaf, dass er nicht erwischt wurde.

Das Licht im Flur ging an, Schlüssel landeten in einer Metallschale, dann dauerte es eine Weile, bis auch die Lampe im Wohnzimmer anging. Zu seinem Pech ging Grethe zum Sessel, hinter dem er kauerte, und ließ sich hineinfallen. Dabei löste sich Staub aus dem Polster, der seine Atemwege reizte. Er hielt sich die Hand vor den Mund und unterdrückte ein Husten. Neben dem Sessel fiel eine orangefarbene Aktentasche zu Boden.

Ein Handy klingelte.

»Ja, hier Grethe, was ist denn los, mein Seebär?«

Magnus stierte auf die Tasche. Da mussten die Papiere drin sein, wo denn auch sonst, bei dem Potential, das in den gestohlenen Seiten des Berichts steckte, behielt man sie dicht bei sich. Dabei fiel ihm ein, dass auch sein Handy hätte klingeln können, daher stellte er es auf lautlos und verhielt sich ruhig.

»Was, du bist wo? Jakob, das ist doch nicht wieder einer deiner geschmacklosen Scherze?«

Magnus spitzte die Ohren.

»Wieso bist du denn in Untersuchungshaft? Hast du was angestellt? Warte, ich ziehe mich um, dann komme ich zu dir.« Grethe schnellte hoch und lief in den ersten Stock.

Magnus griff sofort nach der Tasche, riss sie an sich und stürmte ans Fenster. Keine Sekunde später, nachdem er es hastig geöffnet hatte, schlüpfte er hindurch, rannte über den Rasen, kletterte über die Hecke und flüchtete in sein Auto. Er duckte sich tief hinters Lenkrad, schaute kurz, ob jemand zu ihm herübersah, und fuhr los.

*

Die Reifen gruben sich in den Kies in der Auffahrt, bevor der Wagen zum Stillstand kam.

Magnus sah das zerknautschte Gesicht von Medina, die mit verschränkten Armen vor der Tür stand und den Kopf in den Kragen ihrer Winterjacke eingegraben hatte. Ihre Handtasche lag auf dem Boden vor der Tür. Er ließ das Fenster ein Stück herunter.

»Wo warst du denn? Ich warte hier schon seit einer halben Stunde auf dich!«

Mit dem Aktenkoffer in der Hand stieg Magnus aus dem Auto. »Ich wollte dich bei Grethe abholen, wie vereinbart, doch du warst nicht da.«

»Ich habe dir geschrieben, dass ich mit ihr etwas trinken bin, hast du dein Telefon nicht dabei?«

Magnus zog sein Handy aus der Tasche und entdeckte vier verpasste Anrufe. Im lautlosen Modus hatte er natürlich nichts hören können. »Oh, tut mir leid, ich hatte es lautlos«, entschuldigte er sich. »Wieso hast du deinen Schlüssel nicht benutzt, ich habe dir doch einen gegeben, oder?«

»Den habe ich bei Grethe im Käfer vergessen. Wieso fragst du mich eigentlich aus, wenn du mir stattdessen aufschließen könntest? Ich friere mir den Hintern ab!«

Magnus zog sie an sich, drückte ihr einen Kuss auf die eiskalten Lippen und ließ sie ins Haus.

»Ich gehe heiß duschen, damit ich wieder Gefühl in meinen Body bekomme«, sagte sie und ging nach oben.

Noch immer mit seinem Mantel bekleidet, legte er die Aktentasche auf seinem Tisch ab, setzte sich auf die Couch und lockerte sich die Krawatte. Seine Achseln waren schweißnass. Ihm war gar nicht klar gewesen, wie sehr er unter dem Druck in Grethes Haus geschwitzt hatte. Aber jetzt würde sich alles klären, da er endlich die Papiere hatte. Jakob war schon in Haft und Grethe würde in Kürze folgen. Magnus fühlte sich gestählt, als könne er alles erreichen, wenn er nur stark genug an sich selbst glaubte. Er betrachtete die Tasche. Das orangerote Leder war an den Rändern bereits bräunlich verfärbt und hatte seine Steifigkeit verloren, weshalb sie sich in der Mitte wölbte. Sie war mit einem Knopf verschlossen, der mit einem grünen Stein besetzt war, auf dem in goldenen Lettern *GS* stand, was wohl die Initialen für Grethe Sandvik sein mochten.

Magnus legte beide Hände und seine Nase auf die Tasche und sog den Geruch nach gegerbtem Leder ein. Es war bitter und barg eine modrige Note. Er öffnete die Tasche und zog eine dicke Mappe heraus. Als Magnus sie aufschlug, erkannte er einen alten Kreditantrag, auf dessen Feld für den Bewilligungsstatus *abgelehnt* stand. Nach kurzem Durchblättern fand er nichts anderes als einen ganzen Stapel solcher Anträge. Magnus begriff, dass dies der Auftrag war, den er ihr erteilt hatte. Sie hatte es tatsächlich innerhalb von kürzester Zeit geschafft, alles zusammenzustellen.

Er durchsuchte den Rest der Tasche, die noch zwei Innentaschen und eine Außentasche mit einem Reißverschluss besaß. Er fand einen silbernen Kugelschreiber, einen Notizblock und ein Fischbrötchen. Ansonsten waren keine weiteren Dokumente vorhanden. Magnus drapierte die Sachen auf dem Tisch, packte dann das Brötchen aus dem Frischhaltebeutel aus und biss hinein. Der Hering schmeckte salzig, was gut zu der Mayo passte, die den Geschmack abrundete.

»Magnus?«, rief Medina von oben herunter. »Wenn du willst, komm doch mit unter die Dusche?«

Magnus blieb ihr die Antwort schuldig. Seine Zähne mahlten langsam, bis die Erkenntnis durchsickerte, dass sein Einbruch in Grethes Haus nichts gebracht hatte. Er schnappte die Ledertasche und feuerte sie in die Ecke seines Wohnzimmers, wo sie eine gläserne Bootsskulptur von einem Regal fegte. »Wieso kann es zur Abwechslung nicht einfach sein?«, zischte er und ging ans Fenster.

Die Automatik hatte die Jalousien schon vor einer Stunde heruntergelassen. Zwischen den Ritzen hätte man noch hinausblicken können, wäre da nicht die Spiegelung des Wohnzimmerlichts gewesen.

Er ging zum Lichtschalter, knipste die Deckenstrahler aus und lief zu den Scheiben. Nun konnte er nach draußen blicken. Auf der linken Seite ging es über einen gepflasterten Weg zum Geräteschuppen, auf der rechten Seite grenzte der Wald an sein Grundstück. Äste und Zweige wippten im Wind, als fänden die Bäume niemals Ruhe. Ihm war mulmig bei dem Gedanken, dass man von dort draußen alles erkennen konnte, was gut beleuchtet war. Ihm kam ein Gedanke.

Magnus ging nach draußen in die Kälte und lief ums Haus herum. Sein Blick ins obere Stockwerk, wo noch die Lichter an waren, verriet ihm, dass man durch die Schlitze in den Jalousien nach drinnen schauen konnte. Ihm war bisher nie aufgefallen, dass das Haus wie ein Präsentierteller für jeden war, der hier draußen stand. Danach sah er in den Wald hinein, in dem ein leuchtendes Augenpaar hoch in einem Baum saß. Ein Schauer lief ihm über den Rücken.

Er lief wieder ins Haus, machte die Tür zu und schaltete das Licht wieder ein.

Medina kam im Bademantel die Treppe herunter, während sie ihre Haare wie bei einem Turban in ein Handtuch wickelte. »Sonst bist du immer schon nackt, wenn ich das Wort Dusche auch nur hauche. Was ist los?«

»Nichts«, log er. »Es ist nur … diese Leiche gestern, das ist etwas viel für Odda und auch für mich.«

»Was ist mit deiner Bootesammlung passiert?«, fragte sie und zeigte auf die Scherben auf dem Boden.

»Bin versehentlich dran gestoßen. Ich fahre morgen zum Atelier und hole ein Neues.«

Sie kam auf ihn zu, nahm ihn in den Arm und zog ihn danach zu einem Hocker an der Kochinsel. »Du bist ganz schön von der Rolle. Setz dich, ich mache dir einen Kaffee.«

Die Maschine mahlte Bohnen und stieß Dampfwolken aus, während sie das Getränk brühte.

»Mir geht es auch so«, begann Medina und holte eine Packung Milch aus dem Kühlschrank, die sie vor Magnus abstellte. »Obwohl ich aus der Stadt komme, habe ich in Bergen so etwas nie erlebt. Das war die erste Leiche, die ich gesehen habe. Und diese Augen … die werde ich nie vergessen.« Sie ging in den Flur und holte ihre Handtaschen, aus der sie ihr Handy zog. Danach stellte sie eine Tasse Kaffee auf die Platte und wartete am Automaten, bis auch ihr Getränk fertig war. Ihr Gesicht leuchtete im Blassblau ihres Displays, während sie darauf herumtippte.

Magnus goss Milch in seinen Kaffee. Das Weiß bewegte sich wie eine Wolke darin, tanzte, waberte wie Nebel im aufhellenden Schwarz.

»Diese Tote«, begann Medina. »Im Netz rätseln alle, wer sie ist und woher sie kommt. Die Fischer sagen, dass sie vielleicht von weiter oben angespült worden sei, da der Sørfjord nur ein Teil im Verbund des Hardangerfjords ist. Die arme Frau, was ihr wohl zugestoßen ist? Vielleicht hatte sie Familie oder kleine Kinder? Die sozialen Medien sind im Moment voll mit Beileidsbekundungen. Da gibt's aber auch Hasskommentare, da einige die Schuld bei den

Umwelt- und Tieraktivisten sehen, die mittlerweile vor nichts mehr zurückschrecken.«

»Aktivisten?« Magnus überlegte, ob es da einen Zusammenhang gab. »Ist Grethe bei den Aktivisten?«

»Grethe? Nicht, dass ich wüsste. Ihr alter Käfer raucht wie ein Fabrikschlot, wenn sie eine Aktivistin wäre, dann eine ganz schlechte. Außerdem hat sie im Moment ganz andere Probleme.«

»Wieso?«

»Ich habe gerade eine Nachricht von ihr erhalten. Sie schreibt, dass Jakob in Untersuchungshaft sitzt. Das kommt mir alles so fake vor, was ist hier los?«

»Wieso, was hat er denn getan?«, fragte Magnus mit einem Ton der Empörung in seiner Stimme.

»Sie schreibt, dass … was? Man wolle ihn mit dem Mord in Verbindung bringen?« Medina wurde blass.

»Das kann doch nicht sein, Jakob? Was soll der damit zu tun haben?«

Es dauerte eine Weile, bis Medina vom Bildschirm wieder hochblickte. »Er sei auf Bewährung, weil er früher wohl schon so einiges verbrochen habe. Das ist echt übel – und wir waren noch vor Kurzem mit ihm am Lilletopp!«

Magnus nahm einen Schluck vom Kaffee. Das Gefühl der Wärme war ebenso wohltuend wie die Genugtuung, die er empfand. Vielleicht würde Grethe einfach aufgeben und abhauen, möglich, dass sich jetzt alles von alleine auflöste.

»Hätte ich gewusst, dass es hier so üble Menschen gibt, wäre ich in Bergen geblieben. Tante Leyla hatte recht, sie hat immer gesagt, dass Murat einen schlechten Einfluss auf mich hat und ich nicht mit ihm zusammen wegziehen sollte.«

»Keine Sorge, alles wird gut«, sagte Magnus und streichelte ihre Wange.

Sie trat dicht an ihn heran und schmiegte sich an ihn. »Halt mich fest, Magnus«, wisperte sie in sein Ohr.

Er drückte sie an seine Brust und strich ihr über den Rücken.

»Ich liebe dich, Magnus.« Ihre Hände wanderten an seinen Schritt, lösten seinen Gürtel und glitten in seine Boxershorts.

Etwas zog an seiner wachsenden Lust. Es waren die drei magischen Worte, die wie von einem fernen Ufer zu ihm herüberklangen. Sein Verlangen wollte ihre Liebe erwidern, doch sein Herz versiegelte seine Lippen. Magnus streifte ihr den Bademantel herunter, legte seinen Zeigefinger an ihr Kinn und hob ihren Kopf zu seinen Lippen. So zärtlich wie er konnte, hauchte er ihr einen Kuss auf den Mund. Es war eine Entschuldigung dafür, dass er nicht sagen konnte, was sie von ihm erwartete.

Medina zog ihm den Mantel und das Sakko aus, nahm ihm die Krawatte ab und knüpfte ungeduldig sein Hemd auf. Danach vergrub sie ihr Gesicht in seinen Brusthaaren und sog gierig den Duft seines Körpers ein.

Magnus hob sie auf die Kücheninsel und presste ihre Brüste an sich. Sie waren warm und weich, schmiegten sich an seinen Körper und fühlten sich fantastisch an. Irgendwo fiel eine Tasse zu Boden und zersprang, doch es kümmerte ihn nicht.

*

An den beiden Schaltern der Nordbank standen die Kunden Schlange. Die Zählmaschinen ratterten, während Medina und Grethe hinter dem Panzerglas Gelder ein- und auszahlten. Im Gespräch mit den Kunden mussten sie ihre Stimmen erhöhen, da es seit Kurzem eine Baustelle neben der Filiale gab. Trotz geschlossener Fenster dröhnte der gedämpfte Lärm eines Baggers und einer Kreissäge in den Wartebereich der Bank.

Der Boden unter Magnus' Füßen vibrierte wegen der schweren Gerätschaften, während er mit verschränkten Armen im Türrahmen seines Büros stand und sich einen Überblick über den Kundenbereich verschaffte. Scheinbar hatte sich die eintägige Schließung der Bank zu einer Art Selbstläufer entwickelt. Für die Menschen in Odda schien das Auftreten zweier Änderungen in ihrem Alltagsleben zu viel auf einmal zu sein. Wahrscheinlich würde es heute zu kleinen Hamstereinkäufen oder ähnlichen Szenen eines Weltuntergangsszenarios kommen. Für einen Moment dachte er an Håkon, der zu allen vier Jahreszeiten in diesem Zustand lebte. Was für eine Existenz mochte das sein, wenn man mit dem Gefühl schlafen ging, dass schon morgen nichts mehr sein würde, wie es mal war. Wieso fristete Håkon nur solch ein Dasein?

Die Antwort darauf war womöglich Hedda. Schon seit ihrer gemeinsamen Schulzeit war sie bekannt für ihre hysterischen Anfälle. Sogar die Lehrkräfte waren einer Diskussion mit ihr aus dem Weg gegangen, da sie so stur wie ein Bock war und eine Klappe so groß wie die eines Seemanns hatte.

Magnus wollte gerade wieder ins Büro gehen, als ein Mann und eine Frau in die Bank kamen. Die beiden waren groß, trugen anthrazitfarbene Nadelstreifenanzüge und Aktenkoffer in der Hand. Sie waren Fremde, das erkannte Magnus sofort. Bei knapp achttausend Einwohnern war das auch keine Kunst. Doch die Art und Weise, wie sie jeden Winkel des Wartebereichs studierten, machte ihn nervös. Als sie ihn sahen, kamen sie direkt auf ihn zu.

»Sie müssen Herr Farstad sein, nicht wahr?« In seiner Stimme klang ein Akzent, der sich Bergen zuordnen ließ. Die Buchstaben waren deutlicher, die Wortwahl gesetzter. Auch seine Falkennase, die ganz untypisch für Odda war, passte nicht in das Bild der Menschen, die hier lebten.

»Ja, ich bin der Filialleiter, was kann ich für Sie tun?«

»Ich bin Ansgar Bakken«, sagte der Mann mit der Falkennase. »Und das ist Uta Amundsen«, fügte er hinzu und deutete auf die hübsche Frau, die sich die blonden Haare züchtig zu einem Pferdeschwanz zusammengebunden hatte. Sie hatte Sommersprossen im Gesicht, was ihre feinen Züge unterstrich.

Während Magnus sie anblickte, legte er unbewusst sein Gewinnerlächeln auf und reichte ihr die Hand. Als sie annahm, fasste er mit seiner zweiten Hand sanft auf ihren Handrücken. Er schaute ihr in die Augen, genau eine Sekunde zu lang, doch genug, um ihr klarzumachen, dass sie mehr als nur seine Aufmerksamkeit erregt hatte.

Für einen Moment errötete sie.

Magnus genoss diesen Moment jedes Mal, wenn er ihn erlebte. Es war der Augenblick, in dem ihm das Leben sagte, dass er es draufhatte und verdammt gut aussah.

Bakken räusperte sich.

Magnus ließ von ihr ab und gab ihm nüchtern die Hand. Dabei streifte er lediglich seinen Blick und maß ihm wenig Beachtung zu. »Also, was kann ich für Sie tun?«

»Sie können mir Ihre Akten zeigen, das Archiv und den Barbestand.«

»Was?« Plötzlich dämmerte es Magnus.

»Wir sind aus der Zentrale in Bergen, heute steht Ihre Filiale zur Prüfung an, lediglich eine Stichprobe, versteht sich, nehmen Sie es nicht persönlich.«

Jetzt hatte auch Bakken Magnus' Beachtung gefunden und ihn wie ein Reh mit Scheinwerferlicht auf der Schnellstraße festgenagelt. Vor ihm standen die Schnüffler der Nordbank.

»Die Zentrale sagte nichts von Ihrem Besuch.«

»Deswegen nennt man es Stichprobe«, erwiderte der Mann und schenkte ihm ein schiefes Lächeln. »Also, kann es losgehen?«

»Um ehrlich zu sein …«

»Sind Sie denn sonst nicht ehrlich?«

»Nun, doch, immer. Nur Sie sehen, wie viel hier gerade los ist.«

»Das ist kein Problem. Frau Amundsen kann zu Ihren Mitarbeiterinnen hinter die Schalter und sich mit den Barbeständen beschäftigen. Und mir können Sie gerne den Weg zu Ihrem Archiv zeigen. Wir werden kaum Ihren Betrieb stören.«

Magnus fragte sich, wie viel *Stichprobe* hier tatsächlich dahintersteckte. Hatte Grethe Lunte gerochen, einen weiteren Schachzug getan und ihn der Zentrale gemeldet?

Egal was im Moment ablief, es bestand immer noch die kleine Möglichkeit, dass dies tatsächlich ein Zufall war. »Gut, Frau Amundsen«, begann Magnus und entfaltete seinen zerknautschten Mut, »folgen Sie mir.« Er ging zum Schalter, schloss die Sicherheitstür auf und ging mit ihr zusammen rein, während Bakken an der Bürotür wartete.

»Was ist los?«, wollte Grethe wissen, die gerade einen Stapel Überweisungen sortierte. Sie hatte sich die Brille bis zur Hälfte die Nase hinuntergeschoben und sah ihn über die Oberkante hinweg an.

»Das ist Frau Amundsen von der Zentrale, sie prüft jetzt unsere Barbestände. Gewährt ihr Zugang. Der Mann da vorne ist Herr Bakken, ihr Kollege. Ich werde mit ihm hinunter gehen.« Er blieb noch einen Augenblick stehen, betrachtete Grethe und suchte nach dem Ausdruck der Schadenfreude, doch stattdessen sah sie nur genervt aus und schob sich die Brille wieder hoch.

Magnus wurde nicht schlau aus ihr.

Er ließ die Frauen allein und ging zu Bakken. »Gut, ich führe Sie jetzt in den Keller.« Als er die Treppe hinunterging und aufschloss, schossen ihm eintausend Szenarien durch den Kopf. Vielleicht gab es noch mehr Dokumente, die ihn in Schwierigkeiten bringen konnten. Zwar war ihm bekannt, dass es hin und wieder Prüfungen gab, doch er hatte dies als ein Ereignis abgetan, das in weiter Ferne geschehen würde. Zu abwegig war die Vorstellung gewesen, dass sich jemand aus der Stadt für so eine kleine Ortschaft interessierte.

»Ist ja wie im Verlies hier. Sie lassen wohl niemanden hier herein, oder?«, bemerkte Bakken und betrachtete die Spinnweben am Fenster und in den Ecken. Er räusperte sich und machte einen missmutigen Eindruck.

»Wozu denn?«

»Sauberkeit.«

»Hier gibt es keinen Kundenverkehr, das wäre Verschwendung von Zeit und Geld.«

Bakken nahm sich einen Ordner aus einem der Regale und schlug ihn auf. Er überflog Seite für Seite.

»Suchen Sie etwas Bestimmtes?«, fragte Magnus ungeduldig. Wenn es eine Hinrichtung gab, dann wollte er sie kurz und schmerzlos, als dass sie sich wie Honig in die Länge zog.

»Stichproben, Herr Farstad, sind ein Produkt des Zufalls.« Bakken rieb sich die Nase und räusperte sich.

Magnus legte den Kopf schräg und beobachtete den Mann, der ihn nicht einmal eines Blickes würdigte.

Er grinste in sich hinein und holte vom obersten Fach des Regals einen Stoß verstaubter Blätter. Er wischte kurz und schnell mit der Hand drüber, sodass der Staub im Flackerlicht der Neonröhren in der Luft tanzte.

Bakken zuckte zurück.

»Sie haben recht, Herr Bakken, ich sollte hier sauber machen und als Filialleiter selbst anpacken.« Er ging mit der Hand über mehrere Oberflächen und wirbelte noch mehr feinen Schmutz auf. »Es ist eine Schande, hier müsste mal feucht durchgewischt werden. Kaum zu glauben, dass sich hier noch keine Motten eingenistet haben.«

Bakken hustete und rieb sich die Nase. »Motten?«

»Ja, diese Insekten, die Eier legen. Echt ekelerregend, wenn Sie mich fragen. Ich war vor Kurzem bei einer Immobilienbewertung. Die alte Dame, die in ihrem Haus verstorben war, hatte eine ganze Kolonie von den Biestern in ihrem Kleiderschrank. Jede Jacke, Bluse und Hose war brüchig wie Pergament. Ich kann Ihnen sagen, dass ich das Zeug noch tagelang abgehustet habe.« Magnus legte noch einen drauf, indem er sich unter der Achsel kratzte.

Bakken nieste zweimal, danach stellte er den Ordner zurück und putzte sich die Nase. »Ich denke, hier unten sind wir fertig. Vielleicht gehen wir doch lieber in Ihr Büro und ich sehe mir die Vorgänge in Ihrem System an, die Sie noch nicht an die Zentrale weitergeleitet haben.«

»Sicher, dass Sie hier fertig sind? Hier unten stehen noch ein paar Kisten auf dem Boden, dort wo die Spinnweben sind, vielleicht wären da noch interessante Unterlagen für Sie drinnen?«

Bakken nieste erneut. »Nein, ist schon gut, wir sind hier durch.«

Magnus zuckte mit Unschuldsmiene die Schultern und ließ Bakken passieren, der als Erster das Archiv verließ.

Der Kundenbereich war nicht leerer geworden.

Magnus führte Bakken in sein Büro und ließ ihn Platz nehmen. Danach machte er die Tür zu und lehnte sich gegen die Wand. Während sich der Prüfer als Administrator einloggte, spürte Magnus die leichten Vibrationen von der Baustelle nebenan.

»Herr Farstad, ich sehe, dass Sie wieder auf dem Weg sind, einen neuen Verkaufsrekord aufzustellen. Ihre Zahlen im Versicherungsbereich sehen gut aus, auch wenn sie noch in der Zwischenablage zur Übersendung stehen. Und wie ich sehe, haben Sie keine Rückläufer aus Widerrufen. Das wäre ja so weit gut, wenn nicht die Kreditbewilligungen um ein Viertel zurückgegangen wären.«

»Ich habe einen Kunden, einen Immobilienbesitzer, dem ein beträchtlicher Teil dieses Örtchens gehört. Ich habe eine Musterbewertung vorgenommen und an die Zentrale geschickt. Wenn ich die Genehmigung erhalte, werde ich gleich mehrere große Kredite vergeben können.«

Bakken packte seinen Aktenkoffer auf den Tisch und holte eine Mappe heraus. Er verglich die Zahlen auf dem Bildschirm mit denen, die auf seinem Papier standen. »Sagen Sie mal, was wird da draußen bei Ihnen gebaut?«

»Die müssen lediglich an die Wasserleitungen. Doch der Baustaub ist die Hölle, das Zeug lagert sich wie feinster Nebel überall ab.«

Bakken verkniff sich ein Niesen, indem er sich die Nase zuhielt. »Wie können Sie hier überhaupt arbeiten?«

»Ich dusche jeden Tag, das Zeug klebt sogar in den Haaren.«

»Diese Filiale wäre nichts für mich und auch nicht der Ort, in dem sie steht. Gestern war ich Fisch essen in einem Lokal am Hafen. Erst hat mir der Kellner den fangfrischen Fisch aus dem Fjord angepriesen und dann, als ich satt war, besaß er die Frechheit, mir zu erzählen, dass man aus dem gleichen Gewässer eine Leiche herausgezogen habe. Sagen Sie, ist das wahr?«

»Ja, ich war selbst am Hafen und habe es gesehen.«

»Ich dachte, dass es außerhalb der Städte etwas, na ja, sagen wir, beschaulicher zuginge.«

»Das tut es auch«, erwiderte Magnus und wusste selbst nicht, was er davon halten sollte.

Bakken hustete, diesmal länger und kehliger.

Magnus unterdrückte den Drang zu lachen. Es amüsierte ihn, wie der Mann verzweifelt gegen seine offensichtliche Stauballergie ankämpfte.

»Ich bin hier so weit fertig«, sagte Bakken und packte seinen Aktenkoffer. »Frau Amundsen wird wohl noch länger brauchen, da sie mehrere Durchgänge an den Zählmaschinen machen muss.«

»Und, ist in meiner Filiale alles in Ordnung?«

»Wenn Frau Amundsen nichts auszusetzen hat, dann ja.«

Magnus war erleichtert. Scheinbar wusste der Mann nichts von den gestohlenen Unterlagen. Magnus gab ihm zum Abschied die Hand und war erleichtert, den Prüfer schnell wieder los zu sein.

Er lehnte noch eine Weile im Türrahmen und überlegte, ob der Besuch der Mitarbeiter von der Zentrale tatsächlich nur ein Zufall war. Er blickte hinüber zu Grethe, die wie ein Automat ihre Arbeit versah. Ihr Gesicht war eine Maske der Konzentration. Sie wechselte von Bildschirm und Kunde hin und her. Sie ließ sich nicht davon beirren, dass Frau Amundsen hinter ihr stand und auf ihren Bildschirm starrte.

Magnus fragte sich, ob sie überhaupt bemerkt hatte, dass ihre Aktentasche fehlte. Oder war sie einer dieser Menschen, die daran glaubten, dass man nichts verlieren, sondern nur verlegen konnte?

»Hey, Herr Farstad, ich bin der Lion, bin 18 Jahre alt. Weil Sie voll das große Herz haben und für die Gemeinde spenden und so, bitte ich Sie um eine Spende für meine Oma. Ich war oft voll das Arschloch zu ihr, obwohl sie total gut zu mir ist. Sie wünscht sich einen roten Porsche, muss kein neuer sein, ein gebrauchter geht schon, Hauptsache tiefergelegt. Sie können mir das Geld überweisen, ich hole ihr dann das Auto.«

Archiv Nordbank, Abgelehntes Spendengesuch 48, Bemerkung des Sachbearbeiters: Selten so gelacht.

11 Aydaleyn

Magnus zog sich den Mantel zu, während er auf das Atelier des Künstlers zuging.

Über dem breiten Eingang der kleinen Werkhalle aus Backsteinen stand in großen Lettern aus Blech *Atelier Arud*. Grellblaues Licht blitzte in den weißen Sprossenfenstern im Landhausstil mit hohen Rundbögen auf und erhellte stroboskopisch die Dämmerung.

Er klopfte an die kaffeebraun gebeizte Schiebetür, die an einer Schiene über dem Eingang hing. Der Klang von Jazzmusik wummerte dumpf durch das Holz.

Ein Mann in zerschlissener, blauer Latzhose und Schweißerhelm öffnete die Tür. »Was ist?«, fragte er barsch unter seiner Maske.

Eine Bassgitarre dröhnte im Hintergrund aus den Boxen, sanft und doch markant. Es roch nach Marihuana, gepaart mit dem beißenden Gestank einer Lötwerkstatt.

»Hallo Einstein, ich bin Magnus Farstad, ich habe vor fünf Jahren eine Ihrer Sammlungen gekauft.« Der Mann hieß nicht Einstein, doch seine krause, weiße Haarmähne und sein zerknautschtes Gesicht hatten ihm schnell einen Ruf eingebracht, den er nicht mehr loswurde.

»Wer, was?«

»Die gläsernen Bootskulpturen, wissen Sie nicht mehr?«, erwiderte Magnus.

Einstein schob seine Schweißermaske hoch. Er hatte buschige Brauen und feine Krähenfüße an den Augen. »Ah, jetzt fällt der Groschen. Kommen Sie rein.«

Magnus blickte sich um. Über den ganzen Boden zogen sich Kabel und Schläuche, die zu Schweißapparaten und

Lampen führten, die wie bei einem Filmset ein Podest bestrahlten, auf dem eine liegende, nackte Frau aus Blechteilen Gestalt annahm.

»Meine neueste Arbeit. Im Moment verwirkliche ich mich mit Metall. Es ist so direkt, unbeugsam und kalt, als berge es sein ganz eigenes Naturgesetz. Und trotz allem gibt es sich dem Schaffensprozess hin, unterwirft sich meiner Vorstellung, transformiert sich zu etwas Neuem. Es ist so intensiv, dass ich nackt arbeiten würde, wenn mir der Funkenflug beim Schweißen nicht die Eier versengen würde.«

Magnus hob abwehrend die Hände. »Ich freue mich über Ihren Enthusiasmus, doch manchmal können Hosen ganz praktisch sein.« Er blickte auf die Frau, deren Pose, Nacktheit und wallende Lockenpracht an seiner Erinnerung zupfte. »Wieso kommt mir das so bekannt vor?«

»Weil es unverkennbar ist. Das ist die tote Frau, die aus dem Fjord gezogen wurde. Ich habe sie gesehen, als ich am Hafen war. Bevor die Polizei sie abtransportieren ließ, hatte ich Teil an der Schönheit, welche die Tiefen des Wassers in eisiger Umarmung haben erstarren lassen.«

Magnus war unwohl bei dem Gedanken, dass dieser Mann den Tod auf diese Weise betrachten konnte. Es war einfach nicht richtig, doch was war für einen Künstler schon richtig?

»Wenn ich sie fertig habe, werde ich die Skulptur Odda übergeben. Ihr Name soll *Aydaleyn* lauten.«

»Wieso?«

»Der Name schreibt sich wie ein Frauenkörper, mit Höhen und Tiefen, den Kurven sinnlicher Betrachtung.« Einstein lachte kurz auf, dann wechselte er schroff das Thema. »Wie kann ich Sie loswerden? Ich bin heute in kreativer Laune, das will ich ausnutzen.«

»Haben Sie noch gläserne Boote?«

»Nein, mit Glas bin ich fertig. Es gibt nichts mehr.« Er zeigte über eine Treppe nach oben zum Halbstockwerk. Alles, was dort oben ist, stelle ich morgen ins Internet zum Verkauf. Sie können sich etwas aussuchen, kommen Sie mit, ich zeige es Ihnen.«

Einstein lief über die rostigen Metallstufen der Treppe und zog die Bettlaken von mehreren Skulpturen ab. Aus einem Deckenfenster, das mit hellbraunem Papiervlies zugeklebt war, fiel das gedämpfte Licht des sterbenden Tages auf die glatt polierten Metallfiguren. Es waren übergroße, geschwungene Formen, die mehr an eine Bewegung erinnerten, als dass sie ein Objekt erkennen ließen. Fast wollte Magnus wieder gehen, bis eines der Stücke seinen Blick auf sich zog. »Das da vorne, das aussieht wie ein blankpoliertes Boot aus Edelstahl.«

»Ich nenne es den Pflug«, sagte Einstein und trat an das Stück heran. Es war geformt wie ein langgezogener Keil, so lang wie ein Arm.

Magnus faszinierte der Ausdruck des Kunstwerks, es war geradlinig und kraftvoll. »Was kostet das?«

»Dreitausend Euro.«

»Das ist ja nicht billig.«

»Steht morgen im Internet, bekomme ich ohne Probleme los.«

»Ist ja gut, ich wollte sehen, ob Sie mir etwas entgegenkommen können. Kann ich per Rechnung zahlen?«

»Ja, das geht. Packen Sie mit an, dann habe ich das Ding gleich los, ich brauche noch Platz für einen Wald aus Metall für Aydaleyn. Sie soll umgeben sein von dem, was sie liebte.«

Magnus half ihm, seine neueste Erwerbung die Treppe hinunterzuschleppen. Sie war schwerer, als es die geschwungene Form erahnen ließ.

Nachdem sie es auf mehreren Bahnen Papiervlies auf einer Werkbank abgelegt hatten, begann Einstein mit dem Verpacken.

Magnus dachte über die Worte des Künstlers nach. »Ein Wald für Aydaleyn?«

»Ja, die Aktivistin. Sie hat sich für den Fjord starkgemacht. Ich habe sie mehrmals bei kleineren Protestaktionen in Kinsarvik, weiter nördlich im Hardangerfjord, gesehen. Ich habe da oben mehrere Kunden und muss daher öfter hinfahren.«

»Weiß die Polizei schon davon?«

»Sie beschäftigen sich wohl nicht mit den sozialen Medien, was?« Einstein holte sein Tablet von der Werkbank und zeigte ihm einen Artikel. »Hier steht nur etwas von einer Unbekannten, die keiner in der Region zu kennen oder zu vermissen scheint, daher tappt die Polizei noch im Dunklen. Vielleicht ist sie jemandem auf die Füße getreten. Das erinnert mich an die Siebziger, als das Schmelzwerk in diesen Umweltskandal verwickelt war. Die Zeiten waren schwierig, die Sorge um Arbeitsplätze rang mit der über das Absterben der Natur im gesamten Hardangerfjord. Unsere kleine Region war Thema in ganz Norwegen. Damals hieß es, die Schwerindustrie sei strukturell wichtig, doch es hat sich gezeigt, dass wir auch ohne das Schmelzwerk überleben können.«

Magnus sah den Mann an und jonglierte mit einem Gedanken. »Sie waren auch dabei, habe ich recht?«

Einstein zog sich einen Joint aus der Brusttasche und zündete ihn an. Nachdem er einen tiefen Zug genommen hatte, nickte er. Seine Augen nahmen den Glanz des Tausendmeilenblicks an. »Ja, das waren Zeiten. Wild. Unbeugsam. Zügellos. Wenn man jung ist, sieht man die Welt anders. Man besitzt die Eigenschaft, sich über Dinge zu wundern und sich für etwas einzusetzen, dessen Umfang man gar nicht abschätzen kann. Damals gab es eine echte Mission, es war praktisch unsere Religion und wir waren Fanatiker für den Schutz des Fjords. Erst als das Absterben der Fische und die Verschmutzung des Wassers nicht mehr zu leugnen waren, kamen auch andere Dinge ans Tageslicht. Fässer mit Giftmüll, der ins Grundwasser sickerte, und eine Vetternwirtschaft, die sogar jeden römischen Kaiser hätte erröten lassen. Das waren andere Zeiten. Doch heute beschäftigen sich die Youngsters mit Umweltschutz, als sei es ein Teil der Mode. Sie machen schicke Bilder von sich, wie sie traurig neben einem toten Fisch knien oder oben auf der Trollzunge stehen. Sie kämpfen nicht für die Umwelt, es ist ihnen egal. Denen geht es nur um den … wie drücken es die Jugendlichen aus … den *Fame*.« Er schüttelte den Kopf und nahm noch einen Zug. »Doch dieses tote Mädchen, das ich liebevoll Aydaleyn nenne, scheint tatsächlich gekämpft zu haben. Sie wurde ermordet, scheinbar erdrosselt, so steht es zumindest im Artikel.«

Magnus versank in seiner Gedankenwelt. Umweltschutz und Aktivisten? Jakob hatte auch etwas davon erzählt. Hatte Aydaleyns Tod etwas mit den blutigen Botschaften zu tun, die er erhielt? Wenn sie jemand umgebracht hatte, dann ging es doch nicht um ihn, sondern um jemand anderen. Das alles passte nicht so recht zusammen. Vielleicht war es besser, wenn er sich mit Håkon unterhielt, einem Mann, der zu allem eine Antwort aus dem Internet saugen konnte.

»Schön, dass Sie die Skulptur Aydaleyns unterstützen. Ihr Name wird zusammen mit denen anderer Gönner auf einer Stele stehen, wenn wir sie in zwei Tagen einweihen.«

»Was?«

»Jeder weiß, dass Sie und ein paar andere Personen das Budget für die kulturelle Entwicklung Oddas zusammengestellt haben, der erste Schritt war die Bürgerhalle, der zweite Schritt besteht in der Förderung der Kunst. Sie sind jemand, der in der Öffentlichkeit steht, man hat ein Auge auf Sie.«

»Oh, ja natürlich, hatte ich ganz vergessen.«

Einstein ächzte, umwickelte Magnus' Skulptur mehrmals mit Papiervlies, kleidete eine Kiste damit aus und legte das Stück hinein. »So, damit ist Ihre Neuanschaffung bestens geschützt.«

Zusammen schleppten sie die Kiste in sein Auto. Es war bereits dunkel und leichter Graupel fiel vom Himmel. Für einen Moment kreisten Magnus' Gedanken wieder um Aydaleyn. Dann kam er sich lächerlich vor, weil er mittlerweile versuchte, in alle Entwicklungen mehr hineinzuinterpretieren, als es vielleicht wert war.

Als er vom Hof des Ateliers fuhr, sehnte er sich danach, sich unter einer heißen Dusche alle Ängste und Sorgen abwaschen zu können.

*

Magnus wachte in einem Wald auf.

Die Luft ließ sich nur schwer atmen, sie war zäh wie Honig und gab ihm gerade so viel Sauerstoff, dass ihm nicht schwindelig wurde. Der wolkenverhangene Himmel bestand aus verschwommenem Türkisblau und ließ nur gedämpftes Tageslicht hindurch.

Um Magnus herum schien alles wie durch einen Filter verfärbt – die Geräusche klangen dumpf und hohl, fast wie ein Rauschen, während seine nackten Füße lautlos auf Sand und niedriges Gestrüpp traten.

Sein Körper fühlte sich schwach an und er setzte unter Mühen einen Schritt nach dem anderen, um vorwärtszukommen. Ein metallischer Klang drang an seine Ohren, als schabten Kettenglieder übereinander. Es übertönte kaum das Hintergrundrauschen, das allgegenwärtig zu sein schien.

Magnus lief weiter in den Wald hinein, zwischen giftgrünen Gewächsen, die mehrere Meter in die Höhe ragten. Ihre Blätter waren schleimig und bewegten sich in einem Wind, der die ganze Welt in einem urtümlichen Rhythmus gefangen hielt.

»Hilfe«, wisperte es. Das Wispern hob sich von allem ab, war klar und rein.

Magnus blickte sich um, ging weiter und suchte nach der Quelle.

»Hilf mir.«

Wieder dieser Ruf. Magnus beschleunigte seine Schritte und betrat eine Lichtung. Dort schwebte ein Gewühl aus zinnoberrotem Stoff, der wie Milch in Kaffee waberte, sich ausbreitete, zusammenzog und sich in sich selbst verdrehte.

»Bitte hilf mir.«

Die Worte erklangen mehr in seinem Verstand, als dass sie von außen kamen.

Magnus ging auf das Gewühl zu und streckte eine Hand danach aus.

Das Zinnoberrot verwandelte sich in Seide, glättete sich zu einem Kleid, in dem eine Frau steckte. Ihre Arme und ihr Dekolleté erstrahlten in Alabaster, in Kontrast zum Stoff, der wie flüssige Rubine glänzte. Ihr Kopf war ein Gewirr aus schwarzen, lockigen Haaren, das ihr Antlitz vollkommen verbarg. Sie schwebten wie Rauch um ihr Haupt.

Magnus starrte sie eine Weile an, unfähig, auch nur einen Finger zu bewegen. Ihrer Präsenz haftete etwas Unirdisches an, als dürfte es sie nicht geben.

Als sie die Arme hob, hingen Eisenfesseln um ihre Handgelenke, die an Ketten in den sandigen Boden führten. Sie wehrte sich dagegen, zog und zerrte. Jede Bewegung geschah abrupt, war wie ein Szenenwechsel. Es gab keinen Übergang zur nächsten gequälten Haltung, die ihr Körper annahm.

Magnus fühlte nichts als Kälte, als er sich ihr bis auf eine Armlänge näherte.

Die Haare fuhren langsam zur Seite und entblößten ein Gesicht, das so glatt und schön wie Marmor war. Die Frau besaß hohe Wangenknochen mit weichen, mahagonifarbenen Augen, die ihn eine Weile musterten.

»Hilf mir«, flehte sie, ohne dass sich ihren Lippen auch nur ein einziges Wort entwand.

Magnus fühlte die Worte, in denen unsägliches Leid und Pein mitschwangen. Ihr Schmerz bohrte sich wie ein Pfeil in seine Brust.

Sie wand sich erneut, so schnell, dass das Auge nur das Ende der Bewegung sehen konnte. Wieder verdeckten ihre Haare das Gesicht.

Magnus blickte auf die Fesseln. Es waren schwarze Metallringe ohne Scharnier oder Schloss. Als wären sie direkt an die Gelenke geschmiedet worden, lagen sie auf den Handgelenken auf, die bereits mit blutigen Striemen übersät waren.

»Was kann ich tun?«, fragte Magnus.

Wie aus dem Nichts war ihr Gesicht wieder sichtbar. Schwarze Adern gruben sich wie Ackerfurchen um ihre Augen. Als sie sie aufriss, glänzte obsidiangleiche Dunkelheit in ihnen.

Er sah es in ihren Augen. Er war unter Wasser. Schon die ganze Zeit. Als er schrie, kamen nichts als Luftblasen aus seinem Mund und kämpften sich an die Oberfläche. Er wollte schwimmen und sich retten, doch sein Körper war schwer wie ein Anker. Panik übernahm die Kontrolle über seinen Körper und ließ ihn unkontrolliert ausschlagen. Alles um ihn herum vibrierte, als strebe die Unterwasserwelt ihrem Kollaps entgegen und …

Magnus fiel von der Couch auf den Rücken, schnappte nach Luft und blickte hinauf zur Decke, in der die Deckenstrahler wie Sterne leuchteten.

»Odda, Norwegen, zu Hause«, keuchte er.

Er war schweißnass und seine Sinne brauchten eine Weile, bis er die Lähmung des Schocks von sich abschütteln konnte. Das Gesicht aus seinem Traum war so furchtbar gewesen, dass er es noch immer vor seinem inneren Auge sehen konnte.

Das Telefon in seiner Hosentasche vibrierte.

Magnus wuchtete sich hoch und setzte sich auf die Couch. Dann nahm er das Handy in die Hand und tippte auf die Nachricht von Total Safety 24. Darin sah er einen Ordner im Bereich *Bewegungsalarm*. Beim Öffnen startete eine Aufnahme vom hinteren Teil seines Hauses, wenige Meter vor dem Geräteschuppen. Am Rand des Bildes stand etwas, das er in der Schwarzweißaufnahme schlecht erkennen konnte. Er tippte von Einstellung zu Einstellung, doch keine von ihnen deckte den Bereich ab, den er einsehen wollte.

Magnus ging ans Fenster und versuchte, durch die Lücken in den Jalousien zu blicken. Wegen der Lichtspiegelung auf den Scheiben konnte er nichts erkennen. Er schaltete das Licht aus und spähte noch einmal hinaus.

Außer dem Weg, der durch die Bodenstrahler erleuchtet war, sah er nur Dunkelheit und Bäume.

Er ging zur Tür, schnappte sich seinen Mantel und die 9mm, die er in die Schublade seiner Kommode gelegt hatte. Seine Finger zitterten, als er hinaustrat.

Graupel fiel kalt auf seine schweißnasse Stirn. Magnus ging ums Haus, mit der Pistole im Anschlag und inspizierte jeden Winkel, in dem sich jemand hätte verstecken können.

Und dann sah er es. Am Rand des Gehwegs zum Schuppen lag ein hellbraunes Paket, das mit einer Schleife aus dickem Garn umwickelt war. Es sah klein und unschuldig aus.

Magnus ging langsam darauf zu, hob es auf und stand eine Weile lang reglos da.

»Komm raus, du Feigling!«, schrie er in die Finsternis des Waldes. »Komm raus und lass dich wie ein Mann erschießen! Denkst du, dass du mich einschüchtern kannst? Ich bin Magnus Farstad, verstehst du? Du wirst mich nicht fertigmachen, denn ich mache dich fertig, hast du das verstanden, du krankes Schwein?!« Die letzten Worte glitten in ein heiseres Kreischen.

Doch der Wald schwieg.

Er ging wieder ins Haus, ließ sich auf die Couch fallen und starrte das Paket auf seinem Schoß an. Wieso musste er es überhaupt aufmachen? Niemand zwang ihn dazu, er konnte es auch sein lassen.

Nein. Es ging nicht. Etwas in ihm wollte die Botschaft lesen, das Grauen sehen und sich ihm stellen.

Er löste die Schleife und öffnete die Pappbox. In der Mitte eines Konfettisalats aus Papier lag das nächste Organ. Ein Ohr.

Feine Härchen hingen am Läppchen, verklebt mit getrocknetem Blut. Der obere Teil der Muschel war etwas stärker nach innen gewölbt als bei anderen Menschen. In der Box steckte ein Zettel. Magnus nahm ihn heraus, entfaltete ihn und las:

Audiomitschnitt – Verschriftlichung für Magnus Farstad

Freyas Nasenwunde blutet jetzt nicht mehr und hat neben den verbrannten Hautstellen eine dicke Kruste aus Schleim und geronnenem Blut gebildet. Ihr Zustand ist stabil und sie hat eine neue Kochsalzlösung von mir erhalten. Inzwischen habe ich ihr Procain in die verletzten Hautstellen gespritzt. Wenn sie aufwacht, dürfte sie die Schmerzen ihrer Gesichtswunde eher als dumpfes Ziehen wahrnehmen, vielleicht sogar als pelziges Gefühl.

Vorhin habe ich den Boden abgewaschen, da das Blut und der Urin einen rutschigen Belag auf den Fliesen gebildet haben. Wir brauchen hier einen sauberen und sicheren Arbeitsbereich, Magnus, sonst können wir unser gemeinsames Vorhaben nicht zu Ende bringen.

Ich sitze auf einem Hocker vor ihr und betrachte ihr Gesicht, während ihre Augenlider hochflattern. Sie hat einen gepflegten Teint, wahrscheinlich hat sie ein Leben lang gut auf sich achtgegeben. Sie ist eine dieser wenigen Frauen, die auch ohne Schminke auskommen, da sie eine natürliche Schönheit besitzen. Nur schade, dass ihr das nun nichts mehr nützt.

Sie beginnt zu stöhnen, klingt wie ein aufgeschlitzter Blasebalg. Es ist nicht zu fassen, wie wichtig eine Nase für die menschliche Sprache ist. »Diesmal geht es schnell«, verspreche ich ihr und halte mein Wort. Ich packe ihr Ohr und führe das Skalpell schnell.

Unter ihren hysterischen Schreien halte ich ihr Ohr in meiner Hand. Es wiegt fast nichts, Magnus, kannst du das glauben? Es ist ganz leicht, wie eine Handvoll Popcorn. Doch ich darf jetzt nicht nachlässig sein, denn Kopfwunden bluten immer stärker als andere Verletzungen, da die Kopfhaut sehr gut durchblutet wird. Ich nehme mir wieder den heißen Stempel, streiche ihr Haar sanft zur Seite und verschmore die Wunde. Gut, dass ihr Kopf vollkommen fixiert ist, sie zuckt heftig.

Da mir der Qualm in den Atemwegen brennt, muss ich mich immer mal wieder wegdrehen, einatmen und die Luft anhalten, wenn ich weiterarbeite.

Ihre Schreie dringen wie durch weite Ferne an meinen Geist. Nicht ich bin es, der dies tut, denn ich bin fern, in einer anderen Welt, einer anderen Galaxie. Freyja ist weit von mir entfernt, wie das Aufblitzen einer Sternschnuppe bei klarem Sternenhimmel. Ob ihr Leid, gemessen an den Jahrmillionen, die hinter und noch vor uns liegen, überhaupt eine Bedeutung hat? Hat überhaupt etwas eine Bedeutung? Ich weiß nur, dass ich der Mensch bin, der ich sein muss. Kennst du dieses Gefühl, bist du auch fern von dir selbst, ein Echo von dem, was du einmal warst?

Nach einer Weile merkte Magnus, dass er mit den Zähnen knirschte. Die Zeilen machten etwas mit ihm, das ihn beengte, als rückten die Wände um ihn herum näher und nähmen ihm jeglichen Sauerstoff zum Atmen. Er hatte Angst, das musste er sich nun eingestehen.

Er lehnte sich nach hinten und versuchte, sich zu sortieren. Ihm wollte nicht in den Kopf, wie ein Mensch derart kaltblütig sein konnte. Jakob konnte es nicht gewesen sein, denn er war in Untersuchungshaft. Es musste mit den verschwundenen Dokumenten zusammenhängen und mit der toten Aktivistin.

Er blickte auf sein Handy und rief die neuesten Aufnahmen der Überwachung ab. Er sah sich selbst in den toten Winkel eintreten. Wie er mit der Waffe auf den Wald gezielt hatte, war nicht zu sehen. Wie konnte jemand von dem toten Winkel wissen, wenn selbst Magnus nichts davon gewusst hatte? Jemand hatte ihn im Visier, beobachtete jeden seiner Schritte, wusste, wann er schlief und wann er wachte.

Er schaute hinüber zu der Kiste aus Einsteins Atelier. Magnus hatte das braune Papiervlies, das als Verpackungsmaterial gedient hatte, beim Auspacken zurück in die Kiste gestopft. Wie in Trance wankte er zur Küchenschublade, holte ein Messer und Kreppband heraus und begann, seine Wohnzimmerfenster blickdicht mit dem Vlies abzukleben. Lediglich die Aussparungen für die Kameras ließ er offen, damit die Aufzeichnungen trotz des toten Winkels weiterlaufen würden. Das Gefühl, aktiv gegen seine Lage vorgehen zu können, holte ihn wieder zurück in die Realität. So langsam meldete sich auch sein Widerstand zurück. Er würde sich nicht kleinkriegen lassen. Alles, nur das nicht. Außerdem hatte er das Gefühl, als schulde er Aydaleyn seine Stärke.

»Angriff ist die beste Verteidigung, Angriff ist die beste Verteidigung, Angriff ist die beste Verteidigung«, sagte er sich wie ein Mantra immer wieder vor. Doch alles, was er bis jetzt unternommen hatte, war fruchtlos geblieben. Vielleicht brauchte es einen neuen Ansatz, etwas, womit er dem Sadisten einen Schritt vorauseilen und diesem Psychoterror ein Ende setzen konnte.

»Aydaleyn«, hauchte er. Ja, das musste es sein. Ihr Tod passte nicht in die Ereignisse hinein. Sie war ein Fehler, etwas Unvorhergesehenes, das X nicht hatte kommen sehen. Einstein hatte ihm erzählt, dass er sie aus Kinsarvik kannte, einem Ort, der nur vierzig Minuten von Odda entfernt lag.

Magnus rief Håkon an. Das Telefon klingelte eine halbe Minute lang durch.

»Wehe, es ist nicht wichtig«, zischte Håkon mit einer Stimme, die noch den rauen Schleim eines unterbrochenen Tiefschlafs in sich barg.

»Hier Magnus.«

»Was du nicht sagst. Dir ist schon klar, dass ich deine verdammte Nummer auf meinem Display sehe, oder? Was ist so wichtig, dass du mich um drei Uhr morgens wecken musst?«

»Wir müssen nach Kinsarvik.«

»Wie gesagt, es ist drei Uhr morgens.«

»Du bist doch sonst kein Langschläfer. Ich denke, ich habe eine heiße Spur.«

»Von was redest du eigentlich?«

»Du weißt schon, diese Sache, in die ich verwickelt bin.«

Håkon schnaufte lange ins Telefon, bevor er antwortete. »Hast du ein Glück, dass ich gerade krankgemeldet bin. Hab mir heute auf der Baustelle den Finger gequetscht. Möglich, dass ich mitkommen kann.«

»Dann zieh dich an, ich komme gleich …«

»Was daran hast du nicht verstanden, als ich dir sagte, dass es drei Uhr morgens ist? Ich begleite dich, doch ich will erst noch schlafen.«

»Ist gut, dann frühstücken wir in Kinsarvik, ich gebe einen aus. Also um sieben, ja?«

»Wenn es sich nicht vermeiden lässt.«

»Und zieh dich warm an, der Herbst wird kälter.«

»Kälte, Schlafentzug und Hunger, bis wir da sind, das ist ja ein toller Ausflug«, murmelte Håkon und legte auf.

Magnus nestelte gedankenverloren am Kragen seines Hemds. Nach einer Weile steckte er sich den Brief von X in die Tasche und verkleidete auch die anderen Fenster seines Hauses mit Papiervlies.

*

Nebelschwaden hingen wie Dunst über den grünen Berghängen, deren Silhouetten sich auf der nassen Fahrbahn und dem spärlich besetzten Parkplatz des Hotels mit dem Namen *Kinsarvik* spiegelten. Der Graupel hatte nachgelassen und kam nur noch als feiner Nieselregen herunter.

Magnus saß mit Håkon unter einer bonbonroten Markise des Hotels am Tisch und blickte hinaus in den Fjord.

Eine weißschwarz lackierte Fähre legte am Fahrzeugsteg an und klappte ihr Maul nach oben. Mehrere Seeleute wickelten dicke Taue um Poller und scheuchten eine Möwe auf, welche die Neuankömmlinge mit einem Krächzen begrüßte. Sie flog hoch, drehte eine Runde um die norwegischen Flaggen, die an den Masten der Fähre wehten, und flog hinaus über das Wasser.

Während die ersten Autos über die Rampe auf Land übersetzten, öffnete ein Hafenmitarbeiter die Schranke, die bereits so oft rot lackiert worden war, dass man ihre Poren und Beulen von der Hotelterrasse aus sehen konnte.

Eine Kellnerin kam an den Tisch, zückte Stift und Block und lächelte Magnus an. »Willkommen, möchten Sie etwas essen?«

»Ja, gerne«, sagte er.

»Ich bringe Ihnen die Karte, dann kö-…«

»Nein, das ist nicht nötig. Bringen Sie einfach ein Frühstück für zwei, Brötchen, Brotscheiben, Eier, Lachs, von allem etwas und vor allem Kaffee, viel Kaffee«, forderte Magnus und erwischte Håkon beim Schlafen. Er hatte sich die Kapuze seines Pullovers über den Kopf gezogen und schlief mit verschränkten Armen.

Die Bedienung nickte und ging fort.

»Håkon«, zischte Magnus.

»Hä, was?«, stammelte er und schob sich die Hornbrille mit seinem verbundenen linken Zeigefinger nach oben. Seine Augen waren vor Müdigkeit gerötet.

»Du hast schon während der Autofahrt geschlafen, ich dachte, dass Leute von der Baustelle das frühe Aufstehen gewohnt sind?«

»Nicht, wenn dich deine bekloppte Frau aus dem Bett wirft, weil dein Handy nachts um drei klingelt. Mein Schlafsofa hat zwei tobende Kinder erleben müssen und hat sich diese Nacht an meinem Rücken gerächt.«

»Ich mach das wieder gut, versprochen, frühstücke erst einmal, dann geht es dir besser.«

»Das muss ein sehr üppiges Frühstück sein. Also, komm endlich zur Sache.« Er hob seinen Rucksack vom Boden, packte ein Medikamentendöschen aus und nahm eine Tablette.

»Schmerzen?«

»Klar.«

»Wie hast du das mit deinem Finger gemacht?«

»Ich habe an meinem Generator geschraubt und mir dabei den Finger geklemmt. So ein Miststück.«

»Deine Frau?«

»Nein, der Generator.«

»Der steht doch bei dir im Keller, hattest du nicht gesagt, dass es ein Baustellenunfall war?«

»Ja, offiziell war es das auch. Es gibt bessere medizinische Leistungen, wenn es bei der Arbeit passiert ist.«

Die Kellnerin kam zurück und stellte zwei große Teller ab. Ein Kollege stellte Kaffee und Orangensaft dazu.

Magnus nahm sich die Tasse, sog den herben Duft ein und trank einen Schluck. Er spähte über den Porzellanrand, um zu sehen, ob einer der anderen Gäste ihn beobachtete.

Håkon belegte sich eine Scheibe Schwarzbrot mit Lachs und biss ein Stück ab. »Du siehst beschissen aus, Magnus.«

Magnus fuhr sich mit der Hand über seine Bartstoppeln. Das Gefühl war ungewohnt, da er sich üblicherweise rasierte, bevor er aus dem Haus ging. »War eine lange Nacht.«

»Und du, musst du nicht auch arbeiten?« Als Håkon sein Brot in ein Spiegelei tauchte, platzte es auf und das Eigelb lief zwischen die kleinen Rentierbratwürste, die daneben lagen.

»Zum Glück bin ich der Chef, ich kann entscheiden. Außerdem haben Grethe und Medina den Laden auch ohne mich im Griff«, antwortete Magnus. Für einen Moment kam ihm der Gedanke, ob Grethe ihrer Kollegin etwas antun würde, doch er verwarf ihn schnell wieder. Alles, was passiert war, hatte nur ihn selbst betroffen. Und da war noch etwas. Er liebte Medina nicht. Es waren nicht nur die Jahre, die sie trennten, sondern auch seine innere Abwehr gegen Nähe und Vertrauen. Und was, wenn sie und Murat hinter der Sache steckten?

Magnus schmierte sich ein Brötchen mit Erdbeermarmelade und biss ab. Dabei warf er wieder einen Blick auf die anderen Gäste.

»Ich kann mir nicht helfen, irgendwie siehst du aus wie ein gehetztes Tier«, bemerkte Håkon.

»Es ist schon wieder passiert«, gestand Magnus mit tonloser Stimme.

»Wieder ein Päckchen?«, fragte Håkon.

»Ja, diesmal ein Ohr.«

»Wieder eine Botschaft dabei?«

Statt einer Antwort sah sich Magnus kurz um und überreichte Håkon die Zettel.

Håkon las sie, stopfte sich das Spiegelei in den Mund und nickte. Seine Augen hatten den üblichen Glanz, wenn er von Verschwörung sprach. »Das ist echt kranker Scheiß. Dieser X hat es auf dich abgesehen.« Seine Verschlafenheit war verflogen. »Hast du dir bis jetzt Gedanken gemacht, ob …«

»… das Opfer tatsächlich lebendig zerschnitten wird, ob das wahr ist, was er schreibt?«, beendete Magnus seinen Satz. »Ich weiß es nicht. Die Art, wie und was X schreibt, geht mir unter die Haut. Dieser Mensch ist einfach nur schwer gestört.«

»Kennst du diese Freyja?«

»Nein.«

»Und, hast du schon die Polizei informiert?«

»Die wissen nur von den Päckchen, nicht von den Schreiben. Ich bezweifle, dass die mir helfen können. Außerdem denke ich, dass du recht hast. Solberg hat mich vielleicht im Visier und jemand will mich diesem Polizisten ausliefern – mich zu Fehlern zwingen. Möglich, dass Solberg selbst mir die Teile und die Botschaften schickt, oder Jakob, Grethe, Murat … jeder hätte einen Grund. Und da gibt es noch etwas, ich bin vielleicht in eine Umweltsache verwickelt.«

»Du, der Saubermann? Na, sieh mal einer an«, erwiderte Håkon und nahm einen großen Schluck vom Orangensaft. »Was ist das für eine Sache?«

»Gefälschtes Umweltgutachten. Doch das ist jetzt nicht wichtig. Ich habe eine heiße Spur. Ich denke, dass alles mit dieser toten Frau vom Hafen zu tun hat. Wenn wir herausfinden, was es mit ihr auf sich hat, können wir das Schwein erwischen.«

»Wie schön, dass du ein *wir* daraus gemacht hast. Das alles scheint ziemlich groß zu sein. Was macht dich so sicher, dass ich mich da mitreinziehen lassen möchte?«

»Du redest doch sonst immer von deinen Theorien und willst die Leute wachrütteln. Jetzt steckst du mittendrin und willst plötzlich den Schwanz einziehen?«

Håkon trank einen Schluck Kaffee. »Ist ja gut, verdammt. Hast du jetzt deinen Beweis, ein Video vom Überbringer des Päckchens?«

»Nein, toter Winkel in der Aufnahme. Er muss es irgendwie gewusst haben. Dieses Schwein ist mir einen Schritt voraus. Kann es möglich sein, dass er das Funksignal der Kamera von außen empfangen konnte?«

»Boah, also möglich wäre es ja. Schon mit der Technologie aus den Achtzigern konnte man von der Straße aus die Gespräche in einem geschlossenen Haus belauschen, nur aufgrund der Vibration der Scheiben. Heute ist der

Markt der Überwachung praktisch unbegrenzt. Wenn jemand mit ein wenig Enthusiasmus für Technik an die Sache herangeht, ist vieles möglich.«

»So ein Mist! Dann war der Einbau der Anlage umsonst.«

»Nichts ist umsonst. Je mehr Fallstricke es gibt, desto wahrscheinlicher ist es, dass er über einen stolpert.«

Magnus war unzufrieden.

»Also, was hat es jetzt mit dieser Aktivistin auf sich, Magnus?«

»Die Tote wurde schon öfter hier bei Protesten gesehen, sie war eine Aktivistin. Doch keiner kennt ihren Namen.«

»Ich weiß, ich habe mehrere Artikel im Netz gelesen. Wollen wir zum hiesigen Rathaus, vielleicht finden wir sie im Namensregister?«

»Nein, wenn Solberg mitbekommt, dass ich auf eigene Faust ermittle, lande ich hinter Gittern.«

»Kannst du dir keinen guten Anwalt leisten?«

»Sobald ich einen Anwalt nehme, werden die doch erst recht in meinen Angelegenheiten schnüffeln. Mein Plan sieht so aus, dass wir uns hier durchfragen. Schau doch mal im Internet, ob es hier eine Umwelt- oder Tierschutzorganisation gibt.«

Håkon schob sich eine halbe Zimtschnecke in den Mund und holte sein Tablet aus dem Rucksack.

Magnus hatte keinen großen Appetit. Er zwang sich, ein zweites Brötchen zu essen, mit Käse und Putenwurst.

»Tut mir leid«, meldete sich Håkon zu Wort. »Es gibt hier weder Vereine, Organisationen oder sonst etwas in dieser Richtung. Vielleicht war sie Mitglied bei einem überregionalen Verbund?«

Magnus nahm die Zettel mit den Botschaften, die noch vor Håkon neben seinem Brötchen lagen, und steckte sie wieder ein. »Denkst du, wir kommen bei solchen Organisationen an Namenslisten heran?«

»Aktivisten sind so Leute wie ich, die hinterlassen keine Namen oder Adressen, da sie nicht selten etwas machen, wofür man im Knast landen könnte. Es wäre besser, wenn wir uns auf das Umhören im Ort konzentrieren.«

Magnus winkte der Kellnerin.

»Darf ich Ihnen noch etwas bringen?«

»Nein, alles gut. Ich bin Fotograf und wollte gerne die Umweltprotestler vor Ort porträtieren. Sie kennen nicht zufällig einen von denen?«, log er und schenkte ihr sein charmantestes Lächeln.

»Nein, nicht direkt. Ich weiß nur, dass ein paar Jugendliche ein Bootshaus am Hafen angemietet haben. Die basteln dort ihre Protestschilder und stehen manchmal hier vorne an der Straße und blockieren unsere Parkplätze. Der Chef ist schon sauer und hat mal einen von denen angezeigt.«

»Wo finde ich dieses Bootshaus?«

Sie zeigte raus in den Hafen. »Das Letzte in der Reihe, krebsrot mit weißen Fenster- und Türrahmen.«

»Danke.«

»Arbeiten Sie im Auftrag einer Zeitung?«

»Nein, ich bin Freiberufler und verkaufe meine Bilder an Galerien.«

»Dann sind Sie bestimmt berühmt?«

»Nein, ich möchte unerkannt bleiben. Daher arbeite ich unter einem Pseudonym und würde Sie auch bitten, meinen Besuch in Ihrem schönen Ort geheim zu halten.«

»Natürlich, gerne«, sagte sie strahlend und zog ab.

Håkon schüttelte den Kopf. »Du kannst ja meisterlich lügen, Respekt. Die Kleine war richtig scharf auf dich.«

»Wenn du die Frauen anderer Männer vögelst, überlebst du nicht, wenn du dich nicht aus allem herausreden kannst.«

»Dann gehen wir also zu diesem Bootshaus?«

»Ja, wenn wir mit Frühstücken fertig sind.«

*

Magnus klopfte gegen die Tür des Bootshauses.

Håkon stand neben ihm und zog seine Kapuze herunter, um sich seinen Zopf enger zu binden. Mit dem verbundenen Finger wirkten seine Bewegungen ungelenk.

Ein blonder Jugendlicher, dem der erste richtige Bart zu wachsen schien, öffnete die Tür. Unter seiner offenen Camouflage-Jacke konnte man ein T-Shirt mit einem Schwarzweißfoto von Kurt Cobain sehen. »Was is'n?«, fragte er flapsig und zog an seiner Kippe.

»Ich suche eine junge Frau, in Ihrem Alter, mit schwarzen Haaren.«

»Kenne ich nicht.«

»Schade. Ich bin Fotograf und wollte eine große Story über sie herausbringen. Ich habe sie beim letzten Protest gesehen und schon alles mit ihr abgesprochen. Sie wollte sich nicht in den Mittelpunkt stellen, daher hatte sie mich gebeten, hierherzukommen und alle miteinzubeziehen.«

»Aha, davon weiß ich nix. Und wo ist Ihre Kamera?«

»Im Auto. Das Zeug ist ziemlich teuer, ich kann es nicht spazieren tragen. Außerdem muss ich vorher die Lichtverhältnisse prüfen.«

»Hmm, dann kommen Sie rein«, sagte der Jugendliche mit unbewegter Miene und ließ beide eintreten.

Im Boden des Schuppens war ein rechteckiges Loch mit einem kleinen Motorboot, das auf dem Wasser sanft hin- und herschaukelte. An der rechten Wandseite hingen Seile, Langhaken und Reusen, auf der linken standen Protestplakate mit leidenden Tiergesichtern und einem blutenden blauen Erdball. Daneben standen Paketbandrollen und Farbeimer, an deren Rändern die Reste ihres Inhalts wie Kerzenwachs erstarrt waren. Ein weiterer junger Mann fuhr mehrmals mit einer Sprühdose über die Scheibe eines Fensters und verpasste ihm einen blickdichten, blauen Überzug. Ein Mädchen stand hinter ihm und öffnete mit ihrem Schraubenzieher einen der Farbeimer.

»Und, passt Ihnen das Licht?«, fragte der Jugendliche, der die Tür geöffnet hatte.

Magnus sah nur ein Fenster, das noch nicht zugesprüht war. »Na ja, ich denke ein paar Lampen werden wir schon brauchen. Ist Ihre Freundin nicht da, wie hieß sie noch gleich …?«

»Sie haben sie ja kennengelernt. Allerdings haben Sie mir Ihren eigenen Namen noch nicht verraten.« Er sah ihn schmallippig an.

»Ich bin Farstad, Künstler und Philanthrop. Ich habe eine Galerie in Bergen.«

»Ich bin Steven und kein Idiot«, stellte sich der junge Mann vor. Er nahm sich eine Harpune von der Wand und stellte sich breitbeinig hin. Auch die beiden anderen nahmen sich jeweils eine Holzlatte und positionierten sich hinter ihm. »Sie sagen mir jetzt, wer Sie sind und was Sie wirklich wollen!«

Magnus hob beschwichtigend die Hände. »Bitte, das ist nicht nötig, ich sage die Wahrheit.«

»Sie beide stinken, nur weiß ich nicht, wonach. Sind Sie ein Schnüffler, Bulle, dann müssen Sie mir das sagen, das ist Gesetz. Also, ein letztes Mal«, forderte er und ließ die Harpune auf seine linke Handfläche klatschen, »wer sind Sie?«

Magnus hielt die Linke oben und ging langsam mit der Rechten zu seiner Geldbörse, die er am Gesäß trug.

»Ich zeige euch meinen Ausweis, okay?« Doch statt seines Ausweises zog er die Pistole.

Alle drei hielten mit offenem Mund inne. Niemand wagte es, auch nur einen Finger zu rühren, auch Håkon nicht, der zur Eisskulptur erstarrt war.

Magnus schnaufte aufgeregt und wusste nicht, wie es jetzt weitergehen sollte. So etwas hatte er noch nie getan. Und es war nicht wie im Fernsehen, es fühlte sich nicht gut, sondern wahnsinnig beängstigend an.

»Gibt es noch eine Ansage dazu?«, flüsterte ihm Håkon von der Seite zu.

»Was?«

»Du solltest schon sagen, was du willst, bevor du schießt.«

»Ähm … Waffen hoch, Hände fallen lassen … nein, andersherum, sofort!«

Die Jugendlichen legten ihre Waffen zu Boden.

»Zurücktreten! Da vorne, geht in die Ecke und setzt euch neben eure beschissenen Plakate!«

Sie wichen zurück und taten sich schwer dabei, sich mit erhobenen Händen zu setzen.

Magnus stieß hastig mit dem Fuß die Waffen vom Bretterboden in die Spalte zwischen Kante und Boot.

»Was jetzt?«, flüsterte er zu Håkon.

»Du bist der mit der Waffe, Dirty Harry, was fragst du mich … vielleicht fesseln oder so?«, zischte Håkon. Er zog sich die Kapuze tief in die Stirn.

»Die haben dich schon gesehen, das nützt jetzt nichts mehr.«

»Hey Mister«, begann Steven zaghaft. »Was sollen wir jetzt machen?«

»Fesseln, ihr lasst euch jetzt fesseln.«

Håkon zögerte einen Moment, danach ging er zu den Jugendlichen und fesselte sie jeweils mit Paketband.

»Also, Steven«, begann Magnus und hielt seine Stimme tief, damit er selbstbewusst klang. »Ich will jetzt alles hören, was du über dieses Mädchen weißt, los!«

»Hey, wenn es um die Sache mit dem Graffiti hinter dem Supermarkt geht, es tut mir leid Mann, ehrlich …«

»Halt's Maul, das interessiert mich nicht! Erzähl mir nur von dem Mädchen. Also, gehörte sie zu euch oder nicht?«

»Ja und nein. Missi war nur einen Monat bei uns.«

»Missi, was soll das für ein Name sein?«

»Wir benutzten Decknamen, man kann ja nie wissen, wann hier jemand hereinstürmt und uns bedroht.«

»Mit einer Pistole bedroht, also bleib beim Thema.«

Håkon fühlte sich sichtlich unwohl. Er kaute auf seinen Nägeln und machte ein angespanntes Gesicht.

»Ist ja gut, Mister, ich will nicht sterben. Ich habe schon immer gewusst, dass Missi uns Ärger machen würde.«

Das Mädchen, das neben ihm saß, stupste ihn mit der Schulter an. »Wie kannst du so von ihr reden?«

»Ist doch wahr«, zischte Steven. »Missi stand vor einem Monat vor unserer Tür und wollte, dass wir mehr machen und aggressiver vorgehen. Sie nannte es militanten Widerstand gegen die herrschende Elite. Missi war dagegen, dass hier weitere Hotels für den Tourismus gebaut werden, weil es der Tierwelt schadet, wenn der Verkehr und der Besucherstrom im Hardangerfjord und allen seinen Nebenarmen zunehmen. Sie hat Bagger sabotiert und ist in Baucontainer eingebrochen. Als wir uns nicht mehr daran beteiligen wollten, hat sie auf eigene Faust weitergemacht. Wir haben diese Sache eher als Möglichkeit zum Partymachen gesehen, Feiern, Trinken und den anderen auf den Schlips treten, mehr war es nicht. Doch Missi … sie hat das ernst genommen, irgendwie persönlich, wissen Sie?«

»Das ist alles? Habt ihr das der Polizei gemeldet?«

»Nein, um ehrlich zu sein, haben wir Angst um unsere Leben, seit wir in den Medien vom Fund ihrer Leiche gelesen haben.«

»Woher wollt ihr wissen, dass sie es war?«

»Wir hören seit fast einer Woche nichts mehr von ihr. Und da man eine fremde Tote mit schwarzen Haaren fand, die auf einundzwanzig geschätzt wird, war mir alles klar. Dazu muss man kein Genie sein, oder?«

»Und ihre Eltern, wo kommt sie her?«

»Keine Ahnung, Mister, manchmal machen Leute bei uns mit, die nur auf der Durchreise sind. Vielleicht hatte sie ihr Leben satt und wollte was Neues beginnen. Außer ihrem Umweltfanatismus hat sie kaum etwas von sich erzählt.«

Magnus war unzufrieden. Wenn er geglaubt hatte, eine Spur zu haben, hatte sich das alles wieder in Luft aufgelöst. *Missi,* dachte er, war bestimmt nicht ihr echter Name. Der Name, den Einstein ihr verliehen hatte, passte viel besser. Aydaleyn – dieser Name erzählte tatsächlich eine Geschichte, eine, die bei der Einweihung der Skulptur Einsteins eine Rolle spielen würde. Wenn sie keine Beerdigung erhielt, war dies für alle, die sie gekannt hatten, die letzte Möglichkeit, sie zu ehren. Also musste er seine Hoffnung auf die Einweihung und deren Gäste setzen. Aydaleyn würde ihm erzählen, was sie zu erzählen hatte, auch wenn sie tot war.

»Hey Mister, hat sie Ihnen Trouble gemacht?«

»Das weiß ich noch nicht. Ich weiß nur, dass sie ermordet wurde und ich unbedingt wissen will, wer das getan hat und wieso.« Magnus las die Schrift auf einem der Plakate. *No way to Norway.* »Was soll euer Spruch eigentlich bedeuten?«

»Na ja, wir sind gegen das System, das Norwegen uns aufzwingt. Deshalb sagen wir *no way,* was so viel wie *nein* bedeutet. Damit stellen wir uns gegen die Vorgehensweise des Staates. Und es reimt sich auf *Norway*.«

Magnus blickte erst Håkon an, dann Steven. »Echt jetzt? Ihr solltet euch mal einen Marketingberater leisten, dann könnte man eure Botschaften auch ohne Übersetzer verstehen.«

»Lassen Sie uns gehen?«

Magnus wusste nicht, was man machte, nachdem man Menschen mit der Waffe bedroht hatte. Er improvisierte. »Ihr steht erst auf, wenn wir weg sind. Ihr schneidet euch los und vergesst, was heute passiert ist. Ansonsten bringe ich die Sache zur Polizei und dann müsst ihr blankziehen, habt ihr das kapiert?«, fragte er mit scharfer Stimme.

»Okay, Mister, Deal. Wir wollen keinen Ärger, kein Ding.«

Magnus hielt noch einen Moment inne, steckte die Pistole wieder ein und verließ mit Håkon das Bootshaus.

Nach ein paar Schritten am Hafen entlang fand Håkon seine Sprache wieder. »Spinnst du? Wo hast du die Waffe her und seit wann bedrohst du Menschen damit? Ich erkenne dich gar nicht wieder!«

»Krieg dich ein, ich hatte nicht vor, sie zu erschießen. Das war eher eine spontane Sache.«

»Spontan? Man wird doch nicht spontan zu einem Monster!«

»Ich bin kein Monster. Mir geht es nur darum, das Monster aufzuhalten, das mich fertigmachen will. Ich bin hier das Opfer!« Seine Worte klangen weniger überzeugend, als er es sich erhofft hatte.

»Sicher, dass du das Opfer bist? Da drinnen sah das für mich nicht so aus. Ich habe Kinder, verstehst du?«

Magnus packte Håkon an den Schultern und sah ihm in die Augen. »Manchmal muss man die Dinge eben in die Hand nehmen. Außerdem habe ich das alles nicht geplant und reagiere nur.«

Håkon atmete durch. »Ist gut, wir sollten langsam wieder weg. Ich will nicht, dass wir diesen Aktivisten noch einmal begegnen müssen.«

»Und ich sollte langsam das Ohr bei der Polizei abgeben. Habe ich das gerade wirklich gesagt?«

»Wenn ihr glaubt, dass der Sørfjord ein Paradies ist, so täuscht ihr euch. Die Berge um euch herum sind so alt und voller Trauer um die Gräueltaten gegen die Natur, dass sogar die Giftmüllfässer in ihren Tiefen Tränen vergießen.«

Protestplakat aus einer Demo von »No way to Norway«,
Verfasser unbekannt

12 Unter Beobachtung

Marit streckte sich schlaftrunken durch. Die Decke reichte nicht bis über ihren ganzen Körper – ihre Füße blieben frei. An den Zehen fröstelnd, winkelte sie die Knie an und machte sich klein genug, um sich vollkommen bedecken zu können. Die Matratze malträtierte ihren Rücken und das beständige Tropfen von Wasser in den Eimer auf dem Tisch hinderte sie am Weiterschlafen. Zusätzlich drang der Geruch von Urin und Schweiß an ihre Nase.

Sie rieb sich den Schlaf aus den Augenwinkeln und wälzte sich im Bett. Marit bereute, die Jacke und Schuhe zum Schlafen ausgezogen zu haben, da ihr die Nacht über kalt gewesen war. Sie rollte sich zu einer Kugel zusammen und versuchte, Kälte, Matratze und alles andere aus ihrem Kopf zu drängen, um weiterzuschlafen. Doch es half nicht. Die Decke war ein einziges Ärgernis – sie war vorhanden, doch sträubte sie sich gänzlich dagegen, nützlich zu sein.

Sie richtete sich zum Sitzen auf, zog sich die Jacke an, die auf dem Boden gelegen hatte, und schnürte sich die Stiefel zu. Noch fehlte die Motorik in den Fingern, daher dauerte es empfindlich lange, bis die Knoten saßen.

Marit war noch immer hier – hier in ihrer eigenen Verdammnis, in ihrem Martyrium. Schon wieder hatte sie die Hoffnung gehabt, dass alles nur ein Traum war. Und genau das hasste sie am meisten. Das kurze Hochgefühl, bevor der zarte Schmetterling in ihrem Bauch in einen Laubhäcksler flog.

Es pochte noch sachte hinter ihren Schläfen, doch es war kein Vergleich mehr zu gestern, als es richtig wehgetan hatte. Oder vorgestern? Ihr fehlte das Zeitgefühl, so ganz ohne Tageslicht und Uhr. Sie lockerte sich den Nacken, drehte den Kopf nach links zur nackten Backsteinwand und dann nach rechts zur …

Sie schrie vor Schreck auf und hüpfte aus dem Bett. Nachdem sich Marit mehrmals die Augen gerieben hatte, begriff sie, dass sie wach war und nicht träumte.

Die Dunkelheit hinter der Scheibe war gewichen und enthüllte einen Raum, so groß wie ihrer, in dem neben einem Klappstuhl aus Metall eine Kamera auf einem Stativ stand. Es war ein altes Handgerät, mit ausgeklapptem Bildschirm, an dessen Seite ein roter Punkt blinkte.

Marit zog den Reißverschluss ihrer Jacke bis zum Kinn zu, als verdeckte sie damit ihre Blöße. Es war ein Gefühl des Ausgeliefertseins, der Nacktheit, als stünde man auf einem Marktplatz mit verbundenen Augen. Wer beobachtete sie, wieso, was kam noch auf sie zu? Das Grauen schob sich als ganze Eisscholle über ihren Rücken und kroch ihren Nacken hoch, an dem sich jedes einzelne Härchen aufstellte. Es war kalt, eiskalt, doch diesmal hatte es nichts mit der Raumtemperatur zu tun. Sie atmete flach und schnell, ballte ihre Fäuste, um ihr Zittern zu unterbinden.

Marit versuchte, ihre Atmung wieder zu beruhigen, ihre aufgerauten Sinne zu glätten. Schritt für Schritt ging sie an die Scheibe heran, jeder Schritt erforderte einen Berg an Überwindung. Eine Handlänge vor der Scheibe blieb sie stehen und blickte in den Nachbarraum.

Es gab keine Fenster – das einzige Licht spendete ein Deckenfluter, über dessen Kopf winzige Staubflocken im gelblichen Lichtkegel tanzten. Scheinbar stand sie in einem großen Raum, den die Scheibe in zwei Hälften teilte.

»Was wollen Sie von mir?«, rief Marit und drückte sich gegen das Glas. Ihre Stimme war ein Sakrileg in der Stille ihrer Isolation.

Keine Reaktion.

Das rote Licht an der Kamera blinkte unaufhörlich weiter. Erst im Takt der fallenden Wassertropfen von der Decke – danach verlor sich der gemeinsame Rhythmus und fand sich kurz darauf wieder. Das Blinken war einen Sekundenbruchteil schneller. Jedes Aufblitzen der Signalleuchte war ein Nadelstich in Marits Nervenkostüm.

Doch der Nachbarraum besaß einen entscheidenden Unterschied. Einen Schritt hinter der Kamera befand sich ein rechteckiges Loch in der Wand, ein Durchgang, der nach links in die Dunkelheit dahinter abzweigte. Ein Kabel führte von dort in den Raum und endete in einer Dreifachsteckdose, in der ein Stecker für den Deckenfluter und einer für die Kamera saß.

Gab es da noch mehr, wartete jemand hinter der Kante, ihr Peiniger, ihr Entführer?

Marit schluckte und fragte sich, ob jemand live zusah oder das hier nur aufgezeichnet wurde. Geilte sich ein Perverser an ihr auf, an ihrem Leid, wollte sie nackt sehen … und was, wenn das hier niemals enden würde, wenn man sie niemals fand und die Welt sie vergaß? Sie spürte, wie sich eine tiefe Verzweiflung Bahn brechen und ihren Willen vernichten wollte. »Nein, nein, nein«, ermahnte sie sich selbst, »die Kamera bedeutet etwas, sie muss etwas bedeuten«, sagte sie aufgeregt. »Sie bedeutet etwas, habe ich recht? Ja, das muss es sein, was soll ich tun, was erwarten Sie von mir?«

Die Kamera blieb stumm, blinkte und stand einfach nur da.

»Was soll ich tun?!«, schrie sie und hämmerte mit beiden Fäusten gegen die Scheibe. Außer ihrem eigenen Toben war nichts zu hören.

Marit trat einen Schritt zurück, wartete und starrte ihre Wut in das Aufnahmegerät. Ein dicker Kloß aus Hass arbeitete sich aus ihrer Galle hoch in den Hals, quoll auf, wurde mit jedem Herzschlag größer und eindringlicher.

Nach einer Weile taten ihr die Beine vom Stehen weh und sie schluckte ihre Gefühle herunter. Sie ging zum Wassereimer, der auf dem Schreibtisch stand und übergelaufen war. Eines der Papiere, die auf der Platte lagen, war bereits nass. Sie nahm die Schreibutensilien und legte sie auf einen Stuhl, den sie an den Tisch stellte. Danach wusch sie sich Hände und Gesicht, hielt eine Sekunde inne, überwand sich und schaufelte mehrere Handkuhlen voll Wasser in ihren Mund. »Du solltest das Waschwasser vom Trinkwasser trennen«, sagte sie zu sich selbst. »Führe ich jetzt schon Selbstgespräche?« Es tat gut, eine menschliche Stimme zu hören, auch wenn es nur ihre eigene war. Sie merkte, wie ihre Blase drückte. In der Ecke unter dem Deckenschacht stand der Toiletteneimer mit dem Deckel – daneben die Klopapierrolle. Sie hasste das Behältnis, weil sie sich wie ein Tier vorkam, wenn sie ihre Notdurft darin verrichtete. Und jetzt kostete es noch mehr Überwindung, ihn zu benutzen, da sie beobachtet wurde.

Sie packte ihn am Griff und stellte ihn hinter den Schreibtisch. Der Sichtschutz würde für Privatsphäre sorgen. Marit zog sich die Hose herunter und hockte sich knapp über den Rand. Doch es wollte sich nicht die Entspannung einstellen, die sie dazu brauchte. Schließlich mochte es kein Mensch, wenn man ihm beim Pinkeln beobachtete. Sie wartete, dachte an Hunde, die sich spielend über eine grüne Wiese wälzten, und dann tröpfelte es los.

Nachdem sie fertig war, hob sie den Leinenbeutel vom Boden auf und setzte sich damit aufs Bett. Das Brot war bereits trocken, doch es ließ sich noch kauen.

Die Gegenwart der Kamera schwelte wie Glut, die unter dem Grau der Asche immer noch heiß ist, in ihrem Verstand. Immer wieder wanderte ihr Blick zum Nebenraum und sie fragte sich, ob sie permanent oder nur ab und zu von jemandem beobachtet wurde, der vor einem Laptop oder Fernseher saß. Es konnte auch ganz anders sein. Vielleicht war ihr Peiniger ein Mann in den Fünfzigern, der gerade im Supermarkt zwischen den Regalen unterwegs war und ein Pfund Hackfleisch an der Metzgertheke bestellte? Möglich, dass er sich die Wartezeit verkürzte, indem er auf sein Smartphone schaute, sie beobachtete und lächelnd das Wechselgeld von der Dame annahm, die sich bei ihm für den Einkauf bedankte. Marit hasste ihn, seine Art, seine Unbekümmertheit, sein Lächeln und stellte sich vor, wie sie sein Gesicht ins Hackfleisch drückte und ihn darin erdrosselte. Doch dazu musste sie erst einmal hier herauskommen – wenn es denn überhaupt einen Ausweg gab.

Marit sah sich um und überlegte, ob ihr Gefängnis eventuell Schwachstellen besaß. Der Schacht war zu schmal, als dass sie hindurchpasste. Und die Scheibe war zu stark, um sie zu zertrümmern. Auch die Backsteinwände waren undurchdringlich, die einzige nachgiebige Stelle war die Tür. Doch mit dem Tapetenmesser ließ sich nichts erreichen. Vielleicht ließ sich mit dem Schreibtisch und dem Seil eine Hebelkraft über den Haken an der Decke erzeugen, was die Tür aufreißen konnte; doch es war sehr wahrscheinlich, dass der Knauf einfach abbrach, außerdem war der Tisch so schwer, dass sie ihn kaum schieben, geschweige denn hochkant stellen konnte.

Sie lief zur Tür und wollte sich mit dem Schloss und dem Knauf eingehender beschäftigen. Aber was geschah, wenn der Entführer sah, was sie tat? Eine Lösung musste her. Eine, die sich mit den Dingen in diesem Raum realisieren ließe. Und es war sogar einfacher, als sie dachte. Marit wuchtete die Matratze aus dem Bettgestell und stellte sie mit der hohen Kante an die Scheibe, dort, wo sich Schreibtisch und Tür befanden. Danach platzierte sie zwei mal drei Stühle aufeinander und spannte die Decke so zwischen beide Türme, dass sie den Sichtschutz, den die Matratze bereits bot, erweiterte.

Sie trat zurück und bewunderte ihr Werk. Knapp die Hälfte der Scheibe war verdeckt. Es würde reichen, hoffte sie. Danach sah sie sich das Schloss unter dem Knauf an. Seine Machart war anders als die der Schreibtischschubladen. Schmal, eng, so wie bei einem Sicherheitsschloss, in das man einen platten Schlüsselstift mit Löchern darauf einführte. Mit ihrem Draht kam sie da nicht weiter.

Sie wickelte das Seilende um den Knauf, nahm sich eine lockere Schlaufe und warf es dreimal zum Haken hoch. Beim dritten Mal blieb das Seil hängen. Danach stemmte sie sich langsam mit ihrem Gewicht gegen den Widerstand der Tür. Als nichts geschah, hängte sie sich mit dem ganzen Gewicht rein, rüttelte und gab alles, doch der Knauf saß so fest wie ein Anker.

Marit wollte noch nicht aufgeben, stellte einen Stuhl auf, kletterte hoch und sprang.

Mit einem *Plong* löste sich der Knauf und schoss quer durch den Raum.

Marit landete hart auf dem Hintern und krümmte sich vor Schmerz. Sie schwor sich, das nicht wieder zu machen, jammerte und wälzte sich in der Hoffnung herum, dass sie sich hatte befreien können.

Der Knauf war abgebrochen und hatte ein winziges Loch hinterlassen, aus dem eine gebrochene Edelstahlschraube etwa einen Zentimeter weit herauslugte. Die Metallplatte, auf der das Bruchstück befestigt war, hing immer noch an seinem Platz.

Sie war noch immer eingesperrt, hatte sich nicht befreien können – auch diese Hoffnung war nun zerschlagen.

13 Rygg & Staub

Magnus saß in Solbergs Büro und rieb sich die schmerzende Schulter.

Der Schreibtisch war, wie auch das letzte Mal, keine Freude fürs Auge. Zwischen den Papieren, Amtsstempeln und angekauten Kugelschreibern lag glitzerndes Bonbonpapier. Und es stapelten sich mehrere Teller mit Resten von Schoko- und Apfelkuchen.

Björnsdottir stand neben der offenen Tür im Gang und sprach über Funk mit einem Kollegen. Sie hatte sich die Uniformkappe tief über die Stirn gezogen und ließ ihn nicht aus den Augen. Immer, wenn Magnus zu ihr sah, erkannte er Misstrauen und Feindseligkeit in ihrem Blick. Sie war stärker, als sie aussah, zumindest hatte sie ihm den Arm so verdreht, dass er um Gnade gewinselt hatte.

Solberg kam zurück in sein Büro und hatte das Päckchen in der Hand, das Magnus am Empfang hatte abgeben müssen. »Sie können wieder gehen, Frau Björnsdottir, alles in Ordnung«, sagte er und schickte seine Kollegin fort. Er legte das Paket neben seinen Tellern ab und setzte sich.

»Es tut mir leid«, begann Magnus. »Ich wusste ja nicht, …«

»Dass man nicht mit so einem Päckchen einfach in eine Polizeistelle hereinschneien kann? Sie sind doch sonst sehr sortiert, wieso machen Sie so etwas?«, fragte Solberg, zog sich die Einmalhandschuhe aus und warf sie in seinen Mülleimer, an dessen Rand eine Bananenschale hing. Sein Gesicht war ernst und seine Stirn lag in Falten.

Magnus schwitzte. »Ich … ich weiß nicht, im Moment bin ich nicht ganz bei mir.«

»Ja, das sieht man. Sie sehen schrecklich aus, unrasiert und mit Augenringen, die dicker als die Kaffeeflecken auf meinem Schreibtisch sind.« Er stand auf, schenkte sich Kaffee aus der Kanne am Fensterbrett ein und setzte sich wieder. »Nachdem der Kollege am Detektor Ihr Päckchen inspiziert hatte, wurden fünf Beamte an die Eingangsschleuse gerufen, der Direktor wurde informiert und Frau Björnsdottir hat Sie zu Boden gerissen.«

»Ich denke, dass ihr das Spaß gemacht hat«, erwiderte Magnus kleinlaut.

Solberg blieb noch einen Moment ernst, danach entspannte sich seine Miene. »Ja, das denke ich auch. Tut Ihre Schulter noch weh?«

»Hm, es geht.«

»Und Ihr Stolz?«

»Ich wusste nicht, wie stark sie ist, da fühlt man sich so unmännlich.«

»Dann machen Sie erst einmal Nahkampftraining mit ihr. So oft hat mich noch keine Frau auf die Matte gelegt. Sie hat in Bergen eine sehr gute Ausbildung genossen.«

Magnus konnte kaum glauben, was er da hörte. Eine sehr gute Ausbildung in Bergen – Håkon hatte recht, sie war tatsächlich bei der Spezialeinheit gewesen. Möglich, dass auch Solberg einst zu Rufzeichen Delta gehört hatte. Vielleicht konnte er ihm Informationen entlocken, wenn er sich auf den Mann einließ. »Vermissen Sie die alte Arbeit?« Es war eine Frage ins Blaue, aus der Hüfte geschossen.

»Alles eine Sache der Haltung«, antwortete Solberg vieldeutig. Er nahm einen Schluck Kaffee und lehnte sich zurück.

Magnus beugte sich mit verschwörerischer Miene über den Tisch. »Hat diese Frau ein Problem mit mir oder bilde ich mir das nur ein?«

Solberg grinste breit. »Ihr letzter Freund hat sie betrogen und sitzen lassen. Er war auch ein Banker.«

»Und jetzt muss ich dafür büßen, was?«, meinte Magnus und lehnte sich zurück.

»Also, nachdem Sie uns allen hier fast einen Herzinfarkt beschert haben, erklären Sie mir doch bitte, was passiert ist.«

»Ich weiß nicht, ob ich sagen kann das *Übliche*. Doch es fühlt sich fast so an, nur makaberer und widerlicher. Diesmal lag es draußen am Geräteschuppen.«

»Um wie viel Uhr haben Sie es bekommen?«

»Vor einer Stunde«, log Magnus. Nach dem Aufruhr vor zehn Minuten wollte er keine weiteren Probleme riskieren.

»Das ist anders als die letzten Male.«

»Ich habe ein Überwachungssystem, der Täter hat es im toten Winkel abgelegt.«

»Wie kommt das?«

»Ich weiß es nicht, man kann ja heute alles anzapfen. Möglich, dass ich digital ausgespäht wurde oder dass mich jemand beobachtet.«

»Irgendetwas stimmt hier in Odda nicht«, murmelte Solberg und stocherte mit der angekauten Spitze seines Kugelschreibers am Ohr herum, das im offenen Päckchen lag. »Wir schicken das zur Analyse ins Labor. Haben Sie es angefasst?«

»Ja, ich hab's aufgehoben.«

»Und das war alles, wieder keine Forderungen oder so?«

»Nein.«

Solberg stand auf, steckte sich den Stift in die Westentasche seines marineblauen Sakkos und lief auf und ab. »Wissen Sie, das ergibt alles keinen Sinn. Wieso wählt Sie jemand als sein Opfer aus, schickt Ihnen diese Päckchen und stellt keine Forderungen?«

»Weil diese Person einfach ein krankes Schwein ist?«

»Sogar ein krankes Schwein will etwas. Wenn es kein Geld ist, dann muss es etwas anderes sein. Möglich, dass ihn die ganze Sache anmacht, dass er darauf steht, dennoch wird das alles nicht rund. Die Dinge entwickeln sich Schlag auf Schlag.«

»Gibt es neue Ergebnisse?«

»Wir arbeiten noch am Fall der Leiche vom Hafen.«

»Wissen Sie schon, wie die Frau hieß?«

»Nein, wir haben im Internet und in der Zeitung dazu aufgerufen, jede vermisste Person zu melden.«

»Was ist mit Jakob Grimson, hat er etwas damit zu tun?«

»Ich darf Ihnen nicht viel verraten, doch er scheint keine Berührung mit dem Vorfall zu haben. Wenn ihm die Kollegen nichts anderes vorwerfen können, werden wir ihn gegen Kaution entlassen.«

»Also bin ich weiterhin auf mich allein gestellt?«

»Wir sind nur einen Anruf entfernt. Bleiben Sie nach wie vor im Ort, damit sind wir für heute fertig.«

Magnus wollte gerade gehen, als sich Solberg noch einmal an ihn wandte. »Ein Täter hat immer ein Motiv, Herr Farstad, wir werden herausfinden, wer hier was versteckt hält.« Solberg sah ihn eindringlich an und nippte an seinem Kaffee, bevor er sich seinem Computer zuwandte.

Magnus erstarrte vor Schreck. Eine Welle Adrenalin schoss durch seinen Körper und versetzte seinen Magen in Aufruhr. *Wer hier was versteckt hält?* Was sollte das nun wieder bedeuten, war das etwa eine Drohung? Er zwang sich, weiterzugehen und sich nichts anmerken zu lassen.

Als er die Dienststelle verließ, beäugten ihn die Beamten, die ihn vorhin zusammen mit Björnsdottir zu Boden gerissen hatten.

Er stieg in sein Auto, das um die Ecke parkte, legte die Hände aufs Lenkrad und lehnte seine Stirn dagegen. *Bleib locker, lass dich nicht provozieren,* dachte Magnus. Er fühlte sich verfolgt, nicht nur von X, sondern auch von der Justiz.

Sein Telefon klingelte.

»Ja, hier Magnus?«

»Hi Honey, wo bleibst du? Du hast hier noch einen Termin mit dem Eigentümer der Immobilie, die abgerissen werden soll, weißt du das nicht mehr?«

»Was?«

»Herr Lukas Rygg?«

»Oh, das habe ich ganz vergessen. Ist er noch da?«

»Ja, soll er noch länger warten oder gehen?«

»Warten, das Geschäft ist wichtig für uns.«

»Wo bist du denn?«

»Äh, am Hafen, ich wollte Fischfrikadelle essen, du weißt doch, an dem alten Wohnwagen.«

»Ok, das ist ja nicht weit. Ich sage ihm, dass du gleich da bist.«

Magnus wollte noch etwas sagen, doch Medina hatte bereits aufgelegt. Er griff unter den Fahrersitz und steckte sich die Pistole wieder hinten in den Bund. Auch wenn es unbequem war, es gab ihm ein Gefühl von Ordnung und Sicherheit.

*

Magnus klickte durch die verschiedenen Fenster auf seinem Bildschirm und gab Druckbefehl für mehrere Dokumente.

Vor ihm saß Lukas Rygg, der Mann, der einen beträchtlichen Teil Oddas besaß. Wer in diesem Ort bauen wollte, hatte fast zwangsläufig mit ihm zu tun. Es gab keine Straße und keinen Platz, an dem er nicht mindestens eine Immobilie besaß. Er war einer der Big Player, was er wusste und auch entsprechend auslebte. Und wenn man es schlau anstellte, konnte man über diesen Mann selbst ein Vermögen erwirtschaften. Vor etwa sechzehn Jahren hatte Magnus eines von Ryggs Bauvorhaben mitfinanziert, bei dem eine alte Häuserzeile abgerissen und durch neue, schicke Gebäude ersetzt worden war. Dies hatte die Nordbank in Odda groß gemacht und ihm ein Leben in Wohlstand beschert.

Rygg nahm seinen schwarzen Hut ab und glättete das schüttere, weiße Haar, richtete sich den Kragen des Hemds, das er zugunsten seines üppigen Brusthaars sportlich offen trug und setzte das Trommelfeuer mit seinen Fingern auf Magnus' Tischplatte fort. Sein Gesicht, mit der groben Nase und dem kantigen Kinn, besaß eine natürliche Härte. »Und, wie sieht die Bewertung aus, steht die Finanzierung, junger Mann?«

»Sieht gut aus. Ich habe die Immobilie besichtigt, hat Potential. Einer der Mieter hat uns freundlicherweise hereingelassen.«

»Ach, diese Mieter, selbst Mücken saugen weniger Blut – wenn sie mir kein Geld einbrächten, würde ich sie mit einer Fliegenklatsche erschlagen. Die gehen mir auf die Nerven«, sagte er mit einem grimmigen Gesichtsausdruck.

Magnus mochte den Mann nicht, keiner in Odda tat das. Sein Auftreten war immer rau und ungehobelt, als vergewaltige seine bloße Gegenwart jeden, der sich in seiner Nähe aufhielt. Magnus wusste, dass man sich jedem Menschen ein Stück weit angleichen musste, um ihn beeinflussen zu können. Auch Rygg war empfänglich für Suggestion, obwohl nicht immer klar war, ob er ein menschliches Wesen war. »Ich drucke Ihnen die Kreditverträge aus, die Abtretung für die Baufinanzierung und Ihr Versicherungspaket. Damit dürften Sie ein Anrecht auf die Zuschüsse vom Kreis erhalten, womit Sie Geld sparen.«

»Wunderbar, dann klappt wenigstens das. Ich habe seit drei Tagen Verstopfung und ärgere mich mit ein paar Mietern herum, die nicht zahlen wollen.«

»Probieren Sie es mit sanftem Druck.«

»Nein, die reagieren nur auf Härte.«

»Ich meinte ja auch die Verdauung.«

»Ach, ist beides das Gleiche, nervt mich und zahlt keine Miete, wo ist da der Unterschied? Ich lasse die Bude abreißen, ist mir egal, ob die sich einen Anwalt nehmen, ich habe zehn Rechtsverdreher, die alle nach meiner Pfeife tanzen.«

»Sie sollten schon auf die Gesetze achten«, fügte Magnus an und setzte mehrere Haken in seiner Checkliste auf dem Bildschirm.

»Gesetze? Ich sag Ihnen was, Herr Farstad. Sie und ich, wir sind Haie, die anderen sind nur Opfer. Was denken Sie, woran das liegt, dass sich zwei Anwälte für ihre jeweiligen Mandanten bei Gericht treffen, nach den gleichen Gesetzen argumentieren und dennoch einer verliert?«

»Keine Ahnung«, antwortete Magnus und versuchte, so zu tun, als würde ihn die Antwort interessieren.

»Recht haben und Recht bekommen sind zwei unterschiedliche Dinge. Und in unserer Welt, Herr Farstad, reißen wir das Recht an uns. Nichts zugeben, nichts hergeben und bloß nichts ernst nehmen – das ist mein Rezept und so habe ich meine Millionen in Odda gemacht. Alle anderen Menschen sind nur Opfer, die nicht merken, wie der Laden läuft und wie man sie an der Nase herumführt.« Er zeigte die Innenfläche seiner fleischigen

Hand und ballte die Faust, als wolle er eine Walnuss knacken. »Man muss mutig sein, darf keine Angst zeigen und keinen Zentimeter von der eigenen Position abweichen, sonst könnte das als Schwäche ausgelegt werden. Einer wie Sie, der sein Geld gemacht hat, der versteht das. Ich weiß, dass Sie aus armen Verhältnissen kommen, ich erkenne das sofort. Sie haben diesen Hunger in Ihren Augen, diesen Ehrgeiz. Deswegen mache ich Geschäfte mit Ihnen, weil Sie es verstehen.«

Magnus mahlte mit den Kiefern. Was wusste dieser Mann von ihm oder von hartem Lebenskampf? Alle Menschen in Odda wussten, dass Lukas Rygg mehrere alte Frauen geheiratet und sich über das reiche Erbe hergemacht hatte. Keiner wollte sich vorstellen, mit welch schalen Liebesversprechen und Betrügereien er sich alles unter den Nagel gerissen hatte. Dennoch malte er ein Bild von sich, dass den ehrlichen und hart arbeitenden Mann vertrat, der ein Vorbild für alle sein wollte.

»Ich kann noch viel von Ihnen lernen«, schmeichelte Magnus ihm und schluckte seinen Stolz.

Er gab ihm die Papiere zur Unterschrift vor und einen Stift daneben.

»Alles wie besprochen?«

»Ja, genau. Ich habe unter Punkt fünf übrigens den Rückzahlungszeitraum etwas verlängert, so wie Sie wollten, damit haben Sie eine niedrigere monatliche Rate. Es ist praktisch derselbe Vertrag, den Sie von mir für den Kauf der wertgeminderten Immobilien nach der Überschwemmung im letzten Frühjahr bekommen haben.«

»Man muss kaufen, wenn die Preise unten sind.« Ohne durchzulesen, unterzeichnete Rygg. »So macht man Geschäfte, Handschlag und zack.«

Magnus stand auf und reichte ihm die Hand. »Herzlichen Glückwunsch …«

Rygg riss ihn über die Tischplatte an sich, quetschte ihm die Hand und schlug ihm fest auf die Schulter.

Magnus versuchte, das Rasierwasser auszublenden, das seine Nase beleidigte.

»Gut, Herr Farstad, ich bin zufrieden mit Ihnen, so wie immer.« Er setzte seinen Hut wieder auf und verließ das Büro.

Erst als die Tür ins Schloss knallte, ließ sich Magnus auf den Stuhl fallen und holte Luft. Für einen Moment war er glücklich – auf dieses Geschäft hatte er lange hingearbeitet. Und jetzt war es endlich unter Dach und Fach. Er sortierte die Verträge und legte sie auf seinen Ablagestapel. Die Sache war erledigt oder doch nicht? Rygg war Abschaum, der menschgewordene Würgereiz einer Gesellschaft, die ihren Höhepunkt an Widerwärtigkeiten erreicht hatte, und doch geisterten seine Worte in Magnus' Verstand. War da etwas dran? Wie viel Lukas Rygg steckte in Magnus Farstad? Schließlich hatte er selbst ein paarmal die Wahrheit biegen müssen, um weiterzukommen. Rächte sich nun alles, gab es Karma?

Es klopfte an der Tür.

»Ja, herein!«

»Hallo Magnus«, grüßte Grethe und trat ein. Sie sah müde aus und wirkte, als fehlte ihr der Biss, den man ihr üblicherweise an ihren verkniffenen Gesichtszügen ablesen konnte. Sie nahm sich den Stuhl und setzte sich, was sie sonst nie tat.

Magnus war beunruhigt. War sie es also doch gewesen, steckte sie hinter allem, passierte es jetzt, wollte sie ihn jetzt erpressen?

»Das Ergebnis der Prüfung ist eben reingekommen, ich weiß nicht, ob du schon in deine E-Mails geschaut hast.«

Magnus erbleichte.

»Nein, alles gut. Sie haben nichts zu beanstanden. Nichts, bis auf die angebliche Staubbelastung, und sie haben dringend eine Putzfrau empfohlen, ist das zu fassen? Als gäbe es nichts Wichtigeres.«

»Staub hat nur einen schlechten Ruf, doch er kann auch nützlich sein.«

»Muss ich das verstehen?«

»Nein, schon gut.«

»Ich muss etwas beichten.« Sie nahm die Brille ab, rieb sich die Augen und setzte sie wieder auf.

»Na, dann mal raus damit. Vielleicht können wir uns einigen.« Also war sie es doch. Magnus war bereit zu zahlen, dann würde alles ein Ende haben. Er wollte es, er wollte es unbedingt.

»Ich habe meine Aktentasche verloren, da waren die Dokumente mit den abgelehnten Kreditanträgen drin. Ich habe überall gesucht, wirklich, ich konnte sie nicht finden. Und die Polizei hat Jakob festgenommen und dann noch die Prüfung von der Zentrale gestern. Das war alles ein wenig viel.«

»Der Verlust von Daten ist ein Problem«, antwortete Magnus automatisch, da seine Gedanken um die fehlenden Seiten aus dem Gutachten kreisten, konnte er sich nicht auf etwas anderes konzentrieren und feuerte die einzige Phrase ab, die ihm gerade einfiel.

»Ich weiß, so etwas ist mir noch nie passiert. Ich dachte, dass ich meine Aktentasche mit nach Hause genommen hätte, doch jetzt bin ich mir nicht mehr sicher.«

»Was noch?«, drängte sie Magnus und hing an ihren Lippen.

»Ich weiß, dass Jakob eine Vergangenheit hat, die … etwas schwieriger war als die anderer Leute. Als der alte Rygg hier herausspaziert ist, habe ich daran gedacht, dass Jakob für diesen Mann in den Knast gegangen ist.«

»Was hat dir Jakob noch erzählt?«

»Wir haben nicht viel über sein Leben vor mir geredet, denn ich wollte ihn so nehmen, wie er jetzt ist. Ein Mann, der gebüßt hat und neu anfangen will. Jeder verdient eine zweite Chance, oder?«

»Na ja, ich finde …«

»Ich habe ihn in der Untersuchungshaft besucht und wollte wissen, ob er mich benutzt hat, um an Kundendaten heranzukommen. Er hat das verneint, doch ich weiß nicht, vielleicht hat er die Tasche doch gestohlen?«

»Was noch?«, wollte Magnus wissen und konnte sein Verlangen nach dem eigentlichen Thema kaum noch zügeln.

»Wie, was noch?«

Magnus schlug mit der Faust auf den Tisch. »Spiel nicht mit mir!«, brüllte er.

»Also das mit der Tasche tut mir leid, aber ich lasse mich nicht anbrüllen.«

»Wie viel willst du?«

»Meinst du die Gehaltserhöhung?«

»Nein, die Papiere, die du aus dem Archiv gestohlen hast!«

»Du weißt es also? «

»Wie bist du da hineingekommen?«

»Ich habe noch einen Schlüssel von deinem Vorgänger, meinem ehemaligen Chef. Du hast den Schließzylinder bei der Übernahme der Filiale nicht auswechseln lassen.«

»Also warst du es die ganze Zeit? Wieso hast du es getan und wessen Leben wird für diese Maskerade zerstückelt?«

Grethes Gesichtsausdruck verhärtete sich, sie war auf Angriffskurs. »Unsere Filiale stand auf dem Spiel, Magnus! Ich wusste, dass du dieses krumme Ding mit Rygg gedreht und das Gutachten manipuliert hast, und dass uns jederzeit die Prüfung ins Haus stehen konnte. Du hast meine Bedenken deswegen nie ernst genommen, also bin ich ins Archiv und habe die Beweise geschreddert, sonst hätte dich die Zentrale dem Gericht ausgeliefert! Also hör auf, mich anzuschreien, das habe ich nicht verdient, auch wenn ich die alten Anträge verloren habe!«

»Das ist immer noch *meine* Filiale, also, wie viel willst du haben?«

»Moment, du denkst, ich will dich erpressen?«

»Ja, nenn mir deinen Preis, wir werden uns einig.«

Grethe machte große Augen. »Medina hat mir ja schon erzählt, dass du dieser Tage unter Stress stehst, doch das geht ein bisschen zu weit. Ich würde dich niemals erpressen, im Gegenteil, ich habe dir den Hintern gerettet!«

»Und das soll ich glauben?«, fragte Magnus, setzte seine Hände auf die Tischplatte und stand auf. »Wenn die Sache an die Öffentlichkeit gelangt, werde nicht nur ich, sondern auch Lukas Rygg davon betroffen sein, und du kannst dir ja vorstellen, dass er keinerlei Skrupel hat, oder?«

»Drohst du mir etwa?«

»Ich warne dich nur, das ist alles.«

»Weißt du was, du bist vollkommen paranoid, du kannst mich mal!«, rief sie, stand auf und schlug die Tür so fest ins Schloss, dass die Rahmen an den Wänden zitterten.

Magnus stand noch eine Weile und starrte auf die Tür. Danach ließ er sich in den Stuhl fallen und schnaufte wild. Was war passiert? Es gab keine Forderung, kein Ende seines Martyriums. Seine Hand zitterte, als er sich den Krawattenknoten richten wollte. So sehr hatte er sich gewünscht, dass Grethe es war und alles endlich ein Ende hatte, und nun … wieder eine Sackgasse. Oder hatte sie gelogen und wollte ihn in den Wahnsinn treiben?

Die Tür ging auf, Medina kam herein, sie sah besorgt aus. »Honey, was ist los? Eben ist Grethe wutentbrannt aus der Filiale gestürmt. So habe ich sie noch nie gesehen.«

»Nichts, wir hatten nur eine Meinungsverschiedenheit.« Die Lüge kam ihm ganz locker von den Lippen.

»Das ist nicht *nichts*! Ich merke doch, dass mit dir etwas nicht stimmt, was ist los?«

Magnus legte den Kopf über die Lehne und lockerte sich den Kragen.

Sie nahm seinen Kopf zwischen die Hände und suchte nach seinem Blick. »Nimm dir den Rest des Tages frei, geh nach Hause, entspann dich; wie du aussiehst, du bist doch sonst nicht so?«

Magnus schob sie von sich weg. »Ich sehe immer noch gut genug aus und du musst mich nicht bemuttern. Ich gehe was trinken.« Magnus stand auf und verließ ohne einen Blick zurück sein Büro.

*

Über die Boxen in Murats Bar dröhnte der Song *Waterloo* von ABBA.

Magnus saß an der Theke und durchforstete auf seinem Handy die Medienwelt nach Nachrichten über Aydaleyn. Er war schon so lange damit beschäftigt, dass das Glas voll Bier, das vor ihm stand, längst keinen Schaum mehr besaß.

Seit einer halben Stunde hockte ein besoffener Fischverkäufer neben ihm, dessen Kapuzenmantel nach seinem Tagewerk roch. Er erzählte ohne Unterlass von seiner Vergangenheit als Lastwagenfahrer.

»… und dann hab ich das Holz über die Fähre bis nach Dänemark gefahren. Ich hatte noch nie was übrig für die Dänen, doch eines sag ich dir, mein Freund, die wissen, wie man es sich gemütlich macht. Dort habe ich meine erste Ex kennengelernt, eine tolle Frau, Dänin, zu viel für einen wie mich, das ging dann in die Brüche, weil ich so lange auf Achse war«, sagte der Verkäufer und kratzte sich den schneeweißen Vollbart.

Magnus hörte ihm kaum zu. Stattdessen hatte er sich über mehrere Webseiten zu einer Fotoserie durchgearbeitet, die unter dem Decknamen *No way to Norway* veröffentlicht worden war. Es war ein Video, in dem einzelne Fotos aneinandergereiht worden waren und sich mit sanften Überblendungen ablösten. Als er auf *Abspielen* tippte, sah er Steven, seine Freunde und Aydaleyn, wie sie mit einem Plakat vor dem Supermarkt in Kinsarvik skandierten. Die Aufnahme war entstanden, als sie eine Windbö erfasst hatte. Ihre schwarzen Locken wehten um ihr Gesicht, aus dem die grünen Augen mit einem grimmigen Ausdruck fanatischer Entschlossenheit strahlten.

Magnus hatte Gänsehaut. Diese schwarzen Locken … auch seine Mutter hatte solche Haare gehabt.

Aydaleyn war hübsch und vermittelte eine innere Stärke, die für eine Person in ihrem Alter ungewöhnlich war. Natürlich war sie für Steven und seine Truppe zu viel gewesen, da er praktisch noch ein Kind war. Doch Aydaleyn war anders, als stecke eine erfahrene Kämpferin im Körper einer jungen Frau. Auch auf den nächsten Bildern, die sie beim Basteln von Plakaten zeigten, vermittelten ihre Augen eine Energie, die ihn fast ansteckte. Durch seinen Traum fühlte er sich ihr verbunden, getrennt durch das Leben, angezogen durch ihre Leidenschaft. Jetzt verstand er auch, wieso Einstein sie als Motiv für seine Skulptur ausgewählt hatte – er fühlte sich von ihrer Energie für eine Sache, für die auch er einst gebrannt hatte, angezogen. Schon morgen würde es so weit sein – Aydaleyn erhielt ein Denkmal in Odda.

»He du, hörst du mir überhaupt zu?«, fragte der Mann neben ihm und konnte sein Lallen kaum noch unterdrücken.

»Ja, die Dänen, ein glückliches Volk«, erwiderte Magnus und hoffte, dass dieser Gesprächsfetzen, den er sich als Letztes gemerkt hatte, ausreichte.

»Ja, so is' es. Das is', was hier fehlt. Das Herz, die Liebe, der S-s-susamenhalt un' so.«

Murat kam von der anderen Seite der Theke und grinste den Besoffenen an. »Na, meinst du nicht, dass du für heute wieder genug hast?«

»Hm, definiere genuuug.«

»Genug ist genug, Bro, so einfach«, sagte Murat und packte ihn am Arm, um ihm aufzuhelfen.

Der Besoffene hatte erst Probleme, zu stehen, doch dann berappelte er sich und ließ sich hinausführen.

Magnus schaute ihnen nach. Langsam füllte sich *der Löwe*. Es waren die üblichen Gesichter, Leute, die man oberflächlich kannte, denen man auf der Straße zunickte, weil man glaubte, ihnen Beachtung zu schulden, doch froh war, wenn sie nicht mit einem ins Gespräch kamen.

Murat machte die Tür zu und stellte sich wieder hinter die Kasse. »Na Bro, willst du nicht wenigstens ein neues Bier, ohne Schaum schmeckt dir das doch bestimmt nicht mehr?«

Magnus warf einen Blick auf sein Glas. Er hatte nicht einmal daran genippt. »Ja, mach mir ein Neues und auch eins für Håkon, der müsste gleich da sein.«

»Der war doch letzte Woche beim alten Rygg auf der Baustelle, hat er schon die Klingelanlagen und die Sicherheit verbaut?«

»Du interessierst dich doch sonst nicht so für seine Baustellengeschichten.«

»Ich wollte nur wissen, ob er Rygg persönlich kennt, ich suche nach einem Job.«

»Was ist mit *dem Löwen*, du hast doch immer genug Gäste?«

»Ja schon, doch ich dachte mir, dass da noch mehr gehen könnte.«

»Hast du ein Handwerk gelernt, Schreiner, Maler oder so?«

»Nein, ich dachte eher an andere Talente.«

»Du meinst als Schläger?«

»Nein, man nennt das heute Alltagsmanager. Ich will für zwei Tage eine Aushilfe einstellen und dafür nebenbei ein bisschen Kohle machen. Ich brauche ein neues Auto und eine neue Wohnung.«

»Wieso, sind die alten nicht gut genug?«

»Nein, anscheinend nicht«, antwortete Murat und zapfte ein Bier. Er ließ es schräg ins Glas einfließen und bewegte es in die Senkrechte, um die Schaumkrone perfekt daraufzusetzen. »Hier, das ist frisch, geht aufs Haus, Bro.«

Magnus hob eine Braue. »Du bist doch sonst nicht so spendabel?«

Murat wischte sich die Hände am Handtuch trocken, das er oft über der Schulter trug. »Tante Leyla kommt, die Bitch, du weißt doch, ich hatte dir ja von ihr erzählt.«

»Ja, ich kann mich erinnern.«

»Ich hasse sie, doch Medina liebt sie. Schon morgen verlässt sie die Hölle, in der sie der Boss ist, und fährt aus Bergen zu uns. Dazu brauche ich dich. Sie sagt immer, dass ich mich mit Abschaum, zu dem ich selbst gehören würde, herumtreibe. Das geht mir echt auf den Sack! Ich will ihr das Gegenteil zeigen und da kommst du ins Spiel. Komm morgen Abend zu mir und Medina, wir kochen etwas Leckeres, typisch Türkisch, wird dir schmecken.

Und wenn die alte Schachtel fragt, wer du bist, erzähle ihr, dass wir zusammen herumhängen, das wird Eindruck machen. Außerdem weißt du, wie man redet und verkaufen tut, du kannst diese Wörter und so. Du sammelst für mich Punkte bei Medinas Familie und ich bekomme endlich die Ruhe vor diesen ständigen Lästereien, die sogar schon bis in mein Heimatdorf in der Türkei reichen.«

»Dafür bin ich nicht der Richtige.«

»Ach Bullshit, wer, wenn nicht du?«

Allein bei dem Gedanken, so stark in Medinas Umfeld einzutauchen, bekam er einen trockenen Mund. Bislang hatte sich alles auf eine prickelnde Affäre beschränkt und jetzt wurde es immer komplizierter. Dabei gab es auch die Gefahr, dass alles aufflog. »Ich bin weniger der Familienmensch, eher der einsame Wolf, das weißt du doch.«

»Ich sehe einen reichen, erfolgreichen Geschäftsmann vor mir. Tante Leyla fährt voll auf Geld ab, wer gut verdient, ist in ihren Augen automatisch gebildet und weiß, was er will.«

»Sie ist bestimmt eine liebevolle Tante, die sich nur Sorgen um die Zukunft ihrer kleinen Nichte macht, das schaffst du mit Mut und Selbstsicherheit auch alleine.«

»Verdammt!«, rief Murat und schlug strahlend auf die Theke. »Siehst du, solche Sätze sind es, mit denen sich Leute beeindrucken lassen. Mir fällt so ein Zeug nicht ein, da kann ich tun, was ich will. Deswegen musst du kommen«, forderte Murat diesmal eindringlicher und legte ihm die Hand auf die Schulter. Seine Finger drückten ein wenig zu fest.

Magnus ahnte, dass er sich aus der Sache nicht herauswinden konnte – Murat war sein Ruf anscheinend sehr wichtig. »Na gut, doch ich bleibe nicht lange, ok?«

»Geht klar. Und tu mir den Gefallen und rasiere dich, gönn dir ein bisschen Schlaf, du siehst nicht gut aus.«

Magnus war unwohl, ihm blieb nur zu hoffen, dass alles gut ging. Außerdem musste er noch mit Medina sprechen, weil sie bestimmt nichts von Murats spontaner Idee wusste.

»Hi Magnus«, grüßte Håkon und setzte sich auf den Hocker neben ihn.

Murat stellte ihm ein Bier bereit und verschwand in seinem Vorratsraum.

»Und, wie geht es deinem Finger?«

Håkon hielt ihn hoch, er war immer noch verbunden. »Besser. Manchmal pocht es noch, doch die Schmerzmittel sind gut. Als Sekretär würde ich im Moment nicht viel taugen.« Er schaute sich verschwörerisch um und sprach dann leise weiter. »Und, gibt es etwas Neues in der Sache mit …?«

»Aydaleyn? Nicht wirklich, hier, ich habe ein Video mit ihr gefunden. Darauf ist sie mit dieser No-way-to-Norway-Gruppe zu sehen.« Er zeigte ihm die Internetseite auf seinem Handy.

»Wow, die ist ja hübsch, du stehst wohl auf sie, was?«

»Nein, so ist es nicht, die ist viel jünger als ich, also jünger gewesen und ohnehin ist sie tot.«

»Medina ist nicht viel älter.«

»Das ist jetzt belanglos.«

»Warst du bei der Polizei?«

»Ja. So wie es aussieht, hast du recht, Björnsdottir ist aus Bergen, scheint ein hartes Training absolviert zu haben.«

»Ich wusste es doch, Rufzeichen Delta. Und dieser Solberg, was ist mit ihm?«

»Er hat mit ihr trainiert.«

»Dann haben wir den Beweis. Jetzt gibt es nur noch zwei Möglichkeiten. Nummer eins: Die beiden wurden unter falschem Vorwand hierher versetzt und wollen dir etwas anhängen. Nummer zwei: Die beiden sind tatsächlich inkompetent und sollen dort arbeiten, wo sie am wenigsten Schaden anrichten können. Und was ist mit Murat und Medina?«

»Ich weiß es nicht, ich bin morgen zu einem Essen bei Murat eingeladen. Medinas Tante Leyla kommt aus Bergen.«

»Perfekt, da kannst du alle aushorchen, ohne Fragen stellen zu müssen. Wir müssen jeden, der infrage kommt, überprüfen, denn meist sind es die Leute, die einem am nächsten stehen.«

»Ist das wieder eine deiner Theorien?«

»Nein, reine Kriminalstatistik. Außerdem bist du doch derjenige mit der Knarre. Wo hast du das Ding überhaupt her?«

»Geht dich nichts an.«

»Ah, also geklaut, was? Habe ich also doch noch einen Verschwörer aus dir gemacht. Wenn du Lebensmittel und Sachen für den Ernstfall bunkern willst, kenne ich da ein paar echt gute Webseiten von Preppern, du weißt doch, das sind die Leute, die sich für den Fall des Zusammenbruchs des Systems mit allen möglichen Sachen eindecken.«

»Das ist keine von deinen Storys, Håkon, das hier passiert wirklich. Ich habe heute Grethe angeschrien, ich hatte mich überhaupt nicht im Griff. Das beschäftigt mich mehr, als es sollte.«

»Was ist passiert?«

»Ich habe sie zur Rede gestellt, sie hatte die fehlenden Papiere aus meinem Archiv, die mich belasten können.«

»Diese Umweltsache?«

»Ja. Sie war es – hat sich Zugang verschafft und das Zeug gestohlen. Sie meinte, sie habe es für mich getan, damit die Prüfer nichts finden können. Tatsächlich waren dann die Leute von der Zentrale bei mir und haben alles auf den Kopf gestellt.«

»Denkst du, dass sie die Wahrheit sagt?«

»Im Moment weiß ich nicht, was ich glauben soll«, antwortete Magnus und drehte sein Glas wie eine Schraube am Sockel.

»Pass auf, bleib ruhig. Ich kenne das. Es geht darum, dass sie dich verrückt machen wollen, damit du an dir selbst zweifelst, doch wenn du einen kühlen Kopf bewahrst, dann schaffen wir das schon. Ich werde diesen Polizisten weiter auf den Grund gehen, vielleicht finde ich ja heraus, ob gegen dich ermittelt wird. Du prüfst die Vergangenheit von Murat und Medina, wieso die beiden hier sind und ob sie etwas mit der Geschichte zu tun haben.«

Als Murat aus der Vorratskammer zurückkam, zuckte Håkon zusammen, als sei er bei einer Verschwörung erwischt worden.

»Hi Bro, was läuft?«, fragte Murat und stellte einen Kasten mit Colaflaschen unter den Tresen. Seine Oberarmmuskeln bewegten sich unter dem dünnen schwarzen T-Shirt, das er trug.

»Alles gut, wieso fragst du?«, erwiderte Håkon mit viel zu hoher Stimme.

Murat zeigte auf seinen bandagierten Finger.

»Ach so, das, halb so wild. Der Arzt meint, dass das schnell wieder heilt.«

»Sag mal, du hast doch für diesen Rygg gearbeitet, braucht der noch Leute?«

»Kannst du vergessen, haben mich auch schon andere gefragt. Er nimmt keinen mehr auf und mein Chef meint, dass Rygg ein schwieriger Kunde ist. Wieso, brauchst du einen Job?«

»Ja schon, dann halt mal die Ohren offen. Ich biete Alltagsmanagement an.«

»Was soll denn das sein?«

Während die beiden sich unterhielten, spürte Magnus, wie ihn allmählich die Müdigkeit überkam und er träumte von seinem weichen Bett. »Leute, ich sollte dann mal wieder nach Hause fahren.« Er verabschiedete sich und ließ sein Bier, von dem er kaum getrunken hatte, stehen.

»Ich bin in Trauer. Einmal mehr schlägt mich das Leben und macht mich erneut zum Witwer. Nur einen Sommer lang war mir das Glück meines Lebens vergönnt. Ich begegnete meiner Frau in der Blüte ihres Lebens, sie war erst 92 Jahre jung, so reich wie schön, wer hätte gedacht, dass sie schon so früh von uns gehen würde?«

Auszug aus der Trauerrede von Lukas Rygg beim Begräbnis seiner sechsten Ehefrau – kurz vor dem Schuhwurfskandal auf dem Friedhof von Odda

14 Blendlicht

Magnus stand unter der Dusche, hatte die Hände gegen die Wand gestemmt und den Kopf eingezogen. Er ließ das warme Wasser auf seinen Nacken prasseln, der sich seit dem Aufstehen wie ein Betonklotz angefühlt hatte. Während sich die Spannung langsam löste, atmete er den Wasserdampf tief in seine Lungen, hielt die Luft an und erinnerte sich an das Gefühl, zu ertrinken, so wie er es im Traum erlebt hatte.

Er stieg aus der Dusche und trocknete sich ab. Danach rasierte er sich und trug ein wenig von der Creme, die Medina dagelassen hatte, unter seinen Augen auf. Gestern hatte er noch dicke Ringe unter den Lidern gehabt, nun sah er wieder besser aus. Dennoch hatte sich etwas verändert. Seinem Antlitz fehlte die gewohnte Härte, stattdessen sah er verschlossen und nachdenklich aus.

Als er sich im Ankleideraum anzog, warf er einen Blick auf die Überwachung. Draußen war es noch dunkel, daher war auf dem Bildschirm nur das morbid grüne Bild der Nachtsichtfunktion zu sehen. Die Aufnahme war verschneit wie bei einer alten VHS-Kassette, doch es konnte auch echter Schneefall sein.

Magnus suchte aus der Uhrenschublade seine Rolex mit Lederarmband heraus und legte sie sich an. Es war fünf Uhr am Morgen. Er musste den ganzen Abend durchgeschlafen haben, weshalb sich sein Schlaf-Wachrhythmus leicht verschoben hatte. Das kam ihm gelegen, da es bedeutete, dass er mehr Zeit für die Aufgaben des Tages hatte.

Magnus richtete sich die Krawatte und setzte sich mit seinem Caffè Latte an den Wohnzimmertisch. Er ließ das

Licht nur gedimmt, da er fürchtete, von außen beobachtet werden zu können, auch wenn die Jalousien noch unten waren. Den Rest würde das Papiervlies erledigen, das an den Fenstern klebte.

Magnus versuchte gar nicht erst, daran zu denken, dass er wieder ein grausames Päckchen vorfinden könnte, wenn er das Haus verließ. Durch den kalten Druck der 9mm hinten in seinem Hosenbund fühlte er sich sicherer. Auch wenn diese Botschaften kamen, was machte es schon aus? Es waren nicht seine Körperteile und Worte taten nicht weh. Wenn es tatsächlich um die Dokumente ging, die Grethe hatte verschwinden lassen, dann gab es immer noch Lukas Rygg, der ebenfalls in der Sache mit drinsteckte. Bekam auch er diese Botschaften?

Magnus nahm einen Schluck vom heißen Milchschaum und stellte sein Getränk auf die Glasplatte neben die Unterlagen über die abgelehnten Kreditanfragen, die er Grethe gestohlen hatte. Er schlug die Mappe auf und warf einen Blick hinein. Es war nicht auszuschließen, dass Solberg recht hatte und sich jemand von der Nordbank finanziell übergangen fühlte.

Der erste Antrag, den er sich ansah, war die Anfrage von einer Dame namens Luna Strøm. Sie war 26 Jahre alt und hatte um die Finanzierung für einen Autokauf gebeten. Allerdings hatte sie als selbstständige Grafikerin kein stetes Einkommen nachweisen können und hatte bei ihrer Großmutter gelebt. Magnus konnte sich noch gut an diesen Antrag erinnern, der jetzt zwei Jahre her war. Sie hatte kurz vor dem Konkurs ihres Einfrauunternehmens gestanden. Magnus hatte ihr daraufhin einen Gegenvorschlag gemacht, eine Hypothek auf das Haus ihrer Großmutter aufzunehmen, doch sie hatte das kategorisch abgelehnt. Letztlich wäre es ein gutes Geschäft für die Nordbank gewesen, da sie im Zweifelsfall das

Haus hätten verkaufen und ihr Geld samt Zinsen wiederbeschaffen können.

Der zweite Fall war anders. Es ging um einen Mann, der seine kranke Frau in Frankreich besuchen und dafür einen Verbraucherkredit aufnehmen wollte. Da er jedoch in den letzten drei Jahren fünfmal umgezogen war, hatte das Risikobewertungsprogramm der Nordbank ihn als Wackelkandidat eingestuft, weshalb ein Filialleiter hier keine andere Handhabe hatte, als den Antrag abzulehnen.

Magnus ließ die Blätter zwischen Daumen und Zeigefinger im Schnelldurchlauf blättern und zählte etwa fünfzig Anfragen. Jeder dieser Leute könnte sich für die Ablehnung rächen – jeder hatte ein Motiv. Wenn Grethe tatsächlich nicht X war, wer sollte es dann gewesen sein? Vielleicht bekam Magnus das nicht mehr alleine in den Griff. Wenn sein Betrug von damals aufflog, dann würde es auch Lukas Rygg betreffen. Ihm graute schon davor, wie der despotische Geschäftsmann darauf reagieren würde, wenn er durch Magnus' Unachtsamkeit in Schwierigkeiten geriet. Andererseits verfügte der Unternehmer über Kontakte, konnte Leute einschüchtern und vielleicht sogar helfen, die Sache in den Griff zu kriegen, solange es auch um seine eigene Haut ging? Bevor er jedoch diesen Schritt wagte und dieses Monster in die Sache einweihte, wollte er sichergehen, von wem die Bedrohung ausging.

Er rief Håkon an.

»Ja?«

»Håkon, bist du es?«

»Wer denn sonst, du hast mich doch angerufen, und übrigens, es ist fünf Uhr am Morgen. Schläfst du neuerdings gar nicht mehr?«

»Lange genug, mach dir keine Sorgen. Hast du mehr über Solberg herausgefunden?«

»Ja, ich habe einen Freund kontaktiert, der an Akten mit staatlicher Geheimhaltung rankommt. Dein Bulle war wirklich bei Rufzeichen Delta. Doch jetzt kommt's, sein Status wurde nie geändert, auch wenn er aus Bergen hierher versetzt wurde, könnte er immer noch für die da drüben arbeiten. Es ist gut möglich, dass er gegen dich ermittelt.«

»Verdammt.«

»Du sagst es, in was für eine Scheiße bist du da bloß hineingeraten?«

»Das ist nicht alles, denn so wie es aussieht, wird auch Rygg in die Sache reingezogen.«

»Rygg? Das ist echt übel. Jeder in Odda ist auf die eine oder andere Art auf ihn angewiesen, sei es als Mieter, Pächter oder als Handwerker wie ich.«

»Er und ich, wir …«

»Nicht am Telefon. Wir treffen uns am Hafen. Gehst du zu Einsteins Einweihung?«

»Ja.«

»Gut, ich werde auch dort sein«, sagte Håkon und legte auf.

Magnus sah sich noch zwei weitere Anträge an und nippte gerade an seinem Caffè Latte, als sein Telefon klingelte.

»Ja?«

»Was hast du dir dabei gedacht!«, zischte Medina im Flüsterton.

»Äh, guten Morgen …«

»Dein *Guten Morgen* kannst du dir sonst wo reinschieben, weißt du, in welch blöde Lage du mich gebracht hast?«

»Wovon redest du?«

»Du kommst zu uns zu Besuch, davon rede ich. Murat wird da sein und Tante Leyla. Mein offizieller Freund, die

Buschtrommel aus Bergen und meine Affäre – das ist so was von dislike!«

»Wieso flüsterst du?«

»Murat ist in der Küche nebenan und macht sich Frühstück, die Badezimmertür ist dünn und ich will nicht, dass er mich dabei erwischt, wie ich um fünf Uhr morgens mit dir telefoniere. Und ich will wissen, wieso du so ein blödes Treffen ausgemacht hast?«

»Tut mir leid, Murat hat mich überrumpelt. Ich hatte nicht das Gefühl, dass ich Nein sagen kann …«

»N-E-I-N«, buchstabierte sie, »so einfach ist das. Und dann muss ich auch noch kochen, denn meine Tante besteht darauf, dass ich die perfekte Türkin sein muss.«

»Was ist denn die perfekte Türkin?«

»Eine, die kocht, Kinder macht, ihren Mann versorgt und all das rosarote Zeug, das in einem traditionsgeschwängerten Kopf wie dem meiner Tante herumschwimmt.« Medina schnaufte zornig ins Telefon. »Dafür wird deine Kreditkarte büßen müssen, verstehst du?«

»Du machst keine Gefangenen, oder?«

»Bei mir gibt's nur Tote. Oh, warte, ich muss auflegen, Murat will ins Bad.«

Magnus warf das Handy neben sich auf die Couch und schaltete den Fernseher ein. Auf dem Dokusender lief ein Bericht über das Wanderverhalten von Rentieren. Der Kommentator sprach mit solch sanfter Stimme, als stünde er selbst hinter der Herde im Busch und wolle die Tiere nicht aufschrecken. Magnus entspannte sich, nippte an seinem Caffé Latte und sah sich zwei weitere Fälle an.

*

An der Mündung des Sørfjords hatte sich eine Menschentraube auf dem verschneiten Platz am Wasser gebildet, die vor einer großen Plane stand, die sich über einem Objekt wölbte.

Einstein zog die Verschnürung noch enger, die stellenweise zu locker hing. Neben ihm stand der Bürgermeister in seinem dicken Wintermantel und redete auf ihn ein, während ein Mann mit einem Fotoapparat um ihn herumschwirrte und Fotos knipste.

Mehrere Boote mit Schaulustigen glitten langsam zum Ufer. Ihre Kiele schlugen Falten auf der glatten Wasseroberfläche, auf der sich das trübe Aschgrau des wolkenverhangenen Himmels spiegelte.

Magnus saß im Auto auf dem Parkplatz. Er genoss die Restwärme der Fahrt und beobachtete die Vorbereitungen für die Einweihung.

Håkon klopfte an die Scheibe und setzte sich dann zu ihm in den Wagen. Mit ihm drang auch eine Welle der Kälte in den Innenraum, so wie der Schneematsch, der an seinen Schuhen haftete.

»Konntest du dir die Treter nicht vorher saubermachen?«

»Meine Güte, Magnus, nun hab dich nicht so. Ist doch nur gefrorenes Wasser«, erwiderte Håkon und reichte Magnus einen Coffee to go. »Also, was wolltest du mir über dich und Rygg erzählen?«

Magnus nippte am Kaffee. »Er ist ein wichtiger Geschäftspartner für mich. Als ich die Filiale übernommen habe, kam er zu mir und schlug mir ein Geschäft vor.«

»Und?«

»Er wollte eine Häuserzeile abreißen, das Grundstück neu und größer bebauen. Er meinte, dass es eine Schande wäre, dass im Rathaus ein Gutachten läge, in dem das betreffende Grundstück als Auslaufzone des

Opo deklariert sei. Rygg war gerade dabei, seine Mieter im betreffenden Objekt auf die Straße zu setzen, und erzählte mir, dass es viel Geld zu verdienen gäbe. Doch seien ihm die Hände gebunden, da er bei Umweltschützern so verrufen sei, dass sie ihm Steine in den Weg legen würden, sollte er eine neue Bewertung der Schutzzone anstreben. Daraufhin habe ich eine Firma aus dem Kontaktpool der Nordbank für ein neues Gutachten engagiert.«

»Lass mich raten, das Gutachten fiel zu seinen Gunsten aus?«

»Ja.«

»Siehst du, mir sagt man nach, dass ich Verschwörungstheoretiker sei, doch diese geheimen Absprachen und Mauscheleien gibt es wirklich, wie man ja bei dir sieht. Wie lange bist du schon … kriminell?«

»Hör auf, Håkon, ich bin nicht hier, um mich von dir anprangern zu lassen«, erwiderte Magnus genervt und trank noch einen Schluck Kaffee. »Der Tod dieser Aktivistin wirft für mich einige Fragen auf. Möglich, dass sie dieser Sache auf der Spur war.«

»Denkst du, dass er sie getötet hat?«

»Ich weiß nicht, kann sein.«

»Steckt Grethe da mit drin?«

»Sie hat die Dokumente ohne mein Wissen entwendet und sie ihrer Aussage nach vernichtet.«

»Wollen wir das glauben?«

»Keine Ahnung. Ich denke, dass sie nicht so dumm ist und sich in eine Sache einmischt, in der Rygg mitspielt. Wenn ich so darüber nachdenke, fällt mir ein, dass Jakob früher für Rygg gearbeitet hat. Vielleicht musste er für seinen Exboss in den Knast und sammelt Beweise gegen ihn. Was für ein Zufall, dass er mit Grethe zusammen ist, meiner Mitarbeiterin, die zusätzlich rein zufällig belastende Dokumente verschwinden lässt. Dennoch war es gut, dass die Papiere nicht da waren, als vor Kurzem die Prüfer aus der Zentrale da waren.«

»Eine andere Möglichkeit wäre, dass Jakob noch immer für Rygg arbeitet. Dieser Miethai ist ein Verbrecher, das weiß jeder hier. Doch keiner kann ihm etwas nachweisen. Im Internet gibt es mehrere Foren, die sich dem Hass ihm gegenüber verschrieben haben. Es heißt, er kümmere sich weder um Reparaturen, noch kenne er Gnade, wenn einer mal nicht zahlen könne. Wer sich einen Anwalt gegen ihn nähme, hätte keine Chance gegen die rechtlichen Ressourcen, die er aufzubringen imstande sei. Der Typ ist wie ein Tumor, den man weder herausschneiden, noch damit leben kann. Und das, was du mir erzählt hast, wirft ein ganz anderes Licht auf die Sache mit Solberg. Jemand mit seinem Hintergrund könnte als verdeckter Ermittler auf dich angesetzt worden sein, um Rygg endlich dranzukriegen. Und was ist, wenn die Bankprüfung von der Polizei beauftragt wurde, sozusagen eine Durchsuchung unter dem Deckmantel eines normalen, dienstlichen Routinevorgangs?«

Magnus verschluckte sich am Kaffee und hustete. »Was? Verdammt, das klingt sogar plausibel.«

»Was soll das heißen, dass ich sonst nur Müll rede?«

»Hey, du weißt selbst, dass du dich nicht gerade beliebt machst, wenn du davon redest, dass die Regierung unser Trinkwasser vergiftet.«

»Du kannst mich mal. Ich weiß, was ich weiß, auch wenn ich dadurch unbequem bin.«

»Vielleicht musste Aydaleyn deswegen sterben, weil sie zu viel wusste?«

Håkon sah Magnus eindringlich in die Augen. Die Worte, die er dachte, standen unausgesprochen zwischen ihnen.

Magnus schluckte. »Ich bin auch einer, der zu viel weiß.«

»Du steckst in der Scheiße, mein Freund.«

Magnus atmete durch und fuhr sich nervös durch die Haare.

»Magnus, vielleicht ist es jetzt an der Zeit, offen mit Solberg zu reden, möglicherweise bekommst du Zeugenschutz, wenn …«

»Blödsinn, einen feuchten Dreck werde ich mit Solberg reden! Ich werde mich auf keinen Fall ausliefern und alles in die Hände der Polizei legen. Das ist mein Leben, das ich mir mühevoll aufgebaut habe und das lasse ich mir nicht wegnehmen!«, fauchte er.

Håkon zeigte ihm den Vogel. »Sitzt deine Krawatte zu eng, wie redest du denn mit mir?«

Magnus räusperte sich. »Tut mir leid, ich stehe unter Stress. Ich werde mich mit Rygg unterhalten, vielleicht kann ich herausfinden, ob er die Kleine wirklich auf dem Gewissen hat.«

»Was bringt das, wenn die Polizei schon hinter ihm her ist?«

»Wenn er baden geht, gilt das auch für mich. Ob Zeugenschutz oder nicht, meine Karriere wäre ruiniert. Doch wenn ich mit Rygg rede, kann ich vielleicht eine Vereinbarung treffen.«

»Du redest von einem Deal? Du deckst ihn und er deckt dich?«

»Keine Ahnung, vielleicht, alles besser, als sich zu ergeben«, erwiderte Magnus und rieb sich nervös das Kinn. »Diese Körperteile und die Botschaften, die ich erhalte – vielleicht kommt das von Rygg selbst, der mich damit einschüchtern will, weil er etwas von den polizeilichen Ermittlungen ahnt? Aber wieso bringt er mich nicht einfach um, so wie die Aktivistin?«

»Weil du schon im Fokus der Polizei stehst. Man müsste dich entführen, deine Leiche verbrennen oder in Säure auflösen. Weißt du, wie schwer es ist, eine Leiche verschwinden zu lassen, wenn einem die Bullen im Nacken sitzen?«

»Weißt du es etwa? Ich sitze hier neben dir, da kannst du doch nicht so über meinen Körper reden?!«

»Ich meine das ja auch nur theoretisch. Auf jeden Fall kann er dich nicht um die Ecke bringen, weil das im Moment kompliziert ist. Und wenn du mit ihm einen Deal machen willst, dann musst du auch etwas bieten können, ein Druckmittel haben.«

»Der Schlüssel zu allem sind die Dokumente. Wenn ich sie noch hätte, wäre das kein Problem. Es gibt leider keine Kopien und ich weiß nicht …«, meinte Magnus und legte seine Stirn in Falten. »Vielleicht gibt es da noch eine Möglichkeit. Das erste Gutachten stammte von der Gemeinde, die haben das selbst angefertigt. Und Behörden, so klein sie auch sein mögen, sammeln alles Schriftliche, also müsste im Rathaus die erste Ausgabe des Gutachtens liegen. Wenn ich das an mich bringen könnte, hätte ich etwas gegen Rygg in der Hand.«

»Meinst du nicht, dass dieser Miethai nicht auch schon auf diese Idee gekommen ist?«

»Möglich, doch ich muss jede Gelegenheit ausschöpfen, um mich …«

»Schau mal«, unterbrach ihn Håkon, »unser Einstein betritt die Bühne.«

Magnus sah nach vorne, die Zeremonie ging los. »Komm, lass uns rausgehen, ich will sehen, wer alles dabei ist.«

Als Magnus ausstieg, knirschte der frische Schnee unter seinen Füßen. Er lief mit Håkon zusammen über den Parkplatz und knüpfte sich den Mantel gegen die Kälte zu.

»Meine lieben Freundinnen und Freunde der Kunst«, begann der Bürgermeister und zeigte auf Einstein, der mit einem stolzen Lächeln neben ihm stand. »Wie ihr wisst, haben wir im Rahmen unseres Budgets für Kunst und Kultur unseren berühmtesten Freischaffenden gebeten, ein Kunstwerk für den Hafen zu schaffen. Herr Ulrik Arud, den sie wohl eher unter seinem Spitznamen Einstein kennen, ist nun fertig und möchte uns mit seiner Kreation überraschen. Ohne viele Worte übergebe ich nun hiermit an unseren Künstler.« Er richtete das Mikrofon neu aus und trat einen Schritt zur Seite.

Die kleine Menge applaudierte.

Magnus stellte sich ein wenig abseits, damit er sich einen besseren Überblick verschaffen konnte.

Einstein richtete sich die wirren Haare, die von einer Bö nach links gedrückt wurden, setzte eine Lesebrille mit runden Gläsern auf und las von seinem Papier ab. »Wie Sie wissen, bin ich aus Leidenschaft Künstler. Ebenso passioniert, interessiere ich mich auch für den Umweltschutz. Nicht immer war es hier in unserem Sørfjord so sauber und beschaulich, wie es heute ist. Wir haben Menschen, die dafür gekämpft haben, viel zu verdanken. Vor Kurzem wurde eine junge Frau aus dem Wasser gezogen, eine, die ich schon öfter bei kleinen Protesten für die Umwelt gesehen habe. Weder weiß ich, wie sie hieß, noch wo sie herkam, doch sie hat mich inspiriert.«

Er ließ sich vom Bürgermeister die Zugleine in die Hand geben.

»Als bescheidener Künstler möchte ich Ihnen nun Aydaleyn präsentieren, Oddas Tribut an den Schutz unserer Umwelt.«

Einstein zog an der Leine und löste die Abdeckung, die von der Skulptur hinunterglitt.

Ein Raunen ging durch die versammelte Menge.

Magnus blickte auf das Kunstobjekt aus Metall, das er schon im Atelier Arud gesehen hatte. Es war die liegende nackte Frau, die ihre Hände flehend zu den Bergen gerichtet hatte. Neben ihr standen stilisierte Tannen und bildeten mit dem Fels, auf dem sie lag, eine Einheit.

Während sich die Leute in Einzelgespräche vertieften und sich von den Lachshäppchen und Sektgläsern nahmen, die zwei Mitarbeiter aus einem Partyservice auf Tabletts durch die Menge trugen, schallten die sanften Klänge eines jazzigen Pianostücks durch die aufgestellten Boxen.

Magnus sah sich um und erblickte Gesichter, die er bereits kannte. Die alte Frau Kristiansen rückte das Arrangement aus Taubenfedern auf ihrem türkisfarbenen Hut zurecht, während sie auf Hedda einredete, die sehnsüchtig dem Sekt hinterherblickte, den ein Kellner an ihr vorbei trug.

»Verdammt, da ist Hedda«, sagte Håkon und duckte sich hinter Magnus. Er zog sich die Kapuze seines Pullovers geheimnistuerisch über den Kopf.

»Sag mal, hast du Angst vor ihr?«

»Nein, nur Respekt. Ich wusste nicht, dass sie hierherkommt, also habe ich ihr erzählt, dass ich zum Arzt gehe.«

»Wieso denn das?«

»Ach, keine Ahnung. Ich will einfach nicht, dass sie immer weiß, wo ich bin. Ein Mann braucht Freiheit, verstehst du?«

Hedda schob Frau Kristiansen zum Bürgermeister, dem das Lächeln im Gesicht gefror, als die alte Schachtel ihn zu bequatschen begann. Danach kam Hedda direkt auf ihn und Håkon zu.

»Und, ist mein Mantel sauber?«, fragte Magnus und klopfte sich imaginären Dreck weg.

Håkon sprang auf den Zug auf. »Nee, alles okay, war nur Schnee«, antwortete er und trat hinter ihm hervor. Er versuchte, gelassen zu wirken und kam seiner Frau zuvor. »Ach, du bist auch hier? Wieder auf der Suche nach der nächsten Flasche?«

»Und was machst du hier, solltest du nicht …«

Magnus sprang in die Bresche. »Er hat mich beim Arzt getroffen. Ich habe ein bisschen Kopfschmerzen und bot ihm an, ihn mitzunehmen.« Er drückte Hedda zur Begrüßung und sah an ihr herunter. »Sag mal, hast du abgenommen?«

»Du Charmeur. Also, was hat Håkon angestellt, dass ich heute Komplimente bekommen muss?«

»Muss denn immer etwas sein? Magnus ist nur nett zu dir. Und was mich betrifft, ich interessiere mich nur für Kunst, so wie jeder anständige Mensch aus Odda mit einem Sinn für Kultur.«

»Der Joghurt im Kühlschrank hat mehr Kultur als du, was weißt du schon …«

Magnus stahl sich klammheimlich zwischen die anderen Besucher und wühlte sich auf der anderen Seite wieder raus. Dort stand ein roter Wohnwagen mit Verkaufsauslage.

Ein dicker Mann mit Schürze sortierte die Waren in seinem Sortiment und richtete zwei handschriftlich beschriebene Preisschildchen wieder auf, die umgekippt waren. Unter seinen Bewegungen wippte der Wagen und mit diesem die aufgehängten, getrockneten Fischköpfe.

Magnus warf einen Blick auf die Delikatessen. Es gab geräucherten Aal, dessen Haut bronzefarben leuchtete. Daneben lagen mehrere Reihen frischer Lachse, Barsche und feuerroter Krabben.

»Was darf's sein?«, fragte der Verkäufer mit rauer Stimme. Er wischte sich die Hände an der Schürze ab und lehnte sich über die Auslage, damit er die Bestellung über die Musik aus den Lautsprechern hören konnte.

»Haben Sie Fischfrikadellen?«

»Die gibt's immer bei uns.« Er drehte sich nach hinten und öffnete einen kleinen Ofen. Wasserdampf waberte nach oben und verteilte sich im Wagen.

»Mayo oder Senf?«

»Mayo bitte.«

Der Verkäufer bereitete einen Pappteller mit zwei Frikadellen vor, kleckste Soße dazu und schob ihn über die Theke.

Magnus bezahlte und ließ das Wechselgeld liegen. Er tunkte sein Essen in die Mayo und biss ab. Während er kaute, blickte er noch einmal über die Versammelten. Es gab nicht einen, den er nicht kannte. Scheinbar war Aydaleyn wirklich eine Einzelgängerin gewesen und hatte niemanden, der ihre Ehrenfeier besuchte. Oder ihre Leute hatten Angst und trauten sich nicht hierher. Schließlich war nicht einer der drei jungen Leute von *No way to Norway* hier.

Als ihn jemand an der Schulter berührte, sah er zur Seite.

Rygg stand neben ihm und grinste ihn an.

Magnus verschluckte sich und hustete.

»Na, eine Gräte erwischt? Kann bei guten Fischfrikadellen ja mal passieren«, sagte Rygg und wandte sich an den Verkäufer. »Gib mir zwei mit Senf im Brötchen.« Er öffnete sich den Mantel, löste seinen Gürtel und schob sich das weiße Hemd in die Hose. Als es korrekt saß, machte er den Gürtel wieder zu.

»Ich wusste nicht, dass Sie sich für Kunst interessieren, Herr Rygg.«

»Sehe ich so aus? Nein, das ist nicht mein Ding. Im Anschluss an den Mist hier habe ich ein Treffen mit dem Bürgermeister. Wir haben noch ein Projekt zu besprechen.«

»Hier, bitte sehr«, sagte der Verkäufer und stellte einen Pappteller bereit.

Rygg nahm sich das Brötchen und biss hinein. Der Senf quoll unten heraus und tropfte als dicker Klecks auf den Asphalt. »Gut, was?«, fragte er mit vollem Mund.

»Ja, man schmeckt die Muskatnuss heraus«, antwortete Magnus und wusste nicht, wie er mit ihm das besondere Thema besprechen sollte. Schließlich fragte man nicht jeden Tag einen Menschen, ob er ein Mörder war. »Diese Aydaleyn ist im Moment Stadtgespräch.«

»Sieht so aus, Herr Farstad. Wenn ich daran denke, dass mein Fisch vielleicht an ihrer Leiche vorbeigeschwommen ist, bevor man sie aus dem Wasser gezogen hat, bekommt das Essen einen ganz anderen Geschmack, was? Doch das ist nur Kopfkino, alles eine Sache der Einbildung. Wir vergraben jeden Tag unsere Toten, trinken vom Grundwasser und machen uns dann verrückt wegen eines einzigen Mädchens. Der Fisch landet trotzdem auf meinem Teller und das Leben geht weiter.«

Magnus kaute langsamer und starrte auf seine Frikadelle, die ihm plötzlich gar nicht mehr so munden wollte. Er stellte den Pappteller zurück und machte sich die Hände mit einer Serviette sauber. »Bislang steht ihre Identität noch nicht fest, im Internet gibt es nichts als Spekulationen, wer sie sein könnte.«

»Hab ich auch gelesen. Eine Menge Leute wurden befragt, keiner kennt ihren Namen. Wie hat sie Einstein genannt …?«

»Aydaleyn.«

»Von mir aus. Ist für mich nur ein weiterer toter Mensch.«

»Sie hatte ein Leben, vielleicht Familie, Vater, Mutter?«

»Haben alle anderen auch.« Rygg biss ein weiteres Stück ab und redete mit vollem Mund weiter. »Wir sind alle Futter für die Fische, für die Würmer und das ist gut so. Die Toten haben es hinter sich und das Leid ist mit den Lebenden. Der Unterschied liegt nur in der Perspektive. Wieso ist es in Ordnung, dass ein Mensch alt wird, unter Krankheit und Behinderung leidet und elend verreckt? Dafür werden keine Denkmäler errichtet, keine teuren Künstler angeheuert und keine Reden vom Bürgermeister geschwungen. Doch wenn ein junges Mädchen, welche die Gnade des Todes erfährt, ohne das Siechtum des Sterbens erleben zu müssen, abkratzt, dann kümmern wir uns plötzlich darum. Wissen Sie, woran das liegt?«

Magnus zuckte mit den Schultern. Mittlerweile kannte er die philosophischen Ausschweifungen dieses Mannes.

»Die Jugend, sie lässt sich gut verkaufen, hat den Rehaugeneffekt. Medien verdienen damit gutes Geld, Feiern werden abgehalten, Mahnwachen und das Internet ist voll damit. Und unterm Strich machen alle Geld. Was sind die Lebenden anderes als Fische und Würmer, die sich an den Toten auf die eine oder andere Weise laben? Für mich ist diese Skulptur nichts anderes als Heuchelei.«

»Das Problem ist, dass Sie ermordet wurde.«

»Dieses Gör hat's bestimmt verdient, denn wer anderen das Geschäft madigmacht, muss mit Konsequenzen rechnen.«

»Ich habe mir sagen lassen, dass sie militant gewesen sei und sich nicht gescheut habe, rabiate Mittel einzusetzen. Angeblich wurden auch die Jäger am Lilletopp schon von einer Gruppe namens *No way to Norway* belästigt. Die hätten dort Protestbleche an die Türen genagelt.«

Rygg lachte auf und biss ein weiteres Stück ab, gerade so groß, dass man ihn unter seinem Gemampfe noch verstehen konnte. »Jetzt, wo Sie es sagen, fällt's mir wieder ein. So ein paar Spinner hatten mal einen meiner Bagger mit Sprühfarbe verschandelt, da stand dieser Name auch drauf.«

»Was haben Sie unternommen?«

»Ich habe es beendet, so einfach ist das. Ich lasse mir nicht in die Parade fahren«, sagte er und schlang den letzten Bissen von seinem Imbiss hinunter.

Magnus wurde flau im Magen. Er wandte sich ab und blickte zur Einweihungsveranstaltung.

Zwei Fotografen standen vor dem Bürgermeister und machten Fotos von ihm und Einstein, wie sie neben der Skulptur standen und sich die Hand reichten.

»Kommen Sie doch mal bei mir vorbei, meine Haushälterin macht sehr gute Fischkopfsuppe. Dann können wir uns gerne weiter unterhalten, doch jetzt muss ich erst einmal zum Bürgermeister, sonst dampft er wieder ab, ohne dass ich ihn sprechen konnte«, sagte Rygg, klopfte Magnus etwas zu fest auf die Schulter und lief zum Bürgermeister hinüber.

Magnus schluckte. Hier ging es also tatsächlich um Einschüchterung. Er brauchte das Gutachten, den Deal, die Sicherheit für sein eigenes Leben. Doch wie sollte das gehen – einfach ins Rathaus hineinspazieren und die Unterlagen fordern? Vielleicht gab es da noch eine andere Lösung. Er lockerte sich den Kragen, doch das Gefühl, dass sich eine Schlinge um seinen Hals festzog, konnte er dadurch nicht lindern.

*

Schneeflocken fielen vom dunklen Abendhimmel auf das Satteldach von Murats Haus, ein rostroter Bungalow mit Holzfassade. Licht strahlte aus den Fenstern, die zur

Straße hinaus blickten, und ließ die weiß gestrichenen Rahmen gelblich wirken.

Das Knattern eines Mofas, das sich den kleinen Hang hinauf quälte, dröhnte laut in der Häuserzeile, die von Kiefern mit weit ausladenden Ästen gesäumt wurde.

Magnus stand an seinem Kofferraum und schob den Rucksack mit Wandersachen beiseite, um an die Box mit den Weinflaschen zu gelangen. Es waren Geschenke von Kunden wie Frau Kristiansen, die bei fast jedem Besuch eine mitbrachte. Natürlich waren es Wanderpokale, die jeder von einem Besucher erhielt und unberührt sowie ungeniert an andere weiterschenkte. Und in dieser Tradition griff er sich eine heraus. Es war ein Spätburgunder, Jahrgang 2010. Ein Glück, dass weder Medina noch Murat die muslimischen Vorschriften mit Alkohol ernst nahmen, sonst hätte er tatsächlich zum Supermarkt fahren und sich Mühe mit dem Gastgeschenk geben müssen.

Er machte den Kofferraum zu und zog die Schultern gegen die Kälte hoch. Um seinen Hals zu schützen, zog er den Mantelkragen über seine Nase.

Magnus lief über die Veranda zur Tür und klopfte an.

Murat öffnete. Er trug einen schwarzen, eng geschnittenen Anzug, der seine durchtrainierte Figur besonders an seinen Oberarmen betonte. Es wirkte, als sei das Sakko eingelaufen, was nicht von gutem Geschmack zeugte.

»Hi Bro«, sagte Murat und ließ ihn eintreten. Sein Lächeln sah gezwungen aus und er wirkte nervös.

»Ich habe euch Wein mitgebracht; war eine lange Suche, bis ich den passenden gefunden habe«, improvisierte er, um sein Mitbringsel aufzuplustern.

»Danke, doch wir lassen den lieber verschwinden, Tante Leyla ist da eher traditionell.«

»Ist sie schon da?«

»Nein, sie kommt erst in einer halben Stunde. Du kannst ja schon mal ablegen. Fühl dich wie zu Hause, das Bad ist gegenüber vom Schlafzimmer, komm einfach in die Wohnküche, wenn du fertig bist. Ach, bevor ich es vergesse, bei uns musst du die Schuhe ausziehen.«

Magnus legte ab und richtete sich das Hemd. Bereits in der Diele roch es herrlich nach Kreuzkümmel und gebratenem Fleisch.

Als er die Wohnküche betrat, hatte er das Gefühl, dass er mitten in einem Besser-Wohnen-Magazin stand. Trotz der geringen Größe des Raums waren Wohn- und Essbereich mit halbhohen Bücherregalen voneinander abgetrennt. Auf Ess- und Wohnzimmertisch brannten Kerzen und tauchten die weißen Möbel mit kaffeebraunen Blenden in goldenes Licht. Selbst die cremefarbenen Vasen mit weißen Lilien sahen in diesem Licht nicht mehr ganz so geschmacklos aus.

»Willkommen, Magnus«, grüßte Medina, was aus ihrem Mund gestelzt klang. Sie stand mit einer Schürze über ihrem schwarzen, geschlossenen Kleid am Herd und rührte in einem der Töpfe.

Murat stand daneben, hatte sich die Krawatte über die Schulter geschwungen und richtete eine Vorspeisenplatte mit Häppchen an.

Magnus setzte sich an den gedeckten Tisch und nahm sich vom Wasser, das bereitstand.

»Da hast du was angerichtet«, sagte Medina und schob die Pfanne mit heißem Fett vom Herd. »Grethe hat sich nach deiner Aktion von gestern nicht blicken lassen, daher war ich alleine in der Bank. Mir qualmt jetzt noch der Kopf. Ich habe mit ihr gechattet, ob sie morgen nicht wiederkommen könnte. Sie meinte, dass sie erst wiederkommt, wenn du dich persönlich bei ihr entschuldigst, das volle Sorry-Programm.«

»Das geht nicht. Wir schaffen das auch ohne sie«, erwiderte Magnus barsch.

Für einen Moment strauchelte er selbst über seinen Ton, doch der Satz war nun einmal raus, es gab kein Zurück.

Medina verengte die Augen zu Schlitzen. Es war ihr anzumerken, dass sie damit rang, ihm Paroli bieten zu wollen, es aber neben Murat, ihrem Freund, nicht tun konnte, ohne die professionelle Distanz zu ihrem Chef fallen zu lassen.

Murat stellte eine Silberplatte mit Gemüsesticks und Hüttenkäse bereit. »Bedien dich, Bro, das Beste …«, begann er.

Es klingelte an der Tür.

Murats Gesichtsausdruck bekam etwas Ernstes. Er lief zur Garderobe.

Medina blickte ihm nach und wandte sich im Flüsterton an Magnus. »Wir müssen aufpassen, ok?«

Magnus hob abwehrend die Hände. »Schon gut«, antwortete er.

Murat kam zurück in die Küche, im Schlepptau eine kleine Frau. Über ihrem dünnen, beigefarbenen Mantel trug sie ein grünes Seidenkopftuch, dessen Schlaufen sie sich modern wie einen Seidenschal um den Hals gewickelt hatte. Trotz ein paar kleiner Falten wirkten ihre Augen wach und voller Energie. Sie taxierte kurz die Einrichtung, dann Magnus und umarmte danach Medina, die bereits freudig auf sie zukam.

»Tante Leylosch«, sagte sie. »Schön, dass du da bist. Wie war die Fahrt?«

»Am Anfang gut, danach eher schlecht«, antwortete Tante Leyla und sah Murat griesgrämig an. »Ich sehe, dass ihr einen Gast habt, stellt man denn hier in Odda die Leute einander nicht vor?«

Murat winkte Magnus heran. »Das ist mein Freund Magnus Farstad. Ihm gehört die Bank im Ort, wir machen öfter Geschäfte zusammen«, sagte Murat, der seinen Worten eine Schärfe verlieh, als würde er einen Pfeil auf Leyla abfeuern.

Sie sah Magnus für zwei Sekunden von unten bis oben an.

Magnus begegnete ihrem Blick. Er erkannte einen Wolf, wenn er einen sah, und diese Frau war einer. Ihre Präsenz strahlte Selbstsicherheit und Agilität aus, als würde sie nur darauf warten, das schwächste Schaf in der Herde zu reißen. Es war nur ein kleiner Moment, in dem Magnus sich mit ihr maß, dann löste sich die Spannung. »Eine Bank, nicht schlecht. Endlich mal jemand, den Murat nicht in diesen elenden Box- und Wettclubs aufgelesen hat. Was machen Sie ausgerechnet in Odda?«

»Ich nehme Geld von den Ahnungslosen«, sagte Magnus unumwunden. Er wusste, dass sie seine Schlagfertigkeit prüfte, und wenn er jetzt nicht punktete, nützte er Murat gar nichts.

In der darauffolgenden Stille verkroch sich Murats Gesichtsfarbe. Als die Spannung ihren Höhepunkt erreicht hatte, schenkte Leyla ihm ein halbes Lächeln.

»Ich mag deinen Freund. Er ist nicht auf den Mund gefallen.«

Murat atmete sichtlich durch. »Siehst du, ich hab dir doch gesagt, dass ich mich hier wieder aufbaue. Setzt euch, chillt, das Essen ist schon fertig. Es gibt Köfte mit Bulgur und gegrillte grüne Spitzpaprika.«

Magnus wartete, bis Leyla sich gesetzt hatte, dann nahm er ihr gegenüber Platz. »Ich dachte, Sie heißen Leyla und nicht Leylosch?«

»Das ist die Koseform davon. Meine Freunde nennen mich Leylosch, Murat darf mich Leyla nennen.«

»Sie kommen also aus Bergen?«

»Ja, Medinas Verwandtschaft lebt zum größten Teil dort. Ich habe drei Restaurants betrieben, dank Murat sind es nur noch zwei. Der Mann hat nur zwei Gehirnzellen, zum Glück sind es ausgerechnet die, die man zum Geradeausgehen und für dumme Sprüche braucht.«

Magnus war überrascht von ihrer Art. Ihr Norwegisch war perfekt und sie nahm kein Blatt vor den Mund. So langsam begriff er, wieso Medina behauptete, dass Murat mal von ihr geschlagen worden war.

Medina stellte zwei Schüsseln mit Bulgur und Hackfleischbällchen neben einen Suppenteller mit Joghurt.

Während Medina das Essen auf die Teller verteilte, nahm sich Leyla ein Bällchen und probierte. »Ihr habt hier wohl keine guten Gewürze, was?«

Medina zuckte mit den Schultern. »Hier ist eben nicht Bergen, wo es auch türkische Lebensmittelläden gibt. Wie geht es meinem Onkel Serkan?«

»Der hat zurzeit Besuch aus der Türkei, Vetter Hasan und seine Familie sind da, für zwei Wochen. Sie lassen dich schön grüßen und fragen, wieso du nicht vorbeikommst?«

»Ich habe hier zu tun«, erwiderte Medina. »Ich habe meinen Job und helfe Murat bei der Buchhaltung für die Bar.«

»Das sieht dir wieder ähnlich, Murat, ohne die anderen bringst du nichts zustande.«

»Wenn andere sich nicht ständig einmischten, wäre es nie so weit gekommen, Tante Leylosch«, erwiderte er ungehalten.

»Für dich immer noch Leyla. Und ich habe getan, was nötig war.«

»Ich wollte keine Investitionen in eine neue Fassade und Gastraumausstattung stecken, das hatte ich dir auch gesagt. Letztlich haben mir diese Ausgaben, die du beauftragt hast, das Genick gebrochen!«

»So siehst du das also? Ich denke, dass es eher die Sportwetten waren, die dich reingeritten haben. Du hast die Gewinne verspielt, bis es nur noch Schulden gab.«

»Ich habe vielleicht ein- oder zweimal verloren, das kann jedem passieren.«

»Du hast bei den falschen Leuten *ein- oder zweimal* verloren. Sei froh, dass sie dir nicht die Beine gebrochen haben. Letztlich bin ich für deine Schulden aufgekommen, ist dir das klar?«

»Du bekommst jeden Monat eine Überweisung von mir, also genau genommen zahle ich das ab.«

»Nachdem ich das Restaurant verkaufen musste, willst du mir erzählen, dass du die Schulden bezahlst? Eine Bar in Odda? Ist das der große Plan, von dem du immer lauthals gesprochen hast?«

»Lass meinen Plan meine Sache sein, du bekommst doch dein Geld, oder nicht? Außerdem habe ich das alles durchdacht, ist kein großes Ding.«

»Wenn du nicht mit meiner Nichte zusammen wärst, hätte ich zugelassen, dass sie dir die Beine brechen. Vielleicht wärst du dann zur Vernunft gekommen. Und lass das Denken sein, sonst tust du deinem hübschen Kopf noch weh.«

Murat mahlte mit den Kiefern. »Willst du etwa sagen, ich sei dumm?« In seiner Stimme klang ein Schmerz mit, der vom Leben eines gehänselten Kindes herzurühren schien.

Leyla wurde schmallippig und lehnte sich über den Tisch. »Das habe ich nicht gesagt, doch es ist seltsam, dass du von selbst darauf kommst«, erwiderte sie und wandte sich an Magnus. »Wissen Sie, Herr Farstad, was ein inklusives Schulsystem ist?«

Magnus wünschte sich, zu verschwinden, sich wegzuducken oder im Boden versinken zu können. Die Spannung zwischen den beiden war bereits so groß, dass sie eine eigene Postleitzahl brauchte.

»Nehmen wir an, es gäbe einen dummen Jungen, den die Gesellschaft nicht benachteiligen will. Dieser käme dann in eine normale Klasse mit normalen Kindern und würde gemeinsam mit ihnen die Schule erleben, wobei er selbst einem eigenen, sagen wir mal, simpleren Lehrplan folgt.« Die Art, wie sie ihren Blick langsam von Magnus abwandte und auf Murat verweilen ließ, hatte etwas Sadistisches.

Murats Messer quietschte grausam über seinen Teller, während er sein Fleisch zerteilte. Seine Knöchel traten weiß hervor und knackten laut, weil er sein Besteck so fest hielt, als wolle er das Leben daraus pressen.

Medina fasste ihn sanft am Arm und warf ihrer Tante einen tadelnden Blick zu. »Hast du nicht gesagt, dass du in Frieden kommst, um mich zu sehen? Soll das mit den Streitereien immer so weiterlaufen? Wir sind nicht aus Bergen hierhergekommen, damit es wieder genauso läuft wie vorher.«

Trotz sanfter Stimme haftete ihren Worten ein gewisser Nachdruck an.

»Ich habe einen Plan, Tante Leyla, und ich werde ihn durchziehen«, sagte Murat.

»Zieh ihn durch und lass dir auch gleich einen Sattel aufziehen, du Sohn eines Esels.«

»Esel sind wie Pferde, nur mit Charakter«, erwiderte Murat.

Leyla schüttelte den Kopf und sah zu Magnus. »Wenn dieser Bursche nicht einmal leugnet, ein Esel zu sein, wie kann er dann jemals eine Familie ernähren? Herr Farstad, vielleicht können Sie ihm ja erklären, wie ein Mann eine

Familie halten können soll, wenn er nicht einmal sein Geld halten kann.«

»In Sachen Familie bin ich kein Experte, ich bin Single.«

»Sie sind Single? Die Tochter meines Nachbarn ist noch zu haben, sie ist hübsch und kann gut kochen. Ich kann sie Ihnen vorstellen.«

»Tante Leylosch«, zischte Medina, die rot angelaufen war, »du kannst doch nicht meinen Chef verkuppeln. Vielleicht ist ihm das peinlich?«

»Männer haben auch Bedürfnisse und Herr Farstad scheint mir ein direkter Typ zu sein, der schon sagt, wenn ihm etwas nicht passt oder sehen Sie das anders?«

»Schuhgröße 50 passt mir nicht«, antwortete Magnus flapsig und versuchte, das Ganze in eine witzige Richtung zu drehen, denn tatsächlich passte es ihm nicht, wohin das Gespräch führte.

Leyla schmunzelte und studierte seine Miene. »Dieser Mann würde viel besser zu dir passen, Medina. Er hat Erfolg, sieht gut aus und besitzt Intelligenz.«

Magnus versteifte sich. Für einen Moment hielt er inne. Genau diese Richtung hatte er vermeiden wollen. Jetzt galt es, eine gute Ablenkung zu schaffen und sich aus diesen Klippen herauszumanövrieren. »Man sagt, dass Banker sogar die eigene Mutter verkaufen würden, wenn der Preis stimmt. Medina tut gut daran, auf Murat zu setzen. Im Moment berate ich ihn zu seinem Finanzplan, und ich muss zugeben, dass er solide aussieht.« Der Wechsel war etwas abrupt, doch vielleicht klappte es ja.

»Ist das so?«, wollte Leyla wissen und machte eine skeptische Miene.

»Ja. Am Anfang habe ich noch ein paar Tipps gegeben, doch das ist bei all meinen Geschäftspartnern so, daher lassen sie sich ja auch von mir beraten. Wenn Sie wollen, kann ich mir auch Ihre Finanzen mal anschauen, es gibt immer Optimierungsmöglichkeiten.«

Murat sah ihn von der Seite an und trug ein Lächeln zur Schau, das sagte, *mach weiter so, gib's ihr, hau sie in die Pfanne*!

Leyla kniff das rechte Auge zusammen und kaute auf ihrem Fleisch herum. Entweder schmeckte es ihr nicht oder sie kam nicht damit klar, dass ihr Prügelknabe sich augenscheinlich rehabilitierte.

»Vielleicht tut es ihm gut, in diesem kleinen Nest zu sein. Scheint so, als wäre er in besserer Gesellschaft als in Bergen. Sagen Sie, Herr Farstad, stammen Sie von hier?«

»Ja.«

»Und Ihre Eltern, sind die auch von hier?«

Magnus stopfte sich ein extra großes Stück Fleischkloß in den Mund. Das Kauen verschaffte ihm auf natürliche Weise Zeit, darüber nachzudenken, was er sagen wollte. Er hasste Fragen zu seiner Vergangenheit. »Nur meine Mutter. Mein Vater stammt von außerhalb.«

»Besuchen Sie sie oft?«

»Sie sind tot«, antwortete er unumwunden.

»Was? Was ist passiert?«

Magnus versuchte, den dicken Bissen herunterzuschlucken, dabei geriet ihm etwas in die Luftröhre und er musste husten.

Murat schnellte hoch und schlug ihm auf den Rücken, was rein gar nichts nutzte.

Medina reichte ihm ihr Wasserglas und Magnus trank hastig. Danach hob er die Hand und wies Murat an, aufzuhören.

Er lockerte sich den Kragen und holte in tiefen Atemzügen Luft. »Es geht schon wieder, ist gut«, krächzte er.

Während er sich erholte, wechselte Leyla das Thema und erzählte von einer Verwandten, deren Tochter in der Heimat endlich geheiratet und somit die Familienehre bewahrt habe.

*

Einzelne Schneeflocken rieselten aus dem dunklen Nachthimmel und fielen auf Murats breite Schultern. Er stand lässig mit einer Hand in der Hosentasche da und zog an seiner Zigarette. Der Rauch waberte über den kleinen Hof hinaus auf die menschenleere Straße.

Magnus suchte in seiner Manteltasche nach seinem Schlüsselbund, um das Auto zu entriegeln. Er war froh darüber, den Abend mit der sehr neugierigen Tante Leyla endlich hinter sich gebracht zu haben.

»Gut, dass die Bitch im Hotel übernachtet. Wäre sie noch länger geblieben, hätte es einen Unfall gegeben. Meine Faust auf ihrem Gesicht und so. Und übrigens … danke, Bro«, sagte Murat, während er Rauch ausblies. »Das mit dem Finanzplan, ist dir das einfach so eingefallen?«

»Ja, das war kein Problem.«

»Ohne dich wäre ich heute wieder der Staatsfeind Nummer eins in meiner Heimat, denn Leyla ist voll die Lästerqueen. Die ist total fordernd und mischt sich in Sachen ein, die sie nichts angehen.«

»Denkst du wirklich, dass du diese Schulden zurückzahlen kannst?«

Murat rieb sich die Kälte aus den Schultern. »Ehrlich? Nein, das ist einfach zu viel Geld. Ich zahle, so viel ich kann, für den Rest hoffe ich, dass sie vielleicht irgendwann abkratzt.«

Magnus schmunzelte. »Das Böse lebt ewig. Vielleicht kommst du wirklich mal wegen eines Finanzplans zu mir. Und wenn ich dir den ersten Rat als dein Finanzberater geben darf, halt dich von diesem Rygg fern, werde nicht zu seinem Alltagsmanager.«

»Bleib mal locker, ich kenne die Gerüchte um diesen Typ. Er braucht Leute, die Sachen holen und bringen, das ist alles.«

»Und rein zufällig ist es von Vorteil, wenn man Boxer ist? Du weißt nicht, worauf du dich einlässt.«

»Ich weiß, was ich tue, das geht schon klar.«

»Bis du merkst, dass ein Mann wie Rygg dein Leben zerstört, sitzt du längst im Knast für etwas, das du selbst gar nicht tun wolltest. Lass es lieber sein.«

Murats rechtes Auge zuckte. »Fängst du auch schon damit an? Willst du mir auch erklären, was ich kann und was nicht?«

Magnus hob abwehrend die Hände. »Nein, du verstehst mich falsch.«

»Machst du dich über mich lustig?« Murats Tonfall war angriffslustig. Er baute sich vor Magnus auf und starrte auf ihn herunter.

Magnus war irritiert. Dieser Mann hatte ein Aggressionsproblem und einen Minderwertigkeitskomplex, der größer als er selbst war. »Ich … so habe ich das nicht gemeint, ehrlich.«

»Ehrlichkeit bei einem Menschen, dem das Lügen so leichtfällt, dass er nicht einmal rot dabei wird?« Er steckte sich die Zigarette in den Mund, lockerte kurz die Schultern und schlug zu.

Magnus nahm für einen Sekundenbruchteil einen Schatten wahr, der auf sein Gesicht zuraste. Dann fiel er gegen sein Auto und rutschte zu Boden. Für einen Moment hatte er keine Kontrolle über seine Beine, die sich wie Pudding anfühlten. Mehrere Herzschläge lang blinzelte er Lichtpunkte aus seinem Gesichtsfeld, die wie ein Rahmen aus Sternen seine Welt einfassten. Danach kam der Schmerz, der heiß um sein Auge brannte.

»Ich weiß, dass du es warst, der mein Auto zerkratzt hat.« Murats Stimme klang gefühllos. Er warf ihm ein Messer zwischen die Beine.

Magnus zuckte kurz und hielt sich das Auge. Mit dem anderen erkannte er den Griff wieder. Es war das Messer, mit dem er den Autoreifen aufgeschlitzt hatte. »Wie …?«

»Wie ich da rangekommen bin? Weißt du nicht mehr, dass du mich von der Bürgerehrung nach Hause gefahren hast? Ich saß hinten und habe es im Fußraum gefunden. Da das fehlende Bruchstück in meinem Reifen klemmte, wusste ich, dass du es warst. Ist das dafür, dass ich Håkon vor einem Monat besoffen aus der Bar geworfen habe?«

Magnus überlegte, was er antworten sollte. Er konnte Murat schlecht sagen, dass er ihn für einen Sadisten gehalten hatte, der Menschen in Stücke schnitt und die Teile als Pakete verschickte. Denn welcher Mann wollte so etwas hören, der Komplexe wegen seiner Intelligenz hatte? »Ähm, ja, genau, weil du ihn aus der Bar geworfen hast. Sind wir jetzt quitt?«

»Ja, das sind wir. Du kannst trotzdem in meine Bar kommen, ich brauche dein Geld.« Murat zog ein letztes Mal an seiner Zigarette, schnippte sie weg und ging zurück ins Haus.

Magnus rappelte sich langsam hoch. Er fühlte sich noch etwas wackelig, doch es reichte, um ins Auto zu steigen. Im Rückspiegel sah er schon die wachsende Schwellung am Jochbein. Das würde morgen ein blaues Auge geben.

Als er die Straße hinter sich gelassen hatte, fühlte er sich zu aufgewühlt, um nach Hause zu fahren. Stattdessen steuerte er die Überlandstraße Richtung Ullensvang an. Die körperlichen Schmerzen waren eine Sache, doch die Fragen über seine Vergangenheit, die ihm in seiner aktuellen Gemütslage an die Nieren gingen, eine andere.

*

Die Ruhe im Auto hatte ihm geholfen, sich wieder zu fassen. Als er sich besser fühlte, hatte er gewendet und war zurückgefahren. Mittlerweile pochte sein Auge nur noch und strahlte nicht mehr messerscharfe Schmerzspitzen aus, wenn er es zusammenkniff, um auf der verschneiten, nächtlichen Straße etwas zu erkennen.

Wo das Licht des BMW die Fahrbahn erreichte, schälte sich das Leuchten von Katzenaugen auf Leitpfosten aus der Dunkelheit. Das Weiß ihrer Schäfte kontrastierte mit den Bäumen, die wie schwarze Schatten die Straße säumten. Ihre Äste und Zweige ragten von beiden Seiten in einiger Höhe über die Fahrbahn und reichten fast zu einem Dach zusammen.

Alle zwei Sekunden schossen die Scheibenwischer hoch, ein Rhythmus, der hypnotisch wirkte. Heizungsluft blies aus dem Raum, wo die Pedale waren, nach oben und wärmte die Fahrgastzelle.

Magnus blinzelte und wachte eine Sekunde später wieder auf. Erschreckt stellte er fest, dass er kurz weggedämmert war.

Er ließ das Fenster einen Spalt herunter, um seine Sinne wieder wach zu bekommen. Eiskalte Luft strömte durch das Fenster und Schneeflocken, so dick wie Murmeln, fielen ihm auf das linke Bein, wo sie auf seiner Bundfaltenhose schmolzen. Er machte das Fenster wieder zu und drehte am Regler seiner Musikanlage, in der Hoffnung, einen möglichst schlechten Song zu finden, der ihn wachhalten würde. *Beethovens Neunte* dröhnte durch seine Boxen – das musste der Klassiksender sein. Zu beruhigend, zu ausgeglichen. Der nächste sendete einen Oldie, *California Dreamin*. Das würde auch nicht reichen. Gab es denn keinen langweiligen Popsong von irgendeiner Band für pickelige Teenager? Wo waren die schlechten Songs, wenn man sie brauchte?

Ein Hupen riss ihn aus seinen Gedanken.

Magnus hatte nicht gemerkt, dass er beim Durchsuchen der Sender langsamer gefahren war. Er beschleunigte wieder und setzte sich in eine unangenehme Position, um wach zu bleiben. Der Lichtkegel seines Wagens reichte bis zur Hälfte der Brücke, über die er fuhr.

Der Fahrer hinter ihm blendete auf.

Magnus sah in den Rückspiegel und ärgerte sich über den Raser. »Überhol doch, du Selbstmörder, die Feuerwehr schneidet dich gerne aus deinem Wagen«, murmelte er und lenkte seinen Wagen an den Rand der Straße, um dem anderen mehr Platz zum Vorbeiziehen zu lassen.

Doch statt zu überholen, blendete der Wagen erneut auf.

»So ein Idiot!« Magnus ließ die Scheibe herunter, streckte seinen Arm in den Schneefall und winkte seinem Hintermann, zu überholen. Als er ihn zurück ins Auto zog, war er voller Schnee.

Der Wagen hinter ihm beschleunigte und gab ihm einen leichten Schubs. Kunststoff knirschte und Magnus musste das Lenkrad mit beiden Händen festhalten, um nicht im Graben zu landen.

Der Wagen gewann ein paar Meter Abstand, beschleunigte und rammte ihn wieder.

Schlagartig waren alle Sinne hellwach, als ihm das Adrenalin bis in die Fingerspitzen schoss. Das war kein Zufall, kein Unfall, jemand versuchte, ihn fertigzumachen.

Wieder wurde sein BMW gerammt.

Magnus versuchte, die Spur zu halten und erhaschte einen Blick durch den Rückspiegel. Das Chrom eines großen Stoßfängers, das an der mächtigen Motorhaube eines Geländewagens hing, blitzte dicht hinter seinem Kofferraum auf. Das Fernlicht seines Hintermanns leuchtete den Innenraum seines Wagens aus, als hätte jemand eine Signalfackel ins Auto geworfen.

»Was willst du von mir?!«, brüllte Magnus und beschleunigte. Er kannte die Strecke und wusste, wie kurvig sie war. Obwohl sein SUV einen großen Motor hatte, konnte er bei der verschneiten Fahrbahn nicht riskieren, zu schnell zu fahren.

Für einen Moment blieb der Verfolger zurück, nur um nach der nächsten Kurve wieder aufzuholen.

Magnus griff in Panik nach seinem Handy, das auf der Konsole lag. Nach einem weiteren Stoß von hinten fiel ihm das Telefon zwischen die Beine in den Fußraum. »Verdammt!«

Im Rückspiegel sah er, wie der Wagen wieder beschleunigte. Also drückte er selbst aufs Gas. Der Motor heulte auf und drückte ihn in den Fahrersitz.

In der nächsten Kurve verringerte Magnus die Geschwindigkeit und hoffte, dass er nicht von der Fahrbahn flog. Für eine Sekunde verlor er die Bodenhaftung und schlitterte über den Fahrbahnrand. Die Reifen gruben sich durch ein Bett aus Kieselsteinen, die aufgewirbelt wurden und klappernd in den Radkasten schlugen.

Zweige prallten gegen die Scheibe, Tannenzapfen lösten sich und flogen durch die Aufprallwucht in die Dunkelheit außerhalb der Straße davon.

Magnus lenkte instinktiv gegen und schaffte es, das Auto wieder unter seine Kontrolle zu bringen. Er steuerte wieder zurück auf seine Seite der Fahrbahn und drückte aufs Gas.

Der Verfolger blendete mehrfach auf.

Magnus war fassungslos über die Gewalt, die man ihm antat. Es war ein Angriff auf sein Leben, seine Gesundheit, seine Unversehrtheit. Panisch griffen seine Finger unter den Sitz, wo er die Pistole abgelegt hatte, doch sie bekamen die Waffe nicht zu fassen.

Ein Blick in den Rückspiegel verriet ihm, dass sein Verfolger aufholte. Kurz darauf wurde er erneut gerammt.

Magnus gab alle Sicherheit auf und drückte das Gaspedal durch. Der Wagen machte einen Satz und gewann zunehmend Abstand zum Hintermann. Magnus' Herz hämmerte in seiner Brust, während sich der Refrain von *California Dreamin* wild in seinen Schädel stanzte. Ein Teil von ihm wollte das Radio ausschalten, doch der Teil, der ums Überleben kämpfte, sperrte sich dagegen, die Hände vom Steuer wegzubewegen.

Magnus fuhr mehrere Kurven. Das Antiblockiersystem ratterte wie ein Maschinengewehr in kurzen Stößen im Unterboden des Fahrzeugs, als das Heck einmal kurz ausbrach. Danach gab er auf einer langen Geraden noch einmal Gas. In etwa 100 Metern war eine Kreuzung, an der die Ampel gerade auf Gelb sprang. Sein Fuß wollte aus Gewohnheit auf die Bremse, doch seine Angst nahm die Gefahr eines Unfalls in Kauf.

Kurz bevor er über die Kreuzung preschte, schloss er die Augen und bereitete sich auf einen Aufprall von links oder von rechts vor – auf das Platzen der Scheiben und darauf, herumgeschleudert und aufs Dach geworfen zu werden.

Doch nichts von alldem geschah.

Als er auf der linken Seite bereits die orangefarbenen Lichter der Häuser Oddas entdeckte, schaute er noch einmal in den Rückspiegel.

Sein Widersacher war nicht mehr zu sehen.

Dennoch fuhr er zu schnell in den Ort, bretterte über eine rote Ampel und nahm einem anderen Auto die Vorfahrt. Magnus registrierte nur am Rande seines Bewusstseins das Hupen des verärgerten Fahrers und fuhr in einen Hinterhof. Er machte die Lichter und das Radio aus, suchte noch einmal nach der Waffe, diesmal mit Erfolg, und kauerte sich hinter das Lenkrad. Im Rückspiegel strahlten nur die gelben Lichter der Laternen, die eine ruhige, nächtliche Straße beleuchteten.

Magnus war schweißnass und atmete in kurzen Stößen. Er wusste nicht, ob Sekunden, Minuten oder Stunden vergingen, doch jedes der vereinzelten Autos, das vorbeifuhr, bescherte ihm fast einen Herzanfall.

Nach einer Weile wagte er es, nach seinem Handy zu greifen, das zwischen seinen Füßen gelandet war. Als er es in der Hand hielt, wollte ihm die einfachste Nummer der Welt, 112, nicht einfallen. Er wählte Nullen und Dreier und begriff nicht, wieso sein Gehirn so blockiert war. Er legte es zur Seite und atmete durch. In seinem Kopf spukte *California Dreamin* herum und in seinem Innersten zitterte er wie Espenlaub. Er brauchte Hilfe, doch was würde ihm die Polizei nützen? Er hatte eine Waffe bei sich, wahrscheinlich würden sie ihn festnehmen, wenn sie diese fanden. Er lehnte seine Stirn gegen das Lenkrad und versuchte, sich wieder zu sammeln. Hier stehen zu bleiben, hatte keinen Sinn, denn der Besitzer des Grundstücks, auf dem er parkte, könnte sich wundern, was der fremde Wagen in seinem Hof suchte. Außerdem pochte sein Auge noch immer und brauchte dringend einen Kühlbeutel.

»Ich liebe Murat, Tante Leylosch, wir gehören zusammen.«
»Liebe ist eine Krankheit, so wie Armut eine ist – beides macht unsere Familie schwach. Nimm dir einen anderen, Medina.«
»Ist mir egal, was du denkst. Ich werde mit ihm nach Odda gehen.«
»Na gut, dann lass mich ihm noch schnell mein neues Nudelholz zeigen.«

Leyla Karafatma, kurz vor ihrer ersten Nacht in Untersuchungshaft

15 Geisterleuchten

Marits Hände schmerzten und ihr Nacken fühlte sich wie heißes Blei an. Sie schlug immer wieder mit dem improvisierten Keil aus einem Stuhlbein auf die Metallstange ein, die sie aus dem Bettgestell herausgebrochen hatte und mit der sie den Mörtel in den Fugen der Wand bearbeitete. Ob eine Stunde, zwei oder bereits ein halber Tag vergangen war, seit sie die Stemmarbeiten an der Backsteinwand begonnen hatte, wusste sie nicht einzuschätzen. Und sie hatte nicht damit gerechnet, dass es so schwer sein würde, auf Kopfhöhe solch eine Arbeit zu beginnen. Doch sie hatte keine Wahl. Wahrscheinlich befand sie sich in einem Keller und wenn dem so war, musste sie möglichst hoch ansetzen, um nicht auf das Erdreich zu treffen. Wenn es ihr gelang, auch nur einen der Backsteine zu lösen, dann wäre ein Hilferuf möglich, Tageslicht, Frischluft oder einfach nur ein Ausblick, um sicherzugehen, dass es die Welt da draußen überhaupt noch gab.

Sie wischte sich mit dem Ärmel ihrer Jacke den Staub von der schweißnassen Stirn und senkte die Arme, die fast taub waren. Ein Fehler. Ihre Schultern brannten wie Tausend heiße Nadeln. Auch der Nacken meldete sich zu Wort, da die Muskeln sich nur schwer an die alte Position der Arme gewöhnen wollten.

Bei der Betrachtung ihres Werks lächelte sie gequält. Auf einer Länge von zehn Zentimetern hatte sie sich einen halben Finger tief in den Mörtel durchgearbeitet. Der geringe Fortschritt war fast niederschmetternd, doch es war alles besser, als sich untätig dem Schicksal zu ergeben.

Als sie ihr improvisiertes Werkzeug ablegte, wollten ihre Finger sich nur mit Widerwillen davon lösen. Auf der Innenseite ihrer Hände erblühten rote Schwielen, die empfindlich schmerzten. Sie drehte sich zum Wassereimer, der auf dem Schreibtisch stand. Er war wieder fast voll. Sie blies den Staub von ihren Händen und steckte sie ins Wasser. Die Kühle linderte die Schmerzen, verringerte sie auf ein erträgliches Maß und hinterließ ein Wummern.

Die Decke an der Scheibe hatte sich ein Stück gelöst, eine Ecke war vom Stuhlturm gerutscht. Zum Glück war die Lücke nicht so groß, dass die Kamera ihre Arbeit filmen konnte. Marit drapierte ihren Sichtschutz wieder so, dass sie einen möglichst großen Bereich vor der Überwachung verbarg und lehnte sich an den Schreibtisch.

Sie erinnerte sich, dass sie vor zwei Wochen eine Erkältung gehabt hatte. Sieben Tage zu Hause waren die Hölle gewesen – zumindest gefühlt. Wie dumm dieser Gedanke doch war. Es hatte jeden Tag Fisch- und Hühnersuppe mit Nudeln gegeben, ein Essen, das ihr jetzt wie ein königliches Mahl vorkam.

Marit vermisste ihren Freund, den sie erst seit drei Monaten kannte. Sie hatten sich auf einer Party kennengelernt, als er sturzbetrunken einen Klapptisch mit Gläsern unter sich begraben hatte. Eine Scherbe hatte seine Hand verletzt und Marit hatte sie verbunden. Dabei waren sich ihre Blicke begegnet. Das Grün seiner Augen war so hell wie Jade gewesen und hatte sie dermaßen in seinen Bann gezogen, dass sie ihm verfallen war. Obwohl er nach Bier gestunken hatte und sie ihn auf keinen Fall an dem Abend küssen wollte, war ihr klar gewesen, dass er etwas Besonderes war. Er gab ihr das Gefühl, dass sie mit ihm alles erreichen und aus dem Leben ausbrechen konnte, das sie schon so lange satthatte. Doch all das kam ihr so entfernt vor, als spiele sich das alles auf dem Gipfel eines

Berges ab, den sie nie erklimmen konnte, während sie hier unten der Willkür eines kranken Menschen ausgeliefert war.

Ein Geräusch riss sie aus ihrer Betrachtung.

Ein weiterer Beutel, zusammen mit einem neuen Kunststoffeimer, wurde abgeseilt.

Sie eilte zum Schacht. »Hallo, Sie da, bitte reden Sie mit mir. Wieso bin ich hier, was erwarten Sie von mir?!«

Die Klappe ging zu, dann herrschte wieder Stille.

Marit ballte die Fäuste, ignorierte die Schmerzen für eine Weile und ließ wieder locker.

Sie packte den Leinenbeutel aus und entdeckte geräucherten Aal mit Schwarzbrot. Ohne weiter nachzudenken, verschlang sie die karge Mahlzeit. Jeder Bissen war trocken wie Staub und musste sich am Frustkloß in ihrem Hals vorbeikämpfen.

Als sie fertig war, trank sie noch einen Schluck Wasser und kühlte erneut ihre wunden Hände. Das würde Blasen geben, so viel war sicher. Damit würde es unmöglich werden, weiterzuarbeiten. Vielleicht konnte man den Schmerz aushalten? Sie beschloss, nasse Wickel mit Toilettenpapier zu machen, öffnete den neuen Eimer und entdeckte, wie erwartet, wieder Toilettenpapier darin. Und da war noch etwas, ein kleines Schmuckbeutelchen aus zinnoberfarbenem Samt. Es war mit einer goldenen Schnur verschlossen. Der Stoff fühlte sich warm und weich auf ihrer Haut an, ein Gefühl, dass sie fast vergessen hatte. Marit holte es heraus und öffnete es. Über ihr flackerte das Licht und machte es unmöglich, etwas zu erkennen. Sie ging zum Schreibtisch und leerte den Inhalt auf der Platte aus. Im Inneren befanden sich Schnipsel, die in etwa so groß wie Fünfcentstücke waren. Sollte das vielleicht in den Eimer gegeben werden, damit es den Geruch aufsaugte? Für einen Moment erinnerte sie sich daran, wie erbärmlich sie und der ganze Raum rochen. Auch wenn man sich daran gewöhnte, fühlte sich alles um einen herum wie ein Bad in einer Jauchegrube an. Die Schnipsel würden da nicht helfen. Als sie zum neuen Eimer blickte, erkannte sie, dass noch immer das Garn am Griff hing, mit dem er abgelassen worden war.

Sie stand auf und blickte hinauf zum Schacht. Der obere Teil, wo das Garn hinführte, lag in Dunkelheit.

Scheinbar hatte ihr Entführer Erbarmen und wollte wenigstens ihre Exkremente wieder hochholen. Sie tauschte die Eimer gegeneinander aus und wartete.

Es geschah nichts.

»Du bist doof, Marit«, sagte sie zu sich selbst. Sie zog ein paarmal kurz an der Schnur.

Erst geschah nichts, dann schlug die Klappe oben auf und der Eimer wurde hochgezogen. Dabei stieß er mehrfach gegen die Schachtinnenseite. Urin lief bis zur Kante herunter und tropfte auf den Boden.

Marit setzte sich an den Schreibtisch, hinter ihren Sichtschutz, und dachte nach. Die Kamera konnte bedeuten, dass jemand ein Video von ihr aufnahm, um damit Lösegeld von ihren Eltern zu erpressen. Wenn es denn überhaupt Geld in ihrer Familie gab. Papa arbeitete als Künstler und glaubte nach wie vor, dass er groß rauskommen würde. Dabei verkauften sich seine Gemälde so gut wie Brot von gestern. Mutter arbeitete als Aushilfe im Supermarkt und verdiente unter der Hand mehr als Vater. Damit konnte sich ihre Familie keinen Luxus leisten wie die Nachbarn, die jedes Jahr nach Australien flogen, um dort Urlaub zu machen. Marit hatte es immer gehasst, wenn sie erleben musste, wie andere sich Dinge leisten konnten, von denen sie kaum zu träumen wagte. Allein die Blicke ihrer Freundinnen in der Schule, wenn sie in gemeinsamer Runde in der Pause zusammenstanden und jeder erzählte, wie nervig ein Langzeitflug war und sie so lange schwieg und zuhörte, bis sie an der Reihe war. Es mochten vielleicht zwei oder drei Sekunden gewesen sein, eine Ewigkeit der Scham, in der sie nur mit den Schultern gezuckt hatte, danach hatte eine ihrer Freundinnen einfach weitererzählt, wie langweilig es war, wenn ihre Eltern sie überall mitschleppten. Auch Marit wollte mitgeschleppt, mit Flügen genervt, zum Klavierunterricht gezwungen und mit dem Entzug von Privilegien, wie Reit- oder Shoppinggeld, bestraft werden. Sie wollte auch Luxussorgen haben, die keinen wirklich interessierten. Jedes Mal, wenn Marit bei einer ihrer Freundinnen eingeladen worden war, hatte sie diese um ihre schönen Blusen beneidet, ihre teuren Handys, ihr Schminkzeug und all das, was für Leute mit Geld selbstverständlich war. Dabei war sich Marit immer so klein vorgekommen, wertlos und grau. Nachdem sie die gefühlt eintausendste Ausrede erfunden hatte, wieso sie keine Freundin zu sich einladen konnte, fragte sie auch niemand mehr danach. Das war ihr recht gewesen, da sie es satthatte, immer lügen zu müssen. Doch schließlich hatte sie doch eine Freundin zu Hause besucht. Sie war einfach so, ungebeten und ohne vorher anzurufen, bei ihr vor der Haustür erschienen. Marit hatte sie durch den Spion gesehen und war ins Schwitzen geraten. Sie hatte die Tür nur einen Spalt geöffnet und so getan, als sei sie schwer erkältet. Ihr Haus war nicht schäbig, doch es war das Haus von Großmutter. Niemand sollte erfahren, dass sie bei ihr leben mussten, weil es einfach nicht anders ging. Und das alles, weil Vater ein Träumer war und dachte, dass er nur lange genug an seiner Vision festhalten müsse, um Erfolg zu haben. Wieso konnte er nicht einfach einen normalen Job in einer Fabrik oder in einem Büro annehmen, wie alle anderen es taten?

Wahrscheinlich saß Mutter gerade am Pflegebett von Oma und bettelte sie an, um das Lösegeld für den Entführer zu bekommen. Sie würde sich klein machen, so wie sie es immer tat, um Marit etwas zu ermöglichen, das sie als Mutter nicht selbst zustande bringen konnte. Sie würde vielleicht auch die Nachbarn fragen, Arbeitskolleginnen, würde überall kleinere Summen sammeln und alles dafür geben, das Lösegeld aufzutreiben. Marit hatte es immer gehasst, wenn ihre Mutter sich erniedrigen und andere um etwas bitten musste. Doch genau das war es, was sie immer ausgemacht hatte. Sie kämpfte darum, Marit alles zu ermöglichen und die Familie zusammenzuhalten. So wie sie wohl auch jetzt kämpfen mochte.

Marit spürte, wie ihr Tränen über die heißen Wangen liefen. Sie war enttäuscht und angewidert über ihre eigene Haltung. Sie sehnte sich nach dem Reichtum anderer, dabei hatte sie alles, was sie brauchte, Menschen, die sie liebten und das Wenige teilten, das sie hatten. Es war wie in einem dieser Weihnachtsfilme für Kinder, die jedes Jahr gezeigt wurden. Wenn der böse Mann sich änderte und sich auf die Seite der Liebe und Barmherzigkeit stellte; wenn alles weißgewaschen und einfach vergessen wurde. Doch bei Marit war es anders. Sie schämte sich um ihrer selbst willen, weinte und wünschte sich, im Boden zu versinken. Jede einzelne Frechheit, die sie ihren Eltern angetan hatte, jede Diskussion, warum sie so wenig Geld hatten, all das klebte wie Pech an ihrer Seele und wurde nicht so weiß wie in den Weihnachtsfilmen. Sie wollte nichts lieber, als ihrer Mutter in die Arme zu fallen und sich für alles zu entschuldigen, was sie ihr angetan hatte. Umarmt werden, gehalten und beschützt – allein der Gedanke schmeckte wie Zuckerwatte in ihrer Seele.

Plötzlich kam ihr der Sichtschutz an der Scheibe viel zu klein vor, denn die Scham, die sie empfand, war so groß, als stünde sie nackt auf einem Marktplatz. Vielleicht verdiente sie es ja, hier zu sein; vielleicht war es die Strafe für all die Schlechtigkeit, die sie gefühlt und anderen vermittelt hatte.

Sie wischte sich Rotz und Tränen an ihrem Jackenärmel ab und verspürte den Wunsch, sich auf der Matratze zu einem kleinen Wurm zusammenzurollen. Doch wenn sie diese von der Scheibe nahm, hätte sie keinen Sichtschutz mehr. Es kam ihr noch eine andere Lösung in den Sinn, mit der sie etwas Schutz vor dem gnadenlosen Blick der Kamera aufbauen konnte. Da es keinen Schalter gab, nahm sie sich einen Stuhl und drehte an der Glühbirne. Das Licht aus dem Nachbarraum würde ausreichen. Doch als das Licht ausging, erlosch auch das im Nachbarraum. Geisterhaftes grünes Licht, das vom ausgeklappten Bildschirm der Kamera nach hinten abstrahlte und den offenen Zugang dahinter beleuchtete, war das Einzige, das in der Dunkelheit noch sichtbar war.

Dazu das Blinken der roten LED, kalt und mechanisch. Marit wurde klar, dass das Gerät wohl eine Nachtsichtfunktion hatte. Auch in der Finsternis wurde sie bloßgestellt.

Sie stand auf dem Stuhl, lauschte ihrem Herzschlag, der wie dumpfe Trommeln in der Dunkelheit pochte. Es war schneller als das Trippeln des Wassers, das Tropfen für Tropfen einen Lärm verursachte, der noch lange in ihrer Seele nachhallte.

16 Eingeritzte Herzen

Eisiger Wind schob bauchige Wolken mit schiefergrauen Leibern über den Himmel. Sie waren dicht aneinandergedrängt und ließen nicht erkennen, ob es morgens oder abends war. Die Bäume bewegten sich im Dämmerlicht, gebeugt und gedrückt unter der Kraft des Wetters.

Magnus saß mit den Knien auf dem Rasen und krallte sich mit den Händen in den Boden, der feucht und locker war.

Über ihm krachte Donner durch die Wolkendecke, erhellte den Himmel. Alles war überzogen von gleißendem Licht, das ohne Gnade jede braune Stelle in der Wiese und jeden verkrümmten Baum am Waldrand auf die Bühne der Welt zerrte und bloßstellte.

Nieselregen benetzte Magnus' Haut.

Er war nackt, fühlte sich schwach und dünn. Seine Beine hatten nicht die Kraft, um aufzustehen, sein Nacken nicht die Spannung, um den Kopf zu heben. Als würde die Last des gesamten Firmaments auf ihn herabdrücken, war er zu nichts anderem fähig, als in seiner Haltung zu verharren und die dichte Luft einzuatmen, die vor Elektrizität knisterte.

Magnus' Knie sanken immer tiefer in den nachgiebigen Erdboden, kleine Steine ritzten seine Haut auf und schabten über seine Schienbeine. Er rammte seine Hände in den Boden, erst die linke, dann die rechte und begann zu graben.

Wieder blitzte es über ihm. Für eine Sekunde zitterten Würmer in der Erde, gestört in ihrer Ruhe, zweigeteilt durch seine Fingernägel. Danach verblasste das Licht wieder und stieß das Sterben der Erdreichbewohner in die Dunkelheit zurück.

Magnus grub immer schneller, tiefer – wo die Erde nicht weich war, scharrte er wie ein Hund. Seine Nägel brachen an

Steinen ab, bluteten und schmerzten unter der Gier, mit der er sich in den Boden schaufelte.

Als das Loch groß genug war, kroch er hinein und arbeitete noch schneller. Seine Haut litt unter den scharfkantigen Kieselsteinen, Schmerzen jagten über seine Rückenwirbel, und seine Knie standen in eiskaltem Brackwasser. Sie waren steif und wollten den Dienst versagen, doch Magnus konnte nicht aufhören, nicht ruhen, nicht eine Sekunde nachlassen. Es war so nah, nur noch wenige Zoll trennten ihn von seinem Ziel.

Als seine zerschundenen Finger über eine gerade Fläche schabten, loderte in ihm eine Sehnsucht, ein Verlangen auf, das seinen Körper für alle Schmerzen betäubte. Finger für Finger schob er in eine Spalte und löste die Abdeckung.

Sofort füllte das Ekelwasser die neue Öffnung und verdunkelte und verdickte sich.

Magnus griff mit seinen Händen in die Flüssigkeit, ertastete Rippen, Wirbel, einen Unterkiefer, Zähne.

Vor Schreck richtete er sich auf und blickte atemlos über die Grasnarbe.

Schwarz verkleidete Menschen standen ohne Regung zwischen Grabsteinen, die teilweise schief standen, und schlugen ihn mit ihrer Schweigsamkeit.

Wieder zuckte ein Blitz über den Himmel und ließ die Skelette der Versammelten durch ihre Kleidung durchscheinen. Doch diesmal verging die Helligkeit nicht in Dämmerlicht, sondern in ein kränkliches Grün, als betrachte man die Welt durch eine leere Weinflasche. Das Nieseln verdichtete sich zu prasselndem Regen.

Während langsam die Erkenntnis in seinen Verstand kroch, dass er sich auf einem Friedhof befand, beseelte Kraft seine Muskeln und weckte seinen Fluchtinstinkt. Er griff über die matschige Graskante und wollte hochklettern, doch etwas schnappte nach seinem Fußgelenk.

Als er sich hinunterbeugte, um sich zu befreien, schnellte eine Knochenhand aus dem nun teerartigen Wasser und krallte sich um seinen Hals. Magnus wollte schreien, doch die titanische Kraft der Umklammerung quetschte ihm die Luft ab. Er strampelte, stemmte sich dagegen und spannte seinen Körper an, bis er Sterne vor den Augen blitzen sah, doch nichts half.

Wieder blitzte ein Schlaglicht über den Friedhof und erzeugte die Schatten von Menschen, die reglos über ihm standen und Zeuge seines Todeskampfes wurden.

Weitere Hände schossen aus dem Grab und krallten sich in seine Haut, seine Beine und Schultern.

Magnus' Entsetzensschreie drangen kaum an seine eigenen Ohren, denn der Sturm, der über ihm tobte, stahl seine Stimme und trug sie in die Bedeutungslosigkeit hinfort. Selbst das Knacken in seinem Hals, als sein Kehlkopf zerdrückt wurde, war stumm.

Magnus' Gesicht wurde in die Tiefe des Grabes hinabgezogen; Teer drang in seinen Mund, seine Ohren und seine Nase. Jedes Röcheln, mit dem er nach Luft schnappte, verschlimmerte seine Atemnot. Eine Hand griff nach seinem Kopf und drückte ihren Daumen in sein rechtes Auge …

Magnus schreckte hoch und sog Luft in seine Lungen. Er brauchte eine Weile, bis sich sein Herzschlag und seine Atmung wieder beruhigt hatten. Das Druckgefühl in seinen Ohren ebbte ab und ließ das Geräusch der elektrischen Jalousien, die gerade hochfuhren, in seinen Verstand durchdringen. Ein einzelner Sonnenstrahl fiel durch eine kleine Lücke im Papiervlies. Magnus blinzelte und legte die Hand auf seine Augen. Für einen Moment durchzuckte ihn ein dumpfer Schmerz.

Instinktiv suchte seine Hand nach der tiefgekühlten Plastiktüte mit Erbsen, die er schon vor dem Schlaf benutzt hatte. Er legte sie auf sein Auge, doch statt kühler Linderung erfuhr er laue Wärme. Als sein Körpergefühl mehr und mehr zurückkehrte, merkte er, dass sein Hemd an seinem nassgeschwitzten Rücken klebte. Er richtete sich auf und versuchte, sich zu sammeln. »Odda, Norwegen, zu Hause«, sagte er zu sich selbst. Seine Stimme klang trocken und rau. »Nur ein Traum, sonst nichts, ein Traum.«

Ein Blick auf seine Armbanduhr verriet ihm, dass es schon sieben Uhr morgens war. In seiner Erinnerung fehlte die Information, wann er nach Hause gekommen und wie lange er geschlafen hatte. Dazu war einfach zu viel passiert.

Er torkelte hoch ins Badezimmer, um sich der Bestandsaufnahme seines Auges stellen. Kurz bevor er vor dem Spiegel stand, schloss er die Lider und hoffte, dass es nicht so schlimm war. Als er sie öffnete, wusste er nicht, ob das, was er sah, gut oder schlecht war. Unter seinem rechten Auge hing ein schmaler, gekrümmter blauer Fleck. Als er langsam mit seinen Fingern darüberfuhr, fühlte es sich noch immer schmerzhaft an. Er suchte in seinen Badezimmerschubladen nach irgendetwas, womit man die Blessur abdecken konnte und hoffte, dass Medina ihre Schminksachen hier hatte liegen lassen. Doch stattdessen fand er seine alte Sonnenbrille. Er setzte sie auf und sah sich an. Die Gläser waren nur etwas getönt, sie waren nicht vollständig dunkel, doch man sah die blaue Stelle kaum noch, was schon ganz gut war.

Wie hatte er nur so dumm sein können, das Messer nicht zu entsorgen? Er hatte Murat das Beweismittel selbst geliefert. Magnus amtete kurz durch. Auch wenn es sich lächerlich anfühlte, der Schlag war nichts im Vergleich zu der irren Verfolgungsjagd.

Es klingelte.

Magnus wäre vor Schreck fast umgekippt, hätte er sich nicht am Waschbecken festgehalten. Er holte noch ein-, zweimal Luft und eilte dann nach unten zur Couch.

Die Pistole klemmte zur Hälfte in der Ritze zwischen den Bezügen. Er nahm sie raus und ging damit an die Tür.

Nach einem Blick durch den Türspion erkannte er Polizistin Björnsdottir.

Er steckte sich die Waffe hinter den Rücken, richtete sich das Sakko und die Krawatte, und machte die Tür nur einen Spalt weit auf.

»Guten Morgen, Herr Farstad«, sagte sie und verschränkte die Hände vor der Brust. Sie wippte mit dem linken Fuß auf dem Schnee auf und ab. Ein paar Meter hinter ihr stand Solberg und untersuchte den Schaden am Heck des BMW.

»Ich wollte gerade zur Arbeit fahren, kann ich Ihnen helfen?«, fragte Magnus.

Björnsdottir zog einen Block aus der Innentasche ihrer Uniform und hob den Zeigefinger. »Gestern, um ein Uhr nachts, ist ein dunkler SUV, mit Ihrem Kennzeichen, mit überhöhter Geschwindigkeit durch den Ort gefahren. Ein besorgter Anwohner hat Anzeige erstattet.«

»Das ist nicht …«, begann Magnus, entschied sich dann aber gegen eine Konfrontation. »Das ist nicht gut von mir gewesen, ich war nachlässig, tut mir leid.«

»Was machen Sie denn so spät noch auf den Straßen?«

»Ich konnte nicht schlafen, daher bin ich nach Ullensvang gefahren und wieder zurück.« Ein Kern von Wahrheit machte die Lüge glaubwürdiger.

»Hat Ihnen mein Kollege nicht gesagt, dass es wichtig ist, dass Sie den Ort nicht verlassen?«

»Verzeihen Sie, das war keine Absicht. Sie sehen ja, ich bin wieder da und stelle mich gerne der Anzeige.«

Solberg war mit dem Auto fertig und stellte sich neben seine Kollegin. Sein Blick war so durchwachsen wie der Himmel über ihm. »Sie tragen trotz der Wolken eine Sonnenbrille? Sie haben nicht zufällig auf der Fahrt getrunken und waren deswegen zu schnell, oder?«

»Nein, ich trinke fast nie etwas.«

»Dann stört es Sie ja nicht, wenn Sie die Brille abnehmen, oder?«

Magnus nahm sie ab und versuchte, sich den Unmut nicht anmerken zu lassen.

»Schönes Veilchen«, bemerkte Solberg. »Hatten Sie eine Schlägerei?« Obwohl in seiner Stimme keinerlei Häme lag, klang sein Kommentar zynisch.

»Das war ein Boxer, genauer gesagt ein linker Haken, den habe ich nicht mal kommen sehen. Die Sache mit den Päckchen macht mir Sorgen, daher nehme ich jetzt private Boxstunden. Ich kann Ihnen auch gerne sagen, wer das war, wenn Sie wollen.«

Solberg kniff die Augen zusammen. »Nein, nicht nötig. Und was ist mit dem Auto?«

»Das da? Ist beim Rücksetzen auf der Überlandfahrt passiert, hab einen Baum gerammt, ist mir echt peinlich.«

Solbergs Blick war nichts anderes als die Suche nach einem Entgleisen der Mimik eines Verdächtigen.

Doch Magnus war kein Anfänger und hielt seinen prüfenden Augen stand.

»Nun gut, Herr Farstad, dann glauben wir mal das mit dem Baum, dem Auge und der erhöhten Geschwindigkeit aus reiner Nachlässigkeit. Der Grund, weswegen wir eigentlich hier sind, ist der, dass Jakob Grimson heute Morgen aus der U-Haft entlassen wurde. Wir haben nichts gegen ihn in der Hand, sein Boot und die Jagdhütte sind sauber – er hat uns sogar gestattet, dass wir alles inspizieren dürfen.«

»Sind Sie sicher, der Mann war doch mal im Knast und ist auf Bewährung! Haben Sie das auch richtig überprüft, recherchiert, seine Akte gecheckt?!«, entfuhr es Magnus, ohne dass er es kontrollieren konnte.

»Sie brauchen uns nicht zu erklären, wie wir unsere Arbeit zu machen haben. Also beruhigen Sie sich. Vielleicht sollten Sie in Zukunft von solchen Verdächtigungen absehen und die Fachleute das tun lassen, was getan werden muss.«

Magnus schluckte seinen Zorn und auch einen Teil seines Stolzes hinunter. »Wie ist im Moment der Sachstand, und … weiß er, dass ich ihn beschuldigt habe?«

»Sie wissen doch, wir dürfen nichts über laufende Ermittlungen preisgeben. Frau Björnsdottir, wollen Sie nicht mal kurz die Umgebung überprüfen, vielleicht gibt es etwas, das die Spurensicherung übersehen hat?«

Die Kollegin sah Magnus noch einmal scharf an, danach lief sie zur Straße und sah sich um.

Solberg befreite ein Schokobonbon aus seiner Silberfolie und wartete, bis Björnsdottir weit genug weg war. »Mir scheint, dass Sie da in einer Sache drinstecken, die etwas größer ist, als Ihnen lieb ist.«

Magnus schwieg.

»Lassen Sie sich in nichts hineinziehen, der Grat zwischen Opfer und Täter ist nur schmal. Und wenn Sie doch einen Psychologen brauchen – Hilfe anzunehmen, ist keine Schande.«

»Danke, ich weiß das zu schätzen«, erwiderte Magnus unsicher. Wahrscheinlich ahnte Solberg bereits, dass er schon auf eigene Faust ermittelte. »Weiß er, dass ich es war, der ihn beschuldigt hat?«

»Nein, in Anbetracht dieses speziellen Falls haben wir das vermieden. Dennoch sollten Sie vorsichtig sein und sich nichts anmerken lassen.«

Solberg rief nach seiner Kollegin und stieg wieder in den Dienstwagen.

Magnus schloss die Tür und atmete aus. Danach nahm er sich ein Steak aus dem Kühlschrank und drückte es sich aufs Auge. Mit dem anderen überflog er noch ein paar der abgelehnten Anträge, die in Grethes Mappe auf seinem Tisch lagen. Einer davon gehörte zu Frau Peterson. Zum Zeitpunkt der Antragstellung war sie siebzig Jahre alt gewesen und hatte um einen Verbraucherkredit gebeten, weil sie mit den Raten für ihr Auto in Verzug gekommen war. Da sie jedoch kaum das Geld hatte, ihre Miete für eine von Ryggs Wohnungen zu zahlen, und auch keine weiteren Sicherheiten bieten konnte, war ihre Anfrage abgelehnt worden. Es war kaum vorstellbar, dass sich jemand in diesem Alter an ihm rächen wollte. Wahrscheinlich war sie längst tot und ihre Katzen hatten sie aufgefressen. Magnus erinnerte sich noch, wie er den Stuhl, auf dem sie in seinem Büro gesessen hatte, in die Reinigung geben musste, da sich so viele Katzenhaare am Textil festgesetzt hatten. Außerdem hatte sie diesen scharfen Geruch von Reinigungsmitteln an sich gehabt, als würde sie den ganzen Tag auf Knien Fliesen schrubben.

Sein Handy klingelte.

»Ja?«

»Hi Honey, du bist spät, kommst du noch?«

»Nein, bitte sag meine Termine ab.«

»Das heißt, dass ich heute alleine arbeiten soll?«

»Ja, das schaffst du schon. Ich habe hier noch zu tun.«

»Nein, vergiss es! Hast du eine Ahnung, wie schwer das ist, Vorgänge auf die Reihe zu kriegen, die du nie gemacht hast?«

»Ich dachte, du kannst alles?«

»Grethe hat das meiste gemacht, sie hat echt Ahnung. Gestern musste ich drei Buchungen rückgängig machen, weil die Leute mir die falschen Daten genannt haben. So etwas geschieht bei Grethe nie, keine Ahnung, wie sie das macht, doch sie hat ein Händchen dafür. Ich will ja arbeiten, aber das ist voll gegen meine Work-Life-Balance. Und dann ist mir auch noch ein Nagel abgebrochen, als ich das Geld in die Schublade eingeräumt habe, was mir sonst nie passiert. Nach Feierabend habe ich den Hashtag *tired/stressed up* eingerichtet und ein Bild von mir gepostet, das voll schrecklich ausgesehen hat!«

»Wieso postest du dann so etwas?«

»Darum geht es doch gar nicht! Also, ich sage dir das ganz klar, entweder du entschuldigst dich bei Grethe oder ich mache krank!«

»Ich kann nicht ...«

»Doch du kannst und du wirst!«

»Sie geht bestimmt nicht dran, wenn ich sie anrufe.«

»Dann fahr zu ihr, wirf dich zu Boden, krieche vor ihr, mach voll einen auf unterwürfig!«

»Kann ich dir nicht einfach etwas kaufen, etwas Teures?«

»Nein, das ist nicht verhandelbar«, erwiderte sie und legte auf.

Magnus knirschte mit den Zähnen. Wieso sollte er eine Person für sich arbeiten lassen, die zugab, Dokumente gestohlen zu haben? Doch andererseits war dies eine Möglichkeit, sie dicht bei sich zu haben und ihre Schritte zu beobachten. Vielleicht war sie wirklich unschuldig, wollte ihn schützen und war zum Spielball von Rygg und seinem Lakaien Jakob geworden.

Magnus lachte trocken auf. War es so weit, dachte er auch schon wie Håkon, der alles drehte und wendete, bis die Verschwörungstheorie passte? Nein, dies hier war anders, blutiger, ernster und womöglich tödlicher.

Er nahm das Steak ab und tastete nach dem Jochbein. Es fühlte sich besser an. Er setzte sich die Sonnenbrille wieder auf und verließ das Haus.

*

Die Holzstufen knarzten unter seinen Füßen, als Magnus an die Tür des zitronengelben Hauses von Grethe herantrat. Er führte seinen Finger an die Klingel, doch dann hörte er Stimmen von drinnen. Sie klangen dumpf durch das Milchglasfenster der Tür. Er legte sein Ohr daran und lauschte.

»… ist mir egal. Das war deine zweite Chance!«

»Ich sag's dir doch, ich hab nichts getan, sonst hätten die mich gar nicht erst rausgelassen!«

Magnus wollte auf keinen Fall mit Jakob reden. Er drehte sich zum Gehen, doch das Quietschen eines genagelten Brettes unter ihm verriet seine Anwesenheit. Er wandte sich wieder um und hielt die Weinflasche wie eine Friedenspfeife vor der Brust.

Grethe machte auf, mit wutverzerrtem Gesicht. Doch als sie ihn erblickte, rutschte ihre Miene in einen gleichgültigen Ausdruck ab. »Ach du«, sagte sie schroff und ging durch den Flur wieder ins Wohnzimmer.

Magnus trat ein und schloss die Tür. Er stellte die Weinflasche, die Grethe nicht einmal zur Kenntnis genommen hatte, auf der ersten Stufe der Treppe ab und machte sich eine Gedankennotiz, dass er so langsam wieder seine Kofferraumkelterei aufstocken musste. Danach ging er ins Wohnzimmer.

Jakob saß im Ohrensessel und nickte ihm mit undurchdringlichem Blick zu. Er trug seine Latzhose mit Ölflecken und den Schraubendrehern in den Taschen und fuhr sich zornig über den langen Bart. »Magnus, kannst du's ihr erklären, dass keine Schuldigen aus der Haft entlassen werden?«

»Lass ihn da raus!«, keifte Grethe und fuchtelte mit der Brille, die sie zusammengeklappt in der Hand trug, und wie einen Taktstock bei ihrem Wutkonzert verwendete. »Dass du eine Vergangenheit hast, war für mich in Ordnung, in unserem Alter ist man kein unbeschriebenes Blatt mehr. Allerdings wurdest du erneut festgenommen, fast zeitgleich mit dem Verschwinden meiner Aktentasche.« Sie drehte sich zu ihrem Schreibtisch und warf ihm einfach die Ablage entgegen. Die Papiere segelten durchs Zimmer und landeten auf dem Teppich. »Du wolltest also spionieren, Jakob, dann schau dir ruhig alles an, jedes einzelne Wort!«

»Was bringt's mir zu spionieren? Außerdem, denk doch mal nach, wenn ich eingesperrt werde, wie kann ich dann deine Aktentasche klauen, das passt doch nicht zusammen!«

»Das ist bestimmt nur ein Trick, du Waldschrat. Vielleicht war das einer deiner kriminellen Kumpels, mit denen du dich abgesprochen hast. Und sag mir nicht, du wärest der Einzige, der für diesen Rygg arbeitet.«

Ein Schatten zog über Jakobs Gesicht. Seine plötzliche Wortlosigkeit ließ auch Grethe innehalten. Als wäre der Streit Spaß gewesen, wurde seine Miene nun ernst. »Ich hab's früher gemacht, aber heute arbeite ich nicht mehr für den.«

Grethe nestelte an ihrer Brille, setzte sie auf und zündete sich eine Zigarette an. In der Stille konnte man hören, wie sich das Feuer durch den Tabak fraß. »Ich gehe jetzt auf Toilette, wenn ich wieder herunterkomme, bist du weg!« Mit zornigem Gesichtsausdruck verließ sie das Wohnzimmer und ging nach oben in den ersten Stock.

Jakob stand auf und wollte gehen. »Wieso trägst du eine Sonnenbrille?«, fragte er.

»Lange Geschichte«, antwortete Magnus und wusste nicht, wie er sich verhalten sollte.

Jakob zuckte mit den Schultern, nahm sich seinen Parka vom Kopfteil des Ohrensessels und trat dicht an Magnus heran. »Seltsam, dass mich die Polizei einen Tag nach unserem Ausflug aufn Lilletopp festgenommen und zu meinem Boot und meiner Jagdhütte befragt hat, nich'?«, flüsterte er.

Jakobs Miene blieb unbewegt, doch zusammen mit dem Glanz in seinen Augen strahlte er eine Brutalität aus, die Magnus eine Idee von dem Mann gab, der er vielleicht früher gewesen war.

»Jakob, hör mal, was du jetzt glaubst …«, begann Magnus mit gesenkter Stimme.

»Was ich glaube?«, fuhr er unwirsch dazwischen. »Ich glaub's eben nicht, dass ich dich zu meiner Jagdhütte mitgenommen und für dich gekocht hab, während du mich verpfiffen hast. Dazu brauch ich keinen Beweis, ich rieche einen miesen Verräter, wenn ich 'n sehe. Du hast meine Bewährung aufs Spiel gesetzt und meinen guten Willen zur Besserung. Wenn du das noch mal machst, vergesse ich beides. Also komm nie wieder zu mir, hast du verstanden?« Für einen Moment blieb er wutschnaubend stehen, dann verließ er das Haus, während Grethe die quietschenden Stufen hinunterkam.

Als die Tür zuknallte, kam Grethe unten an und ging in die Küche. »Ich mache uns Kaffee«, sagte sie und winkte ihn in die Küche. »Und, über was habt ihr gesprochen, über mich vielleicht?«

»Nein, über seine Haft, das ist alles«, wiegelte Magnus ab. Wenn sie erfuhr, dass er Jakob hatte einbuchten lassen, würde es nicht mit einer Entschuldigung getan sein. Er setzte sich an den Küchentisch. Der weiße Lack blätterte bereits ab, kleine Stücke davon lagen auf dem Boden.

Grethe füllte ein Glas mit Leitungswasser und goss damit den Thymian, den sie in Aluminiumtöpfchen vor dem Fenster züchtete. »Ich bin nicht mehr die Jüngste, Magnus, da ist es gar nicht so leicht, einen Mann zu finden, der keine nervige Familie hat, nicht seine Frau betrügt oder ein notorischer Lügner ist.« Sie gab Pulver und Wasser in ihre Kaffeemaschine und schaltete sie ein. Dann setzte sie sich und aschte in einen Keramikbecher ab, der wie ein kleines Ruderboot aussah. Er war so voll mit Kippenstummeln, dass sich bereits ein Türmchen gebildet hatte. »Den habe ich vom Flohmarkt. Ich mag alte Sachen, sie haben die Patina der Geschichte.«

Magnus überlegte, ob er die Sache lieber hier abbrechen sollte. Er merkte, wie sie es hinauszögerte, den Moment genoss und diesen wie einen Wein kostete.

Im Hintergrund klickte eine Uhr. *Tick, Tack, Tick, Tack.* Sie durchdrang wie ein Taktmeister das Brühgeräusch der Maschine, während sich allmählich der Duft von frischem Kaffee in der Küche verbreitete.

Grethe hatte den linken Arm vor der Brust verschränkt, den rechten Ellenbogen darauf gestützt und nahm einen Zug nach dem anderen.

»Medina ist alleine in der Bank«, begann Magnus. Er hasste es, sich entschuldigen zu müssen, einen Fehler einzugestehen.

»Und?« Eispfeile schossen aus ihren Augen.

»Sie scheint nicht klarzukommen mit den Kunden.«

Die Maschine röchelte die letzten Tropfen Wasser durch den Filter. Grethe stand auf, stellte Milch neben das Zuckerdöschen auf dem Tisch und nahm zwei Tassen aus dem Schrank. Sie steckte sich die Zigarette zwischen die Lippen und goss Kaffee ein.

Magnus starrte auf das Aschetürmchen und hoffte insgeheim, dass es nicht ins Getränk fiel.

Sie setzte sich, nippte am schwarzen Kaffee und schob ihm das Milchkännchen zu.

Betont auffällig nahm Magnus auch einen Schluck vom schwarzen Kaffee – was sich als schlechte Idee herausstellte. Er war noch zu heiß und brannte in seinem Mund. Außerdem war er so stark, dass der Löffel darin gestanden hätte, wenn man es denn geschafft hätte, ihn hineinzustechen. Kein Zweifel, das war pure Absicht von ihr.

»Medina ist kein schlechtes Mädchen, nur sind ihr Fingernägel wichtiger als ein korrekter Kassenabschluss«, sagte sie.

Magnus biss sich auf die Innenseite seiner Wange. »Es tut mir leid, dass ich neulich so …«

»Deine Lügen funktionieren bei mir nicht. Ich merke doch, dass du es nicht ernst meinst.« Der Porzellandeckel auf dem Zuckerdöschen zitterte unter dem nervösen Auf- und Abwippen von Grethes Bein.

»Gut, dann muss ich mich ja nicht verstellen. Also, was willst du?«

»Fünf Prozent mehr Gehalt.«

»Das ist zu viel. Ich gebe dir drei und einen Urlaubstag extra.«

»Vier, und ich fange noch heute wieder an.«

Magnus atmete tief durch. »Na gut, ist in Ordnung.«

»Du weißt, dass du ohne mich bei der Prüfung durchgefallen und nach Bergen zitiert worden wärst, oder? Ganz zu schweigen von strafrechtlichen Konsequenzen.«

»Ich weiß. Dennoch bin ich mir nicht sicher, was ich von deinem Besuch in meinem Archiv halten soll.«

»Halte es für einen Gefallen, den ich dir erwiesen habe.«

»Was ist mit Jakob? Hat er dich benutzt?«

Sie zog erneut an ihrer Kippe. »Du hast ja alles mitbekommen, im Moment steht es nicht gut um uns. Ich bin mit meiner Bemerkung zu weit gegangen, ich weiß ja, dass er nicht für Rygg arbeitet. Schließlich hat er gesessen, weil er den Kopf für ihn hingehalten hat. Jakob hat viel wegen ihm verloren.« Sie kratzte sich mit dem Daumennagel etwas aus den Zähnen. »Und, willst du es mir zeigen?«

»Was denn?«

»Den Grund, weshalb du eine Sonnenbrille in meiner Küche trägst?«

Magnus nahm kurz die Brille ab. Ihm war ein Aufeinandertreffen mit Murat lieber als eins mit Jakob. Murat war wie eine Biene, er stach zu und ließ von einem ab. Der kurze Sieg genügte ihm. Doch Jakob war anders – wenn er vom Kniebrechen sprach, dann lag ein Ausdruck in seinen Augen, als wisse er, was das bedeutete. Er war wie eine Elefantenherde, die das Gras so fest in den Boden trampelte, dass es sich nicht davon erholte. Magnus hatte eine Gänsehaut bei dem Gedanken, dass seine Ermittlungen nun ernst wurden, Folgen nach sich zogen und es kein Zurück mehr gab, wenn er diesen Weg weiter beschritt.

Grethe trank ein paar Schlucke vom Kaffee und drückte die Zigarette auf dem Keramik-Rettungsreifen aus, der im Aschenbecher lag. »Du musst die Dokumente vernichten.«

»Welche denn?«

»Das Umweltgutachten, in dem es um den Opo und seine Auslaufzone geht.«

»Hast du mir nicht gesagt, dass du es vernichtet hast?«

»Ja, die Fassung, die im Archiv war. Es gibt noch eine.«

»Ich weiß, im Rathaus.«

»Nein, die ist weg.«

»Was? Wie weg?«

»Ich wollte das gründlich machen, ich bin keine Anfängerin. Auch dein Vorgänger hat ein paar krumme Dinger gedreht. Ich habe schon immer die Scherben aufgelesen; hätte man mich zur Leiterin ernannt, hätte ich damit endlich Schluss gemacht. Doch Bergen will immer noch ein Paar Eier auf dem Chefsessel sehen.« Sie zündete sich eine weitere Zigarette an.

»Wo soll die Fassung des Rathauses sein?«

»Mein Neffe arbeitet im Einwohnermeldeamt. Er hat für mich recherchiert. Sie ist seit einem Jahr nicht mehr da.«

»Und?«

»Er hat in den Besucherlisten des Archivars geschaut. Der Name Rygg ist darin mehrfach aufgetaucht.«

»Kann der da einfach so hineinspazieren?«

»Nein, sein Name erscheint mit dem des Bürgermeisters, der sich nicht einmal den Hintern abwischen kann, ohne Rygg um Erlaubnis zu fragen.«

»Wer regiert eigentlich Odda?«

»Nicht das Rathaus allein, so viel ist sicher. Was glaubst du, wieso das damals mit deinem Betrugsgeschäft so glatt gelaufen ist? Rygg hat für dich den Weg geebnet.«

Magnus' Gedanken rasten und setzten sich zu einem Mosaik zusammen, das er nicht wahrhaben wollte. »Dann ... hat er mich zum Verbrecher gemacht, um seine Häuser zu bauen und mir später alles in die Schuhe zu schieben?«

Grethe blies Rauch in die Luft. Der Qualm waberte zu Magnus, hüllte ihn in grauen Nebel.

»Grethe, das kann so nicht sein. Er weiß doch, dass ich damals ein Duplikat davon erhalten habe, und dass er damit selbst angreifbar ist.«

»Ich habe einen Schlüssel zum Archiv, das weißt du ja jetzt. Und lass mich raten, dein Vorgänger hat für dich alle Schlüssel auswechseln lassen, bevor die Übergabe stattfand, oder?«

»Ja, so war das abgesprochen.«

»Dann denk nach.«

»Du meinst, Rygg kannte meinen Vorgänger und könnte von ihm die Schlüssel erhalten haben? Dann hätte Rygg darauf gesetzt, dass er die Dokumente nicht nur aus dem Rathaus, sondern auch aus unserem Archiv holen konnte?«

»Ahnst du jetzt, was hier in Odda läuft? Die Sache mit ihm stinkt wie eingelegter Weichfisch, doch er ist unangreifbar, weil er andere ans Messer liefert, bevor es ihm an den Kragen geht.«

»Wieso erzählst du mir das alles, dir liegt doch nichts an mir?«

»Stimmt, du bist ein schleimiger Lügner. Doch ich hasse es, dass sich dieser Mann in unsere Filiale einmischt, wie er will.«

»Es ist *meine*, nicht unsere Filiale, das weißt du doch, oder?«

»Fragt sich nur, wie lange Rygg das noch zulässt.«

Magnus schluckte bittere Galle, die seine Speiseröhre hochkroch. Sein Leben war nichts weiter als ein Spiel, das andere von der Tribüne aus choreografierten. Das alles war zu viel, er brauchte Zeit zum Nachdenken und Bier, das helfen würde, den Geschmack des Teers loszuwerden, den Grethe Kaffee nannte.

*

Murat stand hinter der Bar und polierte dasselbe Glas, das er schon seit zehn Minuten bearbeitete. Auf seiner Stirn pochte eine Ader, während er Leyla dabei zusah, wie sie mit dem Stiel eines Besens eine Spinnwebe aus einer Ecke entfernte. Danach hielt sie ihm das Netz so dicht vor die Augen, dass er es mit ausgestreckter Zunge hätte erreichen können.

Eine Frau warf Darts auf eine elektronische Scheibe – jeder Wurf erzielte so hohe Punktzahlen, dass die Lichter und Gewinnsymbole an den Seiten aufblinkten und akustische Signale ertönten. Hinter ihr standen drei Männer, die mit jeweils einer Flasche Bier in der Hand *We Are The Champions*, das aus den Boxen an der Decke dröhnte, mitgrölten.

Magnus saß an einem Tisch am Fenster und nippte an einem frischen Bier. Mit dem Fingernagel fuhr er durch ein altes, eingeritztes Herz auf der ramponierten Tischplatte. Auch wenn die Leute im *Löwen* manchmal peinlich waren, tat es ihm jedes Mal gut, wenn er hier war. In seiner Jugend war er oft mit Håkon hier gewesen, auch als die Bar noch unter einem anderen Besitzer lief. Zum Glück hatte es der alte Betreiber mit dem Jugendschutz nicht so ernst genommen. Damals war sein Leben ein ähnliches Chaos gewesen und nur hier hatte er sich davon loslösen, er selbst sein können. Auch wenn er optisch mit Anzug und Krawatte nicht hineinpasste, war dies noch immer sein Rückzugsort. Dass nun Leyla die Bareinrichtung, die seit dreißig Jahren wie in einem Einmachglas konserviert gewesen war, unwiederbringlich verändern würde, verschaffte ihm ein Gefühl von Unbehagen. Er erinnerte sich an den Brief des Sadisten, in dem es um die Patina, die Geschichte, die in einem Gegenstand steckte, gegangen war.

Håkon hatte Magnus mal erzählt, dass dessen Eltern mit ihm zusammen den Dachboden, wo seine Spielsachen aus der Kindheit lagen, ausgeräumt hätten. Håkon meinte, dass er mit jedem Gegenstand, auch wenn er noch so klein war, buchfüllende Erinnerungen verband. Im Gegensatz zu ihm hatte Magnus nur diese Bar, in der ihm nichts gehörte, doch alles einen Teil seiner eigenen Geschichte erzählte. Schon allein das eingeritzte Herz in der Tischplatte war so stark in seiner Erinnerung eingeprägt, als könne er den Duft von damals riechen. Emilie hatte ihm gegenübergesessen und sich, mit einem Lächeln auf den sinnlichen Lippen, das haselnussbraune Haar, das im richtigen Licht einen matten Glanz von Gold in sich barg, hinter das Ohr gestrichen. So wie ihr Antlitz war auch ihr Parfum berauschend gewesen, das noch heute einen Hauch von Lavendel in seiner Nase wachrief. Es war eine Spur zu viel des Dufts gewesen, doch das hatte ihn nie gestört. Sie stammte aus der Parallelklasse und bei der Abschlussfeier hatte er sich getraut, sie auf ein Date einzuladen. Sie hatte sich nicht daran gestört, dass er arm war und sich nicht mehr als ein Getränk in einer schäbigen Bar leisten konnte. Emilie war ihm damals wie ein Wunder vorgekommen, etwas, wovon ein Mensch wie er nur hatte träumen können. Durch sie nahm er den ersten echten Atemzug in seinem Leben, fühlte seine eigene Stärke und entwickelte Lust an einer Zukunft, die er selbst gestalten wollte. Schon bei ihrem ersten Treffen hatte Magnus gewusst, dass er sie liebte und hatte das Herz für sie in den Tisch geritzt. Es war krakelig und die unteren Enden fanden kaum zu einer gemeinsamen Spitze zusammen, doch das hatte Emilie nicht gestört und sie hatte ihn daraufhin geküsst.

Håkon kam herein und klopfte sich den Schneematsch von den Schuhen. Er grüßte kurz und ließ sich von Murat ein Bier zapfen. Danach setzte er sich zu Magnus an den Tisch. »Skål«, prostete er ihm zu. »Muss ja eine lange Nacht gewesen sein?«

»Was?«

»Na, deine Sonnenbrille, du weißt schon, dass du gerade eine trägst, oder?«

Magnus nahm die Brille ab.

»Verdammt, das ist ein dickes Veilchen, was ist denn passiert?«, wollte Håkon wissen.

»Murat ist passiert.«

»Wegen der Sache mit Medina?«

»Nein, weil ich Mist gebaut habe, ich will nicht darüber reden.« Magnus setzte die Brille wieder auf. Es war ihm unangenehm, ständig darauf angesprochen zu werden. Möglicherweise konnte Medina, wenn er später zur Bank fuhr, mit ihrem Make-up zaubern und den blauen Fleck kaschieren. »Und, was macht deine Arbeitsverletzung?«

Håkon hob den Finger, an dem kein Verband mehr zu sehen war und krümmte ihn mehrmals. »Ganz gut, der Doc hat gesagt, dass die Verfärbung des Nagels normal ist und er bald abfällt. Sobald er nachwächst, kann ich wieder arbeiten. Und, was gibt es Neues bei dir, bist du mit der Recherche weitergekommen?«

»Ich habe mit Grethe gesprochen und so etwas wie einen brüchigen Frieden ausgehandelt. Jakob ist wieder auf freiem Fuß, war aber zur Zeit, als ich die Verfolgungsjagd hatte, in Haft, was wohl das beste Alibi darstellt.«

»Verfolgungsjagd?«

»Ja, mein Heck ist ziemlich verbeult.«

»Hast du das Nummernschild?«

»Nein, ich weiß nur, dass es ein Geländewagen war, ich konnte nicht einmal die Farbe erkennen.«

Håkon blickte sich nervös nach allen Seiten um. »Die müssen dich unter Polizeischutz stellen, geh zum Direktor, wende dich an die Presse …«

Magnus packte ihn mit der Linken am Kragen seines Kapuzenpullovers und zog ihn dicht an sein Gesicht heran. »Bist du wahnsinnig? Dann wären mein Ruf, meine Karriere, alles, wofür ich jahrelang gekämpft habe, zerstört. Ich will nie wieder schwach sein, nie wieder, ich bin Magnus Farstad und ich werde den Spieß umdrehen, geht das in deinen Verschwörerschädel?«

Håkon blickte ihn fassungslos an. »Was stimmt mit dir nicht? So kenne ich dich gar nicht!«

Magnus ließ von ihm ab. »Tut mir leid, das bin nicht ich, das ist der Stress.«

»Dein Stress hat mich nicht gepackt, das warst du. Ich will dir helfen, aber nur, wenn du nicht ausflippst.«

»Ich weiß, das hast du nicht verdient. Du hast mir immer beigestanden, tut mir leid.«

Håkon studierte ihn eine Weile und nickte schließlich. »Was ist mit Murat und Medina, kommen die beiden infrage?«

»Murat hat zwar Probleme, aber das scheint nichts mit mir zu tun zu haben. Seine Tante hat erzählt, dass er in einer *besonderen* Klasse war und sonst nicht viel auf die Reihe bekommt. Außerdem ist er hitzköpfig und könnte nicht so eiskalt sein wie der Sadist, der sein Spiel mit mir treibt.«

»Und was jetzt?«

»Rygg. Grethe hat mir davon erzählt, wie er schon seit Jahren Leute aus Odda manipuliert, kriminalisiert und für seine Zwecke benutzt. Dieser Mann ist gefährlich und er würde am meisten davon profitieren, mich einzuschüchtern.«

»Hast du ein Druckmittel?«

»Nein, im Rathaus ist nichts mehr. Scheinbar hat Rygg es abgeholt.« Magnus legte den Kopf schief und lächelte.

»Ich hasse diesen Blick von dir, weil ich weiß, dass du mich in irgendeine Scheiße mitreinziehst!«

»Wir brechen bei Rygg ein und holen uns das Druckmittel.«

»Was?! Vergiss es, kommt nicht in die Tüte, ich mache solche Sachen seit unserer Schulzeit nicht mehr. Wir werden erwischt und landen im Knast, als Erwachsener endet so was mit Haft!«

»Keine Sorge, uns wird nichts passieren. Du bist Elektriker und verbaust Sicherheitssysteme in ganz Odda. So wie ich dich kenne, weißt du, wie man überall reinkommen, wie man Geräte kurzschließen kann und so, oder?«

Håkon nahm seine Brille ab und putzte die Gläser mit dem Saum seines Hoodies. Dabei vermied er den Blick zu Magnus.

»Håkon … du hast doch nicht etwa …?«

»Das geht keinen etwas an«, zischte er. »Du weißt doch, ich plane für die Katastrophe, die irgendwann kommen wird. Ich habe so etwas wie einen Generalschlüssel, um im Notfall an Lebensmittel und Toilettenpapier zu kommen.«

Magnus war fassungslos. »Deine Verschwörungstheorien sind wirklich krankhaft!«

»Verschwörungspraktiker, okay? Außerdem kommt uns das jetzt zugute.«

»Du bist also dabei?«

»Oh verdammt, du hast mich ausgetrickst, oder? Aber nur unter einer Bedingung.«

»Und die wäre?«

»Arvid hat gestern angerufen, weil er nächste Woche wieder nach Hause kommt. Am Telefon hat er mir schon Löcher in den Bauch gefragt, ob ich ihm nicht ein Auto kaufen kann, weil alle seine Freunde auch eins haben. Also werde ich ihm sagen, dass Onkel Magnus ihm eins kauft, oder?«

»Ein Gebrauchtes, geht klar«, antwortete Magnus schnell, um den Deal abzuschließen. Ihm war klar, dass Håkon einen so großen Gefallen ausgesucht hatte, um ihn damit abzuschrecken und sich selbst aus der Sache herauszuziehen.

»Was zum Teufel? Du hast mich wieder ausgetrickst!«

»Ein Deal ist ein Deal. Du weißt doch, dass ich ein Geschäftsmann bin, wozu dann die Überraschung? Also, ich will das heute noch durchziehen, am besten nachts.«

»Dann hol mich kurz nach Mitternacht ab, schreib mir eine Nachricht, wenn du da bist, aber bloß nicht klingeln, sonst komme ich in Erklärungsnot.« Håkon kippte sein Bier mit einem langen Zug hinunter, als wolle er sich Mut antrinken. »Ich vermisse unsere Schulzeit. Es gab kein Morgen oder Übermorgen, es gab nur das Hier und Jetzt. Wir haben in den Tag hinein gelebt und wussten einen Scheiß von der Welt da draußen. Alles war überschaubar und ließ sich mit wenigen Worten erklären. Die Schuldigen waren immer die Lehrer und Eltern. Und ein paar Kronen in der Hand haben sich wie ein Vermögen angefühlt. Vermisst du das nicht auch?«

In Gedanken versunken kratzte Magnus am Herz auf der Tischplatte. »Vielleicht nicht alles, aber … ein paar Dinge fehlen mir auch.«

*

»Halt still«, verlangte Medina. Sie lehnte am Waschbecken und tupfte mit einem Schwämmchen Abdeckfarbe aus ihrem Make-up-Döschen auf Magnus' Gesicht.

Magnus hatte den Kopf gesenkt und starrte in den Ausschnitt ihrer azurblauen Bluse.

»Nicht so fest«, bat Magnus, als sie die Stelle am Jochbein berührte, die besonders schmerzte.

»Du bist voll das Girlie. Wieso willst du mir nicht sagen, wo du das Veilchen herhast?«

»Geht dich nichts an. Ich will einfach nur, dass man es nicht mehr erkennen kann. Den ganzen Tag eine Sonnenbrille zu tragen, ist auch keine Lösung. Hast du Grethe gesagt, dass wir auf Toilette sind?«

»Ja, sie weiß Bescheid. Die Alte ist wieder voll in ihrem Workflow. Deine Entschuldigungsnummer scheint der Bringer gewesen zu sein. Sie hat kein Wort über dich verloren und tut so, als sei nichts geschehen.«

»Ja, diese Entschuldigung hat mich echt viel gekostet. Ich hoffe, du hast jetzt die Entlastung, die du dir gewünscht hast.«

»Endlich habe ich wieder Zeit für meine Posts, meine Fans haben mich voll vermisst.«

»Du hängst viel zu lange an deinem Smartphone.«

»Sagt der Mann, dem ich nicht nur das Veilchen, sondern auch den Augenring verdecke. Du bist unrasiert, trägst kein Deo, du hast dich offensichtlich mit jemandem geprügelt …«

Magnus spürte, wie sie ihm an den Schritt fasste. »Macht dich das an?«

Er drehte sie zur Seite und drückte sie mit seinem Körper an die Wand.

Medina tastete blind nach dem Waschbecken und ließ ihr Schminkset hineinfallen, während sie zu ihm aufblickte. »Ich bin nicht so eine, das ist die Damentoilette, was ist, wenn jemand hereinkommt?«, flüsterte sie in einem Ton, der ihre Erregung nicht verbergen konnte.

Mit sanften Küssen auf die Seite ihres Halses brach er häppchenweise ihren Widerstand, nahm sie an der Hüfte und ließ seine Hände über ihren Po wandern.

Sie öffnete ihm den Gürtel und ließ ihre Hand in seine Boxershorts gleiten.

Magnus arbeitete sich mit seinen Lippen über ihr Kinn hoch zu ihrem Mund und lies seine Hände zu ihren Haaren wandern, zog sanft daran und forderte mit seiner Zunge ihre Hingabe ein.

Stöhnend öffnete Medina ihre Bluse, zog ihn am Kragen und presste ihre Hüfte an seine.

»Emilie«, hauchte Magnus.

»Was?«

»Nichts«, erwiderte er und küsste sie schnell, um ihre Fragen zu ersticken.

*

Magnus steckte sich das Hemd wieder in die Hose und kämpfte sich mit dem Knoten seiner Krawatte ab.

Medina stand am Spiegel und prüfte ihr Make-up. Sie machte einen Schmollmund und posierte, als ginge es um ein Fotoshooting. »Willst du darüber reden?«

»Worüber?«

»Emilie – du hast vorhin ihren Namen gesagt. Vermisst du sie?«

»Das ist Geschichte«, wiegelte Magnus ab und ließ sie alleine.

Als er wieder in seinem Büro war, spürte er die Vibrationen der schweren Maschinen, mit denen die Arbeiter nebenan den Boden malträtierten. Auch der Lärm, den die Fenster kaum auszusperren imstande waren, dröhnte in sein Büro.

Er stellte sich an die Jalousien, die geschlossen waren, und drückte sie einen Spalt weit auf, um auf die Baustelle zu blicken, die von Strahlern gegen die aufziehende Dämmerung ausgeleuchtet wurde. Das Licht brannte grell in seinen Augen, da sie in Richtung seines Büros ausgerichtet waren.

Ein Bagger kippte eine Ladung Bodensteine ab und fuhr zum LKW, der an der Straße mit Nachschub bereitstand. Ein Bauarbeiter führte langsam eine Rüttelmaschine über den Kies, den ein Kollege mit der Schaufel für ihn auf dem Boden verteilte. Beide waren jung, hatten kaum ihren fünfundzwanzigsten Sommer erreicht. Hinter ihnen standen drei weitere Kollegen, lehnten mit ihren dicken Armen über ihren Schaufelschäften und taten nichts anderes, als sich zu unterhalten. Ab und an warf einer den beiden Jüngeren einen tadelnden Blick zu und schüttelte den Kopf.

Magnus überlegte, wie viele dieser Leute tatsächlich arbeiteten. Statt sich über die beiden lustig zu machen, konnten die anderen doch mit anpacken? Was stimmte nicht mit diesen Leuten? Wenn jeder seine Arbeit verrichtete, wäre die Baustelle längst fertig und Magnus müsste sich nicht mehr dieser Lärmbelastung aussetzen.

Es klopfte an der Tür.

Grethe kam herein. »Vergiss nicht, dass du morgen einen Termin hast, du musst noch die Werkhalle besichtigen und ein Wertgutachten erstellen«, sagte sie trocken.

»In wessen Auftrag?«

»Kommt von der Gemeinde. Der Termin steht schon seit einem Monat. Bei der herbstlichen Überschwemmung hat das Fundament der Halle Schaden genommen.«

»Und wieso nehmen die dafür nicht ihre eigenen Leute, schließlich haben die keinen Kredit bei uns beantragt, oder?«

Grethe legte ihm eine Umlaufmappe, gefüllt mit Dokumenten, auf den Schreibtisch und verschränkte die Arme. Als sie lediglich die linke Braue als Antwort auf seine Frage hochzog, war ihm alles klar.

»Rygg?«, fragte er.

»Wer sonst? Der Bürgermeister nimmt dich morgen in Empfang und geht mit dir das Gelände ab. Wahrscheinlich will er dir all die Mängel zeigen, damit der Preis für Rygg gut ausfällt.«

»Und wieder werde ich zu einem Verbrechen getrieben. Hört das denn nie auf?«

»Wieso jetzt mit den Lügen aufhören?«, bemerkte Grethe und verließ das Büro.

Magnus hatte die Spitze nur am Rande seines Bewusstseins wahrgenommen. Stattdessen blickte er weiterhin auf die Baustelle und hasste die Faulheit und Unbekümmertheit, mit der die Leute ihrer Arbeit nachgingen.

Magnus setzte sich an seinen Schreibtisch und sah die Papiere durch, die ihm Grethe hingelegt hatte. Die ersten sechs handelten von geänderten Geschäftsbedingungen, die ihm die Zentrale zur Kenntnisnahme geschickt hatte; die anderen von den Neuerungen des Korruptionsschutzgesetzes und anderen Dingen, für die er aktuell keine Konzentration aufzubringen imstande war. Die Maschinen draußen lärmten unablässig weiter, während Magnus mit dem Knie auf- und abwippte und alles unterschrieb, ohne es auch nur einmal überflogen zu haben.

Nach einer Minute war alles unterzeichnet und er legte die Mappe auf seinen Ablagestapel. Dieser neigte sich bereits gefährlich unter der Last der anderen Dokumente, die Grethe hatte auflaufen lassen. Erst jetzt bemerkte er, dass sie wohl schon seit zwei Wochen Vorgänge nicht mehr direkt abgearbeitet hatte, um ihm zu zeigen, wie wichtig sie für diese Filiale war. Mit der Zeit wäre das aufgefallen, doch jetzt hatte sie ihre Gehaltserhöhung erhalten.

Ein Blick auf die Uhr verriet ihm, dass es schon kurz nach sechs war, Feierabendzeit. Er stand auf, schnappte sich seinen Mantel vom Haken und verließ das Büro.

Medina und Grethe kamen aus dem Sicherheitsbereich.

Magnus schloss hinter den beiden die Filiale zu und verließ die Bank durch den Haupteingang.

Grethe steckte sich eine Zigarette an und hielt die offene Schachtel vor Magnus.

»Ich rauche doch gar nicht«, sagte er und winkte ab.

»So wie du in letzter Zeit herumläufst, siehst du aus, als könntest du eine vertragen.«

»Ich schlafe nur schlecht, das ist …« Hinter sich hörte er das Gelächter der Bauarbeiter. Er drehte sich um und sah die drei, die zusammenstanden, grinsen. Einer von ihnen schaute zu ihm rüber. Es war nur ein Streifblick, doch Magnus fühlte sich von ihm verhöhnt. Wie aus dem Nichts schoss Zorn in ihm hoch, als hätte er gelauert und auf diesen einen Moment gewartet.

»Hey, Sie da, wieso arbeiten Sie nicht?«, verlangte er zu wissen.

»Magnus, was tust du?«, zischte Medina hinter ihm.

Doch er ignorierte sie und erhöhte seine Lautstärke. »Wer dafür bezahlt wird, den ganzen Tag nur dumm herumzustehen und Maulaffen feilzuhalten, der sollte sich nicht über diejenigen lustig machen, die für ihr Geld arbeiten!«

Die Bauarbeiter schauten sich gegenseitig an. Der Größte unter ihnen, ein vierschrötiger Typ mit Bart und einem Tattoo, das ihm aus der gelben Warnweste über den Hals bis zum linken Ohr reichte, schulterte seine Schaufel und schlenderte zu Magnus. Er drehte dabei den Torso leicht nach links und rechts, als sei er zu muskulös zum Laufen. Er blieb vor Magnus stehen und warf ihm einen abschätzigen Blick zu. »Na, Mr. Anzug, sind wir nicht ein wenig reizbar? Wer sagt, dass wir Witze über dich machen?«

Magnus blickte zu dem Mann auf, der ihn um einen halben Kopf überragte und einen Atem besaß, dessen Fahne man über einer Burg hissen konnte. Magnus' Überlebensinstinkt schlug Alarm, doch das Signal war im Sturm seiner Entrüstung nicht mehr als ein leises Läuten. »Ich sage das, Magnus Farstad, und ich lasse mir das nicht gefallen!«

»Magnus, hör auf«, flüsterte Medina hinter ihm.

Der Bauarbeiter grinste. »Magnus Farstad«, sagte er mit beißendem Spott in der Stimme. »Hör auf dein Mädchen und geh lieber ins Fitnessstudio, zu deiner *Krawatten-Gang*, ein paar Muckis aufbauen.«

»Ich lasse mich nicht einschüchtern und auch nicht auf den Arm nehmen.« Magnus' Hand wanderte unwillkürlich zu der Pistole, die er im Hosenbund trug. »Was jetzt, hä, was jetzt?!«, ereiferte er sich.

Der Bauarbeiter hatte ein Funkeln in den Augen und machte sich breit.

Magnus kochte vor Wut. Sein Herz schlug ihm bis zum Hals und er wünschte sich sehr, diesen Proleten in den Boden zu stampfen, ihn mit seiner eigenen Schaufel zu erschlagen oder einfach zu erschießen. Das Gefühl, seinem Zorn endlich ein Ventil zu verleihen, war berauschend und gab ihm die Hoffnung, nicht dem Schicksal ausgeliefert zu sein.

Der Mann, der ihm gegenüberstand, sah gar nicht mehr so sicher aus. Etwas in seinem Blick hatte sich von Selbstsicherheit in Zweifel gewandelt. Magnus erkannte es und versuchte, ihn so anzustarren, wie Murat es ihm gezeigt hatte.

»He, komm schon«, sagte einer seiner Kollegen, der dazugekommen war, und zog ihn an der Schulter weg. »Der is' es nicht wert. Wir wollen hier keinen Ärger, ok?«

»Hör auf dein Mädchen«, setzte Magnus nach.

Der Bauarbeiter knirschte mit den Zähnen, ließ sich aber wegziehen. Dabei wendete er nicht den Blick von Magnus ab. »Du tickst nicht richtig, Mann.«

Magnus wartete, bis sich die Bauarbeiter wieder von ihm abwandten und drehte sich dann zu seinen Mitarbeiterinnen.

Medina sah blass aus und schüttelte den Kopf. »Was hast du dir dabei gedacht? Das war gefährlich, das hast du doch gar nicht nötig!«

»Der glaubt, der könne machen, was er will, jemand musste dem mal ein Ende setzen!«

»Wer bist du?«, fragte Medina enttäuscht und schüttelte den Kopf. Danach ging sie zu ihrem Wagen.

Grethe atmete genüsslich ihren Zigarettenrauch aus. »Sie hat recht, Magnus, das war daneben. Reiß dich zusammen, sonst verlieren wir unsere Bank.«

Magnus verbiss sich einen Kommentar. Es war ihm nicht entgangen, dass sie ihn mit Absicht reizte. Die Filiale gehörte ihm allein, sonst niemandem. Und heute Nacht würde er das auch Rygg klarmachen und den ganzen Spuk beenden.

»Ich rauche nicht zu viel. Ich habe nur festgestellt, dass Schubladen die besseren Aschenbecher sind. Ist einer von euch Jungs ledig?«

Grethe Sandvik, Aussage gegenüber der Feuerwehr von Odda

17 Einbruch

Die Mondsichel leuchtete blass am Nachthimmel und verlieh dem frisch gefallenen Schnee, der auf den Ästen von Kiefern und Fichten ruhte, den Glanz von Alabaster.

Einzig das Aufblitzen nachtaktiver Augen verriet, dass sich eine Schneeeule im Geäst einer Baumkrone tarnte und nach Beute Ausschau hielt.

Magnus lehnte regungslos mit der Schulter an einem Stamm und konzentrierte sich auf die Geräusche. Das lauteste war das Rauschen seines Blutes, das in seinen Ohren pochte. Vereinzelt brachen irgendwo in der Dunkelheit Zweige, während das Flattern von geflügelten Tieren zu ihm herüberdrang.

Innerlich verfluchte er Håkon, der für diese Aktion auf schwarze Overalls und Sturmhauben bestanden hatte. Der Stoff saß an seinem Schritt zu eng, besonders dann, wenn er sich durchstreckte. Daher versuchte er, sich leicht gebückt zu halten, um nichts Wichtiges abzuquetschen.

Hinter einer kahlen Buchenhecke stand ein altes Herrenhaus. Es war die Villa einer der einflussreichsten Familien, der Ødegårds, die vor zwanzig Jahren mit dem Tod der letzten Erbin ihr Ende gefunden hatte. Auch wenn es sie nicht mehr gab, lebte ihr Reichtum fort. Die Residenz bestand aus einem Haupthaus mit überdachtem Eingang und zwei Nebengebäuden, die links und rechts daran ansetzten. Jedes von ihnen hatte ein Satteldach, das an den Seiten von den stufenförmig angesetzten Giebeln überragt wurde.

»Das Ding sieht ja aus wie eine alte englische Grafschaft«, flüsterte Magnus.

Håkon zog sich die Sturmhaube über den Kopf und schulterte seinen Rucksack.

»Warst du noch nie hier oben?«

»Nein.«

»Auch wenn es von außen alt aussieht, innen ist es hochmodern. Ich selbst habe die Verkabelung für den Strom verbaut, damals noch mit meinem Vater, und vor fünf Jahren habe ich die Sicherheitselektronik installiert.«

»Gut, dann kennst du dich aus. Wir müssen nur das Büro finden, dann schnappen wir uns das Dokument und hauen ab.«

»Wieso finden? Ich weiß sogar, wie viele Steckdosen ich pro Raum verbaut habe. Nur fällt mir gerade ein, dass er diesen alten Hund hatte.«

»Hund?«, zischte Magnus.

»Keine Sorge, der war damals schon alt und müsste nun tot sein.«

»Ich hoffe, du behältst recht.« Magnus blickte auf die weiß eingerahmten Fenster, hinter denen kein Licht brannte. Das ganze Haus war dunkel, bis auf das rote Blinken der Kameras, die an verschiedenen Stellen am Mauerwerk verbaut waren. »Wie sollen wir da herankommen, wir werden aufgezeichnet, sobald wir uns nähern.«

»Keine Sorge, ich kenne die toten Winkel. Solange du dicht hinter mir bleibst, sind wir sicher«, erklärte Håkon dumpf unter seiner Maske. Der Stoff spannte an den Stellen, wo er über seiner Hornbrille saß. »Ich kann immer noch nicht glauben, dass ich mich von dir dazu habe überreden lassen.«

»Wegen des Autos.«

»Du hast mich eingewickelt.«

»Du kannst dich später noch ausheulen, lass uns das jetzt durchziehen.«

»Gut, aber versprich mir, dass du nicht so ausflippst wie bei den Jugendlichen in Kinsarvik.«

»Ist gut, ist gut«, wiegelte Magnus ab und nahm die 9mm aus der Tasche seines Mantels, den er nach dem Umziehen hinter dem Baum abgelegt hatte. Er achtete darauf, dass Håkon die Waffe nicht sah und steckte sie in die Hosentasche des Overalls.

Håkon lief geduckt los und arbeitete sich an einer Stelle durch die Hecke, die spärlich mit Zweigen bewachsen war.

Während Magnus ihm folgte, achtete er darauf, in die Fußstapfen seines Vordermannes im Schnee zu treten, als würde er wie ein Soldat dem anderen durch ein Minenfeld folgen.

Sie liefen über den verschneiten Rasen und eilten zum Hintereingang.

Håkon gebot ihm mit der Hand, sich dicht an die Wand zu pressen und in den Windfang zu schleichen. An der Tür zog er einen Chip aus seiner Overalltasche und hielt ihn gegen den Knauf, woraufhin sich die Tür mit einem leisen Klicken öffnete.

Drinnen stellte Håkon sich an ein blinkendes Tablet und gab eine Folge von Zahlen ein.

Magnus fühlte sich wie in einer Galerie, als er eintrat. Der Flur, an den die Küche anschloss, blickte durch ein Fenster direkt auf den Mond, dessen Licht auf beiden Seiten die Bilder an den Wänden aus der Dunkelheit hob. Magnus glaubte, die Schwarzweißaufnahmen von Villen zu erkennen. Entweder war Rygg ein Mann, der als Bauunternehmer einen Sinn für die Schönheit von Architektur pflegte oder er war als Heiratsbetrüger ein Witwer in spe, der die nächsten Objekte auskundschaftete.

In der Stille der Villa wagte Magnus kaum zu atmen, geschweige denn, sich zu schnell zu bewegen. Er bildete sich ein, dass es Bewegungssensoren gab oder stille Alarme, die jetzt schon über eine Standleitung bei der Polizei aufliefen. Und die Annahme, dass der Hund des Hauses tot war, bekam Brüche in ihrer Fassade, je länger er darüber nachdachte. Mit einem Mal fand er seine Idee, hier einzusteigen, gar nicht mehr so gut. Außerdem schwitzte er im Overall und es juckte ihn unter der Sturmhaube. Doch er wagte nicht einmal, sich zu kratzen.

»Das System ist jetzt deaktiviert«, wisperte Håkon und legte sich den Zeigefinger auf den Mund.

Magnus verstand und gab sich Mühe, so leise wie möglich zu sein. Er folgte seinem Freund über die Marmorstufen eines Treppenhauses, dessen Außenwand mit Buntglasfenstern verziert war.

Håkon bog nach der Treppe links in einen Flur ab, ging zielsicher bis ans Ende und ging nach links in einen türlosen Raum.

Magnus war fasziniert von dem quadratischen Deckenfenster, das fast so groß wie die Hälfte des Raums war.

Håkon fasste ihn an der Schulter und deutete auf den Glasschreibtisch und zwei Regale voller Ringmappen.

Magnus zog sein Handy aus der Tasche und schaltete dessen Taschenlampe ein. Er nahm sich jede Beschriftung einzeln vor, suchte die Regalfächer ab und versuchte, sich zurechtzufinden.

Nach etwa zehn Mappen erkannte er das System von Ryggs Buchführung. Der Mann hatte alles nach Straßen sortiert, als spiele er Monopoly mit ganz Odda.

Magnus zog vorsichtig den Ordner mit der Aufschrift Opovegen 23 heraus und schlug ihn auf dem Schreibtisch auf. Darin lagen Dokumente in Klarsichtfolie, Fotos von der Baustelle und Flurpläne, die man so oft gefaltet hatte, dass ihre Kanten ausgefranst waren. Zusätzlich lagen auch etliche Handwerkerrechnungen bei – von der Kanalerschließung bis hin zur Fassadengestaltung. Kurz bevor er sich den nächsten Ordner schnappen konnte, fand er das Gutachten: Flurstück 422, Opovegen 23. Sein Herz schlug höher, denn endlich würde er dem ganzen Spuk ein Ende bereiten können. Doch war es wirklich so einfach? Er vergewisserte sich, dass die relevanten Seiten drin waren und nahm das Gutachten. Danach stellte er die Ringmappe wieder zurück und schaltete die Handytaschenlampe wieder aus. Magnus öffnete seinen Reißverschluss am Kragen und schob sich das Dokument in den Overall.

Er nickte seinem Freund zu und schlich mit ihm zusammen nach unten.

Als sie den Flur zur Küche betraten, zuckte Magnus zusammen, als plötzlich das Licht anging.

Am Bedientablet stand Rygg, in einem roten Seidenbademantel mit einem Glas Milch in der rechten Hand.

Magnus erstarrte wie vom Blitz getroffen. Auch Håkon wagte keine weitere Bewegung. Rygg gähnte und streckte sich durch, dabei entdeckte er die beiden. Er machte große Augen.

Für drei Sekunden standen sie sich alle gegenüber, der Moment war wie festgefroren.

Magnus reagierte als Erster. Er zog seine Waffe und zielte.

Rygg ließ sein Getränk fallen, das Glas zersprang klirrend auf den Fliesen. Milch und Splitter verteilten sich zwischen seinen nackten, behaarten Füßen.

Magnus biss sich auf die Lippen. Jeder Ton würde ihn verraten, vorausgesetzt, die Verkleidung half, seine Identität zu verbergen.

Rygg hob langsam die Hände. Der Bademantel, der vorne nicht verschlossen war, entblößte seinen dicken Bauch mit dem ergrauten Brusthaar und seine Genitalien. Er war beschnitten.

Magnus merkte, wie seine Waffenhand zitterte.

Rygg begann zu lächeln. »Ihr beiden seid Anfänger, hab ich recht? Habt ihr schon darüber nachgedacht, bei wem ihr hier einbrecht? Wisst ihr, wer ich bin? Man nennt mich Lukas Rygg, meine Freunde.«

Magnus konnte sich nicht bewegen.

Rygg lachte und tippte wie beiläufig mit einem Finger auf das Tablet.

Sogar als der schrille Alarm ertönte, konnten weder Magnus noch Håkon sich vom Fleck rühren.

Rygg lacht auf. »Ihr seid zwei schräge Vögel, Jungs. So was wie euch kokse ich morgens zum Frühstück weg.« Er zog sich den Handrücken an der grobporigen Nase vorbei und schniefte laut. »Lasst mich raten, ihr seid die beiden Brüder aus dem Tyssedalsvegen, oder? Habt ihr eingesehen, dass ihr vor Gericht keine Chance gegen mich habt?«

Magnus' Starre schmolz unter der Wut, die sich aus den Tiefen seiner Seele hervorkämpfte. Er hasste diesen Mann, diesen Kraken, diesen verfluchten Despoten, der ihn benutzte, einschüchterte und Menschen zerstückelte, als sei es sein gottgegebenes Recht.

Håkon trat unruhig von einem Bein aufs andere, gefangen zwischen Flucht und Angriff.

Magnus ließ seiner Wut freien Lauf, ging auf Rygg zu und verpasste ihm einen Rückhandschlag mit der Waffenhand.

Rygg ging mit einem Aufschrei zu Boden und stürzte mit seinen Händen in die Glassplitter. Blut und Milch mischten sich zu einem Lachsrosa.

Doch Magnus war das nicht genug. Die Wut in ihm riss alle Dämme nieder und brach sich Bahn. Er drehte die Waffe und fasste sie am Schlitten, danach wuchtete er Rygg auf den Rücken und setzte sich auf seinen Bauch.

»Au, was wollt ihr Drecksäcke von mir?«, jammerte Rygg und ließ die blutende Platzwunde am Kopf los. Mit seinen Handflächen, auf denen Glasbruchstücke glänzten, versuchte er, sein Gesicht zu schützen.

Magnus benutzte den Knauf der Pistole wie einen Knüppel und schlug erneut zu. Das Aufklatschen war nicht mehr als ein dumpfes Geräusch.

Er holte wieder aus und verpasste ihm noch eine und noch eine.

Magnus dachte nicht. Hatte kein Mitleid. Kein Erbarmen. Das Einzige, das er fühlte, war Wut.

Bei den ersten Schlägen gelang es Rygg noch, die Wucht mit seinen Händen zu mindern, doch der vierte Hieb ließ seine Gegenwehr erschlaffen.

Håkon hielt Magnus am Handgelenk fest.

»Was denn!?«, schrie Magnus und sah über seine Schulter.

»…, hör endlich auf, er ist bewusstlos, du bringst ihn ja noch um. Verdammt, der Alarm, wir müssen abhauen!«

Håkons Stimme drang wie aus weiter Ferne zu ihm durch. Magnus ließ sich von ihm hochziehen und taumelte noch einen Moment, während er auf Ryggs gebrochene Nase starrte, dessen Gesicht voller Blut war.

»Verflucht, wir müssen los!«, brüllte Håkon.

Magnus folgte ihm. Dabei schaute er auf seine Füße, die sich bewegten, rannten und über Stufen in den Schnee sprangen, ohne dass Magnus ein Gefühl dazu hatte.

Erst als sie wieder am Waldsaum waren und ihre Sachen vom Boden aufhoben, kam Magnus langsam zu sich.

»Mist, Mist, Mist«, murmelte Håkon wie ein Mantra und eilte vor Magnus durch den Wald. »Du spinnst total, bist voll ausgetickt! Wir müssen zum Auto und sofort von hier abhauen!«

Niedrige Zweige schlugen Magnus entgegen, Dornensträucher ritzten seine Handrücken auf. Langsam dämmerte ihm, was er getan hatte. Vielleicht hatte er einen Menschen totgeschlagen.

*

Magnus kaute auf seinem Daumennagel und blickte schon seit einer halben Stunde aus der offenen Werkhalle nach draußen.

Im Vorhof standen zwei ausgeschlachtete Schaufelbagger, deren Blechskelette unter dem Schnee wie in Zuckerguss getaucht wirkten. Die Jahre hatten ihre platten Reifen porös werden lassen und sich mit Rost an Ecken und Kanten durch ihre Leiber gefressen. Sie waren ein Festmahl für die Verwitterung und ein Appetithappen für die Zeit selbst. Auch Magnus fühlte sich in ihren Schlund gesogen, denn jede Sekunde, die verstrich, dehnte sich zu einer Ewigkeit der Qualen. Er hatte ein Stück vom Daumennagel abgebissen und kaute mit den Schneidezähnen darauf herum.

Ein Klingeln durchbrach seine Gedanken. Es war sein Telefon.

»Ja, hallo?«

»Hier Håkon.«

»Und?«

»Meine Oma liegt im Krankenhaus, sie hat es überlebt«, sagte Håkon mit gestelzten Worten, als sage er einen wohlüberlegten Text auf.

Magnus verstand sofort. Die Oma seines Schulfreundes war schon lange tot, doch hier ging es nicht um sie, sondern um Rygg. »Und, wissen die Ärzte, was sie sich eingefangen hat?«

»Nein, alle tappen im Dunklen. Vielleicht ist es besser, einfach normal weiterzuleben.«

»Ist gut, Håkon. Ich wünsche ihr eine gute Besserung«, sagte Magnus und legte auf. Obwohl ihm ein Stein vom Herzen fiel, dass er kein Mörder war, hatte er auch gleichzeitig Angst, dass Rygg herausfand, was bei ihm zu Hause geklaut worden war und wer damit zu tun haben konnte.

Er schaute noch einmal nach draußen.

Keine Polizei. Kein Sonderkommando. Keine Festnahme.

Die ganze restliche Nacht hatte er kein Auge zugetan, gewartet, und mit einem Leben im Knast gerechnet. Scheinbar war die Sorge umsonst gewesen. Ein Blick auf die Uhr verriet ihm, dass es schon halb zehn war. Doch bevor er den Bürgermeister wegen seiner Unpünktlichkeit verfluchen konnte, fiel ihm ein, dass der Termin um zehn stattfand. Demnach war er zu früh. Nach solch einer Nacht schien ihm dieser Fehler fast unbedeutend zu sein.

Er spuckte den Nagelrest aus und atmete tief durch. »Odda, Norgwegen, zu Hause«, sagte er zu sich selbst. Nun würde alles wieder gut werden. Es gab ein Druckmittel, womit Rygg es sich zweimal überlegen würde, ihn der Polizei als Bauernopfer zu präsentieren. Es war an der Zeit, wieder zu seiner eigentlichen Aufgabe zurückzukehren, der Bewertung dieses Objekts.

Magnus drehte sich um und ließ die Halle auf sich wirken.

Tageslicht drang durch teilweise zerschlagene, quadratische Fenster, die in verrosteten Gitterrahmen hingen, in den Innenraum ein. Sie reichten bis hoch zur Decke, die von Stahlstreben mit Nieten gehalten wurde.

Magnus lief los und steuerte die Versorgungsräume am Ende der Halle an. Ringsherum blätterte der Putz von den Wänden und entblößte das Backsteininnenleben darunter.

Magnus betrat einen Raum mit mehreren ramponierten Tischen und Stühlen. Eine emaillierte Tasse stand noch auf einer Kommode, deren Türen schräg in den Angeln hingen. Früher mochte es der Pausenraum gewesen sein, vor vielen Jahren.

Magnus ging weiter und gelangte in einen Flur, von dem links und rechts Waschräume abgingen. Einige der Fliesen waren abgefallen und lagen in Bruchstücken auf dem Boden verstreut.

Als Magnus auf den Flurboden blickte, sah er rote Tropfen. Es sah aus wie Blut. Er bückte sich herunter, um sicherzugehen. Es war tatsächlich Blut.

Er wich zurück und zückte seine Waffe.

Wie konnte das sein? Rygg war doch außer Gefecht?

Magnus' Blickfeld schrumpfte auf einen Tunnel zusammen, auf den Flur, der vor ihm lag. Die Tropfen führten in einen der Waschräume. War hier etwa der Ort, wo Freyja gequält wurde? Er machte sich nicht viel aus dieser Frau, so wie er sich sonst nicht viel aus Menschen machte, doch er fühlte, dass ihre Schicksale miteinander verbunden waren.

Er setzte einen Fuß vor den anderen, ging den Trümmern, die sich aus dem Mauerwerk gelöst hatten, aus dem Weg und versuchte, sich lautlos fortzubewegen.

Ein Windstoß rauschte durch den Flur und bewegte sachte die rostigen Blechtüren eines Spinds im Umkleideraum. Ein Durchgang führte zur Sanitäranlage.

Magnus hatte einen trockenen Mund. Er folgte den Tropfen, die auf dem Staub und Dreck von Jahrzehnten wie Rubine strahlten. Als er die Gemeinschaftsduschen betrat, führte das Blut in eine Ecke, in der ein Briefumschlag lag. Magnus ging darauf zu und hob ihn auf.

Auf dem Papier stand: *Für Magnus Farstad, persönlich/vertraulich.*

Magnus knirschte vor Anspannung mit den Zähnen, als er den Brief darin, mit der Waffe in der Hand, auspackte und las.

Audiomitschnitt – Verschriftlichung für Magnus Farstad

Freyja sieht nicht gut aus. Nachdem sie bereits Nase, Zunge und ein Ohr eingebüßt hat, wirken ihre Augen matt und glanzlos. Ich kann nicht in ihren Kopf schauen, beziehungsweise habe ich nicht vor, ihr den Schädel zu öffnen, doch ich denke, dass sie nur noch will, dass es vorbei ist. Sie versucht auch nicht mehr, zu sprechen, vielleicht liegt das daran, dass ihr Lebensfaden bereits durchtrennt ist.

Mittlerweile habe ich ihr ein Vitaminpräparat in den Tropf gespritzt. Schließlich braucht sie noch Kraft, um bis zum Ende durchzuhalten.

Ich rücke mit meinem Hocker dicht an sie heran.

Freyja zittert plötzlich, schluchzt und weint unkontrolliert. Aus ihrem Nasenstumpf und dem Mund fließen Blut, Rotz und Speichel, während sie kreischt und jammert. Ihre Blicke wandern panisch durch den Raum, ohne mich zu fixieren.

Mit meinem Skalpell schneide ich ihr einen Knopf nach dem anderen von der weißen Satinbluse, auf der Mohnblumen aufgedruckt sind. Mit einem kleinen Schnitt in die Mitte des schwarzen BH springt er auf und entblößt ihre Brüste. Ich bin überrascht, sie hat ein Piercing am linken Nippel. Es ist ein Ring mit einem smaragdfarbenen Strassstein. Sehr praktisch, wenn man bedenkt, was ich vorhabe.

Dennoch verblasst er an ihrem zarten, rosa Nippel, der wie dieser Softgummi mit Erdbeergeschmack aussieht, den ich als Kind immer tütenweise gegessen habe. Ob ihre wohl auch nach Erdbeere schmecken?

Angeblich schmerzen intime Körperteile besonders, da sie durch die Konzentration sensibler Nerven viel mehr Reize übertragen, als zum Beispiel die Haut auf dem Knie. Wahrscheinlich hat das Stechen beim Piercer sehr wehgetan. Vielleicht war es ja auch Absicht? Vielleicht steht sie auf Schmerz, doch ich würde sie nicht leichtfertig als Masochistin bezeichnen. Denn die wenigsten, die sich von anderen quälen lassen, stehen tatsächlich auf den Schmerz. Oft geht es um das Gefühl der Unterwerfung, das äußerst erregend sein kann. Stell dir vor, Magnus, wie sich das anfühlen muss, wenn dein Leben in den Händen eines anderen liegt, du ausgeliefert bist und nichts anderes tun kannst, als gehorsam zu sein.

Wie viel sie wohl von dem Schmerz genießen wird?

Ich nehme ihr Piercing zwischen Zeigefinger und Daumen und ziehe sachte daran. Weiter und weiter, bis zu dem Punkt, an dem sie sich windet. Das Procain betäubt sie für die Schmerzen aus den anderen Wunden, daher kann sie sich auf diesen einen konzentrieren. Ich übe so viel Zug aus, dass ihr Intimschmuck kurz davorsteht, aus der Haut zu reißen. Ich setze das Skalpell an und führe einen schnellen Schnitt.

Während sie frenetisch schreit, lege ich den Nippel weg und nehme mir den Brennstempel. Diesmal muss ich nicht schnell sein, da die Wunde nicht so groß ist. Dennoch fließt ihr das Blut über die Brust, tropft auf ihren Bauch und mischt sich auf dem Weg nach unten mit ihrem Schweiß.

Ich packe ihre Brust und drücke ihr das heiße Metall auf. Dieser Blick in ihren Augen, in dem Moment, wenn Haut und

Fleisch wie Käse miteinander verschmelzen, dringt fast zu mir durch. Dennoch ist mir Freyjas Leid fern, da ich keinen Sinn mehr für die Pein anderer habe. Doch mach dir keine Sorgen, Magnus, denn dein Leid – und das schwöre ich dir – liegt mir tatsächlich am Herzen.

Bis bald, dein X

Als Magnus den Brief umdrehte, sah er den aufgeklebten Körperteil mit dem blutigen Piercing, das unter einem transparenten Klebestreifen lag.

Er ließ das grausame Schriftstück fallen und taumelte gegen die Wand. Fliesen und Duschköpfe drehten sich um ihn, während er gegen das Gefühl kämpfte, sich übergeben zu müssen. Er beugte sich vornüber und würgte, doch außer einem langem Speichelfaden, der bitter schmeckte, kam nichts heraus.

Magnus wischte sich den Mund an seinem Mantelärmel ab und wankte nach draußen. Je weiter er sich von dem Brief und dem Nippel entfernte, desto leichter fiel es ihm, sich zu sammeln. Er steckte die Pistole wieder ein und verließ die Versorgungsräume.

Am Ausgang der Werkhalle hielt er sich am Torrahmen fest und bückte sich noch einmal, um sich ein weiteres Mal zu übergeben. Wieder tropfte nur Speichel aus seinem Mund, dampfte in der Kälte und ließ den Schnee auf dem Boden schmelzen, wo er auftraf.

»Sie armer Teufel«, sagte jemand.

Magnus schreckte auf und wäre fast nach hinten gestolpert.

Der Bürgermeister strich sich das schüttere Haar zurück und machte einen besorgten Eindruck. »Mir ging es auch so, als ich heute Morgen das mit Herrn Rygg gehört habe.«

»Was?«, fragte Magnus, während er sich den Mund abwischte. »Ach so, ja, ich war darüber erschüttert.«

Die Säure brannte auf seinen Lippen und in seinem Rachen.

»Die Polizei hat bereits zwei seiner Mieter festgenommen, mit denen er schon länger vor Gericht steht. Echt üble Sache.«

»Was genau ist eigentlich passiert? Ich weiß nur, dass er im Krankenhaus liegt.«

»Die Mieter haben ihm in seinem eigenen Haus aufgelauert, stellen Sie sich das vor, im eigenen Haus! Was stimmt mit Odda nicht mehr? Erst diese Aktivistin und jetzt Rygg.« Der Bürgermeister musterte Magnus. »Sie sehen blass aus, wollen wir die Bewertung nicht verschieben?«

»Nein, nein. Ist schon gut, es ist traurig, aber wir dürfen uns davon nicht einschüchtern lassen, sonst gewinnen die, die unsere Ruhe in Odda zerstören wollen.«

»Fürwahr, Herr Farstad. Ich würde vorschlagen, wir halten es dennoch kurz.« Der Bürgermeister drückte ihm eine Mappe mit Unterlagen in die Hand. »Außenansicht, Flurkarte und Grundriss. Draußen gibt es mehrere Risse am Sockel der Mauer, wahrscheinlich hat das Fundament Schaden durch die Überschwemmung im Frühjahr genommen. Davon habe ich Ihnen Fotos beigelegt. Sie können natürlich auch Ihre eigenen machen …«

»Nein, ist schon gut, ich denke, das dürfte reichen«, sagte Magnus, ohne einen Blick darauf geworfen zu haben. »Da drinnen bin ich schon fertig, wir schauen noch von außen, dann bin ich durch.«

»Das freut mich, Herr Farstad, Sie sind immer so gut vorbereitet. In Ordnung, also, das Gebäude wurde 1940 errichtet, damals stand hier noch alles voller Maschinen …«

Magnus hörte nur mit einem Ohr zu. Seine Gedanken drehten sich um die letzten Worte des Sadisten, dass er sich für Magnus' Leid interessierte. Jedes einzelne Härchen in seinem Nacken stellte sich bei dem Gedanken auf, wie besessen dieser Typ von ihm war. Lag Rygg wirklich in der Klinik? Er musste es wissen, selber nachsehen, sonst konnte er nicht glauben, dass dieses Schwein doch nicht in die Sache mit den Körperteilen verwickelt war.

»Seit einem halben Jahr bin ich nun mit meinem jungen Mann, Lukas Rygg, verheiratet. Er kümmert sich nach wie vor gut um mich. Gestern hat er mir Frühstück ans Bett gebracht, meine Tabletten sortiert und mir erklärt, wie hübsch er mich findet – dieser Lügner. Mein Gesicht sieht mittlerweile aus wie mein schlaffer Hintern.

Vor zwei Tagen habe ich ihn heimlich dabei beobachtet, wie er mir etwas in den Kaffee gemischt hat. Endlich, ich dachte schon, ich müsse wie der gemeine Pöbel im Siechtum des Alters sterben.«

Lilja Ødegård, letzte Erbin der Industriellenfamilie Ødegård, Tagebuch, letzter Eintrag

18 Besuch aus den 80ern

Marit rieb sich die schmerzenden Schultern und lockerte ihren Nacken. Auch ihre Hände taten weh, da die Blasen aufgeplatzt waren und ein Gemisch aus Schweiß und Staub wie Zitronensäure auf der rosa Haut darunter brannte.

Sie trat einen Schritt zurück und betrachtete ihr Werk.

Der Backstein war rundherum freigelegt, nur noch einzelne Mörtelreste hielten ihn in seiner Position. Bis zu diesem Erfolg hatte es zwei Tage gebraucht. Oder länger. Vielleicht kürzer. So genau ließ sich das nicht sagen, da sie nur wusste, dass sie zweimal seit Beginn ihrer Stemmarbeiten geschlafen hatte. Tatsächlich war es das einzig andere, was es hier außer schlafen zu tun gab.

Marit bugsierte die Metallstange in die freigelegte Fuge und begann zu hebeln. Erst geschah nichts, dann löste sich der Backstein mit einem Ruck und krachte zwischen ihren Füßen zu Boden. »Ja, ja, Marit, du bist super!«, rief sie und stocherte mit ihrer improvisierten Brechstange in dem Raum hinter der Öffnung. Er war voll schwarzer Erde, durchdrungen von Wurzelwerk, das alles zusammenhielt. Sie stach immer wilder darauf ein und konnte nicht aufhören. Jedes Mal, wenn sie Wurzelwerk traf, hinterließ sie eine oberflächliche Verletzung darauf, die ockerfarbene Fasern aus dem dunklen Erdreich scheinen ließ.

Sie begann zu lachen, wurde langsamer, ließ das Metall klirrend zu Boden fallen und wischte sich die Tränen mit dem Ärmel ihrer Jacke weg. Es hatte nicht geholfen, war umsonst gewesen, hatte nichts geändert.

Sie rutschte mit dem Rücken an der Wand entlang zu Boden. Mörtelreste stachen ihr in den Hintern, was sie jedoch nur am Rand wahrnahm. Der schlimmste Schmerz war der von zerschlagener Hoffnung. Er hinterließ eine Leere, die sich mit nichts füllen ließ als mit Verzweiflung und Resignation. Doch noch war es nicht so weit, sie wollte sich nicht geschlagen geben. Marit blickte zu der Matratze, die sie vor der Kamera verbarg, und war froh, dass man sie nicht in diesem Zustand sah. Nein, im Gegenteil, sie wollte ihrem Entführer ihren Zorn und ihre Wut zeigen, ihren Willen, kein Aufgeben zu akzeptieren.

Sie stand auf, wischte sich das verweinte Gesicht an ihrem Pulloversaum sauber und klopfte sich den Staub von der Bekleidung. »Das ist nicht dein Ende, Marit«, sagte sie zu sich selbst und setzte einen möglichst trotzigen Blick auf, bevor sie hinter der Matratze hervortrat und durch die Scheibe blickte.

Es dauerte mehrere Sekunden, bis sie verstand, was sie sah.

Auf der anderen Seite stand eine junge Frau mit schwarzen, lockigen Haaren, die ihr über die linke Schulter bis zu einem Button mit der Aufschrift *No way to Norway* reichten, der auf der Westentasche ihrer Jeansjacke prangte. Ihr Mund stand offen und sie wirkte überrascht.

Marit trat langsam an die Scheibe und legte ihre Hände flach auf. Sie prägte sich jedes Detail der Frau ein: Die weißen Turnschuhe mit den Klettverschlüssen, die fliederfarbene Bluse unter der Jacke und die Ohrringe, die mit türkisfarbenen Steinchen an Navajo-Schmuck erinnerten. Alles an ihr wirkte wie aus einer anderen Welt, als stamme sie aus einem Film aus den Achtzigern.

Die Frau blickte erst zur Kamera, dann zu Marit und inspizierte danach die Scheibe.

Marit konnte sich nicht an ihr sattsehen. Der erste Mensch, den sie seit einem gefühlten Jahrhundert sah, und sie schien nicht ihr Entführer zu sein. In ihrem Innersten keimte ein Hoffnungsschimmer, der immer größer wurde, sich Bahn brach und ihren ganzen Körper mit Energie flutete. Sie begann zu klopfen und schrie. »Hilfe, bitte hilf mir, ich will hier raus!«

Die Frau auf der anderen Seite tippte an ihr Ohr, als könne sie Marit nicht hören. Sie klopfte prüfend auf die Scheibe, dann packte sie den Klappstuhl aus Metall neben der Kamera und wies Marit mit einer Handbewegung an, zurückzutreten.

Marits Herz raste vor Erregung, sie ging ein paar Schritte zurück und sah der Frau dabei zu, wie sie den Stuhl gegen die Scheibe donnerte.

Das Glas vibrierte kurz, doch es hielt stand. Die Frau schlug wieder und wieder zu, so lange, bis ihr Schweiß über die Stirn rann. Danach ließ sie den Stuhl fallen und verschnaufte mit den Händen auf den Oberschenkeln.

Marit trat mit zitterndem Unterkiefer an die Scheibe, da sie wusste, was jetzt kommen würde.

Die Frau lehnte sich mit beiden Händen ans Glas. Sie bewegte ihren Mund, sprach langsam und zeigte dabei ganz viele Zähne, so, als wolle sie sich von einem Schwerhörigen etwas von den Lippen lesen lassen.

Marit hatte es beim zweiten Durchgang erraten: *»Ich hole die Polizei«*. Die Frau wiederholte ihre Mundbewegung immer wieder, doch Marit schüttelte panisch den Kopf und schlug gegen die Scheibe. »Nein!«, schrie sie. »Bitte geh nicht, bitte bleib, es muss einen Weg geben, bitte, bitte, …« Bei dem Gedanken, dass sie wieder alleine gelassen wurde, brach sie in Tränen aus.

Die Verzweiflung, die Marit ausstrahlte, übertrug sich auf die Frau. Sie legte sich die Hand aufs Herz und wiederholte die gleiche Mundbewegung wieder. Ihre Augen füllten sich mit Tränen, während sie sichtlich dagegen ankämpfte zu weinen und stattdessen versuchte, Stärke und Zuversicht zu vermitteln. Trotz ihres Mitgefühls lag ein Ausdruck in ihren Augen, als würde sie Himmel und Hölle auseinanderreißen, um ihr Wort zu halten. Sie legte ihre Hand an die Stelle auf das Glas, wo Marit ihre aufgelegt hatte. Als jeder Finger über dem der anderen lag, nickte sie kurz und verschwand im Durchgang hinter ihr.

Marit stand noch eine ganze Weile, nachdem die Fremde verschwunden war, an der Scheibe. Wie viel Zeit wirklich vergangen war, wusste sie nicht zu sagen. Um sie herum herrschte Stille, bis auf den eigenen Herzschlag, der sich nun wieder beruhigt hatte. Ihr Wille, an eine Rettung zu glauben, war so stark, dass sie sich nicht traute, von der Scheibe wegzugehen. Als könne sie mit ihrer Gegenwart bewirken, dass Polizisten auf der anderen Seite auftauchten. Es konnte jeden Moment so weit sein, jede Sekunde … oder war es nur Einbildung? War diese Frau wirklich da gewesen und hatte Hilfe versprochen oder war es nur ein Traum gewesen? So unfassbar schön, dass sie sich im Trudel der Euphorie selbst belog?

»Nein Marit, das war echt«, flüsterte sie und blickte auf den kaputten Klappstuhl, der im Nachbarraum auf dem Boden lag. Wenn es einen Beweis dafür gab, dass sie nicht den Verstand verloren hatte, dann diesen.

19 Kenne deine Freunde

Auf der Sitzbank neben dem Eingang der Klinik saß ein alter Mann, der sich sichtlich mit dem Richten des Beatmungsschlauchs abmühte, der nur schlecht an seiner Nase sitzen wollte. Zu seiner Rechten stand eine grüne Sauerstoffflasche im Körbchen eines Rollators. Der Patient schaute griesgrämig eine Schwester an, die an ihm vorbeilief und zündete sich eine Zigarette an.

Magnus hatte das Gefühl, Grethe zwanzig Jahre später vor sich zu sehen. Wahrscheinlich würde auch sie so lange weitermachen, bis man ihren Körper aufgrund der Kontaminationsgefahr für das Grundwasser nur noch als Sondermüll auf einer Müllkippe in Usbekistan verbuddeln durfte.

Kaum hatte er die Drehtür der Klinik passiert, schlug ihm ein warmer Schwall Luft aus einem Gebläse über seinem Kopf entgegen und trug den Geruch von Kantinenwürstchen und Desinfektionsmitteln an seine Nase. Das Licht der Deckenlampen leuchtete grell auf den kalkweißen Fliesen. Eine dicke Putzfrau schob ihren langen Wischer darüber und kreuzte den Weg einer Rollstuhlfahrerin, die sich weigerte, auszuweichen.

Magnus ging zur Rezeptionistin.

»Hallo, mein Name ist Farstad. Ich möchte gerne zu Lukas Rygg, wo finde ich ihn?«

Sie blickte nicht einmal zu ihm auf. Stattdessen klapperte sie mit ihren langen Fingernägeln auf der Tastatur herum, während sie einen Hörer zwischen Schulter und Wange balancierte.

»Station 9c, Privatklinik, dritter Stock rechts«, spuckte sie ihm entgegen.

Magnus ging zum Aufzug.

Ein Pfleger schob ein leeres Bett aus der Kabine und ließ Magnus eintreten. Er drückte die Taste mit der Drei und fuhr hoch.

Als sich die automatische Tür hinter ihm schloss, war er wie in einer anderen Welt. Das Licht war sanfter und die Luft im Flur, die einen Hauch von Mango in sich barg, war parfümiert. An der Theke des Stationszimmers stand eine hübsche Frau, die Magnus anlächelte, als er sich ihr näherte.

»Guten Tag, was kann ich für Sie tun?«, fragte sie und strich sich das blonde Haar hinters Ohr.

Magnus freute sich, dass er eine Bühne für seinen Charme gefunden hatte. »Ich wollte mich nach Lukas Rygg erkundigen. Wie geht es ihm?«

»Gehören Sie zur Familie?«

»Nein, ich bin ein Geschäftspartner.« Allein die Vorstellung, dass dieser Mann Verwandte haben könnte, war wie die Stelle im Horrorfilm, an der die Kamera zu einer letzten Einstellung auf die unausgebrüteten Eier des Bösen schwenkte, bevor die Abblende kam.

»Dann darf ich Ihnen leider keine Auskunft geben.«

Magnus legte seine Unterarme auf den Tresen und schenkte ihr das Lächeln, mit dem er schon so viele Frauen erobert hatte. »Datenschutz, das Problem kenne ich auch. In meiner Bank nehme ich das sehr ernst, wissen Sie?«

»Sie haben eine Bank?«

»Ja, läuft ganz gut, ist nur manchmal stressig«, antwortete er und ließ sie erkennen, dass er sie mit einem Fahrstuhlblick musterte. Sie hatte eine schmale Taille, die einen kleinen, knackigen Hintern erahnen ließ. Er wartete und ließ sein Auftreten wirken.

Sie lächelte verschmitzt. »Okay, ich denke, Sie gehen irgendwie als Angehöriger durch. Wie heißen Sie eigentlich?«

»Magnus Farstad.«

»Farstad?«, polterte es aus dem nächstgelegenen Patientenzimmer.

»Ihr Freund scheint Sie gehört zu haben, Herr Farstad, gehen Sie ruhig zu ihm.«

Magnus hatte gehofft, sich bei der Schwester erkundigen zu können, doch nun hatte ihn das Böse doch erwischt. Hoffentlich war es so, wie Håkon ihm gesagt hatte, und keiner wusste, dass sie den Einbruch und die Körperverletzung verübt hatten.

Er betrat das Zimmer und sah Rygg, der mithilfe der Fernbedienung die Rückenlehne des Krankenbettes aufrichtete. Er trug einen gelben Bademantel mit aufwendig aufgestickten Initialen auf der Brust. Sein Gesicht sah wüst aus. Ein Auge war rot unterlaufen, Nase und Stirn lagen unter einem dicken Verband.

Magnus' Herz schlug höher.

»Seit ich hier liege, war außer der Polizei niemand da, was für eine Schande für einen Mann wie mich.«

»Polizei?«, stotterte Magnus. Ihm war heiß und kalt.

»Ja, ich habe denen alles erzählt.«

»Alles?«

»Ja, diese bescheuerten Mieter aus dem Tyssedalsvegen. Erst zerren sie mich vors Gericht und dann brechen die in meine Bude ein. Zwei so schlaksige Typen, die ich unter jeder Skimaske erkennen würde. Aber schön, dass Sie da sind, daran erkennt man, wer die wahren Freunde sind.«

Magnus war erleichtert. »Was genau ist denn passiert? Ich habe nur gehört, dass Sie im Krankenhaus lägen.«

»Keine Ahnung, weiß ich auch nicht genau. Ich bin nachts aufgestanden und wollte ein Glas Milch trinken. Da stehe ich plötzlich vor zwei Anfängern. Einer hat mich mit ner Pistole bedroht, hatte aber keinen Mumm abzudrücken, Feigling! Als ich den Alarm ausgelöst habe, ist der Bewaffnete durchgedreht und hat auf mich eingeschlagen.«

»Wollten die Typen Sie bestrafen?«

»Ich denke schon. Diese Halbstarken kapieren einfach nicht, dass ich keine einzige Krone in die Schimmelbeseitigung stecken will. Bei der günstigen Miete gibt's halt eben nicht mehr als das. Sind arme Leute, arm an Geld und Verstand. Wenn ich wieder zu Hause bin, werde ich prüfen, was fehlt und dann mache ich die beiden fertig.«

»Wieso sollte jemand etwas klauen, wenn es doch nur um die Prügel ging?«

»Gelegenheit macht Diebe, Herr Farstad. Außerdem pocht der nichtsnutzige Anwalt von denen auf den alten Mietvertrag, der angeblich verschwunden sei. Wahrscheinlich haben die meine Unterlagen durchwühlt und danach gesucht.«

Magnus hoffte, dass Rygg dabei nicht auf das fehlende Dokument stieß und bis dahin noch lange in der Klinik blieb. »Was sagen die Ärzte?«

»Dass ich ein medizinisches Wunder sei und nur jemand mit meinem Betonschädel mit einer leichten Gehirnerschütterung davonkomme. Die Nase war auch schon vorher krumm, vielleicht wird sie ja diesmal gerade?«

Magnus stellte sich vor, wie er das Kissen nahm und Odda ein für alle Mal von dieser Kreatur erlöste. Auch wenn er nicht mehr als X infrage kam, wäre die Welt ein besserer Ort ohne ihn.

Er trat näher und tat so, als wolle er das Kissen aufschütteln. Er nahm es unter Ryggs Kopf hervor, seine Finger krampften sich um den Stoff.

»Gut, dass wenigstens Sie da sind. Sie und ich, wir sind uns gleich. Keiner versteht, wie einsam man sein kann, wenn man Erfolg hat.«

Mehrere Sekunden lang hatte Magnus das Gefühl, sich von außen zu betrachten. Er sah sich selbst in seinem teuren Mantel, mit der Krawatte und dem Anzug, bereit, einen Mann zu erdrosseln. Bereit, einen Mord zu begehen. Bereit, jegliche Skrupel abzulegen. Wenn er Grethes Zukunft unten vor der Klinik hatte sitzen sehen, dann sah er nun seine Zukunft, zusammengeschlagen und allein in einem Krankenbett, unwissend, dass der eigene Mörder bereitstand. Er fühlte sich wie ausgehöhlt.

»Wir sind gleich«, murmelte Magnus zu sich selbst und ließ das Kissen fallen.

»Ich weiß noch, Herr Farstad, wie sie mir die Diebstahlversicherung angeraten haben. Damals hatte ich abgelehnt. Vielleicht können wir den Vertrag doch abschließen, vordatiert, versteht sich. Meine verstorbene Lilja Ødegård, möge sie in Valhalla ewig leben, hatte jede Menge Schmuck. Möglich, dass davon etwas fehlt. Vielleicht kommen wir ins Geschäft.«

Wie in Trance reichte Magnus ihm das Kissen und ging.

»Herr Farstad, wo gehen Sie hin?«, rief Rygg ihm nach.

Doch Magnus lief weiter und immer weiter, nahm die Treppe statt des Aufzugs und rannte hinunter, um dem Monster, das er werden würde, zu entkommen.

*

Die Dielen unter Magnus' nackten Füßen knarzten, als er einen schweren Jutesack zum Mahlstein schleifte. Über ihm dröhnte eine Apparatur aus Zahnrädern, Riemen und Stangen, die unter der Bewegung der Mühle vibrierte. Eines der Räder hatte Unwucht und versetzte der gesamten Konstruktion nach jedem vollen Umlauf einen Schlag, bis es wieder in seiner Position einrastete. Dabei baumelten jedes Mal die Säcke, die in Flaschenzügen von der Decke hingen, hin und her, ließen Schatten im Licht der Laterne, die an einem Balken hing, über den Boden wandern.

Magnus hielt inne, um Luft zu holen. Er horchte auf das Knarzen von Seilen und Klappern der Sensen und Siebe, welche die Wände säumten. Danach wischte er sich den Schweiß von der Stirn und wuchtete den Sack über die Stufen hinauf zur Empore. Dort, wo das Geländer fehlte, schob er ihn über die Kante und sah, wie er vom Mühlstein in einem kreisrunden Bett erfasst wurde, auf dem dieser hochkant seine langsamen Runden fuhr. Das Alter hatte dicke Poren auf dem Granit hinterlassen und seine Kanten rundgerieben. Unter seinem Druck platzten die Jutefasern und ein Schwall Korn ergoss sich ins Mahlbecken.

Magnus atmete angestrengt und lockerte die Schnürung an seinem kurzen Stehkragen. Das Leinen seiner Bekleidung kratzte wie Stroh und vermochte den Schweiß nicht aufzunehmen, der ihm den Rücken hinunterkroch. Es war heiß in der Mühle. Stickig. Bedrückend. Sein Hals war trocken. Er ging die Stufen wieder hinunter und lief zum Wassereimer, der in der Ecke stand. Als er sich darüber beugte, erblickte er auf der Wasseroberfläche einen alten Mann mit schütterem, weißen Haar. Sein Gesicht wirkte eingefallen und er hatte dunkle Ringe unter den Augen, die vor Trübsinn und Erschöpfung stumpf waren.

Magnus schaufelte mehrere Schlucke Wasser zum Mund, trank und wusch sich danach das Gesicht.

Er ging zur Tür und betrachtete den Stapel mit Jutesäcken. Bei einem davon hatten sich mehrere Schlaufen des dünnen Seils, mit dem er verschnürt war, gelöst. Magnus packte ihn daran und zog ihn über die Dielen. Ein erhabener Nagelkopf riss den Stoff auf, Körner verteilten sich auf dem Boden.

Während der Sack an Inhalt verlor, zerrte ihn Magnus schnell zu den Stufen. Mittlerweile war er leicht genug, dass er ihn mit beiden Händen hochheben konnte. Er ging die Treppe hinauf, wuchtete ihn über den Kopf und warf ihn. Doch er erkannte zu spät, dass die Schlaufen sich noch weiter gelöst und sich um seine Schultern gelegt hatten. Das Seil zog sich um sei-

nen Hals und holte ihn mit einem schmerzhaften Ruck von den Beinen. Magnus konnte sich in letzter Sekunde an der Kante der Empore festhalten und ächzte unter dem Schmerz, der sich anfühlte, als sei ihm der Hals ausgerenkt worden. Er spannte alle seine Muskeln an, keuchte und versuchte, mit seiner Linken ans Seil zu gelangen, um ihn loszumachen, während er sich mit der Rechten weiterhin festhielt.

»Was zum …«, krächzte er vor Unglauben, als er sah, wie die Jute sich wieder füllte, anschwoll und dicker wurde. Auch die Schatten in der Mühle veränderten sich. Sie wurden länger, krümmten sich zu Krallen und Fratzen mit Zähnen und Fängen. Sie flossen am Mahlstein zusammen, wie ein Schlund, der ihn zu verschlingen versuchte.

Das Gewicht an seinem Hals wurde stärker. Magnus fasste auch mit der anderen Hand an die Kante und kämpfte darum, sich hochzuziehen. Doch seine Kraft reichte nicht und er konnte nur versuchen, nicht abzustürzen. Unweigerlich wurde sein Kopf weiter nach unten gezerrt. Sein Blick wanderte hoch zum Räderwerk der Mühle, zu den Säcken, die an den Flaschenzügen hingen. Doch zwischen ihnen befand sich noch etwas anderes.

Nackte Füße, weiß wie Kalk, baumelten von der Decke. Sie gehörten zu einem Frauenkörper mit einem roten Kleid.

Magnus konnte den Blick nicht von ihr abwenden.

Wieder fuhr ein Ruck durch die Mühle, als das Rad mit der Unwucht sich setzte. Dabei wackelte die Leiche und drehte sich langsam.

Magnus wollte ihr ins Gesicht blicken, das größtenteils unter schwarzen Locken verborgen lag. Unter Mühen schaffte er es, die linke Hand zu lösen und streckte sie ihr entgegen. Doch der Zug an seinem Hals war titanisch und ließ einen Wirbel knacken. »Bitte, nicht …«, keuchte Magnus, während seine Lungen nach Luft lechzten. Die Geräusche der Mühle um ihn herum verdichteten sich zu einem Zischen wie aus einem Dampfkochtopf …

Magnus zuckte zusammen. Vor ihm stand ein niedriger Loungetisch mit einer halben Tasse Kaffee und einem Teller mit einer unberührten Zimtschnecke darauf.

Hinter der Theke des Stadtcafés standen drei junge Frauen mit blauen Basecaps, die im Akkord Milch für Kaffeegetränke aufschäumten. Der Lärm durchdrang die weichen Klänge von Jazzmusik, die aus den Boxen in der Doppeldecke erklang.

»Odda, Norwegen, zu Hause«, sagte sich Magnus und wischte sich den Schweiß von der Stirn. Er wusste nicht, ob er längere Zeit oder nur für einige Sekunden geschlafen hatte. Doch der Geruch nach frisch gemahlenen Bohnen holte ihn wieder zurück in die Welt der Wachenden.

Er fasste an seine Tasse. Das Getränk war noch warm. Also konnte er nicht lange geschlafen haben. Nach einem Schluck Kaffee fühlte er sich wieder besser. Er machte sich Gedanken, dass er wieder von diesen Träumen heimgesucht wurde. Es musste am Druck liegen, der seine Erinnerungen aufbrach und an den schwarzen Locken von Aydaleyn, die ihn an seine Mutter erinnerten.

Ein Blick auf die Uhr verriet ihm, dass es halb eins war. Magnus erinnerte sich, dass er zur Mittagspause in das Café an der Hafenmeile gefahren war. Er biss in seine Zimtschnecke und entdeckte Hedda, die von der Kasse zum Abholtresen hinüberschlenderte. Sie nahm sich ihre Tasse und suchte nach einem Platz. Als sie Magnus sichtete, winkte sie ihm zu und kam an seinen Tisch.

»Trinkst du auch Irish Coffee?«, fragte sie und stellte ihre Tasse ab, bevor sie sich den cremefarbenen Mantel auszog und sich ihm gegenübersetzte.

»Wie kommst du denn darauf?«

»Du siehst nicht gut aus, irgendwie zerknirscht. Und diese Augenringe … ist das Make-up über deiner Wange?«

»Frag nicht, im Moment ist viel in meinem Leben los. Ich wusste gar nicht, dass du diesen Laden besuchst?«

»Ich komme öfter hierher, wenn ich Liv aus der Tagesstätte hole.«

»Lässt du ihn nicht bis fünf Uhr dort?«

»Doch, aber ich bin heute zum Termin geladen, die Pädagogin will mich sprechen. Liv hat wieder etwas Seltsames erzählt.«

»Håkon?«

»Ja, leider. Wenn der Junge mit seinem Vater Zeit im Keller verbringt, schnappt er einige Sprüche von Håkon auf. In dem Alter können die Kids nicht unterscheiden, was Quatsch und was Realität ist. Das letzte Mal ging es um vergiftetes Wasser aus der Leitung, bin gespannt, wegen welcher irriger Geschichten ich mich heute verantworten muss.«

»Vielleicht liegt Håkon mit manchen Dingen gar nicht so falsch.«

Hedda kniff die Augen zusammen und nahm einen Schluck aus ihrer Tasse. »Jetzt fang du nicht auch noch damit an. Mir hängen seine Verschwörungstheorien zum Hals heraus. Es gibt keine Absprachen, Logen, Clubs oder andere Zusammenkünfte, die in geheimen Kämmerlein über die Geschicke der Welt bestimmen. Jeder kann jederzeit alles erreichen, außer Håkon. Der Idiot wurde vom Arbeitgeber zum Arbeitnehmer. Er sucht die Schuld für sein eigenes Versagen immer bei anderen, anstatt sich endlich mal zusammenzureißen und sich nicht mehr in seinem Keller zu vergraben. Sieh dich an, du hast es ja auch geschafft, obwohl ihr in derselben Klasse wart und du denkbar schlechtere Bedingungen hattest als er.«

Magnus nippte an seinem Kaffee. »Ja, das waren … schlechte Bedingungen.«

»Du siehst aus, als hättest du wieder diese Träume?«

Erst wollte Magnus abwiegeln, doch in diesem Augenblick schien es ihm richtig, sich darauf einzulassen. Schließlich waren sie und Håkon die einzigen Menschen, die ihn durch seine schwerste Zeit begleitet hatten. »Ja, sie sind wieder zurück.«

»Deine Mutter?«

»Ja. Ich bekomme keine Luft, werde gewürgt, als würde ich ihren Schmerz erleben, als sie sich das Leben genommen hat.«

»Ich weiß nicht, wie ich reagieren würde, wenn ich der erste Mensch wäre, der seine eigene Mutter auffindet, nachdem sie …«

»… sich erhängt hat«, platzte es aus Magnus heraus. »Sie hatte Probleme, so wie sie viele Alleinerziehende haben. Und noch andere, die sie mit Medikamenten nicht in den Griff bekam.«

»Willst du zu einem Arzt gehen?«

»Du meinst einem Psychiater? Nein, nie wieder. Damals wurde ich zu einem geschickt. Ich war gerade erst volljährig geworden und fand mich auf so einer roten Couch wieder. Nur dass sie nicht rot, sondern schwarz und auch keine Couch, sondern ein Stuhl war. Das hat nichts gebracht, denn mein Leben ging in die Brüche. Als mich Emilie verlassen hat, habe ich mir geschworen, nie wieder schwach zu sein, verwundbar und angreifbar. Erst ab da an ging es wieder aufwärts. Und ich war bereit, alles zu tun, was nötig ist, um nie wieder, nie wieder schwach zu sein!« Magnus merkte erst, als ihn Leute von den Nachbartischen mit fragendem Blick anstarrten, dass er lauter geworden war, als er beabsichtigt hatte. Er räusperte sich und fuhr in Tischlautstärke fort. »Du hast recht, ich habe keine Firma geerbt wie Håkon, doch ich musste einen hohen Preis zahlen, um der zu sein, der ich jetzt bin.«

Hedda hatte die Hände um ihre Tasse gelegt, als wolle sie die gesamte Wärme des Getränks durch ihre Hände aufnehmen. Sie sah ihn mitfühlend an.

Magnus hasste diesen Ausdruck. Als sich damals seine Mutter das Leben genommen hatte, war es diese Miene gewesen, die ihn auf allen Gesichtern ganz Oddas heimgesucht hatte. Mitleid brachte nichts wieder in Ordnung. Ganz im Gegenteil. Alles wurde schlimmer, da man sich bewusst wurde, dass etwas mit einem selbst nicht stimmte.

»Denkst du noch an sie?«

»An meine Mutter?«

»Nein, an Emilie.«

»In letzter Zeit öfter.«

»Habt ihr noch Kontakt?«

»Nein.«

»Ich seh doch, dass du sie noch liebst. Heute gibt es doch soziale Netzwerke, du könntest sie finden, wenn du nur wolltest.«

»Ich …« Magnus' Blick schweifte in die Ferne. Vielleicht war es doch keine gute Idee, über die Vergangenheit zu reden.

»Magnus, ich bin jetzt 37 Jahre alt. Meine Kinder sind das Beste, was mir je passiert ist. Doch manchmal, wenn ich trinke, will ich keinen von ihnen beiden sehen. Arvid kommt bald wieder von seinem Ausflug zurück und ich würde ihm am liebsten sagen, dass er nicht kommen soll. Ich habe ständig das Gefühl, eine schlechte Mutter zu sein, vor allem, weil ich Arvid so früh bekommen habe und nicht so viel übers Muttersein und das Leben wusste wie bei Liv. Arvid hat mich einmal sturzbetrunken erlebt – ich habe mich danach tagelang geschämt. Manchmal blicke ich auf unsere Schulfotos von damals und erlebe eine Sehnsucht danach, wieder dieser Mensch zu sein. Mit Träumen und Hoffnungen. Damals dachte ich tatsächlich, dass ich eine Konditorei eröffnen und damit reich und glücklich werden würde. Zu der Zeit erschien mir das absolut logisch. Wenn mein Ich von damals mein Ich von heute treffen würde, wäre es enttäuscht.«

Magnus biss sich auf die Innenseite seiner Wange. Er wusste nicht, dass sich Hedda so zerrissen fühlte und auch noch genau seinen eigenen, wunden Punkt traf. »Mir geht es so ähnlich. Obwohl ich jede Frau erobern kann, habe ich das Gefühl, dass der heutige Magnus Farstad einer Frau wie Emilie nicht genügen würde.«

»Habt ihr damals Streit gehabt?«

»Nein, nicht direkt.« Magnus trank noch einen Schluck Kaffee. »Was ist eigentlich zwischen dir und Håkon passiert?« Die Frage diente als Ablenkung, da er noch nicht bereit war, alle Vorratsdosen in seinem Seelenkeller zu öffnen.

»Ich weiß auch nicht so genau. Vielleicht hätten wir wegen Arvid nicht so schnell heiraten sollen.«

»Dein Schwiegervater hat Druck gemacht, richtig?«

»Hm, ja. Meine Eltern auch ... aber ... es ist alles schiefgelaufen und manchmal habe ich ein schlechtes Gewissen wegen Håkon. Mit dem Alkohol versuche ich, meinen Kopf zu betäuben. Ich trinke Irish Coffee, für den ich die Bedienung genötigt habe, mir etwas Coffee in den Irish zu kippen, nicht umgekehrt. Auch wenn ich damit etwas betäuben kann, weiß ich, dass uns alle die Vergangenheit einholt.«

»Was meinst du damit?«

»Es kann sein, dass ... Arvid nicht von Håkon ist«, gestand Hedda und machte ein zerknautschtes Gesicht. Sie nahm einen tiefen Schluck von ihrem Irish Coffee.

Magnus blinzelte vor Verwirrung. In seinem Kopf rasten zehntausend Gedanken durcheinander. »Wie kommst du darauf und wieso ausgerechnet jetzt?«

»Vor drei Wochen ist eine meiner Haarbürsten verschwunden. Ein paar Tage später war sie wieder da – frei von Haaren.«

»Und?«

»Er denkt, ich hätte das wohl nicht bemerkt. Doch ich weiß, was läuft. Er lässt einen Vaterschaftstest machen.«

Magnus lehnte sich über den Tisch. »Sicher?«

»Ich denke schon.«

»Aber das geht doch nicht mit Haaren, oder?«

»Doch, ich habe es recherchiert. Haarwurzeln sind das Entscheidende.« Sie biss sich auf die Unterlippe. »Ich hatte damals nicht nur mit Håkon was am Laufen, es waren auch andere … und du.«

Magnus hielt die Hände schützend vor sich und schüttelte den Kopf. »Das kann nicht sein.«

»Ich bin nicht stolz auf mich und wünsche mir manchmal, dass Håkon mich einfach verlässt. Denn jedes Mal, wenn ich ihn sehe, suche, nein, hoffe ich, gleiche Merkmale im Aussehen und Verhalten von ihm und Arvid zu entdecken. Und wenn mich nicht überzeugt, was ich finde, denke ich darüber nach, dass Arvid möglicherweise nicht der Sohn von Håkon ist. Vielleicht hat er einen anderen Mann zum Vater. Oder dich.«

»Weiß er, dass wir beide …«

»Nein, von unserem Ausrutscher weiß er nichts.«

Magnus schluckte, doch das aufsteigende Schuldgefühl klebte wie ein Klumpen aus Teer in seinem Hals. Håkon war sein bester Freund, sein Vertrauter. Wenn Magnus tatsächlich Arvids Vater war, hatte er Håkons gesamtes Leben auf dem Gewissen. Welcher Freund tat dem anderen so etwas an? Magnus wünschte sich zurück in seinen Albtraum mit der Mühle, wo sein Leid mit dem Zermalmen seines Körpers unter dem Mühlstein ein Ende gefunden hätte.

»Männer saufen sich angeblich ihre Frauen schön. Ich hingegen versuche, meinen Mann wegzusaufen. Vielleicht sollte ich von Wein zu Vodka wechseln?«

Hedda Svendsen, bei der Vorstellungsrunde der anonymen Trinkerinnen

20 Schokokuchen

Marit wuchtete sich von der Matratze herunter. Ihre Gelenke fühlten sich steif an, obwohl sie sich erinnern konnte, unter Albträumen mehrfach gezuckt und aufgewacht zu sein. Bruchstücke von Szenen, wie sie einen langen Gang entlanglief, der kein Ende nehmen wollte, spukten in ihrem Kopf herum. Efeuranken, die nur Motive auf den grünen Tapeten gebildet hatten, waren auf den Boden geflossen und hatten sie verfolgt. Sie war froh, dass es nur ein Traum war, bis ihr Verstand realisierte, dass sie sich immer noch in einem anderen Albtraum befand.

Sie stand auf und blickte hinter das Glas. Was sie sah, wollte sie nicht glauben. Marit stellte sich vor die Scheibe und lehnte sich mit den Handflächen dagegen. »Nein, nein«, flüsterte sie. »Du hast am Boden gelegen.«

Der Klappstuhl neben der Kamera stand wieder aufrecht, als sei er nie bewegt worden.

Die Frau auf der anderen Seite war nicht zurückgekehrt. Im Gegenteil. Alles hinter dem Glas sah aus wie zuvor. War ihre Möchtegern-Retterin nur Einbildung gewesen?

Marit hatte mehrmals geschlafen und wusste nicht, ob sie nun Tage oder Wochen oder gar Monate hier festsaß. Die Welt da draußen schien es nicht mehr zu geben – sie selbst war der einzige Mensch, der noch existierte. Was, wenn vor dem Bildschirm, an den die Bilder von der Kamera gesendet wurden, niemand saß? Wenn in dem E-Werk, das ihre Glühbirne mit Strom versorgte, nur noch ein Notprogramm lief, das ohne menschliches Zutun nur noch eine Weile seinen Dienst tun würde? Die Vorstellung, allein zu sein, war noch schlimmer, als beobachtet zu werden.

Sie ging zum Schreibtisch und setzte sich dahinter. Der Eimer stand auf dem Boden, da sie den Schreibtisch von der tropfenden Stelle in der Decke unter Aufbietung all ihrer Kräfte weggeschoben hatte. Das Seil und das Tapetenmesser lagen nun dort, wo der Eimer gestanden hatte. Mittlerweile beschäftigte sie sich damit, die Konturen der einzelnen Schnipsel aus dem Samtsäckchen auf ein Blatt abzupausen. Es gab genau 236 Stücke, manche klein, andere größer. Auf dem Papier gab es kaum noch Platz, daher quetschte sie die nächsten in die einzelnen Lücken, die es noch zwischen den Zeichnungen gab. Während sie überlegte, wo sie das noch eins einpassen konnte, fiel ihr auf, dass es mit einem anderen Stück eine gemeinsame Schnittkante hatte. Sie passten zueinander. Ihr kam die Idee, dass die Schnipsel nicht willkürlich waren und ein Gesamtbild ergeben würden, wenn sie diese zusammensetzte.

Marit schnürte das Samtsäckchen auf, in dem sie die bereits abgepausten Teile aufbewahrte und schüttete sie auf den Tisch. Es dauerte eine Weile, bis sie das Puzzlestück gefunden hatte, das zu dem passte, welches sie in der anderen Hand hielt, schließlich galt es ja, noch die richtige Ausrichtung zu finden. Doch als sie diese fand und mit dem anderen kombinierte, freute sie sich wie ein Kind. Ihre Welt schrumpfte auf diese eine Aufgabe zusammen: Das Bild zu entschlüsseln, das hinter dem Puzzle steckte. Sie machte weiter und weiter und vergaß ihre Entführung.

Mit einem lauten Klacken öffnete sich die Klappe im Schacht.

Marit schrak über ihrer Beschäftigung auf. Sie hatte erst zehn Teile gefunden, die in drei verschiedenen Aneinanderreihungen zusammenlagen. Eine davon bildete eine Ecke – welche genau, ob oben, unten, rechts, oder links –war unklar.

Sie stand auf, nahm den zugedeckten Eimer, den sie schon benutzt hatte, und tauschte ihn gegen den neuen mit der frischen Rolle Klopapier aus. Danach wickelte sie das Leinensäckchen mit dem Essen aus. Neben den drei Stücken Roggenzwieback mit Sesam, einer sauren Gurke und einer groben Räucherwurst lag etwas Unfassbares: Ein Stück Schokokuchen, wenn auch so vertrocknet, dass es hart wie Backstein war. Marit nagte wie eine Ratte daran und biss ein Stück ab. Während sie es einspeichelte, damit es weicher wurde, entfaltete sich der Geschmack des Zuckers in ihrem Mund. Sie legte sich mit dem Rücken auf den Boden, schloss die Augen und lutschte das Bröckchen. Mit ihrer Zunge drehte sie es wie ein Bonbon hin und her, kostete alle seine Seiten und genoss die Süße. Eine Träne rann über ihre Schläfe und versickerte in ihren Haaren.

Marit genoss ihr Glück, denn noch nie hatte sie so etwas Gutes gegessen. Sie streifte sich mit den Füßen die locker gebundenen Schuhe ab und rieb vor Wonne ihre großen Zehen aneinander. Als das Bröckchen auseinanderbrach und sich aufzulösen begann, schluckte sie die Einzelteile und fuhr mit der Zunge durch ihre Backentaschen und über ihre Zähne, um auch den letzten kleinen Krümel zu erwischen. Danach richtete sie sich wieder auf und drapierte das Kuchenstück auf dem Leinenbeutel. Sie wollte es jetzt essen, sofort, aber sie hatte Sorge, dass sie so eine Köstlichkeit nur durch Zufall bekommen hatte. Wurst, Gurke, Knäckebrot, Kuchen – das alles wirkte so willkürlich wie der Griff in den letzten Winkel einer Speisekammer. Sie beschloss, sich den Kuchen einzuteilen, jeden Tag einfach nur ein kleines Stück vom schokogewordenen Glück abzubeißen. Stattdessen nahm sie sich die Wurst, die in ein Netz aus Kochgarn eingewickelt war. Sie stand auf, setzte sich an den Schreibtisch und schlitzte mit dem Tapetenmesser das Garn auf. Sie schnitt eine Scheibe ab und kaute auf dem zähen Stück Fleisch herum. Es schmeckte nach Rentier, das mit Knoblauch und Pfeffer abgeschmeckt war.

Als hinter ihr der alte Eimer in den Schacht hochgezogen wurde, fühlte sie sich fast genötigt, *Danke* zu rufen.

21 Chaos

Am Abend saß Magnus zu Hause vor dem Fernsehgerät und zappte durch die verschiedenen Kanäle. Dabei landete er bei einer Doku über den verdeckten Kult der Isis, der seit seinen Anfängen in Ägypten noch immer aktiv war.

Er hatte seinen Laptop auf dem Tisch aufgestellt und ging die verschiedenen Kameraeinstellungen durch, um sich zu vergewissern, dass niemand auf seinem Grundstück war. Danach sah er sich die Ereignisse an, die das System gesondert für ihn abgelegt hatte. Ein einzelner Fuchs, der scheinbar hier in der Nähe sein Revier hatte, war ums Haus geschlichen. Mehr Vorfälle gab es nicht. Die Ansicht auf dem Notebook war ihm lieber als auf dem Handy, da er sich auf dem größeren Bildschirm auch die Details ansehen konnte.

Auf dem Tisch lag das Gutachten, für das er so hart gekämpft hatte, neben vier halbvollen Kaffeetassen. Bei jedem Gang in die Küche hatte er vergessen, dass bereits Kaffee auf dem Wohnzimmertisch stand. Etwas in ihm fand keine Ruhe, als drehe sich ein Gedankenkreisel irgendwo in seinem Kopf. Das Gespräch mit Hedda hatte ihm den Rest gegeben. Tatsächlich holte einen die Vergangenheit immer wieder ein.

Er ging hoch in den ersten Stock zu seinem Ankleidezimmer und suchte die unteren Fächer seines Schranks ab. Dort, wo Jeanshosen und Sportjacken lagen, die er schon lange abgelegt hatte, ruhte eine weiße Kartonbox mit Blechgriffen. Er holte sie heraus und ging wieder hinunter.

Magnus setzte sich an den Tisch und nahm den Deckel von der Box. Darin lagen ein paar Briefe, eine Schneekugel, ein Federmäppchen und mehrere Fotos. Er nahm die Glaskugel heraus. In ihr saß ein Weihnachtsmann, wie der aus der Cola-Werbung, auf einem thronartigen Stuhl, umgeben von Geschenken. Das ganze Teil war furchtbar hässlich und besaß zu allem Überfluss auch noch eine eingebaute Spieluhr. Magnus zog sie auf und lauschte den grausigen Klängen eines blechernen *Jingle Bells*. Er schüttelte die Glaskugel und beobachtete den Schneefall, der nichts weiter als wirbelnde Plastikflocken in Spülwasser war. Magnus legte sie zurück und ergriff den einzigen weißen Umschlag zwischen den rosafarbenen. Als er den Brief herausnahm, roch er an dem Papier. Auch nach all den Jahren barg es noch eine Note von Lavendel.

Emilie hatte ihre Briefe parfümiert, was ihm damals schon altmodisch erschienen war, doch sie hatte immer auf die Wirkung von Düften geschworen. Ihren letzten Brief an ihn hatte sie ebenfalls parfümiert, auch wenn sie keinen rosa Umschlag gewählt hatte. Magnus faltete das Papier auseinander und las die Zeilen, die er so lange in der Box aufbewahrt hatte:

Lieber Magnus,
das mit deiner Mutter tut mir unendlich leid. Sie war lange krank und hat nun ihren eigenen Weg gefunden. Auch du musst endlich einen Weg finden und zu deinem Leben zurückkehren. Du bist schon so lange verschlossen und kalt. Ich kann dich nicht erreichen, dir nicht helfen. Ich habe das Gefühl, dass wir beide mit jedem Tag, den wir hier in Odda bleiben, sterben. Meine Eltern ziehen in zwei Wochen um, mein Vater hat eine Stelle in Oslo erhalten. Lass Odda hinter dir, mache einen neuen Anfang, komm mit uns mit.
Ich liebe dich, Emilie

Magnus erinnerte sich daran, wie er das Schreiben zum ersten Mal gelesen hatte. Er hatte sich damals verraten gefühlt, wieder dem Verlassen ausgesetzt, nachdem bereits seine Mutter gegangen war. Damals war er wie gelähmt gewesen, von Angst und Trauer niedergedrückt, seiner Zuversicht beraubt. Die Welt hatte sich hinter einen grauen Schleier zurückgezogen, als habe jemand einen trostlosen Fotofilter über alles gelegt.

Er nahm eines der Fotos heraus. Es zeigte ihn und Emilie, wie sie in der Bar saßen, die heute Murat gehörte, und ihren siebzehnten Geburtstag mit Torte und Sekt feierten. Es war der Moment gewesen, als Håkon besoffen auf dem Tisch getanzt hatte, kurz bevor er in die Torte gefallen war.

Sie hatten damals glücklich ausgesehen. Ohne Geld. Ohne Auto. Ohne eine Ahnung davon, dass es ein Morgen geben würde. Das Foto hatte diese Stimmung eingefangen, als wäre es selbst eine Kugel, die den Moment für die Ewigkeit unter dem Fall von kitschigem Kunstschnee konserviert hatte.

Die Türglocke läutete.

Magnus packte alles schnell in die Kiste zurück und stellte sie unter den Tisch. Er fühlte sich ertappt, obwohl es keinen Grund dazu gab.

Als er zur Tür ging, fiel ihm ein, dass Rygg vielleicht schon Bescheid wusste und ihm ein paar spezielle Leute vorbeigeschickt hatte.

Magnus zog die Pistole und schlich zur Tür. Ein Blick aus dem Spion verriet ihm, dass es Håkon war, der sich vor Kälte die Finger rieb.

Das war fast noch schlimmer als ein paar Schläger.

Magnus steckte die Waffe weg, strich sich das Haar nach hinten und holte tief Luft, bevor er die Tür öffnete.

Håkon blickte nach links und rechts, dann trat er zusammen mit einem Schwall kalter Luft ein. Er sprach erst, als die Tür zu war. »Hallo Magnus, hast du schon gelesen, was im Netz steht?«

Magnus versuchte, die Miene von Håkon zu deuten. War das Zynismus, hatte er die Ergebnisse des Vaterschaftstests und wollte ihn jetzt damit konfrontieren? »Nein, ich hatte heute noch zu tun.«

Håkon legte seinen Rucksack ab, zog seinen Mantel aus und legte ihn auf der Couch ab, bevor er sich vor die Fenster stellte. »Sag mal, drehst du jetzt total durch?«, fragte er und deutete auf das Papiervlies.

»Man kann von außen reinschauen«, erwiderte Magnus kurz angebunden. »Willst du einen Caffè Latte?« Er konnte jetzt nicht einfach sitzen, wollte sich irgendwie beschäftigen, ging daher in die Küche und nahm Tassen aus dem Schrank.

»Ja«, antworte Håkon, zog sein Tablet aus dem Rucksack und fläzte sich auf die Couch.

Magnus füllte Milch in den Aufschäumer, stellte zwei Tassen in den Automaten und drückte auf die Taste mit der Aufschrift *extra stark*. Das Geräusch der automatischen Bohnenmühle klang grässlich laut in seinen Ohren und das Zischen des Milchschäumers kam ihm schrill und misstönend vor. Als wäre es eine Kakofonie, die seine Nerven platt walzte.

»Hier, bitte schön«, sagte er zu Håkon und stellte die beiden Tassen auf den Tisch.

Håkon legte ihm das Tablet vor die Nase und zeigte auf einen Bericht.

18.03.2020 – Schwerer Überfall auf Unternehmer Lukas Rygg. Zwei Verdächtige wurden festgenommen.

»Scheint, als würden wir mit einem blauen Auge davonkommen oder wie in deinem Fall mit zwei«, scherzte Håkon. »Die Sache mit den Päckchen wird enden und du wirst endlich deine Ruhe haben.«

»Ich war bei ihm, in der Klinik.«

»Spinnst du? Was wolltest du dort?«

»Ich musste mich vergewissern, dass er tatsächlich noch lebt, man kann niemandem vertrauen.«

»Bist du jetzt paranoid?«

»Nein, nur vorsichtig. Er denkt, dass es zwei seiner Mieter waren, mit denen er vor Gericht streitet. Er geht davon aus, dass etwas geklaut wurde. Daher ist es nur eine Frage der Zeit, bis er an der richtigen Stelle sucht.«

»So ein Dreck! Dann sind wir dran?«

»Keine Sorge, ich nehme alles auf mich, wenn es dazu kommt. Weitaus schlimmer ist, dass ich …«

»Was ist denn noch schlimmer als das?«

»Ich wollte ihn töten, erst bei ihm zu Hause, dann in der Klinik. Dieser Mann ist ein Monster. Eines, das die ganze Zeit im Krankenhaus war, als ich eine weitere Botschaft erhalten habe.«

»Was? Hast du sie hier?«

»Nein, sie liegt in der städtischen Werkhalle, in der ich sie bei einem Geschäftstermin gefunden habe. X muss gewusst haben, dass ich dort sein würde.«

»Wer wusste von deinem Termin?«

»Der Bürgermeister, Rygg, Grethe und Medina. Die Mädels haben Zugriff auf meinen Terminkalender.«

»Das sind alles Leute, die du als Täter ausgeschlossen hast, oder?«

»Ja.«

»Irgendjemand in deinem Umfeld spielt ein doppeltes Spiel, macht dir etwas vor.«

»Kann sein«, meinte Magnus, dem langsam die Konzentration für dieses Thema ausging. Die Sache mit dem Vaterschaftstest beschäftigte ihn und er wunderte sich, wieso Håkon ihm nichts davon erzählt hatte. Dabei fiel ihm der Abend ein, an dem er bei seinem Schulfreund zum Essen eingeladen gewesen war und dieser ihm die Totalüberwachung seines Hauses gezeigt hatte. Håkon überwachte alle: Hedda, Liv, Arvid, wusste vom toten Winkel an Ryggs Villa, konnte sich in die Kameras von Magnus' Kamerasystem einloggen … Magnus stutzte. Wenn er genauer darüber nachdachte, ergab sich hier ein neues Bild, eines, das er nicht wahrhaben wollte.

»Doppeltes Spiel also?«, begann Magnus, dem seine eigenen Worte so dumpf wie durch Wasser an die Ohren drangen.

»Ja, wie ein Chamäleon. Getarnt, bis es zuschlägt.«

»Der tote Winkel an meinem Haus – keiner wusste davon. Wie viele Menschen kannst du eigentlich wirklich beobachten? Zu wie vielen Gebäuden hast du Zugang?«

Håkon nahm seine Brille ab und putzte die Gläser an seinem Hoodie. Ohne sie sahen seine Augen klein und unscheinbar aus. »Überall dort, wo ich Sicherheitsanlagen verbaut habe.«

»Mit dem Unternehmen deines Vaters gab es zwei Elektrikerfirmen vor Ort. Jetzt ist es nur noch die, in der du angestellt bist. Das bedeutet …«

»Ja, verdammt!«, brauste Håkon auf. »Ich kann in die Bäckerei sowohl als auch in den Fischladen in der Ringstraße schauen, wann immer ich will. Ich kann dir sogar sagen, wie oft Murat in seiner Bar auf Toilette geht. Na und?« Er setzte sich die Brille wieder auf.

»Rygg mag hier der Baulöwe sein, doch du bist schlimmer. Du redest die ganze Zeit von der Regierung, dem Gift im Leitungswasser, dem Abhören von Telefonleitungen, dabei bist du selbst die päpstliche Omnipräsenz in Sachen Überwachung und Spionage. Spielst du deine Spielchen mit allen Menschen aus Odda? Hetzt du sie mit ihren Geheimnissen gegeneinander auf?«

»W-w-was willst du damit sagen?«

»Du benutzt alle, während du in deinem Keller sitzt und wie eine Spinne deine Intrigen planst. Du warst es doch, der mir den Floh ins Ohr gesetzt hat, das Solberg gegen mich ermittelt. Und das mit Medina und Murat, dass die beiden nicht grundlos aus Bergen hierherkamen, das stammt auch von dir. Du hast die Kameras bei mir eingebaut und hast dir die Aufnahmen angeschaut, dich über mich lustig gemacht.«

Håkon hob abwehrend die Hände. Ihm war die Farbe aus dem Gesicht gewichen. »Das ist so nicht wahr. Du bist paranoid!«

»Wie war das? Du bist Verschwörungspraktiker und kein -theoretiker. Hast du das nicht immer gesagt?«

»Du drehst alles so, wie du es brauchst und verrennst dich da in etwas.«

»Leugnest du es noch immer? Ist dir Aydaleyn auf die Schliche gekommen, zerstückelst du eine Frau und schickst mir die Körperteile, damit Rygg und ich uns gegenseitig vernichten und Solberg dann den Rest von uns hinter Gittern bringt?«

»Das sind Wahnvorstellungen, du tickst nicht mehr richtig!«

»Lüg mich nicht an!«, schrie Magnus. »Hör endlich auf mit deinen Halbwahrheiten. Hast du wirklich nur Kameras eingebaut oder waren da auch Wanzen dabei, Abhörmaterial?«

Kopfschüttelnd packte Håkon das Tablet in seinen Rucksack. »Du brauchst Hilfe, professionelle Hilfe. Ich hau lieber ab, bevor ich etwas sage, das ich bereue.«

»Was willst du denn sagen, hä?«, frotzelte Magnus und lief ihm hinterher. Es machte ihn rasend, dass Håkon so ruhig blieb. »Weißt du was, vielleicht kommt bei dem Vaterschaftstest heraus, dass ich der Erzeuger von Arvid bin!« Es war ihm herausgerutscht und stand nun wie ein Elefant im Gespräch.

Håkon ließ seinen Mantel und den Rucksack fallen. Er wirkte abwesend und seine Augen zuckten, als drehe und wende er viele Gedanken in seinem Kopf. »Der Vaterschaftstest … all die Jahre …«, murmelte Håkon. Dann ging er unvermittelt auf Magnus los.

Magnus konnte seiner Faust ausweichen, wurde jedoch von den Beinen gerissen, als Håkon gegen ihn prallte.

Am Boden liegend rammte Magnus seinem Freund das Knie in den Bauch und schlug ihn mit der Linken immer wieder in die Niere. Mit seiner Rechten deckte er sein Gesicht vor einer Serie von Hieben ab. Als es ihm gelang, kurzzeitig Håkons Handgelenk zu fassen, zog er dessen Kopf herunter und nahm ihn in den Schwitzkasten. Dabei war er mit seinem Mund so nah an Håkons Ohr, dass er hätte hineinbeißen können.

»Was hast du nur getan, du krankes Schwein!«, presste er zwischen seinen Zähnen hervor.

»Du bist doch der mit der Waffe, mit der Idee zum Einbruch, der Erpressung!« Håkon gelang es, sich aus dem Griff zu lösen. Er stand auf und rang nach Luft.

Magnus schnellte hoch und boxte ihm ins Gesicht. Dabei flog die Brille quer durch den Raum.

Håkon taumelte gegen eine Kommode, auf der eine Keramikvase ins Wanken geriet und zu Boden fiel. Noch bevor sie auf dem Boden in Stücke brach, machte er einen Satz und rammte Magnus seine Faust in den Bauch.

Magnus prustete, als der Schmerz in seiner Leber wie ein Stich mit einem heißen Eisen explodierte. Für eine Sekunde sah er Sterne. Danach schossen seine Arme instinktiv in die Höhe, um das Trommelfeuer an Faustschlägen abzuwehren, das daraufhin folgte. In einer kurzen Pause gelang es ihm, selbst einen Treffer gegen die kurzen Rippen zu landen.

Håkon taumelte zurück.

Magnus packte eine Keramikscherbe vom Boden und warf, doch Håkon wich aus und die Scherbe knallte gegen das Fernsehgerät und hinterließ einen satten Riss. Der Bildschirm flackerte kurz wie ein Strichcode auf einem Verkaufsetikett auf, dann flimmerte die Doku über den Isis-Kult weiter.

Wutentbrannt zog Magnus die Waffe. Er rang nach Luft und bei jedem Atemzug brannte der Schmerz in der Leber.

Håkon versuchte nicht einmal ansatzweise, die Hände zu heben. Blut tropfte von seiner Nase auf seine Schuhe und in seinem Blick lagen Zorn und Bitterkeit. »Darauf läuft es also hinaus, du willst mich töten?«

»Du zwingst mich doch dazu!«

»Dann tu es, verdammt, ist mir gleichgültig! Aber glaub ja nicht, dass ich nicht wusste, dass Hedda kein Engel war. Bei Arvids Geburt habe ich einen Vaterschaftstest machen lassen, er ist mein Sohn, das hat das Labor festgestellt. Keine Ahnung, woher du das mit dem Test weißt, aber ich hatte einen neuen beauftragt, wegen Liv. Auch er ist von mir.«

»Wieso bist du dann auf mich losgegangen?«

»Mir war klar, dass Hedda damals mit vielen Jungs geschlafen hat, aber die Sache mit dir, das wusste ich nicht. Wie würdest du reagieren, wenn dir dein bester Freund nach so vielen Jahren erklärt, dass er mit deiner Frau geschlafen hat? «

»Damals war sie noch nicht deine Frau und trotzdem hättest du ein gutes Motiv, also, sag es mir, bist du dieser verdammte Sadist mit den Päckchen oder nicht?!«

Håkon schüttelte den Kopf. »Oh nein, so leicht werde ich es dir nicht machen. In deiner Paranoia hast du dir ohnehin deine eigene Meinung gebildet. Erschieß mich und lebe mit deiner Ungewissheit oder lass mich am Leben, ist mir egal. Ich für meinen Teil habe jetzt genug von dir!« Håkon griff nach seiner Brille und setzte sie auf.

Sie hatte einen Sprung im rechten Glas. Danach nahm er seinen Rucksack und den Mantel.

Magnus hielt die Pistole auf ihn gerichtet. Noch immer kochte die Wut in seinem Inneren, doch er brachte es nicht fertig, zu schießen.

Als die Tür zuknallte, stand Magnus noch immer da und schnaufte angestrengt. Was hatte er angerichtet? Oder war es angemessen? Håkon hatte es zum Schluss weder abgestritten noch zugegeben.

Magnus brauchte Beweise. Wenn er auch nur eine Wanze finden würde, wäre die Sache geklärt. Er steckte die Pistole wieder ein, suchte die Kommode im Wohnzimmer ab, zog dafür jede Schublade heraus, durchwühlte den Inhalt, öffnete die Klappen und forschte bis in die letzten Ecken und Winkel. Danach nahm er die einzelnen Gemälde von der Wand, prüfte ihre Rückseiten nach Kabeln oder winzigen Antennen, ließ sie auf dem Boden liegen und widmete sich den Büchern und Glasskulpturen im Regal. Er warf alles raus, fuhr mit der Hand über jedes der Bretter, inspizierte die Unterseiten und suchte immer hastiger. Als Nächstes ging er zur Couch und ignorierte, dass er auf die Gemälde trampelte, suchte unter den Sitzkissen und den Polstertaschen.

Als er auch dort nichts fand, lief er am flimmernden TV-Gerät vorbei und durchsuchte jeden einzelnen Küchenschrank, warf Teller und Tassen raus, kramte zwischen Töpfen und Pfannen und fuhr mit den Fingern an allen Unterkanten der Arbeitsflächen entlang.

Magnus ließ sich müde auf die Couch fallen. Er sah auf seine Armbanduhr. Es war bereits drei Stunden nach Mitternacht und trotz der ganzen Suche hatte er nichts gefunden. Um ihn herum sah es aus wie nach einem Sturm, und auch oben gab es nur noch Chaos. Er hatte sogar die Kissen aufgeschlitzt und sich so in Rage gesucht, dass er erst aufgehört hatte, als er einen elektrischen Schlag bekommen hatte, während er mit einem Messer eine Steckdose aus der Wand reißen wollte.

Er stellte sein Handy auf lautlos. Heute wollte er niemanden mehr sprechen, egal wen. Während er seinen Blick über die Verwüstung schweifen ließ, übermannte ihn die Müdigkeit, seine Glieder wurden schwer und er sank in einen unruhigen Schlaf.

*

Das Läuten der Türklingel riss Magnus aus dem Schlaf. Er richtete sich auf der Couch auf und massierte sich den Nacken, der von der Nacht auf dem Sitzmöbel schmerzte. Magnus wusste nicht, wie lange das Klingeln schon andauerte. Er stand auf und taumelte zur Tür. Als er aufmachte, stand Medina mit einem Packen Briefe im Arm vor ihm.

»Was ist los mit dir? Ich habe mir Sorgen gemacht. Du bist heute nicht zu deinem Termin erschienen, der Kunde hat eine Stunde auf dich gewartet, ist dann voll sauer abgedampft, von dem kriegst du bestimmt keine Likes mehr. Ich rufe dich seit zwei Stunden an, Grethe und ich dachten, dass dir etwas passiert ist! Und wie du aussiehst, sind das Blutflecken auf deinem Hemd?«

»Ich … hatte Nasenbluten, mir geht es heute nicht so gut.«

»Das sehe ich auch. Hier, ich habe dir die Post aus der Bank mitgebracht«, meinte sie und drückte ihm die Umschläge in die Hand.

»Wie spät ist es?«

»Es ist zehn Uhr, Grethe bedient gerade alleine die Kunden in der Bank und ich brauche jetzt Koffein.«

Bevor Magnus sie aufhalten konnte, drängte sie sich bereits an ihm vorbei in die Wohnung. »Was ist denn hier passiert?«, fragte sie und rang nach Fassung.

Magnus wusste nicht, was er sagen sollte und legte einfach nur die Briefe auf dem Tisch neben den Laptop ab.

Sie trat zwischen die einzelnen Bücher, Scherben und Schubladen und drehte sich zu ihm. Sie hatte reuevoll die Brauen zusammengezogen. »Sorry, Honey, ich mache dir voll das Drama, dabei wurdest du ausgeraubt.« Sie nahm ihn in die Arme und drückte ihn fest an sich.

Magnus stöhnte vor Schmerz.

»Was ist, haben die Räuber dich etwa verprügelt?«

»Hm, ja, kann sein.«

Sie strich ihm über den Kopf und küsste ihn auf die Lippen. »Soll ich die Polizei rufen, den Rettungsdienst?«

»Nein, es ist doch nichts passiert.«

»Nichts passiert? Du musst nicht wegen mir einen auf stark machen.«

»Das mache ich auch nicht, ich … ich brauche nur ein wenig Ruhe.«

»Wieso haben die eigentlich die Fenster zugeklebt, wozu soll das gut sein?«

Medina schaute ihn einen Moment lang besorgt an. »Ich mache dir Frühstück, dann kommst du wieder zu dir. Wenn es in diesem Chaos noch ein paar Teller und Tassen gibt, die nicht zerbrochen sind, kriegen wir das hin.«

Sie stakste durch die Unordnung und suchte den Boden ab.

Magnus setzte sich auf die Couch und massierte sich die Schläfen. Während eine weitere Doku über das Jagdverhalten von Schneeeulen auf dem demolierten Bildschirm flimmerte, dachte er über das, was gestern mit Håkon geschehen war und was er gesagt hatte, nach. Während Medina ihm einen Caffè Latte hinstellte und sich ihm gegenübersetzte, klingelte Magnus' Handy.

»Farstad.«

»Hier Björnsdottir. Wo waren Sie gestern Nacht?«

Magnus lockerte sich den Kragen, der viel zu fest saß und schwieg.

»Lukas Rygg wurde gestern Opfer eines Raubüberfalls. Ein Zeuge behauptet, einen BMW SUV in der Nähe des Anwesens von Herrn Rygg gesehen zu haben.«

Magnus schwieg und schwitzte.

»Sind Sie zu Hause?«

»Ja«, krächzte er.

»Kommen Sie später aufs Revier, dann können wir Ihre Aussage zu Protokoll nehmen.«

»Ist gut.« Magnus legte auf.

Medina legte ihre Stirn in Falten. »Du siehst blass aus, was ist los?«

»Nichts«, log er und überlegte, ob er nicht seinen Anwalt einschalten sollte. Er nahm die Briefe vom Tisch und überflog sie kurz. Es waren kleine und große, alle mit der Bergener Zentrale als Absender. Doch auf einem stand einfach nur *X*. Es war eine gewölbte Faltentasche.

Er starrte sie an.

»Honey, du machst mir Angst, du bist total abwesend, ist wirklich alles ok?«

Magnus schluckte. »Medina, ...«, ihm fiel keine weitere Lüge mehr ein. Sein Vorrat war aufgebraucht und er hatte auch keine Kraft mehr dazu. »Es wäre besser, du gehst jetzt«, bat er sie, ohne sie anzuschauen.

»Was? Nein, ich lasse dich nicht alleine, nicht in dem Zustand. Denk nicht, dass ich so doof wie Murat bin. Ich sehe doch, dass du Trouble hast. Lass mich dir helfen, isoliere dich nicht. Ich habe in einem Blog gelesen, dass dein Zustand eine Midlife-Crisis sein könnte, das ist nichts Schlimmes.«

»Ich wünschte, das wäre es.«

»Ist mir egal, was du sagst. Ich liebe dich und werde dich nicht alleine lassen!«

»Medina, bitte geh einfach.«

»Liebst du mich denn nicht?«

Magnus wusste nicht, was er antworten sollte. Die Sache mit Rygg, Håkon, der Polizei … er ekelte sich vor sich selbst. Er hatte Medina nicht verdient. Unter all dem Make-up, den Fingernägeln und den Posts war sie mehr als nur eine Affäre. Sie verdiente etwas Besseres als ihn. »Medina, ich liebe dich nicht. Bitte geh jetzt.«

Medina sah ihn lange an. Ihre Miene war wie versteinert. Sie sagte kein Wort. Als ihre Augen tränten, drehte sie den Kopf weg und stand auf. Ohne einen Kommentar verließ sie das Haus.

Magnus nahm ihr Gehen kaum wahr. Stattdessen betrachtete er den großen Faltenumschlag, der sich in der Mitte wölbte. Das X stand auf der erhabenen Fläche. Die Sendung war leicht, als stehe ihr Gewicht im Gegensatz zu dem Gewicht der Grausamkeit, die sich wahrscheinlich darin verbarg.

Mit seinem Hausschlüssel riss Magnus den Umschlag auf und holte ein flaches, marineblaues Päckchen heraus. Es hätte ein Behältnis für einen sündhaft teuren Markenkugelschreiber sein können, den ein Rentner zur Pensionierung erhielt.

An der Seite war eine SD-Karte mit einem Klebestreifen befestigt. Diese Sendung war anders als die vorherigen. Er fröstelte, riss sich zusammen und fuhr seinen Laptop hoch, der auf dem Tisch lag. Der Virenscanner gab rotes Licht und zeigte an, dass sich eine ausführende Datei auf dem Medium befand. Magnus ignorierte die Warnung und öffnete das einzige Element, das darauf abgelegt war – es trug den Namen *Freyja*.

Magnus spürte, wie sich sein Innerstes verkrampfte. Obwohl er schon ahnte, was kommen würde, bewegte sich sein Finger wie von selbst auf die Abspieltaste auf dem Bildschirm. Das Video startete und zeigte eine Frau, die man in einem klobigen Stuhl mit Lederriemen gefesselt hatte. Über ihrem Kopf trug sie einen schwarzen Sack, der ihr Gesicht verbarg. Darunter wimmerte sie elend, während ihr Blut und Rotz vom Saum der Kopfbedeckung auf ihre weiße Bluse mit den aufgedruckten Mohnblumen tropften. Der Raum um sie herum war weiß gekachelt, so steril und abwaschbar wie die Schlachthalle eines Metzgers.

Magnus ahnte, dass dies niemand anderes als Freyja sein konnte. Erst jetzt, als er sie in diesem unfassbaren Zustand sah, wurde sie für ihn real.

Ein Mann in schwarzer Robe betrat das Bild. Sein Gesicht blieb in der Dunkelheit seiner Kapuze verborgen. Er schob einen klappernden Krankenhauswagen aus Blech vor Freyja, nahm das Handtuch, das darauf lag, und warf es sich wie ein Barkeeper über die Schulter. Danach holte er aus der obersten Schublade des Wagens eine Kneifzange und ein Skalpell heraus, legte sie auf das Deckelblech und schnipste danach mit den Fingern an den Tropf, aus dem ein Schlauch in Freyjas Armbeuge führte.

Als der Mann einen quietschenden Hocker neben die Frau schob, begann sie, laut zu schreien und zu schluchzen.

Magnus ballte seine Fäuste und schluckte.

X setzte sich neben sie, streichelte ihren Handrücken, den er mit Klebeband und einem Handgelenkgurt so fixiert hatte, dass sie ihn nicht wegziehen konnte.

»Psch, psch«, machte er immer wieder und versuchte, sie wie ein Kind zu beruhigen. Danach packte er einen Finger, setzte die Kneifzange an und drückte zu.

Freyja schrie nicht, sie kreischte mit der Kraft ihres ganzen Leibes, was im gekachelten Raum umso grausamer klang, da es von den Wänden verstärkt wurde.

Der Sadist drehte die Zange, rüttelte an dem Finger und riss ihn vom letzten Stück Haut, das sich wie Gummi dehnte. Als er fertig war, legte er das Werkzeug und den blutigen Finger auf den Wagen.

Freyja hatte aufgehört zu kreischen. Stattdessen zitterte sie nur noch und hechelte wie ein Hund. Sie wirkte gebrochen, dem Ende nahe.

Der Mann nahm das Skalpell, ging zur anderen Seite des Stuhls und schlitzte ihr den Hals auf. Das Blut ergoss sich wie ein flüssiges Collier aus Rubinen über den Ausschnitt und färbte ihre Bluse blutrot.

Freyja gab gurgelnde Laute von sich, zuckte noch zweimal und erschlaffte dann.

Magnus war erstarrt – unfähig, auch nur einen Finger zu bewegen. Das Video hatte ihn zutiefst verstört. Seine Augen glitten zu dem Päckchen, das auf dem Tisch lag, in dem er einen Kugelschreiber vermutet hatte.

Doch der Sadist war nicht fertig. Er führte ein Gerät unter seiner Kapuze an seinen Mund. Lediglich der Unterkiefer war unter den Schatten zu sehen, als er sprach.

»Hallo Magnus«, grüßte ihn eine elektrisch verzerrte Stimme. »Ich will dir eine Geschichte erzählen. Es war einmal ein kleines Mädchen, das so hübsch wie der Frühling selbst und das Kleinod ihrer Eltern war. Es gab keinen glücklicheren Vater als ihren, der ihr die ganze Welt zu Füßen gelegt hätte, nur damit er ihr engelsgleiches Lachen hören konnte. Eines Tages wurde sie krank, keine Medizin half, kein Arzt konnte sie gesundmachen. Doch es gab Hoffnung, ein neues Verfahren, das keine Versicherung zahlen wollte. Ihr Vater war nicht reich, doch er verkaufte das Familienhaus, um das Geld für die Heilung seines Mädchens aufzutreiben. Zwar regelte die örtliche Bank alles, doch sie stellte auch ein eigenes Gutachten aus, eines, welches das Haus weit unter Wert einstufte. Der Verkauf brachte zu wenig ein, daher beantragte ihr Vater einen Kredit, der jedoch abgelehnt wurde, da es nicht Sache der Bank sei, soziale Zwecke zu bedienen.«

Magnus erwachte langsam aus seiner Starre und schnappte sich die Mappe mit den abgelehnten Kreditanträgen. Er blätterte schnell durch und fischte sich den heraus, auf dem der Kommentar mit dem sozialen Zweck stand. Es ging um einen Gustav Henriksen. Magnus meinte sich zu erinnern, dass der Mann einen Bauch und lange Haare wie ein Hippie gehabt hätte. Doch seit dem Antrag hatte er ihn nie wieder in Odda gesehen. Zumindest wusste Magnus jetzt, wer der Täter war. Ein Unbekannter. Nicht Håkon, Murat oder Jakob. Er hatte ihnen allen Unrecht getan, obwohl sie die einzigen Menschen in seinem Leben waren, die er auch nach Feierabend sah. Hätte er geahnt, was hinter Henriksens Hausverkauf und Kreditanfrage steckte, hätte er bestimmt anders entschieden.

Er dachte an Heddas Worte, dass einen die Vergangenheit immer einholte. Altes ließ sich nicht mehr ändern, doch in der Gegenwart hatte er Henriksen bei den Eiern und würde ihn nach diesem Video an Rufzeichen Delta ausliefern.

Magnus wandte sich wieder dem Täter zu, der weiterredete.

»… und das kleine Mädchen wurde schwächer mit jedem Tag. Ihre Eltern mussten ihr Sterben mitansehen, von Sonnenauf- bis Sonnenuntergang. Sie aß nichts mehr, sie trank nichts mehr. Ihr Gesicht wurde blass und sie war nicht mehr als Haut und Knochen. Ihr Vater wird nie, niemals den Moment vergessen, als sie ihren letzten Atemzug in seinen Armen tat. Als das Mädchen unsere Welt verließ, war der Vater gebrochen, untröstlich in seiner Trauer. Auch die Mutter des Mädchens verlor sich in der Schwermut und verließ ihren Gemahl.

Auf jeden Tag folgte ein Morgen, auf Sommer folgte Winter und die Zeit verging. Des Vaters Gram wollte nicht vergehen, daher wurde er ein anderer. Jemand, der er nicht sein wollte, aber sein musste. Einzig die Hoffnung auf eiskalte Rache hielt ihn am Leben, nährte seinen Hass und sein Verlangen danach, eine Aufgabe zu erfüllen. Doch wie verschafft man sich Genugtuung an einem Menschen, der hochnäsig ist, dessen jedes Wort, das von seiner Zunge tropft, eine Lüge ist, der nicht zuhören kann, der nicht fühlen kann? Man schickt ihm die Körperteile, damit er versteht, was er falsch macht. Eine Nase für die Arroganz, eine Zunge für seine Lügen, ein Ohr, damit er hören kann und ein Stück Brust, damit er fühlt …«

Magnus drückte auf *Stopp*.

Das Päckchen lag neben dem Laptop. Magnus sträubte sich innerlich, es zu öffnen, doch er wollte es hier und jetzt zu Ende bringen, in all seiner Grausamkeit. Er klappte das Päckchen auf und entdeckte ein Bündel Brotpapier. Schicht um Schicht legte er den Inhalt frei, wobei ihm das Rascheln des Materials einen Schauder über den Rücken jagte. Er würgte kurz, als er den abgetrennten Finger sah, an dessen Schaft gesplitterte Knochen herauslugten. Doch das Schlimmste war der schlichte, goldene Ehering, auf dem getrocknetes Blut klebte. Magnus schluckte die bittere Galle herunter, die ihm im Hals brannte und überlegte, welche Botschaft wohl dahinterstecken mochte. Er drückte *Play*.

»… und sieht dabei zu, wie er selbst sein eigenes Leben zerfleischt, Stück für Stück. Erst vergrault er seine Freunde, dann zerstört er seine Karriere, die geistige Gesundheit und zum Schluss raubt er sich seine Freiheit. Es ist erstaunlich, wie wenig nötig ist, um einen Mann in die Finsternis zu treiben. Beim Vater war es ein kleines Mädchen, mehr brauchte es nicht. Doch wie steht es um den Mann von der Bank, der so arrogant und selbstverliebt ist, dass er keine Lieben hat, was macht man dann?«, fragte Henriksen und zog die Haube von Freyjas Kopf. »Man forscht in seiner Vergangenheit, erkundigt sich über ihn, zeigt ihm die, die vielleicht doch wertvoll für ihn sind, um sie ihm dann zu nehmen.«

Magnus würgte beim Anblick der entstellten Frau. Ihre Augen waren weit aufgerissen, das Leid war in ihrem toten Blick erstarrt. Wo die Nase hätte sein sollen, klaffte eine offene Wunde und an ihrer linken Kopfhälfte, wo das Ohr fehlte, war das haselnussbraune Haar an der Schläfe zu einem blutigen Klumpen zusammengeklebt. Magnus wollte den Blick abwenden, doch es ging nicht. Etwas ließ ihn nicht los.

»Darf ich euch einander vorstellen?«, fragte Henriksen hämisch. »Ich nannte sie Freyja, aber du kennst sie wahrscheinlich besser unter dem Namen Emilie.«

Magnus blinzelte vor Unglauben. »Was hast du gesagt? Emilie?!«, brüllte er in den Bildschirm, als würde das etwas bewirken. Er packte den Laptop mit beiden Händen und inspizierte das Gesicht von Freyja. Das Kinn, die Wangen, das haselnussbraune Haar mit dem matten Goldglanz … sie war älter als damals, trug andere Kleidung, ihr Haar war kürzer … und sie war es wirklich. Der Schmerz, der sich wie Lava in sein Innerstes ergoss, walzte sich über alle seine Nervenenden und begrub sie unter sengender Hitze. Es gab kein Morgen, kein Gestern, kein Oben, kein Unten. Um ihn herum versank alles in der Glut des unendlichen Leids, das sich mit weißglühenden Fängen aus Eisen in sein Herz bohrte. Er ließ sich nach hinten in die Lehne sacken, schlug die Hände vors Gesicht und ergab sich seinen Tränen. Schluchzer, die so tief waren, dass er fast drohte, daran zu ersticken, schüttelten seinen ganzen Leib durch.

*

Der Lauf der Pistole schmeckt seltsam, dachte Magnus und versuchte, seinen Würgereiz zu überlisten. Bitteres Waffenöl, die Kälte des Metalls und eine Spur Ruß waren nichts, was man leicht ignorieren konnte. Er bemühte sich, seine Konzentration aufrechtzuerhalten, doch sein Körper ließ sich nicht so leicht beherrschen, wie es tibetanische Mönche suggerierten.

Die Waffe schabte unangenehm über seine Schneidezähne, während er sie so positionierte, dass die Kugel sein Gehirn und nicht bloß seine Wange durchschlagen würde.

Sein Herz raste und das Blut rauschte ihm in den Ohren. Seine Tränen waren getrocknet und hatten einen Film hinterlassen, der sich wie Klebestreifen anfühlte, die unter der Bewegung seiner Mimik rissen.

Im Fernseher, dessen Bildschirm einen Sprung hatte, flimmerte eine Dokumentation über die Wanderung von Forellen in kanadischen Flüssen. Der Erzähler sprach mit sanfter Stimme und berichtete vom Leben und Sterben der Fische. So sehr sich die Schwimmer auch abmühten, war ihr Tod unausweichlich. So wie seiner.

Magnus saß im Wohnzimmer seiner Villa. Stellenweise löste sich das hellbraune Papiervlies von der Glasfront und entblößte kleine Durchgucke auf den Wald dahinter. Das Kreppband hielt nicht gut auf den glatten Flächen.

Alles war kaputt und zerschlagen. Die Gemälde waren von den Wänden gerissen und lagen in Fetzen auf dem Boden. Bücher, Regalböden und Glasscherben zerschlagener Skulpturen bildeten ein Chaos auf dem teuren Perserteppich. Magnus hasste Unordnung, dennoch war es nicht das, was ihn störte.

Vor ihm stand ein Laptop.

Er hatte das unfassbare Video gesehen. Es war der Höhepunkt eines perversen Spiels, das der Sadist mit ihm gespielt hatte. Ein Teil von Magnus wollte das alles nicht wahrhaben, doch das kleine, blutige Bündel neben dem Laptop sprach eine unumstößliche Wahrheit. Schon vor dem Auspacken war ihm klar gewesen, dass es sich diesmal anders verhalten würde als bei all den anderen Päckchen, die er erhalten hatte. Es war auf eine Art anders, die ihm wie Eis unter die Haut gekrochen war. In seiner Erinnerung packte er es noch immer aus. Das Brotpapier, in dem das Grauen eingewickelt gewesen war, hatte unter seinen Händen geknistert. Schicht um Schicht hatte er das Paket wie an einem unendlich grausamen Weihnachtsabend ausgewickelt. Nun lag es vor ihm, als würde es auf ihn zeigen.

Ein abgetrennter Finger. Blutig. Fahl.

Die letzte halbe Stunde seines Lebens hatte sich in sein Gehirn eingebrannt wie ein Bild auf Polaroidpapier. Vor dem heutigen Tag hatte er über Wörter wie Herzschmerz gelacht. Ein Organ konnte nicht vor Trauer schmerzen, denn es war nur ein Muskel und nicht der Sitz der Gefühle. Doch der Finger und das Video stachen wie ein Messerstich in seine Mitte, eine Gräueltat, die ihn wie ein kleines Mädchen hatte heulen lassen.

Nach einer Weile war seinem Körper die Kraft ausgegangen und er erbebte nur noch sachte unter den letzten Nachwehen einer Reihe von tiefen Schluchzern. Seine Reserven waren verbraucht. Eine tiefe Resignation hatte sich seinen Willen und seinen Leib einverleibt. Er hatte keine andere Wahl, dies war sein Ende. Nach all den Dingen, die passiert waren.

Sein Zeigefinger krümmte sich um den Abzug. Ein letztes Mal streiften die Erinnerungen an die Ereignisse der letzten zwei Wochen seine Gedanken. Es erforderte Jahre, um sich ein Leben aufzubauen, doch es hatte nur wenige Tage gebraucht, um alles zu vernichten.

»Rache wird weder heiß noch kalt serviert. Sie schmeckt am besten ohne Beilage, ohne Gnade.«

Verfasser unbekannt, Eingeritzter Spruch unter einem Tisch in der Bar *Zum Löwen*

22 Mohnblumen

Marit stand an der Scheibe und versuchte, sich zu erinnern, wie ihre einzige Hoffnung, die Frau mit den schwarzen Locken im anderen Teil des Raums gestanden hatte. Doch so wie ihrer Erinnerung der Ablauf von Stunden, Tagen und Wochen entglitt, verblasste auch das Bild von ihr im Kopf. Vielleicht war es eine Woche her, dass sie sie gesehen hatte, oder auch zwei?

Marit drehte sich um und überlegte, welchen Backstein sie als Nächstes lösen sollte. Mittlerweile bestanden ihre Beschäftigungen daraus, Steine aus der Wand zu stemmen und das Puzzle aus Schnipseln zu komplettieren. Die Matratze lag zusammen mit der dünnen Decke auf dem Boden. Ihre Ausbruchsversuche verdeckte sie schon längstnicht mehr. Sollte der Entführer ruhig sehen, was sie tat. Vielleicht, so hoffte sie, löste das eine Reaktion aus. Besser, er kam herein und verprügelte sie, als dass sie sich wie der letzte Mensch auf Erden vorkam.

Die Wand hatte bereits sechs Löcher, überall, wo ein Backstein fehlte, war nichts als Erde und Wurzelwerk zu sehen.

»Du brauchst besseres Werkzeug«, sagte Marit zu sich selbst. Ihre Stimme war die einzige Gesellschaft, die sie noch hatte. »Vielleicht kannst du etwas bauen?«

Sie überlegte, wie sie die großen Teile des Bettrahmens, die aus Metall waren, nutzen konnte, um sich das Stemmen zu erleichtern. Wenn sie das Gestell mit der Ecke gegen die Wand stellen und von der anderen Ecke aus drücken würde, wäre es möglich, dass die Sechskantschrauben aus ihren Metallfassungen brachen. Doch auch wenn sie dann Einzelteile hatte, waren diese immer noch zu groß, als dass sie diese mit ihrer eigenen Körperkraft gegen die Wand hauen konnte. Es brauchte also eine weitere Idee. Als sie sich umsah, was sie noch benutzen konnte, fiel ihr wieder der Haken an der Decke auf. Wenn sie das Rahmenteil in eine Seilschlaufe legen und es dann gegen die Wand schwingen würde, bräuchte sie viel weniger Kraft und könnte auch andere Stellen der Wand ausprobieren, die höher lagen, vielleicht sogar so hoch, dass keine Erde dahinter sein würde.

Sie setzte sich an den Schreibtisch, gönnte sich einen ihrer letzten Kuchenkrümel als Belohnung und fertigte eine Zeichnung an. Der Bleistift war kaum noch ein Stummel, so oft hatte sie das Tapetenmesser eingesetzt, um ihn zu spitzen. Während sie eine grobe Skizze anfertigte, schaute sie noch einmal auf das Puzzle, das neben ihr lag. Zwar hatte sie schon den Rahmen des Bildes zusammen, doch ihr fehlten die Teile, mit denen sie die Mitte zusammensetzen konnte. Im Moment sah es aus wie ein cremefarbenes Gitternetz, von dem sie nicht wusste, was es überhaupt darstellen sollte. Daher konzentrierte sie sich wieder auf die Skizze ihres Ausbruchswerkzeugs.

Als ihre Zeichnung so weit fertig war, begann sie, das Seil zu knoten.

Hinter sich hörte sie die Klappe und das Geräusch eines Eimers, der den Schacht hinuntergelassen wurde.

Sie stand auf, löste wie gewohnt den frischen Eimer von der Schnur und befestigte den gebrauchten zum Hochziehen daran.

Als sie das Leinenbündel öffnete, sah sie neben zwei trockenen Brötchen und Stockfisch aus Seelachs ein weiteres Samtsäckchen. Es war so wie das erste ebenfalls zinnoberfarben und mit einer goldenen Schnur verschlossen. Marit schnappte es sich und leerte die Puzzleteile darin auf dem Schreibtisch aus. Ohne zu überlegen, begann sie, nach Farben, Kanten und Mustern zu sortieren, bevor sie weiter puzzelte.

Marit war im Erfolgsrausch, hatte nur noch das Puzzle vor Augen, in dessen Mitte nur noch vier Stücke fehlten. Erst als sie diese eingefügt hatte, nahm sie Abstand vom Bild und betrachtete es.

Was sie anfangs als Gitternetz gedeutet hatte, erkannte sie nun als gefliesten Raum. Mit den letzten Teilen hatte sie auch die Mitte komplettiert, in der ein Stuhl stand, auf dem eine Frau saß, die …

Marit schlug die Hand vor den Mund.

Die Frau auf dem Bild war blutüberströmt. Ihr fehlten die Nase und das Ohr und der Ausdruck in ihren Augen war die reinste Qual. Marit blinzelte, atmete ganz flach und beugte sich über die Schnipsel. Diese Augen und das Muster mit den Mohnblumen auf weißem Hintergrund … »Nein, bitte nicht, bitte …«, bettelte sie. Tränen und Rotz tropften auf das Bild, lösten die Farben dort auf, wo sie auf die Schnipsel trafen. Marit schloss die Arme um ihren Leib, wandte den Kopf nach oben und weinte.

Sie lag zusammengerollt auf der Matratze und zählte die fallenden Tropfen, deren Klang dumpf in ihren Gedanken hallte. Bei 948 hatte sie aufgehört zu zählen. Ihr Kopf war leer, so wie ihr Körper, der nach einem langen Weinkrampf einen unruhigen Schlaf eingefordert hatte.

Benommen entrollte sie sich und kämpfte sich in einen wackeligen Stand. Sie schaute auf die Kamera, auf die Schnipsel, auf das Seil und das Messer. »Jetzt verstehst du endlich, Marit«, sagte sie zu sich selbst. Es klang, als würde nicht sie, sondern eine Fremde sprechen.

Sie wischte das Puzzle beiseite, nahm das Seil und begann, einen Strick zu knoten. Ihre Finger waren kalt und steif und sie konnte kaum genug Konzentration aufbringen, eine ordentliche Schlaufe für ihren Hals zu binden. »Pulsadern oder Erhängen, Tapetenmesser oder Strick, ist das die Wahl, die du hast, Marit?«

Nur das Tropfen des Wassers antwortete ihr.

»Sag was, Marit, sag endlich etwas! Ist das deine Wahl?«

Wieder nur Wasser.

Marit drehte ihren Kopf zum Haken an der Decke und zu einem der Stühle. Es war alles von Beginn an da gewesen, sogar Papier und Bleistift für einen Abschiedsbrief. Der furchtsame Teil in ihr wusste, was sie vorhatte. Er schrie aus weiter Ferne. Doch die Endgültigkeit der Erkenntnis, dass die Mohnblumen nie wieder blühen würden, nahm jedem weiteren Atemzug den Sinn. Marit sah keine Bedeutung mehr darin, noch weiter gegen ihr Martyrium anzukämpfen.

Sie hatte keine Kraft mehr.

23 Lavendel

Magnus begann, den Finger um den Abzug zu krümmen.

»Ah, du weißt jetzt also, was Schmerz ist?«

Magnus nahm die Waffe aus seinem Mund und starrte auf den Bildschirm.

»Ich kann dich sehen, Magnus, da du mein Video abgespielt hast, habe ich jetzt vollen Zugriff auf deinen Computer. Willkommen in meinen Livestream, exklusiv nur für dich und mich. Deine Kamera und meine.« Er hielt noch immer den Stimmenverzerrer vor seinen Mund.

Magnus blickte auf Henriksen, der in einem Schuppen voller Werkzeuge stand. Hinter ihm war ein Teil von einer Werkbank im Bild, auf dem mehrere Kneifzangen, Rollen mit Garn und ein Eimer standen.

»Es ist noch nicht zu Ende, Magnus. Ein ganz besonderes Gefühl musst du noch erleben«, sagte er und zog sich die Kapuze so weit herunter, dass man auch das Kinn nicht mehr sehen konnte. »Ich habe viel über dich recherchiert. Auch über Emilie. Wie du am Finger sehen kannst, hat sie geheiratet, ich hoffe, das freut dich. Sie kennt ihren Mann schon seit fünfzehn Jahren, doch sie hat eine Tochter, die siebzehn ist. Klingt das nicht seltsam? Die Kleine heißt Marit, auch wenn sie nicht mehr klein ist. Ihr Gesicht, Magnus …«, er ließ sich mit dem Rest des Satzes Zeit, »ist wie aus deinem geschnitten. Ich konnte kaum glauben, was für ein Glück ich hatte.«

Magnus schluckte, was ihm nicht leichtfiel, da sein Hals wie zugeschnürt war. »Was?« Mehr brachte er nicht zustande.

»Meinen Glückwunsch, Magnus, du bist Vater. Ein unbeschreibliches Gefühl, was? Soll ich dir deine Tochter zeigen?«, fragte Henriksen und richtete eine Bild-in-Bild-Übertragung ein. Henriksens Bild war nun kleiner und stand in der oberen rechten Ecke des Bildschirms. Im restlichen Bereich war ein Mädchen mit haselnussbraunen Haaren und einer gelben Wanderjacke zu sehen, die an einem Tisch saß und an einem Seil herum knotete.

Magnus legte die Pistole in seinen Schoß und rückte an den Laptop heran. Tatsächlich sah das Mädchen einer jüngeren Version von ihm sehr ähnlich. Doch wie konnte das sein? War Emilie schwanger gewesen? Hatte sie deswegen mit Magnus ein neues Leben woanders beginnen wollen? In seine Resignation mischte sich Wut, darüber, dass Emilie ihm all die Jahre nichts gesagt hatte – aber auch Freude, dass ein Teil von ihr und ihm, das Beste aus ihnen beiden, weiterlebte. Marit war die lebendige Glaskugel des Glücksgefühls ihrer beiden Beziehung. Doch Henriksen hatte sie in seiner Gewalt. »Lass sie in Frieden.«

»Keine Sorge, Magnus, ich werde deiner Tochter nichts tun. Sie wird es selbst tun, da sie jetzt vom Tod ihrer Mutter weiß, hat nichts mehr eine Bedeutung für sie. Und ich bin gnädig, ich lasse ihr die Wahl zwischen dem Aufschneiden ihrer Pulsadern und der Möglichkeit, sich zu erhängen. Ach, dabei fällt mir ein, wie makaber das ist. Deine Mutter hat sich ja auch erhängt, oder?«

»Du krankes Schwein!«, brüllte Magnus. »Ich weiß, wer du bist, du bist Gustav Henriksen, du kannst dich nicht verstecken, auch nicht unter deiner Maske!«

»Wer sagt denn, dass ich mich verstecken will? Noch immer verblendet dich deine Arroganz. Nein, ich bin hier und werde dir den Schmerz zeigen, den ein Vater durchlebt, wenn das eigene Kind stirbt.«

Magnus legte die Hand sanft auf den Bildschirm, auf Marits Gesicht. In seinem Herzen tobte ein Gefühlschaos. »Lass uns handeln, ich bezahle, was immer du auch willst. Jeder Preis, meine Villa, Bargeld, mein Auto, wir müssen uns doch einig werden können«, flehte er mit piepsiger Stimme.

»Jetzt siehst du also selbst, wie wertlos alles sein kann, wenn man auf die Gnade und Barmherzigkeit eines Fremden angewiesen ist. Aus dieser Sache wirst du dich genauso wenig herauskaufen können wie ich damals.«

»Nein, es muss einen Weg geben.« Magnus wischte sich die Tränen mit dem Hemdsärmel weg. »Marit! Marit tu's nicht, hörst du, mach es nicht!«

»Sie kann uns nicht hören, Magnus. Du kannst es dir ansehen oder nicht. Dies ist die einzige Wahl, die ich dir lasse.«

Magnus biss die Zähne so fest aufeinander, bis sie knirschten. Er blickte Henriksen an, der sich den Hocker unter der Werkbank herauszog, um sich zu setzen. Dabei sah Magnus zwischen mehreren Sperrholzplatten den Teil eines neongelben Blechs herausschauen. Er entzifferte die Worte … *lebe die Revolution*. Etwas daran kam ihm bekannt vor. Sein Verstand arbeitete auf Hochtouren, bis ihm der Rest dazu einfiel: *Tod den Mördern, lang lebe die Revolution*. Es war das gleiche Schild, das in Jakobs Jagdhütte gestanden hatte, nur dass dies nicht seine Hütte war. Nun erinnerte er sich auch daran, dass Jakob erzählt hatte, dass die Aktivistengruppe *No way to Norway* an allen Jagdhütten am Lilletopp diese Schilder verteilt hatte. Magnus wusste, was er zu tun hatte. Er schaltete den Laptop aus, griff sich sein Handy und rief Jakob an. Es klingelte dreimal, dann sprang die Mailbox an. Magnus legte auf und versuchte es noch viermal, dann hinterließ er eine Nachricht.

»Jakob, hier ist Magnus, es ist wichtig, verdammt wichtig, was ich dir jetzt sage! Ich hoffe, du bist in deiner Hütte. Einer deiner Nachbarn ist ein grausamer Sadist, er heißt Henriksen, du musst ihn aufhalten, er hat meine Tochter entführt. Bitte hilf mir, bitte Jakob, ich flehe dich an!« Magnus legte auf und überlegte, die Polizei zu holen. Doch die würden ihm bestimmt nicht mehr glauben, nachdem sie ihn für einen Tatverdächtigen in den Ermittlungen zum Einbruch bei Rygg hielten. Und er hatte keine Freunde mehr, die ihm hätten helfen können, weder Murat noch Håkon, noch sonst irgendjemanden.

Magnus eilte zur Tür, schlug sie auf und kümmerte sich weder darum, sie zuzumachen, noch, sich eine Jacke anzuziehen.

Er setzte sich ins Auto und betete zum heiligen Olaf, zu Thor und all den anderen Göttern, dass 211 PS ausreichen würden, um seine Tochter zu retten. Als er das Gaspedal durchtrat, drehten die Reifen auf dem Kies durch und hagelten auf die Fensterscheiben seines Hauses. Der Wagen schlingerte kurz und fuhr dann auf die Straße. Magnus' Herz pumpte so schnell, dass er weder bei roten Ampeln, Zebrastreifen oder Schlaglöchern hielt. Aus dem Augenwinkel nahm er Frau Kristiansen wahr, die ihm wütend mit dem Regenschirm hinterherwinkte, nachdem sie sich über den Zebrastreifen gerettet hatte, um ihm aus dem Weg zu gehen. Doch für ihren Einkaufswagen war es zu spät. Brötchen, Gurken und Tomaten knallten gegen die Windschutzscheibe und wurden quer über die Straße geschleudert.

Als er endlich aus dem Ort heraus war, beschleunigte Magnus weiter. Flüchtig blickte er auf die Tachonadel, die bei 190 km/h zitterte. Er fuhr so schnell, dass er den Wagen gerade noch so zu beherrschen glaubte und hoffte, dass er nicht nach rechts in den geräumten Schnee am Fahrbahnrand hineinrauschte.

Nach wenigen Minuten drosselte er das Tempo stark. Das Antiblockiersystem ließ die Bremse in sehr heftigen Stößen arbeiten. Er lenkte nach rechts auf einen geschotterten Waldweg und beschleunigte wieder.

Ein Ast traf die Scheibe so heftig, dass sie einen Sprung bekam.

Nach mehreren Kurven und Anhöhen mündete der Weg in einen Wanderpfad, der unter anderem zum Lilletopp hochführte.

Ohne Gnade für sich und das Auto fuhr Magnus weiter. Links und rechts schrammten größere Steine über die Flanken des BMW, während das Fahrwerk mit den Mulden und dem Wurzelwerk des Bodens kämpfte.

Magnus wurde ordentlich durchgeschüttelt, nach links und rechts gerissen und zweimal nach oben katapultiert. Den Schmerz vom Stoß gegen die Decke nahm er nur am Rande wahr, während er wie gebannt auf den Pfad starrte und so weit links fuhr, dass er auf der rechten Seite nicht die Böschung hinabrutschte.

Ein Stamm riss den linken Außenspiegel ab, ein kleiner Fels den rechten Kotflügel. Das Quietschen des Metalls war entsetzlich heftig. Doch Magnus scherte sich nicht darum, sondern gab sogar an den Stellen, die zu eng zum Durchfahren waren, so viel Gas, dass der Schwung den SUV durchpresste. Nach einem heftigen Schlag gegen den Unterboden, bei dem mehrere Scheiben platzten, blickte Magnus in den Rückspiegel. Der Auspuff hatte sich verabschiedet und schlitterte ihm noch ein Stück hinterher.

Nach einer Weile der Blechtortur drang Qualm unter der verbeulten Haube hervor. Der Motor hustete und gab quietschende Geräusche von sich. Die nächste Bodenwelle traf das Fahrzeug so hart, dass sich irgendetwas mit einem Knacken löste. Obwohl Magnus noch weiter aufs Gaspedal drückte, verlor das Auto an Kraft und blieb in der nächsten Bodenmulde ruckartig stehen.

Magnus wurde vom Airbag gegen die Kopflehne gestoßen. Für einen Augenblick sah er Sterne und hatte ein Pfeifen im Ohr. Er kramte den schlaffen Sack von sich weg und rammte mit der Schulter die Tür auf.

Er krabbelte aus dem Wagen in den Schnee, rappelte sich auf und schaute sich das Fahrzeug an. Es war vollkommen zerstört, die Scheiben ausgeschlagen, mehrere Bleche bis auf das Skelett darunter abgerissen, ein Reifen war platt und aus der zerschrotteten Haube qualmte es.

Auch Magnus war demoliert, seine Schulter schmerzte und sein Nacken zog, doch der Anblick der ersten Jagdhütte, die auf dem Hügel vor ihm stand, gab ihm neue Kraft. Er rannte, so schnell er konnte, die Böschung hoch.

Als er oben war, gönnte er sich keine Verschnaufpause, zog seine Pistole und trat die Tür ein. Doch zu seiner Enttäuschung war es nicht der Innenraum, den er in der Aufnahme gesehen hatte. Magnus eilte wieder hinaus, visierte die nächste Behausung an, die auf der abfallenden Seite des Hügels stand, und sprintete los.

Eiskalter Wind berührte sein schweißnasses Hemd und kühlte ihn, während er durch den Schnee rannte.

Magnus trat noch eine Tür ein.

Eine Frau, die mit einem Kochtopf an einem Gaskocher stand, fiel vor Schreck gegen die Spüle und schrie.

Magnus verließ die Hütte und eilte weiter. Nun musste er wieder den Hügel hinauf, was ihm alles abverlangte. Nach knapp einhundert Metern gelangte er an eine weitere Hütte. Sie war größer als die anderen und ihre Fenster waren zugenagelt. Zusätzlich besaß sie einen gemauerten Sockel.

Magnus trat auf die Veranda, schnaufte wie ein Blasebalg, während er die Pistole zog und sah, dass die Tür einen Spalt weit offen stand. Er drückte sie langsam auf, trat ins Dämmerlicht und versuchte, seine Atmung zu kontrollieren. Im Licht, das aus den Spalten zwischen den Bretterwänden hereindrang, sah er den Werkstatttisch mit den Sperrholzplatten und dem Blech der Aktivisten darunter. Nebendran standen Regale mit Hobelmaschinen, Bandsägen, verrosteten Hämmern und einer Menge anderer Werkzeuge. Auf der anderen Seite befand sich eine kleine Pantryküche, auf deren Ablage zwei Leinenbeutel ruhten, und daneben führte eine Treppe hinunter in die Dunkelheit.

Magnus hörte ein Geräusch hinter sich. Als er sich drehte, geschah alles gleichzeitig.

In der Tür stand ein Mann, der eine Waffe auf Magnus gerichtet hatte. Er schoss.

In den Bauch getroffen, sackte Magnus zusammen, die Pistole entglitt seinen verschwitzten Händen und klapperte neben ihm zu Boden.

Henriksen kam zu ihm und trat die Waffe aus seiner Reichweite. Er stand wie ein dunkler Schatten in seiner Kapuzenrobe über ihm.

Magnus hielt sich die blutende Bauchwunde und ächzte vor Schmerz. Er robbte auf einem Ellenbogen über den Boden gegen ein Bein der Werkbank, wo er sich so anlehnen konnte, dass sich die Schmerzen aushalten ließen. Er saß gegenüber von der Treppe, an deren Ende er Marit vermutete. Nur wenige Meter trennten ihn von seiner Tochter, dennoch war sie nun unerreichbar.

»Henriksen, bitte«, flehte er. »Tu ihr nichts. Du hast mich da, wo du mich haben wolltest. Töte mich, okay? Nimm mein Leben, doch verschone sie. Sie weiß nichts von alldem, was wir beide getan haben, sie ist unschuldig.«

Henriksen fasste sich an den Saum der Kapuze und zog sie nach hinten.

Gegen das helle Licht, das durch die offene Tür hereinschien, anblinzelnd, versuchte er, etwas zu erkennen.

»Deine Arroganz macht dich blind für das Offensichtliche, Magnus«, stellte Henriksen mit der Kälte von Eis in seiner Stimme klar.

Magnus konnte es nicht fassen. »Solberg?«

»Ja, der nichtsnutzige Solberg von der Polizei, du kannst mich aber auch gerne Henriksen nennen, wir sind ja schon privat geworden.«

Magnus sah ihn lange an und erkannte vage den Mann, der einst lange Haare und einen Bauch gehabt hatte. »Wie …?«

»Wie das möglich ist? Ich habe mich optisch verändert, Trauer lässt einen abnehmen, schneller altern und ein Friseur und so ein Vollbart machen den Rest. Dennoch war ich erstaunt, dass du mich nicht einmal ansatzweise wiedererkannt hast, als ich vor deiner Tür stand. Vielleicht hätte ich dir auch noch ein Auge von Emilie schicken sollen?«

»Du steckst hinter allem? Wieso habe ich es nicht gemerkt?«

Henriksen kratzte sich mit der Mündung seiner Pistole an der Schläfe. »Fehlinformationen, Irreführung. Ich habe es genossen, wie du und dein irrer Freund Håkon versucht habt, eigene Recherchen anzustellen. Er ist nicht der Einzige, der hacken kann. Ich war tatsächlich bei Rufzeichen Delta und habe mich mit neuer Identität hierher versetzen lassen. Doch meine Kontakte zur behördlichen Informationstechnik habe ich beibehalten. Als ich dann in Håkons Computer war, wusste ich, wo die Schwachstelle in deiner Kameraüberwachung ist. Ich habe dich in deinem Haus und an deinem Arbeitsplatz überwacht und dein Handy geortet. Doch ich war überrascht, wie leicht du dich in deine eigenen Verbrechen verstrickt hast. Du warst echt fleißig. Und trotz meiner guten Planung wäre fast alles aufgeflogen. In meiner Abwesenheit hat diese dumme Aktivistin ein Schild an meine Tür genagelt. Dabei muss ihr wohl auch in den Sinn gekommen sein, hier einzudringen. Zum Glück habe ich sie noch erwischt, bevor sie abhauen konnte. Ich dachte, dass ihre Leiche im Fjord sicher ist, zumal ich ihr nach dem Tod so viele Stiche verpasst habe, dass die Faulgase in ihrem Inneren austreten und sie auf den Grund sinken konnte. Doch ich konnte ja nicht ahnen, dass es hier immer noch Fischer gibt, die Schleppnetze verwenden. Stell dir diese Ironie vor, die Umweltzerstörer bergen die Leiche einer Aktivistin, wie seltsam ist das denn?«

»Wieso dieser ganze Wahnsinn?« Magnus rang nach Fassung. Die Aufmerksamkeit, die ihm dieser Mann schenkte, fühlte sich an, als würde sich der gesamte Kosmos mit all seiner Kälte auf eine Ameise konzentrieren.

»Das sagte ich dir doch schon. Stück für Stück sollst du meinen Schmerz erleben, alles zu verlieren.«

»Ich sterbe, mein Leben ist zerstört, du hast, was du wolltest. Lass sie gehen, bitte, ich flehe dich an!«

Henriksen hob seine Waffe. »Ja, ich habe jetzt meine Rache. Ich werde dich mit der Gewissheit töten, dass deine Tochter ebenfalls sterben wird. Und stell dir vor, sie hat sich für den Strick entschieden, wie deine Mutter.«

Magnus konnte das Zittern seines Unterkiefers nicht beherrschen. Auch nicht die dicken Tränen, die sich wie Pflüge über seine Wangen gruben.

Magnus blickte zur Decke hinauf. »Gib mir Stärke …«

»Oder einen Grimson«, unterbrach Jakob die Fürbitte von Magnus.

Im gleichen Moment wirbelte Henriksen herum.

Jakob schlug ihm mit einer Brechstange die Waffe aus der Hand. Danach packte er ihn am linken Handgelenk und brach ihm mit einem weiteren Schlag den Unterarm.

Henriksen ging in die Knie und heulte vor Schmerz laut auf, während sein Arm in unnatürlichem Winkel abstand. Als der nächste Hieb gegen seinen Schädel prallte, sackte er wie eine Marionette zusammen, die man von ihren Fäden losgeschnitten hatte.

Magnus glaubte zu träumen, es war einfach zu schön, um wahr zu sein. Erst als sich Jakob über ihn beugte, begriff er, dass der Kosmos ihn erhört hatte. »Jakob, ich freue mich unglaublich, dass du hier bist.«

Jakobs Blick wanderte zu seiner Wunde. »Du bist verletzt, wir müssen Hilfe holen.«

»Jakob, es tu mir so leid, ich … ich … vergib mir.«

»Ich habe schon Schlimmeres getan. Grethe glaubt an eine zweite Chance, ich tue das auch.«

»Jakob, bitte rette meine Tochter, sie heißt Marit, sie …«, Magnus krümmte sich vor Schmerz, »… sie muss hier unter uns sein, in einem Keller, ich denke, sie steht kurz davor, sich das Leben zu nehmen, bitte, du musst sie retten!«

Jakob stürmte die Treppe hinunter.

*

Marit stand auf einem der Stühle und legte sich die Schlinge an. Sie arbeitete mechanisch, ohne Gefühl. Das Seil glitt um ihren Hals, fühlte sich rau an, unwirklich.

Sie zog die Schlinge enger und ließ sich probeweise mit ihrem Gewicht hängen. Als sie sich sicher war, dass es halten würde, startete sie ihren letzten Ausbruchsversuch. Und diesmal würde es gelingen, auch wenn ihr Körper hierbleiben würde. Sie wusste nicht, ob sie Luft holen oder ausatmen sollte. Auch beim Stuhl war sie sich nicht sicher, wie sie ihn entfernen sollte. Wie konnte es für etwas Derartiges überhaupt Erfahrungswerte geben? Sie nahm einen Atemzug und ließ sich neben der Sitzfläche mit den Füßen herunter, sodass sie frei baumelte. Schon mit dem ersten Zucken stieß sie den Stuhl weg und strampelte mit den Füßen. Ihre Finger schnappten nach der Schlinge, die sich eng um ihren Hals gezogen hatte, und versuchten instinktiv, sie zu lösen. Doch die Schlinge war unerbittlich, gab nicht nach und drückte ihr die Luft so lange ab, bis Sterne vor ihr blitzten. Ihr Herz raste und machte solch gewaltige Sätze, dass sich jeder einzelne wie ein Knall anhörte. Als langsam Dunkelheit ihr Blickfeld trübte, hörte sie noch einen Knall, doch es war nicht ihr Herz. Etwas packte sie fest an den Beinen. Alles um sie herum drehte sich, verschwamm, fuhr rauf und wieder herunter.

»Marit! Marit, wach auf, Klein's!«

Sie fühlte starke Arme um sich herum. Sie wurde gehalten, fest und beschützend. Jemand strich ihr die Haare aus dem Gesicht, so wie es ihre Mutter in ihrer Kindheit immer getan hatte. War sie im Himmel? War sie schon tot?

»Marit, lass 's Sterben, komm zu mir, komm zum Leben!«

Sie blickte in das Gesicht eines älteren Mannes mit breiten Schultern und einer gebrochenen Nase. Mit dem kahlen Kopf und dem feuerroten Bart wirkte er wie ein Schläger aus einem Spielfilm. »Bist du echt?«

»Ja, das bin ich. Was um Himmels Willen und der Hölle Willkür hat man dir bloß angetan? Egal was, jetzt bist du sicher, ich schwör's, ganz bestimmt, bist jetzt in Sicherheit.« Er lächelte sie an, strich ihr über die Stirn und hob sie auf seine Arme.

Marit war dankbar dafür, denn sie hätte nicht den Mut aufgebracht, über die Schwelle der Tür zu treten, die jemand aus den Angeln getreten hatte. Sie war ihr wie ein Berg erschienen, der zwischen ihr und der Welt gestanden hatte, deren Existenz ihr jetzt unwirklich vorkam. Auch die Luft schmeckte wie ein Auswuchs ihrer Fantasie, nach Baumharz und einer Note Maschinenöl. Es überforderte ihre Sinne weitaus mehr, als es der Kuchen vermocht hatte.

Als sie die Treppe sah, die nach oben führte, streckte sie die Hand danach aus und begann zu schluchzen. Passierte das alles wirklich oder war es wie die Frau mit den schwarzen Locken ebenfalls nur ein Produkt ihrer Verzweiflung? Sie wollte glauben, sie wollte es so sehr.

*

Magnus sah Jakob und dieses Mädchen, das er wie eine goldene Feder auf den Armen trug. Marit war das Schönste, was Magnus je gesehen hatte. Alles um ihn herum wurde langsamer, heller, über ihm klarte der Himmel auf. Sonnenstrahlen, warm und weich, berührten sein Gesicht. Seine Hand sank langsam zu Boden. Die Wunde blutete nicht mehr und der Schmerz ebbte ab.

Das Zirpen von Zikaden verwöhnte seine Ohren und eine kühle Brise, die über ein Blumenfeld aus violettem Lavendel wehte, strich über seine Handrücken. Er liebte diesen Duft, er liebte Lavendel. Magnus glaubte, eine Frau im Feld stehen und winken zu sehen. Endlich war alles gut – einfach unendlich gut.

Der Autor

Cole Brannighan kam 1981 als Einwandererkind in Aschaffenburg zur Welt. Dort entdeckte er das Lesen für sich und begann im Rettungsdienst zu arbeiten. Zum Studium zog es ihn nach Frankfurt, wo er als psychosozialer Berater tätig ist.

Seine Leidenschaft fürs Schreiben entflammte 2015, als er eines Morgens inspiriert aufwachte und begann, sein erstes Buch zu schreiben. Diese Energie treibt ihn bis heute, seine Fantasie zu entfesseln und die Unfassbarkeiten der menschlichen Psyche packend zu beschreiben. Mehr zum Autor finden Sie auf Instagram unter »cole_brannighan« und auf seiner Webseite unter »www.cole-brannighan.de«.

Der erste Band seiner Sternenklingen-Saga »Dunkler Paladin –Weltendämmerung« ist 2021 im Lindwurm Verlag erschienen.